A loucura de Isabella

Flaminio Scala

A
LOUCURA DE ISABELLA

e outras COMÉDIAS da

COMMEDIA DELL'ARTE

Organização, tradução, introdução e notas
ROBERTA BARNI

FAPESP   ILUMINURAS

Título original:
Commedia dell'Arte

Copyright © 2003 desta tradução, introdução e notas:
Roberta Barni

Copyright © desta edição:
Editora Iluminuras Ltda.

Capa:
Fê
Estúdio A garatuja amarela
sobre *Pantalone*, desenho de Maurice Sand (1823-1889).

Revisão:
Ariadne Escobar Branco

Composição:
Iluminuras

ISBN: 85-7321-195-4

2003
EDITORA ILUMINURAS LTDA.
Rua Oscar Freire, 1233 - São Paulo - SP - Brasil
Tel.: (0xx11)3068-9433 / Fax: (0xx11)3082-5317
iluminur@iluminuras.com.br
www.iluminuras.com.br

ÍNDICE

Agradecimentos 11

Comédias de máscaras 13
  Mariarosaria Fabris

INTRODUÇÃO 15

Mas o que é, afinal, *Commedia dell'Arte*? 17
E a atuação 28
Figuras emblemáticas da *Commedia dell'Arte* 34
Flaminio Scala — vida e obra 38
Il Teatro delle favole rappresentative 41
A expressão de Flaminio Scala:
  linguagem teatral e língua italiana 46
Sobre esta tradução 48

IL TEATRO DELLE FAVOLE REPPRESENTATIVE

O autor aos gentis leitores 55
Gentis leitores 57
Índice das Jornadas 59

Bibliografia 409

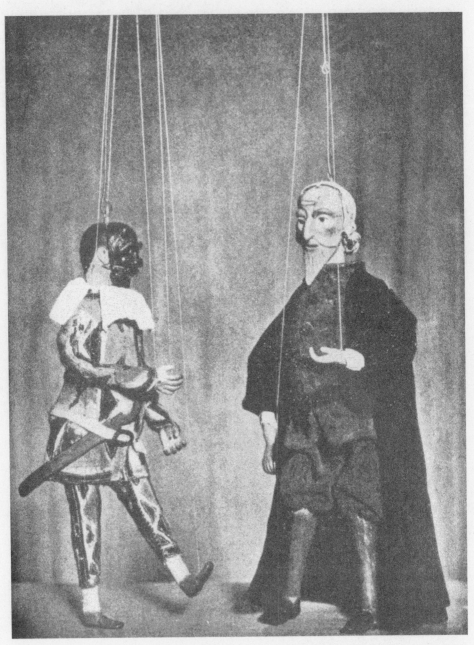

Arlequim e Pantalone — Marionetes do Acervo do Museu Cívico de Veneza.

Time present and time past are both perhaps present in time future...

Ao homem dos fantoches de rivazzurra que, só agora percebo, influenciou a minha vida mais do que eu mesma poderia imaginar; ele conhecia todas as técnicas de Commedia dell'Arte, sem nunca tê-las estudado nos livros, e as passou com enorme generosidade àquela menina enfeitiçada pelo teatro de bonecos.

Ao inesperado: melodia de contos mediterrâneos, poesia, paixão e mistério da viagem.

AGRADECIMENTOS

Pesquisadores e tradutores, aparentemente, compartilham a imagem que deles se faz: a de uma espécie de escriba solitário. Mas são somente aparências, pois mesmo aquele momento em que o encontro se dá entre a nossa mente e o papel em branco (a tela em branco, neste caso), seria impossível sem outros encontros, antes, durante e depois, a iluminar o caminho e cuidar do percurso.

Quero agradecer a orientação de Mariarosaria Fabris, que sempre superou sua tarefa. Acolheu meu entusiasmo desde o início, acreditou na trajetória, transmitiu-me constantemente seu apoio e experiência e, quando se fez necessário, com mão sábia e leve, concertou o rumo.

Um agradecimento especial a Francis Henrik Aubert e Jacó Guinsburg, que nas áreas de tradução e teatro respectivamente, compartilharam generosamente seus conhecimentos comigo, dando-me enorme incentivo.

Agradeço à FAPESP — Fundação de Amparo à Pesquisa do Estado de São Paulo — que, ao conceder-me uma bolsa de estudo, tornou possível a realização desta pesquisa durante meu mestrado e que participou, ainda, da edição deste volume.

Um vivo agradecimento a Samuel Leon. Há muitos anos foi o primeiro editor a dar crédito à minha escrita e a incentivar-me como tradutora literária. Agora, anos mais tarde, seu entusiasmo por este livro é contagiante e fundamental. Fato que muito me enaltece, pois ele encabeça uma editora tão especial como a Iluminuras.

Enfim, minha gratidão e meu muito obrigada a todos os companheiros de percurso que, direta ou indiretamente, ajudaram-me a levar adiante esta tarefa. Sem eles teria sido impossível. Cada qual saberá o por quê:

Cândida Sé Holovko, Sergio Tellaroli, Ana Elvira Luciano Gebara, Giancarlo Summa, Roberto Vecchi, Annamaria e Carlo Barni, Bosco Brasil, Ariela Goldman, Donato di Santo, Giancarlo Spizzirri, Lucia Wataghin, Liv Sovik, Maurício Broinizi, Candida Barni, Nilson Moulin Lousada, Rosely Sayão, Ruben Bianchi, Rosi Campos, Maria Beatriz de Freitas Costa, José Eduardo Vendramini e Giuliana Nardi.

Last but not least, *agradeço a Mauro Maldonato por suas palavras essenciais.*

COMÉDIAS DE MÁSCARAS

Mariarosaria Fabris

"È la favola di Arlecchino,
Arlecchino e Colombina,
san piangere, sanno ridere,
ma soltanto con la mascherina."
(*Gino Paoli*, Maschere)

"— Quem é você?
— Adivinha, se gosta de mim.
Hoje os dois mascarados procuram
Os seus namorados, perguntando assim.
— Quem é você? [...]
— Eu sou Colombina.
— Eu sou Pierrô."
(Chico Buarque de Hollanda,
A noite dos mascarados)

A utilização da máscara no teatro perde-se na bruma dos tempos. Usada em ritos mágicos ou religiosos, passou a ser adotada na arte teatral, onde permitia criar uma outra face, falsa, porém mais expressiva, grotesca ou horrível e servia para representar tipos fixos: o velho, o alcoviteiro, o aproveitador, o soldado, o escravo, etc. Em Roma, quando um ator não interpretava bem o papel que lhe era atribuído, era obrigado a tirar a máscara para expor o próprio rosto aos insultos do público.

Herdeira da comédia latina, dos rituais carnavalescos e da cultura cômica popular, a *Commedia dell'Arte*, surgida em meados do século XVI, também fez largo uso da máscara. Nesse novo contexto cultural, máscara continuou a significar um tipo fixo, o qual, embora nem sempre representado pelo mesmo comediante, apresentava características definidas em termos de vestuário, impostação da fala cênica, gestos e desempenho dramático, sem que isso significasse maior aprofundamento psicológico da personagem. Os tipos da *Commedia dell'Arte* retomavam — atualizando e ampliando — a tipologia da comédia latina: os enamorados, o marido ciumento, o pai severo, o velho apaixonado por uma bela jovem, o doutor falastrão, o servo freqüentemente famélico, o soldado fanfarrão, dentre outros.

Teatro muito mais de atores do que de autores, a *Commedia dell'Arte* baseava-se no *canovaccio*, isto é, num roteiro básico que, de forma bem sucinta, trazia o esboço da peça e a indicação dos jogos cênicos, dando ampla liberdade de criação quanto à interpretação e aos diálogos: verdadeiros "improvisos", os quais, porém, com o passar dos anos, foram-se cristalizando. Os efeitos cômicos derivavam de peripécias, artimanhas, intrigas, equívocos, trocas e de outros recursos como a escuta casual, o disfarce e, conseqüentemente, a nova identidade, o duplo (gêmeo ou sósia) e assim por diante.

O disfarce facilitava a introdução de comportamentos excêntricos no seio de uma sociedade em que os papéis sociais eram bem delimitados, levando à transgressão dentro de uma ordem codificada. Tal subversão, apesar de momentânea, permitia integração das várias camadas sociais, uma vez que tanto a plebe como a corte ou a burguesia se espelhavam e se reconheciam nas peças encenadas. Esse aspecto transclassista manifestava-se também nos diálogos das personagens, pois muitas delas, em vez de representarem na língua literária (a toscana), adotavam falas regionais, portanto mais populares, parodiando-as freqüentemente. Desses diálogos, no entanto, até que comediógrafos como Carlo Goldoni começassem a pôr por escrito as falas de suas personagens, não há registro.

É dentro desse universo de livre improvisação que se insere a obra de Flaminio Scala, do qual Roberta Barni oferece ao público brasileiro a tradução de 40 dos 50 *canovacci* que ele escreveu, num trabalho de fôlego, que exigiu uma minuciosa pesquisa lingüística e bibliográfica. A transposição para o papel de obra criada para ser interpretada já representa em si desafio, pois pressupõe que, ao ser lida silenciosamente, o leitor possa, ao menos em parte, visualizar sua encenação. A passagem de texto impresso desse tipo para outro texto impresso, via tradução, é duplo desafio, na medida em que exige do tradutor cuidado redobrado para conseguir transpor, para uma outra língua (e uma outra cultura), o ritmo, as pausas expressivas, as indicações cênicas... Roberta Barni incumbiu-se dessa tarefa com competência, retomando até mesmo a antiga prática de valer-se de gravuras para ajudar o leitor a imaginar a encenação, a reconstruir mentalmente os jogos teatrais e, por que não, a pressupor os diálogos que tanta vivacidade devem ter dado a essas deliciosas comédias de máscaras de Flaminio Scala.

INTRODUÇÃO

Há algo de absolutamente extraordinário (no sentido etimológico do termo) no teatro: é a única arte a viver num presente total e absoluto, que de nenhum modo pode ser recuperado.

Mario Baratto

De Shakespeare a Goldoni, de Molière a Meyerhold, muitos dramaturgos, diretores, atores e demais profissionais do teatro buscaram na *Commedia dell'Arte* inspiração e modelos.

A *Commedia dell'Arte* intrigou durante séculos, e ainda intriga, todos os que se ocupam ou gostam de teatro.

No plano teórico, ainda hoje realizam-se no mundo todo seminários sobre o gênero, estudos sobre a sua influência. No plano

Croqui a carvão. Pano de boca de um teatro de marionetes em Florença. Federigo Andreotti (final do século XIX), acervo da Biblioteca e Raccolta Teatrale del Burcardo, S.I.A.E. - Roma.

prático, sua técnica, por mais irreconstituível que seja, ainda inspira os palcos em toda parte. Escolas de teatro buscam resgatar técnicas da *Commedia dell'Arte* na formação dos futuros atores. Pode-se afirmar categoricamente que ela condensa de modo extremamente funcional todos aqueles recursos de interpretação e improvisação que um ator terá de dominar para realizar seu trabalho.

Extrapolando o território teatral, a *Commedia dell'Arte* inspirou poetas, pintores, escritores, cineastas, atingiu o nosso imaginário e nele está definitivamente registrada. Prova dessa disseminação de seus frutos é a popularidade de algumas de suas máscaras, vivas até os dias de hoje. Quem, por exemplo, não conhece Arlequim, Pierrô ou Colombina?

Em que pese, porém, a importância da *Commedia dell'Arte* no cenário mundial, pouco ou praticamente inexistente é o material disponível no Brasil a seu respeito. Isso não significa que a *Commedia dell'Arte* (ou o seu espectro[1]) não freqüente os palcos brasileiros.

Pierrot e Pierrette.

---

1) Espectro, pois por mais que tentemos reconstituir o fenômeno, estaremos sempre lidando com a nossa idéia dele. Além disso, sabemos que qualquer fenômeno teatral é irreconstituível e único. Até o mesmo espetáculo, em suas apresentações, vai diferindo de um dia para o outro. E ainda que fizéssemos um experimento, apresentando o mesmo espetáculo, com o mesmo elenco, e até com o mesmo público, duas vezes, uma não seria igual à outra. Que dirá em relação a um fenômeno como a *Commedia dell'Arte*, em que imaginação, equívoco, fontes não fidedignas foram, ao longo dos anos, se depositando sobre a sua "memória".

Não faltam espetáculos nela inspirados. Faltam, sim, estudos sistemáticos e material para pesquisa. Não há, no Brasil, uma tradução disponível de *canovacci*, os "roteiros" dos espetáculos. O material existente data de época posterior, como, por exemplo, as peças de Goldoni ou Molière, que, de modo geral, são enganosamente confundidas com a própria *Commedia dell'Arte*[2].

Anna Magnani em Le carrosse d'or, *filme de Jean Renoir (1952), uma clara homenagem ao teatro e mais especificamente à* Commedia dell'Arte.

Arlequim *(1888-1890), Paul Cézanne.*
Acervo da National Gallery of Art de Washington.

Il Teatro delle Favole Rappresentative, ovvero la ricreazione comica, boschereccia e tragica divisa in cinquanta giornate, de Flaminio Scala, foi publicado pela primeira vez na Itália em 1611, e contém, originariamente, 50 "roteiros" teatrais de *Commedia dell'Arte*. Neste livro apresento os roteiros das comédias, que são 40.

Acredito que este meu trabalho de tradução e organização possa ser de alguma utilidade aos que estudam, fazem teatro, ou por ele se interessam.

Traduzir a obra de Scala, tarefa desafiadora, parece ser uma realização com triplo significado: de um lado, é uma tentativa de preencher uma enorme lacuna de material a respeito de um fenômeno fundamental para o surgimento do fenômeno teatro assim como o concebemos, que amiúde se encontra na base das modernas técnicas teatrais. Por certo, este trabalho não tem a pretensão de sanar tal lacuna, e sim de dar um impulso inicial para que isso venha a ser feito. Por outro lado, o pouco que se sabe no Brasil sobre *Commedia dell'Arte* baseia-se, em geral, em estudos teóricos, não raro estudos comprometidos quanto ao seu rigor.[3]

O terceiro significado, talvez o mais relevante do ponto de vista pessoal, é o desafio que este trabalho representa: tentativa de junção de uma experiência prática e teórica

---

2) Na verdade, em ambos os casos, trata-se de derivações da *Commedia dell'Arte*, organizadas a partir de um "expurgo" desta.
3) De fato, as pesquisas mais recentes, sobretudo em âmbito histórico e sociológico, ajudaram a derrubar muitos dos mitos que, ao longo dos anos, foram se acumulando em torno da *Commedia dell'Arte*, não apenas no Brasil, mas no mundo todo.

de tradução a uma experiência prática e teórica de teatro; tentativa de ser ponte entre duas culturas que tanto comunicam entre si e tanto ainda têm a descobrir uma da outra — considerando, também, que a *Commedia dell'Arte* representa, no teatro, uma das maiores contribuições da Itália para o resto do mundo; e, ainda, tentativa de encontrar uma resposta prática à ousadia que representa traduzir textos tão distantes de nós, tanto do posto de vista temporal quanto do geográfico.

MAS O QUE É, AFINAL, *COMMEDIA DELL'ARTE*?

Tradicionalmente, situa-se o nascimento da *Commedia dell'Arte* em meados do século XVI. O primeiro estatuto de uma companhia de atores profissionais, ou "cômicos", de que se tem conhecimento data de 1545.[4] Na outra ponta, marca-se como ponto final da *Commedia dell'Arte* o fim do século XVIII.[5]

São datas convencionais, conferindo à *Commedia dell'Arte* dois séculos de vida, portanto. Tendemos hoje a situar o seu foco principal entre 1580 e 1630. A primeira data refere-se ao aparecimento de diversas publicações ligadas às atividades dos atores profissionais — os "mercenários" —, e à obtenção, por parte das companhias, de uma maturidade artística que marcaria a história do teatro. A segunda data assinala uma crise profunda na cultura da corte e de suas manifestações teatrais.

Durante esse período, atores arrojados e inteligentes lançaram as raízes do teatro moderno — teatro que se baseia, se centra e vive, ao redor de seu eixo principal: os atores.

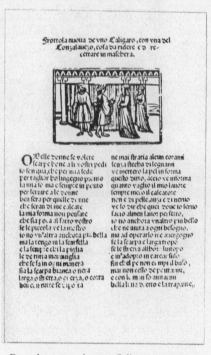

Frottola nuoua de vno Caligaro, com vna del Lonzalauezo, cosa da ridere e di recettare in maschera. *Xilografia, 1485 circa. Primeiro documento que confirma historicamente uma representação da comédia de máscaras.*

---

4) COCCO, Ester. "Una compagnia comica nella prima metà del secolo XVI", apud TESSARI, R. *La Commedia dell'Arte nel Seicento*, 1969; MAROTTI, F. e ROMEI, G. *La Commedia dell'Arte e la società barocca*, 1991.

5) Em 1770, em Nápoles, o reconstruído teatro San Carlino bane a representação de comédias não escritas; por outro lado, em 1780, fecha-se definitivamente o teatro da "Comédie Italienne" em Paris.

Commedia dell'Arte, aliás, é um nome posterior ao surgimento do fenômeno. É-lhe posterior em dois séculos (surge com Baretti, Gozzi, Goldoni). E encerra um conceito que suscitou muitas polêmicas no decorrer do século XX, nas várias ocasiões em que o estudo do fenômeno *Commedia dell'Arte* foi retomado. Vejamos o que dizia Allardyce Nicoll em 1963, no seu *The world of Harlequin*:

> A interpretação usual do termo *Commedia dell'Arte* pressupõe que arte signifique o que *qualidade* (no jargão do teatro elisabetano), ou seja, o que *profissão* significa hoje. Contudo, a existência desses amadores sugere a necessidade de se atribuir um outro sentido à palavra [...] A interpretação usual do significado de *Commedia dell'Arte* não nos serve: é necessário, antes, pensarmos em arte em termos daquela que era, no princípio, uma sua conhecida conotação: a de *aptidão especial* ou *talento singular*.[6]

Cômicos da Arte representando em praça pública, aqui se trata de Piazza Santi Apostoli, em Roma. Detalhe de gravura de P. Schenck (século XVIII).

Nicoll visa aqui, principalmente, refutar a idéia predominante na primeira metade deste século, defendida energicamente por Croce, que afirmava:

> Não se reparou que *Commedia dell'Arte* não é, em primeiro lugar, um conceito artístico ou estético, mas profissional ou industrial. O próprio nome diz isso claramente: *Commedia dell'Arte*, ou seja, comédia tratada por gente de profissão e ofício, pois esse é o sentido da palavra arte no italiano arcaico.[7]

Nem Allardyce Nicoll, nem Benedetto Croce, nem qualquer outro estudioso chegou a apresentar argumentos irrefutáveis, no tocante ao significado do termo *arte*. No decorrer

---

6) NICOLL, Allardyce. *The World of Harlequin: a critical study of the* Commedia dell'Arte, 1963 (grifos meus).
7) CROCE, B. "Intorno alla commedia dell'arte" in *Poesia popolare e poesia d'arte*. 1933.

da história lingüística italiana, ele é encontrado quer no significado de habilidade ou talento, quer no de profissão. E essa duplicidade é o que, em última análise, parece mais interessante.

Em seu ensaio, Tessari (1969) transcreve uma passagem de De Amicis, anterior ao texto de Croce:

> Decerto não se conseguirá encontrar este nome de *Commedia dell'Arte* em nenhum dos escritos anteriores ao século XVI, pois o termo foi inventado justamente naquela época para distinguir essa espécie de representação, realizada por gente mercenária, por atores de profissão, cuja *arte* visava ao lucro.[8]

A própria polêmica sobre o nome marca uma condição diferencial — em todos os sentidos — do gênero que se convencionou denominar *Commedia dell'Arte*: tratava-se, efetivamente, da primeira manifestação de um teatro profissional. Um teatro que surge na Itália e de lá se propaga para o restante da Europa. Suas repercussões são sentidas na França, na Inglaterra, na Espanha, na Alemanha e na distante Rússia.

Mas como apreender esse fenômeno denominado *Commedia dell'Arte*?

A qual dos diversos pólos de estudo, das diversas correntes devemos dar maior atenção? Como não cair no mito, nos lugares-comuns, na idealização sobre os comediantes italianos, que por diversas vezes tomou conta de atores e estudiosos ao longo do século XX? É praticamente impossível responder. Apesar da imensa bibliografia existente sobre este gênero, ou das diferentes tentativas de resgate realizadas, quer na teoria quer na prática, a *Commedia dell'Arte*, em sua totalidade, ainda é inapreensível, e talvez assim permaneça.

O que conseguirmos reconstruir será sempre, e inevitavelmente, a idéia que dela fizermos a partir de materiais incompletos. Não obstante os inúmeros e fundamentais estudos realizados nas últimas décadas, notadamente na Itália, baseados em documentos de época e que têm o mérito de derrubar muitos mitos acerca da *Comédia Italiana*, uma pesquisa documentária exaustiva ainda está para ser realizada, como aliás os próprios

Acima e ao lado, detalhes dos frisos do castelo de Trausnitz, Bavária. Guilherme V da Bavária, por ocasião de suas núpcias, em 1568, assistiu fascinado a uma representação de improvisa à italiana. *Em seguida o duque mandou que seus aposentos no castelo fossem pintados em afresco com temas da* Commedia dell'Arte. *(Essas pinturas já não existem, pois foram destruídas por um incêndio.)*

---

8) DE AMICIS, V. *La commedia popolare latina e la commedia dell'arte*, Napoli, 1882, p. 13. Note-se, em glosa, que a obra de De Amicis é considerada um expoente exemplar daquela crítica histórica do século XIX que tenta estabelecer uma descendência direta da *Commedia dell'Arte* do mimo latino.

estudiosos reconhecem. Assim, pouco sabemos sobre aqueles indivíduos que, em poucas décadas, inventaram o profissionalismo teatral. E como a *Commedia dell'Arte* é, principalmente, uma série de fenômenos diversos e complexos, sumariamente compendiados sob esse nome e, cujos protagonistas são os atores (ou as companhias de atores) que ao longo de dois séculos percorreram Itália e Europa (que se arrogaram também as funções dramatúrgicas), é compreensível que, sem um maior esclarecimento documentado sobre suas vidas, pouco poderá ser dado como certo.[9]

A discussão já surge ao se tentar identificar as origens da *Commedia dell'Arte*. Mas nesse caso, acredito, Marotti definiu primorosamente a questão, quando afirma que "Origem, em cultura, é abstração que simplifica".[10] Falemos pois, com ele, em nascimento. Nascimento que, como dissemos, data de 1545. Surge a profissão teatral dos cômicos italianos, surge a nova realidade, a companhia teatral.

De pouco adianta discutir de onde teriam vindo inspiração, técnicas e repertório. Nada se cria do nada. Parece lógico supor, portanto, que esse novo *modus operandi* dos atores, esse "corpo" vivo que é a companhia, tenha atraído a si diversas das "práticas culturais" pré-existentes e aquelas pessoas que já gravitavam ao redor do fazer espetáculo ou festa, assimilando-as e criando a nova realidade: espetáculos teatrais "totais", com representação, cantos, danças, exibições de diversas habilidades e verdadeiras acrobacias, concentrando diversas competências cênicas.

Mímica e dança com acompanhamento de flauta do Recueil dit de Fossard, *uma coletânea de gravuras do século XVII, compilada para Luís XIV da França pelo Senhor Fossard. Essa coletânea era desconhecida e inédita até o início do século XX, quando M. Agne Beijer a descobriu no acervo não-catalogado do Museu de Estocolmo.*

Mímica e acrobacias. Uma companhia vienense do século XVIII que unia máscaras e funâmbulos às personagens da Volkskomödie. acervo da Nationabibl. de Viena.

---

9) Para uma abordagem do fenômeno *Commedia dell'Arte* que seja mais fundamentado nos documentos históricos, recomendamos a leitura de TAVIANI, F. e SCHINO, M. *Il segreto della Commedia dell'Arte*, 1982; MAROTTI, F. e ROMEI, G. *La Commedia dell'Arte e la societá barroca*, 1991; FERRONE, S. *Attori, mercanti, corsari*, 1993; no mínimo.
10) MAROTTI, F. e ROMEI, G., op. cit., 1991, p. XXXI.

Mais tarde, os comediantes também lançariam mão, em seus espetáculos, dos truques mecânicos e das potencialidades "espantosas" da nova cenografia, para proporcionar ao público "surpresas espetaculares", quando, por exemplo, uma mesa posta repentinamente voava pelos ares deixando todos boquiabertos. Aos poucos essas competências foram sendo afinadas, harmonizadas: as companhias estabeleceram seus "mecanismos" de atuação e um código inteligível para o público (e mais, cativante, atraente) chegando a elaborar verdadeiras estratégias profissionais voltadas, antes de tudo, a garantir a sobrevivência a partir da arte. E, mais tarde, muito fizeram para que esse *status* de "artistas profissionais" fosse de fato reconhecido pela sociedade.

Exemplo de cenas e efeitos cênicos do século XVIII.
Gravura de J.M. Probst, baseada em J.J. Schülber.

Ilustração de um dos novos engenhos cênicos. Gravura italiana do século XVII.

Os anos da formação das companhias são justamente os que mais carecem de documentação, provavelmente porque ainda lhes faltava aquele prestígio que mais tarde as faria figurar nos noticiários.

Inúmeros, no entanto, são os registros posteriores, a partir de meados do século XVI. São registros históricos, contratos lavrados em cartório, cartas, relatos, nos quais notamos atores e companhias já desfrutando de sucesso junto ao público e se apresentando também em outros países da Europa. Mediante a leitura dessa documentação podemos acompanhar o gradual moldar-se das companhias e de seus mecanismos de atuação profissional. Identificamos a presença concomitante de pessoas com aptidões cênicas diferentes e variadas, às vezes somadas numa mesma pessoa: atores, músicos, bailarinos, bufões, charlatães, amadores, pessoas que, de diversos modos, se ocupavam de atividades culturais. Percebemos o surgimento da fundamental figura do *capocomico*, uma espécie de precursor do diretor teatral, cujas funções os documentos explicitam: na maioria das vezes, era o responsável pelo arcabouço dramatúrgico, mas também a distribuição dos papéis e a própria disciplina da companhia integravam suas atribuições (em última instância, sua voz era a que falava mais alto e os atores lhe deviam obediência). Notamos também o aparecimento dos primeiros esquemas de dramaturgia e a gradual mistura entre o fazer teatral e o fazer dramatúrgico. Acompanhamos o surgimento daqueles mecanismos teatrais — quer de atuação, quer de regulamentação (inclusive em termos econômicos e assistencialistas) — que seriam essenciais ao desenvolvimento das companhias. E registramos, ainda, o gradual afirmar-se das máscaras fixas e a formação, em número de atores e personagens, das primeiras companhias, já sob a forma típica da companhia de Arte dos anos seguintes, que alcançaria o máximo de dez, doze pessoas: dois ou quatro namorados, dois velhos e dois *zanni* ou criados. A companhia dos *Gelosi*, a mais famosa do século XVI, era composta por dez atores.

Alguns dos tipos característicos em que as máscaras da Commedia dell'Arte *se inspiraram: Carregador (*Zanni*) Bravo Veneziano (Capitão) e Mercador (Pantalone). De Cesare Vecellio "Habiti antichi et moderni".*

As máscaras e as personagens da *Commedia dell'Arte* representam e satirizam as principais componentes da sociedade italiana da época, e os diversos dialetos ou falas com expressões dialetais refletem essa "atualidade" que há de ter sido central para o efeito cômico junto ao público. Segundo Pandolfi,[11] "as máscaras reproduziam as características que os italianos atribuíam a cada região do país: o mercador da República de Veneza, o carregador de Bérgamo, o pedante de Bolonha, o apaixonado toscano, o capitão espanhol ou italiano, ou napolitano [...] Assim a representação da *Commedia dell'Arte* fornece um quadro completo das classes e das regiões italianas [...]".

Vejamos os principais:

> *Os papéis dos velhos costumam ser notadamente ridículos, por estarem apaixonados e por serem avarentos, tenazes, desconfiados e viciosos; diversas as línguas a que foram atribuídas os papéis de pais, ao vêneto o papel de Pantalone, figurando como mercador avarento.*

---

11) A obra de Pandolfi, apesar de uma certa ingenuidade de análise, não deve ser de modo algum subestimada: trata-se de seis volumes que contêm um riquíssimo material, notadamente de repertório de diversas épocas de *Commedia dell'Arte*. (Cf. PANDOLFI, V. *La Commedia dell'Arte. Storia e testo*, 1957-61, 6 v.).

> *Ao bolonhês dá-se o papel do doutor dito Graciano, que será erudito, mas palrador.*
> *Costumam ainda representar os pais os napolitanos, em linguagens diferentes. Assim são o gago com o nome de* Tartaglia *e também* Cola, *ou o* Pasquariello.
> A. Perrucci

PANTALONE: era a figura mais constante das comédias, dentro do eixo principal das máscaras, constituído pelos dois velhos e os dois *zanni*. Pantalone é de Veneza, e usa aquele dialeto; seu nome também é tipicamente veneziano. É mercador rico. Em geral homem de prestígio, de início era chamado "Magnífico", título que contrasta com o outro sobrenome que acabou se consagrando: "dei Bisognosi" (*dos necessitados*: como não ver aí a ironia?). Pantalone é o representante da burguesia. De início é um homem de muita habilidade mercantil com certa tendência a acumular, mas quase sempre tolamente apaixonado. Durante os séculos XVII e XVIII se torna brusco, sovina, um pai de família avesso a consagrar o amor dos jovens. Apesar de sua habilidade nos negócios, não raro banca o apaixonado ridículo, que sempre acaba sendo zombado; também se torna

Pantalone, de Jacques Callot (1592-1635).

mais atrevido, em modos e fala, e muito resmungão. Sua figura é toda angulosa — nariz adunco, barba pontuda, sapatos com ponta levantada. Mas nem por isso devemos pensar que não fosse ágil, ao contrário, estava o tempo todo saltitando e cantando em ritmo frenético junto com o *zanni* sempre a seu lado, ágil, portanto, mas um tanto atrapalhado, provocando assim o riso dos espectadores e das outras personagens.

DOUTOR GRACIANO: em geral jurista, mais raramente médico, era o personagem que, extremamente verborrágico, utilizava as palavras numa seqüência que hoje chamaríamos de "besteirol" sem o menor sentido, de forma empolada e empoleirada, repleta de erudição e pedantismo. Usa a toga preta do escritório de advocacia de Bolonha. O doutor sustenta sua comicidade também no dialeto bolonhês (lembremos que a Universidade de Bologna é a mais antiga da Europa). Ficará conhecido como Balanzone. Há duas hipóteses quanto à esta sua alcunha: poderia derivar de balança, a balança da justiça; ou então de

Doutor, segunda metade do século XVII, N. Bonnart ed.

balle, as balelas que ele vai contando. Sua caricatura estava bem ancorada à realidade daqueles tempos. Essa máscara também surge de uma intenção satírica, como de uma vontade de aliviar o peso do humanismo em suas expressões mais reacionárias e antiquadas. Nos formulários utilizados pelos atores que representavam essa máscara, os pesquisadores encontraram paródias explícitas de obras eruditas daquela época. A sátira, no entanto, vai-se perdendo, com o tempo, na paródia bufonesca, como parecem comprovar os opúsculos, os repertórios, e as cenas burlescas dessa máscara.

> *Esse é um papel empolado em palavras e gestos, que se vangloria de beleza e de riqueza, e na verdade é um monstro da natureza, um pateta, um covarde, um pobre homem, louco de varrer.*
>
> Andrea Perrucci

CAPITÃO: terá diversas variantes, Capitan Spaventa della Valliferna, Rodomonte, Matamoros, Spezzaferro, Fracassa, só para mencionar alguns de seus nomes (como, aliás, acontece com todas as outras personagens e máscaras). Seu figurino também variava, mas suas fanfarronices e suas atitudes militarizadas eram uma constante. O Capitão vive desafiando os outros a duelo e se fazendo de valente, mas na hora do vamos ver, foge. Parece ter alguma verossimilhança a afirmação de d'Amico:

Em seu tom grotesco, essa máscara confessava o descontentamento italiano com a magniloqüência presunçosa dos dominadores espanhóis. Sua linguagem era o 'espanholesco', ou um italiano repleto de espanholismos macarrônicos: exceção feita àqueles lugares em que a censura dos conquistadores não o permitia.

Acima, Capitan Spavento, *da famosa coleção de desenhos contidos no volume de Maurice Sand, Masques et Bouffons. Gravura acquarelada, 1860.*
Ao lado, Habit de Capitan Espagnol, *de Charles-Antoine Coypel, gravura.*

As personagens ridículas, além dos pais [...] são os dois criados, chamados primeiro e segundo zanni.
O primeiro há de ser astuto, rápido, faceto, arguto, capaz de embrulhar, decepcionar, zombar e enganar o mundo.
O segundo criado deve ser tolo, pateta, insensato, a ponto de não saber de que lado fica a direita e de que lado a esquerda.

Andrea Perrucci

ZANNI: a origem desse que é o nome genérico dos criados é controvertida. A hipótese mais provável é a que o faz derivar diretamente do prenome dos criados, sempre Zan, Zani, Zuan, Zuani, Zuane, ou Zanni, que são a transformação dialetal do norte da Itália para Giovanni, Gianni ou Gian: Gian Cappella, Zan Gurgolo e assim por diante.

Essa máscara também está ancorada à realidade daqueles tempos, e há uma suposta origem social e cultural para os criados serem de Bérgamo. A pobreza e a falta de trabalho levavam os montanheses dos arredores de Bérgamo a descer para as cidades em busca de fortuna; ali se adaptavam aos trabalhos mais pesados e cansativos, como os de carregador em geral, ou de "carregador de cestas", nos mercados. Parece que eles haviam conseguido monopolizar esse tipo de trabalho nos portos de Genova e Veneza. A população dessas cidades, vendo seu trabalho ameaçado pela presença dos "forasteiros", reagiu com hostilidade e zombaria, comportamento que teria se refletido em composições e representações satíricas. Aos poucos à sátira segue a diversão, a complacência, a fabulação. O passo de carregador a criado é breve. E seu dialeto, ou melhor, uma estranha imitação deste por parte de bolonheses e venezianos, torna-se motivo cômico. O *zanni*, ao contrário do que se afirmou no passado, pouco tem a ver com o escravo plautino ou o criado da comédia erudita.

Sempre havia dois *zanni* em cena. Supõe-se que de início sempre usassem roupas brancas. Brighella, o criado esperto e primeiro *zanni*, tem roupa branca com galões verdes. Arlequim, o criado bobo, é o segundo *zanni*: desmiolado, de uma sensualidade infantil, que amiúde se resolve por inteiro na gula, é desbocado, preguiçoso, zombado e espancado. A roupa branca do pobre Arlequim, de tanto ser consertada com remendos de cores diferentes, cada vez mais numerosos, acabou desaparecendo debaixo dos remendos... que foram sendo dispostos em combinações simétricas, em quadrados, trapézios e losangos; aos poucos não somente a gestualidade, mas os figurinos também vão se amaneirando.

As linhas gerais eram essas, mas isso não significa que fosse obrigatório os dois criados manterem esse

Brighella e Trivellino.
Acima, Arlequim no século XVI.

esquema binário do esperto e do bobalhão; por vezes suas características se inverteram, e muitas vezes se fundiram, resultando numa mistura de vagabundagem e esperteza, num único papel de zombeteiro e zombado de uma só vez. A lista dos *zanni* é enorme, assim como a de seus ecos. Para citar um exemplo, é de Pedrolino, ou de seu nome, que teriam surgido o Pierrot francês e o Petrushka.

Três Arlequins acrobatas. Gravura holandesa, 1700c.a., coleção Biblioteca e Raccolta Teatrale del Burcardo, S.I.A.E. - Roma.

AS CRIADAS, OU AMAS: surgem logo ao lado do *zanni*, como sua versão feminina, a *Zagna*. Franceschina, a primeira delas, era interpretada por um homem, Battista Amorevoli da Treviso. Já na companhia dos Gelosi, o papel de Franceschina é de Silvia Roncagli. Como podemos notar pelos textos de Scala, Francisquinha aparece como mulher do estalajadeiro, ou mulher do *zanni*, e não raro se disfarça nos mais variados tipos. Em 1614, na companhia dos Confidenti, será mais uma vez um homem a representar esse papel. Enfim, a situação é variada. Geralmente falavam em toscano, e terão diversos nomes: Smeraldina, Pasquetta, Turchetta, Ricciolina, Diamantina, Corallina, Colombina. Nenhuma delas usa máscara.

Francisquinha, Pantalone e Arlequim. Gravura. Segunda metade do século XVI.

> *Os namorados hão de ser escolhidos entre os jovens, e não entre os velhos, sendo trivial entre os atores o ditado "Zanni velhos e namorados jovens", pois velhice não condiz com Amor, e quem está apaixonado na velhice é digno de riso e escárnio.*
> Andrea Perrucci

Otávio e Isabella Anônimo. Gravura.

Il Signor Horacio *(detalhe de gravura da Recueil Fossard, 1577ca)*.

OS NAMORADOS, cujos dotes principais tinham de ser a elegância, a graça, a beleza, falavam em toscano literário e, assim como as criadas, não usavam máscaras. Entre os homens temos: Fabrício, Horácio, Cíntio, Flávio, Lélio. Entre as mulheres temos Angélica, Ardélia, Aurélia, Flamínia, Lucila, Lavínia e, do prenome nome da Andreini, a maior virtuose do século XVI, Isabella. São personagens enfáticas, apaixonadas, às vezes com frenesi. Com o avançar do tempo, tornam-se cada vez mais enlanguescidas.

Diante do fascínio imediato exercido pelas máscaras, é difícil imaginar qual teria sido o grande atrativo dos papéis dos namorados. A introdução do elemento "real" em meio às máscaras, de fato, nos parece quase inexpressivo. É preciso notar, no entanto, que os escritos da época testemunham que o maior sucesso, junto ao público, era justamente daquelas atrizes — Vincenza Armani, Vittoria Piissimi, Isabella Andreini — que interpretavam as namoradas. A esse propósito, diz Pandolfi:

> É parte de toda tradição literária italiana [...] o desejo de dar ao sentimento de amor uma roupagem conceitual, de descrevê-lo mediante uma dialética de expressões metafísicas que, raramente mas com eficácia, coexistem com uma rude e violenta pornografia. [...] Assim, dentro da mesma comédia, temos os "conceitos" dos namorados, e as expressões humoristicamente libidinosas dos velhos e dos criados.

Conclui, Pandolfi, que uma representação, um modo de atuação, está inexoravelmente ligado à época em que se produz. Sem dúvida, mas esse contraponto entre a representação estilizada e cômica das máscaras, seu lado irônico e meio diabólico (ao menos em origem), e as personagens "realistas", mesmo que ligeiramente caricaturais, parece ser um dos pontos fortes da *Commedia dell'Arte*.

O elenco não se encerra por aqui. Há, eventualmente, outras máscaras, como, por exemplo, Scaramuccia (que muitas vezes era o segundo capitão), ou Tartaglia. Também há outros "papéis" genéricos, como o Mercador (turco, armênio, levantino), o Tabelião, o Médico, o Marinheiro, o Bravo, o Camponês, os Escravos, os Escroques, os Cirurgiões-barbeiros, os Loucos e assim por diante.

Isabella coloca os chifres em Pantalone, gravura, século XVIII.

E A ATUAÇÃO?

> *Desconhecida dos antigos, e invenção de nossos séculos, é a representação improvisada das comédias, não tendo eu encontrado entre os antigos qualquer um que mencionasse coisa assim [...].*
>
> *Belíssimo, e perigoso, é esse empreendimento, e nele hão de estar só pessoas que sejam mais que idôneas e peritas, e que saibam o que significa a norma da língua, as figuras retóricas, os tropos e a arte toda da retórica, pois terão de improvisar o que o poeta faz por premeditação.*
>
> Andrea Perrucci

Muito se diz sobre a atuação nos espetáculos da *Commedia dell'Arte*, sobretudo que seriam totalmente realizados com base na improvisação. Mais uma vez, para além dos mitos e das polêmicas, alguns fatos comprovados sugerem outra interpretação para esse conceito de "improvisação".

Se de um lado de fato os atores não possuíam um texto escrito a ser decorado e encenado, cada ator ia se especializando mais e mais num tipo, num personagem, e ia compilando uma série de materiais por escrito, um, digamos assim, "repertório próprio", para ser utilizado em cena, conforme o momento e a repetição das situações o permitissem. Alguns desses materiais chegaram até nossos dias.[13] Evidentemente, aqueles atores de maior talento, os que seriam depois confundidos com a personagem que representavam, ou que a ela dariam seu próprio nome, terão sido certamente fonte de inspiração para os demais detentores daquela personagem.

La Comedie. *Encenação do século XVII na França.*

Mas o que parece contar mais é o jogo cênico, que orquestrava o conjunto do espetáculo; isto é, aquele entrelaçamento de situações das diversas personagens (que afinal se repetiam de trama em trama) cuja realização "ao vivo" seria impossível, não fosse uma grande sincronia e um profundo sentido do conjunto por parte de cada ator. Esse estar à-vontade com a própria personagem em toda situação, dispondo até de um "formulário" de repertório em mente, também permitia, acredito, que o ator atentasse para o conjunto do espetáculo. A ponto de sua participação entrelaçar-se à dos outros harmonicamente, compondo assim a trama geral. E essa fórmula, extremamente funcional e flexível, foi sendo burilada e afinada com a prática. Em outras palavras, a "especialização" do ator (que não deve ser transformada em mito, como o foi diversas vezes) e o domínio da máscara, do próprio "tipo" ou personagem por parte dos atores, eram pontos cruciais para o espetáculo de *Commedia dell'Arte*.

---

13) Cf. PERRUCCI, A. *Dell'Arte rappresentativa premeditata e all'improvviso.* 1699. Reeditada em BRAGAGLIA, A. G.. 1961. Para esse aspecto, fundamentais a mobra de Perrucci, um tratado sobre a "arte de representar", dedicado aos amadores que desejassem realizar uma boa encenação das comédias e a compilação reunida por Pandolfi (PERRUCCI, A. *Dell'Arte rappresentativa premeditata e all'improvisso.* 1699. Reeditada em BRAGAGLIA, A. G.. 1961 e PANDOLFI, V. *La Commedia dell'Arte. Storia e testo).*

Os papéis eram, sumariamente: o velho, o criado, o namorado, segundo os esquemas da comédia clássica renascentista, mas também, e sobretudo, as atuações se davam com uma notável liberdade, especialmente no primeiro período do profissionalismo teatral, quando a presença da tradição bufonesca era mais marcada e as mulheres ainda não haviam entrado em cena (os homens seguiam representando os papéis femininos). Tudo isso, em suma, se traduz na capacidade de lançar mão daquele manancial no momento exato. No linguajar moderno diríamos que tais atores eram dotados de um *timing* espetacular e de um enorme preparo técnico, ambos voltados a responder à situação proposta pelo *capocomico* no roteiro; além disso, sabiam levar em conta o público e suas reações, adaptando a própria atuação à platéia. Quem já subiu num palco vai compreender imediatamente que preparo esmerado e que disciplina haviam de ter esses atores.

*Harequin — Zany Cornetto (Recueil Fossard).
Notar as posturas acrobáticas.*

*Harlequin — Zany Corneto — Il Segnor Pantalon.
(Recueil Fossard). Notar a presença da música em cena.*

Mas, para além desse jogo cênico, indiscutivelmente valioso, temos de fazer algumas considerações que julgo bastante pertinentes. De onde teria surgido então o mito de que "tudo era improvisação" no espetáculo de *Commedia dell'Arte*? Ora, como bem nota Marotti, o público nada conhecia do espetáculo a que iria assistir, a não ser o título, até porque não havia textos publicados. Claro, havia variações, de ator a ator, de companhia a companhia, mas na visão do espectador que, não esqueçamos, também era "papel" que se formava naqueles mesmos dias, essa "atuação de improviso" era facilmente tomada por "improvisação", *tout court*. Por outro lado, não podemos sustentar, como já se fez, que o preparo do ator era apenas a natural decorrência do fato de ele representar o mesmo papel a vida toda. Antes de tudo porque não é verdade; ao menos, nem sempre. O próprio Francesco Andreini, responsável pelo Capitão mais famoso da *Commedia dell'Arte*, começou sua carreira como namorado. Além disso, se a maioria deles mantinha o mesmo papel, havia uma razão de "mercado" para isso. Se o ator fazia sucesso com sua personagem, a ponto de, por vezes, ser confundido com ela, se o bolso estava garantido e a fórmula funcionava, para quê mudar? Por outro lado, é bom lembrar que às vezes essas mesmas companhias representavam textos escritos tradicionais.

As famosas Compositions de rhétorique, *do ator Tristano Martinelli (é ele representado aqui nos trajes de Arlequim, em 1601). Ele as compôs para doá-las a Henrique IV, rei de França, que fora o primeiro a chamá-lo para atuar em Paris, em 1599. De tom irreverente, o tratado não passa de zombaria, e se abre com uma irônica e mordaz dedicatória ao rei. A vida de Tristano, e seu tratado, mostram diversos aspectos característicos dos atores da época áurea da* Commedia dell'Arte: *o livre trânsito com a nobreza, a irredutível irreverência, a curiosa língua resultante da mistura do italiano com o francês. Tristano, que parece misturar vida e arte o tempo todo, com seus traços populares e também literários, com seus requintes de corte e seu escracho de bufão parece resumir em si as complexas e ambíguas origens da* Commedia dell'Arte.

Isto tudo leva a crer que a improvisação fosse, antes de mais nada, uma estratégia; de mercado, mais uma vez. Em primeiro lugar porque a companhia poderia se apresentar em longas temporadas, no mesmo local, com variação de repertório, ao passo que a tradicional representação de textos escritos se esgotaria muito antes. As situações cômicas dos criados e dos velhos, com o suporte dos namorados, decerto eram mais fáceis de serem identificadas, compostas e parcialmente memorizadas, com uma série ampla de possíveis variantes e jogos dialéticos interpessoais.

Como nota Tessari:

> Pela primeira vez na história, e muito além dos horizontes entreabertos pela invenção da impressão, um objeto cultural se propõe para um público cada vez mais amplo, e, mais importante, excluído da possibilidade de acesso à comunicação escrita. Isso implica, por outro lado, a construção de uma linguagem adequada ao gosto dos novos comitentes: capaz de satisfazer as exigências implícitas do mercado em que atua. O que, traduzindo em termos concretos, significa elaboração e escolha de determinados *topoi*: *Lazzi*, seqüências de palavras, esquemas estruturais do espetáculo, objetivando, todos, o jogo sério de um sucesso sério de um sucesso que é imperativo conquistar, pois dele depende a própria sobrevivência econômica de todos os que colaboram para a nova "arte".[14]

Gravura do século XVII, mostrando a fala dialetal de Arlequim.

Esse sistema, da "*improvvisa*", ademais, encerra outro expediente muito mais interessante: o espetáculo podia ser adaptado, a cada vez, ao público presente. Desde a corte até o espectador pagante de uma sala de comédia. O que permitia que a trama fosse sendo "ajustada", e com ela o tecido verbal, os ritmos, o tempo cênico. Por fim, empregavam-se nos espetáculos as diversas linguagens que se falavam pela "Itália", o que Flaminio Scala, cinqüenta anos mais tarde, definirá como "a variação do bergamasco ou do veneziano ou do bolonhês". Esses recursos todos amplificavam a possibilidade de agradar ao público. Estratégias, portanto.

---

14) TESSARI, R. "*La Commedia dell'Arte* come forma di in embrionale industria del divertimento". In: MARITI, L. (org.). *Alle Origini del Teatro Moderno. La Commedia dell'Arte. Atti del Convegno di studi di Pontedera.* Roma: Bulzoni, 1980, p. 81.

Máscara de Arlequim, século XVII.

Matriz de máscara de Arlequim do século XVII.

Quanto ao tipo de atuação, dois elementos merecem destaque, a meia máscara e a estilização, notadamente das personagens dos criados (*zanni*) e dos velhos. Diversos autores registraram a contigüidade com as máscaras carnavalescas (mas atenção, Pantalone e *zanni* não surgem no Carnaval, ao contrário, sua popularidade fará com que logo passem a ser incluídos naquela festa). Ademais, era costume veneziano cobrir o rosto com máscaras, tanto nas festas públicas como nas privadas. Hábito este que os bufões do século XVI logo levarão ao teatro. Além disso há testemunhos sobre o interesse que as máscaras do teatro clássico suscitavam naqueles tempos.

Já afirmei que toda criação se fundamenta em algo já existente. Em linguagem cênica, é inegável a amplificação do gesto que a máscara bem utilizada permite, como se facilitasse a expressão corporal, ou antes, a forçasse ao extremo. Basta lembrar, por exemplo, a dificuldade inicial do aluno-ator quando pela primeira vez veste a "máscara neutra", criada especialmente para fins didáticos. Tira-se a expressão facial de um ator para forçá-lo a explorar o potencial expressivo de seu corpo. Daí à estilização é um passo. Também será legítimo supor que esse expediente técnico, em última análise, permitia que o ator fosse imediatamente reconhecido como a personagem que representa: mecanismo eficaz de "educação" do público, portanto.

Outros componentes? Bem, dilatação ou distorção das tensões físicas aliadas a verdadeiras acrobacias também eram herança dos truões: quedas, cambalhotas, saltos mortais, com variações cada vez mais complexas, são elementos a mais de um saber teatral cada vez mais codificado.

Mais tarde, com a entrada em cena das mulheres, muita coisa mudará na comédia. Se hoje é ponto pacífico a presença feminina em cena, há que se imaginar a diferença e a surpresa que isso causou a um público acostumado a ver homens representando os papéis das mulheres. Mas a modificação vai além. Com as mulheres também entra em cena a erudição, a improvisação de tradição acadêmica, improvisação poética e conceitual, cantada ou em rima, em suas componentes cultas e populares. Os *zanni* perderão um pouco de terreno, conquistado pela comédia agora mais sutilmente erótica que se deve à presença das atrizes da Arte. Sabemos que não só de erudição se valiam as comediantes: algumas eram sábias em utilizar expedientes de provocação erótica para conquistarem o favor do público. Erudição e erotismo aspectos estão fartamente documentados.

Outro aspecto das diversas conjeturas sobre a *Commedia dell'Arte* deve ser comentado. Muitas teorias, suposições, reconstituições históricas e de prática teatral basearam-se na vastíssima iconografia existente sobre o teatro dos cômicos italianos. Esse território é areia movediça. As gravuras e as pinturas não são obra dos cômicos, embora muitas vezes eles as encomendassem aos artistas. Se já na fotografia, ilusoriamente capaz de captar a realidade, o olho do fotógrafo é leitura, imaginemos o quanto isso se amplifica no caso da gravura. Diversos são os exemplos de estudiosos que se debruçaram sobre os registros de gravuras e pinturas acreditando encontrar ali o testemunho do fazer teatral e do personagem. Mas o que hoje sabemos ter sido equívoco já foi tomado por verdade. Seria enganoso portanto, querer reconstituir gestualidades, por exemplo, a partir da visão de um artista. Ademais, o artista está mergulhado em sua época, e isso vale para os dois artistas em questão, o ator e o gravador. Nota-se que não somente a atuação vai se modificando, mas o retrato da máscara, do ator, da cena, também muda. Objetivamente, os registros iconográficos apresentam um grave problema: são muito contrastantes entre si, e, ainda, na maioria dos casos tentavam captar um suposto "espírito" da *commedia improvvisa*, isso de Callot a Watteau. Há casos clamorosos de equívocos. A coletânea de gravuras de Callot intitulada *Balli di Sfessania* foi considerada durante anos como registro fidedigno de *Commedia dell'Arte*. Todos os livros sobre *Commedia dell'Arte* a propunham desse modo aos leitores; ainda hoje esta imagem está colada a um certo imaginário da *Commedia dell'Arte*, apesar de já ter sido comprovado que a coletânea não passava de uma reinterpretação absolutamente pessoal de Callot.

Acima e ao lado, Balli di Sfessania, *a famosa coletânea de J. Callot. Uma das gravuras e o frontispício, representando uma encenação.*

Figuras emblemáticas da *Commedia dell'Arte*

Aos atores, mais do que aos humanistas, aos arquitetos de edifícios e de cenários, e primeiro do que aos escritores de comédias e tratados, cabe o mérito de ter fundado essa disciplina do espetáculo que alcança nossos dias.

Siro Ferrone

Raios que partam esta profissão e quem a inventou!
Quando me ajuntei a eles, pensei que teria uma vida feliz: mas qual o quê!
Acho-a uma vida de cigano, pois são eles que nunca têm lugar certo ou estável.
Hoje aqui, amanhã lá: às vezes por terra, às vezes por mar: e, o que é pior, sempre vivendo nas estalagens onde, na maioria das vezes paga-se bem e fica-se mal.
Bem que meu pai podia ter me colocado em algum outro ofício, no qual, acredito, teria tirado maior proveito e lucro, e sem tanta lida, pois quem tem ofício se garante neste mundo, costumava dizer Farfanicchio, meu companheiro.
Paciência! Eu já estou nisso; e nesta profissão, é só ficar o tempo de gastar um par de sapatos para nunca mais querer sair.

D. Bruni

Seria impossível aproximar-se da *Commedia dell'Arte*, e particularmente da coletânea de Scala, sem olhar mais de perto aqueles que lhe deram vida. Não se pode ignorar, neste caso, ao menos três grandes figuras que vagam o tempo todo ao redor desse eixo — figuras que estão entre as que mais se destacam no âmbito do teatro profissional ao longo dos séculos XVI e XVII: Francesco e Isabella Andreini e o próprio Flaminio Scala. Temos de considerá-los nem tanto como pessoas de biografia singular, mas, antes, na qualidade de expoentes de categorias históricas: figuras emblemáticas que simbolizam uma determinada época e um determinado personagem — nesse caso, personagem da vida real. E isso porque suas vidas e seu trabalho marcam o nascimento do teatro assim como o concebemos em época moderna. São partes integrantes, concreta e simbolicamente, da afirmação da identidade do teatro moderno.

Retrato de Francesco Andreini, da Le Bravure del Capitan Spavento.

Retrato de Isabella Andreini, inspirado no retrato contido no volume de suas cartas.

Isabella e Francesco Andreini, atores, como os demais atores de *Commedia dell'Arte*, criam não somente um teatro profissional: inventam a profissão de ator. Com suas viagens e apresentações, e à medida que vão aprimorando seus métodos de trabalho, nasce a companhia profissional de teatro; os mecenas vão aos poucos se tornando verdadeiros empresários, e também a figura do diretor teatral (*capocomico*) vai se delineando. Com a *Commedia dell'Arte* surgirá aquele espaço físico, aquele "recipiente" que hoje conhecemos por teatro; pela primeira vez também, os papéis femininos serão representados por mulheres, e não por rapazes fantasiados.[15] Esse ingresso feminino nos palcos tem um sentido mais profundo do que se poderia supor à primeira vista. A esse respeito, observam Taviani/Schino:[16]

> Até o advento das mulheres, os documentos falam de comédias exclusivamente bufonescas, baseadas nos *zanni* bergamascos, nas personagens de patrões venezianos, na tradição das farsas. [...]
> É fácil imaginar que, nesse ramo (o das comédias bufonescas), as atrizes tenham enxertado outro, aquele que caracterizava as virtuoses da conversação e do canto, o ramo em que as tradições da literatura e das artes acadêmicas se reduziam a profissão, para as mulheres educadas na difícil arte das *meretrices honestae*. A aliança entre mulheres educadas na cultura acadêmica e grupos de homens educados na cultura cômica e bufonesca era, por assim dizer, uma aliança natural, pois implicava as duas formas — visão masculina e visão feminina — do exercício mercenário da composição literária e da arte do comportamento.

Deduz-se, portanto, que a participação feminina não se resume à presença pioneira das mulheres no palco, como uma espécie de liberalização, uma ratificação do desempenho dos papéis femininos por parte dos homens. Ao contrário, a presença feminina equivale a uma das partes intrínsecas da formação da *Commedia dell'Arte*. Trata-se aí da sobreposição de uma arte a outra: ao profissionalismo dos atores, junta-se a arte de um ramo acadêmico, tendente ao clássico, lírico, que, em campo feminino, tinha sofrido um processo de profissionalização e de comercialização análogo ao que havia acontecido, em campo masculino, com a arte do bufonesco e do farsesco.

Com as companhias dos "cômicos da improvisação" surge a disciplina do espetáculo: eu, ator, regulo o meu trabalho; você, espectador, assiste a ele. Simples. Aparentemente. E, no entanto, esse aspecto basilar foi surgindo da Arte, do exercício da profissão desses atores, cujos representantes por excelência são, justamente, o casal Isabella e Francesco Andreini.

Brasão e nome de Isabella Andreini para a Accademia degli Intenti, *de poesia.*

---

15) "C'est du temps de Flaminio Scala qui les femmes furent introduites sur la scène, c'est-à-dire, vers l'an 1560" (Cf. RICCOBONI, L. *Histoire du Théâtre Italien, depuis la décadence de la Comédie Latine*, 2 vols., 1730/31, p. 42).
16) TAVIANI, F. e SCHINO, M. *Il segreto della Commedia dell'Arte, op. cit.*, 1992, p. 338.

Detenhamo-nos um pouco na figura de Isabella, que, além de ser a "titular" do personagem com esse mesmo nome,[17] será a responsável pela introdução da figura da "primeira atriz"; seguindo e ampliando os rastros da já famosa Vittoria Piissimi, foi a primeira mulher a levar ao palco o drama pastoral, gênero que se tornará famoso com *Aminta*, de Torquato Tasso, e o *Pastor Fido*, de Giovan Battista Guarini.

Frontispício do volume de cartas de Isabella Andreini.

Nascida Isabella Canali, Isabella Andreini era filha de gente humilde de Veneza. Extraordinariamente culta, tinha preparo para compor e improvisar versos. Era noiva de um homem quatorze anos mais velho. Em 1568, quando Isabella tinha apenas seis anos, aquele homem era soldado da armada naval veneziana, e foi feito escravo pelos turcos. Depois de viver oito anos em escravidão, finalmente fugiu, regressando então à sua terra, onde se casou e teve com Isabella (que provavelmente contava à época quatorze anos de idade) o seu primeiro filho: Giovanni Battista Andreini.[18] Em 1578, somente dois anos depois da fuga do cativeiro, Isabella e seu marido aparecem entre os atores da companhia *Gelosi*. Não sabemos quem levou quem para a arte do espetáculo. O fato é que Francesco de' Cerracchi abandona o nome de sua família;[19] Isabella também abandona seu nome de solteira e passa a utilizar o novo nome do marido: Andreini. Tornam-se, assim, os famosos Francesco e Isabella Andreini.

Embora o percurso até a chegada à *Commedia dell'Arte* seja um tanto quanto estranho, dentro da companhia eles reconstruíram a regularidade de uma família com fama e filhos, reproduzindo o perfil das mais honradas famílias da sociedade civil e burguesa. Esse foi o modo que encontraram para conquistar crédito e se defender; foi ao redor de sua família que se organizou a primeira e meditada ofensiva dos atores para o enaltecimento de sua profissão.[20] Com Isabella, pela primeira vez a figura da atriz

---

17) Isabella Andreini (1562-1604) criou a primeira namorada Isabella, nome que se perpetuou para esse personagem em boa parte dos textos de *Commedia dell'Arte*. Lembramos que esse nome tem ecos modernos — Dario Fo, por exemplo, assim denomina a primeira atriz de seu texto de *Commedia dell'Arte* "Isabella, tre caravelle e un cacciaballe" (FO, Dario. *Le Commedie di Dario Fo*, II, 1966).

18) Giovanni Battista (1579-1654) foi o único representante da segunda geração da família Andreini a manter a tradição teatral: será ator famoso, representando o papel de primeiro namorado, sob o nome de Lélio até idade avançada, e autor de *La Ferza* que, junto a *Lo Specchio* e *L'Applauso*, compõem os *Tre Ragionamenti in difesa dell'arte comica*, publicados em Paris, em 1625, em defesa da dignidade de seu ofício e das companhias de teatro (ANDREINI, G.B. *La Ferza. Ragionamento secondo contra l'accuse date alla commedia*, 1625 in FALAVOLTI, L. *Attore. Alle origini di un mestiere*. 1988, pp. 65-115.

19) Bevilacqua (1894) supõe que a mudança se deva ao medo de desonrar o nome da nobre família de Pistoia com sua nova profissão (apud TAVIANI, F. e SCHINO, M. *Il segreto della Commedia dell'Arte*. *Op. cit.*, 1992).

20) Cf. MAROTTI, F. (org.). Flaminio Scala, *Il Teatro delle Favole Rappresentative*. Milano: Il Polifilo, 1976, pp. XLI-XLIV.

destaca-se da figura da "honesta meretriz".[21] Esse casal de atores ostentará com muito orgulho — quase se rindo dos censores — o próprio nome, elevando-o a uma dignidade de academia. E, qual fossem uma academia de atores, elaboram o símbolo gráfico (um Jano) e o mote da companhia: *Virtù fama ed onor ne fer Gelosi*.[22] Isabella saberá aproveitar-se de sua fama para inaugurar o novo modelo de mulher-atriz. E usará de toda a sua capacidade para a afirmação do ofício de cômica.

Francesco, por sua vez, embora inicie a carreira como namorado, acabará perpetuando a máscara de *Capitan Spavento della Valle Inferna*. E estará sempre encabeçando a companhia de *I Gelosi*. Publica um compêndio sobre essa máscara, chamado *Le bravure del Capitan Spavento*. Na apresentação dessa obra aos leitores, Andreini[23] tece uma verdadeira defesa e declaração de ofício:

Isabella Andreini, desenho de Maurice Sand.

> Gentis leitores, enquanto vivi na famosa companhia dos Cômicos Gelosi (cuja fama jamais verá o ocaso), tive o prazer de representar nas comédias o papel do soldado soberbo, ambicioso e jactancioso, fazendo-me chamar Capitão Spavento da Vall'Inferna.[24] E tamanho foi o meu aprazimento nisso, que deixei de representar o meu papel principal, que era o de namorado.

Fica evidente a capacidade profissional dos atores da *Commedia improvvisa*. Jano, protetor das pontes e das portas, deus da transição: que figura simbólica poderia ser mais apropriada para aqueles homens que inauguram a temporada (ainda hoje aberta) das viagens para as apresentações de suas comédias? De fato, a *Commedia dell'Arte* é o primeiro teatro ocidental que se "exporta" e, a partir da Itália, influencia os outros países europeus, lançando as raízes de inúmeros fenômenos teatrais, como a *Commedie Française*, para citar um único exemplo.

Frontispício do livro de Francesco Andreini, que contém o repertório do Capitão. Durante a vida de Andreini, o livro teve 4 edições diferentes, com diversos acréscimos.

---

21) Isabella (Isabella Andreini 1562-1604) era poetisa de valor reconhecido, a ponto de pertencer à Academia Literária de *Gli Accesi*. Há um relato sobre um sarau na casa do Cardeal Aldobrandini, quando Isabella ganhou o segundo lugar de uma competição poética, superada apenas pelo célebre Torquato Tasso, que também lhe dedicou um soneto.
22) ANDREINI, F. *Ragionamenti fantastici*. Veneza: 1607/1612.
23) ANDREINI, F. *Ragionamenti fantastici*. 1607; introdução dirigida aos leitores.
24) Traduzindo literalmente: Capitão Pavor do Vale do Inferno.

FLAMINIO SCALA — VIDA E OBRA

Flaminio Scala (1547-1624): ator, dramaturgo, perfumista, diretor teatral *ante litteram*.

A simples citação desses dados é, na verdade, o resultado de uma possibilidade contemporânea: permite o "encerramento" recente de longa discussão que, tendo se arrastado por mais de cem anos, ao ser resolvida (ao menos parcialmente), significou a destruição de um mito e de toda a fantasia que, invariavelmente, acompanha qualquer mito. Desde as primeiras "notícias" e estudos sobre *Commedia dell'Arte*, o mito Flaminio Scala salta aos olhos.

Falta de rigor histórico, deduções apressadas, ligações nem sempre fundamentadas (ou ao menos discutíveis) acabaram criando, no século XVII, uma imagem bastante sedutora de Flaminio Scala, que resumo em breves linhas. Scala, ator que representa o papel-tipo "namorado" com o nome de Flávio, atuando, portanto, dando mostra dos "conceitos" na língua erudita: o toscano. Flaminio que, a certa altura, resolve encabeçar uma das maiores companhias da época, *I Gelosi*; Flaminio que abre o primeiro teatro cômico em Paris, e se torna dramaturgo de Isabella e Francesco Andreini, compondo para eles a primeira e única coletânea de cenários de *Commedia dell'Arte* a merecer o deferimento de ser impressa, coletânea e autor que vão se tornando modelo e alvo de atenção para as gerações dos atores do devir.

Bartoli, dito "o Plutarco dos Cômicos italianos",[25] deu o pontapé inicial para a construção do mito de Flaminio Scala e de sua participação na companhia *I Gelosi*, participação que, ainda hoje, é incerta. Ao fazê-lo, Bartoli, com pouco rigor, baseou-se em Riccoboni,[26] que, por sua vez, muito deduziu do prefácio à coletânea de Scala[27] e muito concedeu à própria memória. Ao longo do tempo, e do crescente (e intermitente) interesse sobre a *Commedia dell'Arte*, inúmeras foram as contendas, os interesses, e as "conclusões" a espelhar, à medida que surgiam, os caprichos da ventania teórico-teatral em voga.

Trata-se aqui de um mito que se perpetua ao longo de dois séculos e que, não questionado (ou apenas muito limitadamente), se prestou a todo o fluxo de interpretações fantásticas e românticas. E a contendas acesas, públicas e publicadas. Pena não ser verdadeiro, ou, ao menos, apenas parcialmente. Rompe-se uma história fantasiosa, abre-se espaço às dúvidas.[28]

---

25) Sua obra constituiu durante muitos anos referência básica nos estudos sobre *Commedia dell'Arte* e lhe valeu o epíteto mencionado (Cf. BARTOLI, F. S. *Notizie Istoriche de' comici italiani che fiorirono intorno all'anno MDC fino ai giorni presenti*. 1781/82).

26) Luigi Riccoboni (1676-1753) foi o responsável pela propagação e normatização da *Commedia dell'Arte* na França. Escreveu um tratado e duas obras críticas sobre *Commedia dell'Arte*, além de uma coletânea de textos. (Cf. RICCOBONI, L. *Histoire du théâtre Italien, depuis la décadence de la Comédie Latine, op. cit.* — *Pensées sur la déclamation*, 1737 — *Réflexions historiques et critiques sur les differentes théâtres del'Europe*, 1738)

27) Refiro-me ao original de Scala, seu prefácio, a dedicatória a Giovanni de' Medici e à apresentação de Francesco Andreini, que apresento a seguir.

28) Só nas últimas duas ou três décadas novas interpretações e estudos exibem maior rigor histórico no que concerne à vida da *Commedia dell'Arte*; vale a pena notar que, ao contrário do que se deu com os estudos mais generosos na fantasia, os de maior fundamento histórico são pouco conhecidos ou divulgados.

Em se tratando de Flaminio Scala, poucas são as informações biográficas de que se tem certeza de fato. As incertezas começam já no que se refere à data de nascimento. É recente o achado de sua certidão de óbito nos Arquivos de Mántua, certificando ter ele nascido em 1547.[29]

A paternidade era duvidosa, e sobre ela fantasiou-se até os limites do crível — rios de tinta foram gastos nas atribuições de uma origem nobre, ocultada sabe-se lá por que inconfessável motivo. Depois da descoberta de seu testamento nos Arquivos de Veneza, sabe-se hoje que Flaminio era filho de certo Dom Giacomo di Roma. Com isso temos o fim das inúmeras especulações.[30]

Até os 50 anos de idade, sua vida permanece envolvida em mistério. Alguns documentos anteriores a essa idade de Scala poderiam se referir a ele, mas nada é certo. Vastos testemunhos dele próprio e de suas atividades datam da época em que Flaminio se torna diretor e dramaturgo da *Libera Compagnia dei Confidenti* (1615-1621) — note-se que, à época, Scala já tinha 63 anos —, protegida por Dom Giovanni de' Medici.[31] Supõe-se que Flaminio tenha conhecido Dom Giovanni na França, em 1600. Em 1615, Dom Giovanni de' Medici muda-se para Veneza.

Desse momento em diante

> [...] intensifica-se a troca de cartas sobre a companhia, assim como, desse momento em diante, aparece, na correspondência de Dom Giovanni [...], o nome de um remetente e destinatário de primeiro plano: Flaminio Scala, de sessenta e três anos, já famoso como ator e editor de *canovacci*, amigo dos grandes atores vivos e já desaparecidos, conhecido nas cortes da Europa, mas há certo tempo inativo e, de qualquer modo, alheio às principais formações de atores daquele momento. Flaminio Scala não era casado, e tinha a liberdade de viajar Itália afora.
>
> [...] É bem verdade que tinha obrigações em Veneza, de ordem profissional: uma botica de perfumes e especiarias nas redondezas de Rialto, mas quando precisava partir com os *Confidenti*, ele podia ser substituído por um núcleo de jovens ajudantes.
>
> [...] Era, portanto, o homem certo a quem confiar a administração da companhia, o papel de "mantenedor".
>
> [...] O teatro como profissão, e não mais como luxo, é associado assim à profissão de militar, que em Veneza deixa de ser o serviço obrigatório de um cadete à bandeira dinástica para assumir as características de um serviço remunerado.[32]

---

29) MAROTTI, FERRONE, TAVIANI/SCHINO, etc.

30) É claro que a nobreza não apreciaria a participação de um de seus membros na comunidade dos comediantes, mas foram inúmeros os casos de atores que "cortaram" o próprio nome nobre, sem por isso esconderem sua origem. Esse é o motivo pelo qual a especulação interminável sobre os possíveis motivos dessa sonegação de dados por parte de Flaminio Scala parece não ter maior sentido ou importância. Dom Giovanni de' Medici é um exemplo cabal a respeito dessa questão; ao contrariar a família acabou se tornando um verdadeiro empresário justamente por isso: buscava uma independência econômica daquela riqueza de origem, mas nem por isso mudou de nome ou o ocultou, aliás, aproveitou-se de sua linhagem para ter mais "portas abertas".

31) A troca de correspondência entre Scala e Dom Giovanni de' Medici é extremamente rica e constitui verdadeiro arquivo da companhia *I Confidenti*. Flaminio Scala, já "aposentado" como ator e dramaturgo de fama, a convite de Dom Giovanni será o "produtor" e diretor da Companhia.

32) FERRONE, S. *Attori, mercanti, corsari. La Commedia dell'Arte in Europa tra Cinquecento e Seicento*, 1993, p. 142.

Graças a essa densa correspondência entre Dom Giovanni e Scala,[33] apreende-se a rotina de trabalho das companhias, e o relacionamento entre o "chefe da companhia" e seu mecenas. Com Dom Giovanni, surge a figura não mais do mecenas, e sim do "empresário"; ainda desse tipo de parceria, surge a sala teatral propriamente dita,[34] e, com ela, mais um elemento de nosso conceito moderno de teatro.[35] A diversão da corte torna-se empreendimento teatral; e o empreendimento traz, em sua disciplina e organização, um reflexo da organização militar que Scala se encarrega de manter. Não estranha, pois, o fato de a figura desse homem ter sido depositária de tanta fantasia.

Mas, insisto, à época do trabalho encabeçando a Companhia de Dom Giovanni, Scala já havia publicado seus *canovacci*.

Cristofano dell'Altissimo, Ritratto di don Giovanni de' Medici, *1610ca.*
Acervo da Galleria degli Uffizi, Florença.

E a primeira pergunta há de ser: por que o teria feito? O que estaria buscando o homem de teatro em sua incursão pela "arte maior" das letras?

O ator, o encenador, o diretor, facetas de uma só figura, indubitavelmente buscam o reconhecimento de seu trabalho. Além disso, Scala bem sabe que o teatro é um dos fenômenos mais efêmeros que existem: sua vida toda, dedicada a essa arte, estaria irremediavelmente condenada ao esquecimento? É certo que Scala ambicionava fazer com que seu nome e seu trabalho de alguma forma ficassem registrados, como ressalta Francesco Andreini em sua apresentação à obra do amigo Scala:[36]

> Já que o homem não se deve contentar apenas do uso da fala, mas deve, com todo o engenho e arte, deixar de si próprio e de suas fadigas alguma memória ao prelo.[37]

Por detrás dos motivos patentes, certamente há outros. Suponho haver, no mínimo, a necessidade de defesa da própria arte, o reconhecimento de seu ofício como arte maior, digna de figurar entre as "artes maiores", como a literatura. O que é certo é que já naquela época a luta dos comediantes era uma luta por sua própria afirmação na sociedade, pelo reconhecimento de seu trabalho e pela aniquilação dos constantes ataques que sofriam por parte da Igreja moralista e censora. E isso se traduz em luta por espaço profissional, por

---

33) São 91 as cartas que chegaram aos nossos dias. As primeiras a documentar os serviços de Scala junto à Companhia de *I Confidenti*, datam do verão de 1615; grande parte dessa correspondência encontra-se hoje no Arquivo Mediceo, em Florença.
34) Refiro-me especificamente à *Stanza dei Giustiniani*, em Veneza.
35) Para esse aspecto específico, remetemos aos atos do Congresso de Pontedera. (Cf. MARITI, L. *Alle origini del teatro moderno. La Commedia dell'Arte: Atti del convegno di studi*, Pontedera, 1980).
36) ANDREINI, F. "Cortesi lettori" in: SCALA, F. *Il teatro delle favole rappresentative*. Venezia, 1611.
37) *Perché l'uomo non debbe solamente contentarsi dell'uso del parlare ma debbe con ogni industria e arte lasciar di sé medesimo e delle sue fatiche qualche memoria alle stampe.*

respeito e, acima de tudo — acredito —, pela legítima defesa de seu ganha-pão: a afirmação e estabilização de um trabalho como ofício honesto e criativo, e certamente não menor. Para além disso, destaco, a título de referência, a análise realizada por Marotti:[38]

> Os cenários, os esboços de comédias dos cômicos profissionais, no momento em que passavam de material cênico a material "publicável", também deslocavam o discurso da admissão (e talvez da condenação ou da exaltação) da estranheza entre comédia improvisada e comédia literária para uma tentativa de redirecionar o problema justamente à luz da relação entre operação literária e operação teatral.

Encenação de Commedia dell'Arte, *acredita-se retratar a* compagnia I Gelosi; *nesse caso, a figura central do retrato seria Isabella Andreini, em cena, no papel de Isabella (pintura do acervo do Museu Carnavalet de Paris).*

IL TEATRO DELLE FAVOLE RAPPRESENTATIVE

Em seu *Il Teatro delle Favole Rappresentative,* Flaminio Scala não redige por extenso o texto das comédias, com falas e rubricas, como se costumava fazer: vale-se, ao contrário, da forma do "cenário", ou *canovaccio.* Abre cada *fábula* com um "argumento" que condensa a ação e o contexto anterior à ação cênica; enumera personagens e "coisas" necessárias à encenação, menciona o lugar geográfico da ação. Depois, passa a descrevê-la, inserindo, vez ou outra, no corpo do texto, elementos que são, claramente, "notas de direção" ou explicitações de "exibição de repertório". Raras vezes encontramos alguma fala (sumária) de um ou outro personagem.

Diante disso, eis duas características específicas da obra de Scala: ela é peculiar (no estilo de apresentação, trazendo, em vez de diálogos, o traçado da ação cênica) e pioneira (sua coletânea é a primeira de que se tem registro, além de ser a única publicada nos anos em que a comédia improvisada estava florescendo).

É bom lembrar, no entanto, que seu livro é fruto da experiência de um ator, e não de um literato que segue os modelos clássicos, embora alguns elementos façam suspeitar de uma certa ambição literária.

É importante observar, aliás, que Scala não era desprovido de certa capacidade literária e de conhecimentos sobre a "alta" cultura barroca. Em 1619, com efeito, ele publica *Il finto marito,*[39] no qual segue os cânones vigentes e apresenta a sucessão cênica

---

38) MAROTTI, F. "Studio critico". *Flaminio Scala, Il Teatro delle Favole Rappresentative,* 1976, p. LI.
39) *O falso marido* (Cf. FALAVOLTI, L. (org.). SCALA, F. *Il finto marito,* 1982).

com falas completas. Essa segunda redação de *Il finto marito* (que nesta coletânea é a Jornada IX, *O marido*), ao que parece encomendada e supervisionada por Giovanni de' Medici, apresenta, no prólogo, uma verdadeira declaração da poética de Flaminio Scala, escrita em forma de diálogo entre um ator da *Commedia dell'Arte* e um forasteiro que passa diante do espaço em que será representada a comédia. Desse diálogo, reproduzimos a seguir o trecho inicial:

CÔMICO — Olá, olá Senhor, aonde vai? Não pode passar por ali.

FORASTEIRO — Oh, e por onde então?

CÔMICO — Por aqui, maldição!

FORASTEIRO — Hei, vá com calma; não é esta a parafernália, o cenário e o local onde vai ser representada a comédia?

CÔMICO — E o lugar do público é aquele, e não este aqui: e nem pode passar por aqui.

FORASTEIRO — Está bem, passemos pelo outro lado; mas que farsa é essa que vão representar?

CÔMICO — Xii, que sujeito maçante: é o *Falso marido*, de Flaminio Scala.

FORASTEIRO — De quem?

CÔMICO — De Scala, pois sim, que em sua vida já escreveu mais de mil cenários. O senhor torce o nariz? Por que, qual é o espanto?

FORASTEIRO — Espanta-me sim, pois uma coisa é rabiscar um argumento para ser improvisado, e outra coisa bem diferente é redigir uma comédia afetuosa; uma coisa é ouvir uma bela composição, com os seus períodos graciosos e bem estruturados, outra é ouvir dizer "passe-lhe a escalfeta", "os *lazzi*", "nisto", "fica" e "sai", como é o costume dos comediantes. E afinal, dou-lhe a minha palavra, eu não quero levar tanto esbarrão como vejo acontecer quando se fica ali, no meio do populacho. Vamos embora por Deus, pois de todo modo vai ser, como já disse, uma farsa.

CÔMICO — Hei, devagar com isso, que o Scala sempre foi feliz em suas criações, e criar, afinal, é a alma, é tudo nas comédias.

FORASTEIRO — Na verdade eu já ouvi coisas dele que em nada me surpreenderam.

CÔMICO — E lhe parece fácil surpreender alguém da sua laia, que aparentemente tanto sabe, ou ao menos assim acredita, avaliando ter uma boa noção das composições cênicas, e no entanto desmerece aquele que, até agora, nos livros só tem sido universalmente louvado. Vai negar que onde quer que o Scala tenha levado os seus cenários, eles sempre causaram prazer e agradaram a todos.

FORASTEIRO   Isso lá é verdade, mas por quê? Porque ele buscou mostrá-los através das ações: e as boas companhias de cômicos são as que, representando bem, enaltecem os cenários: mas aquela composição, por estar apenas impressa numa folha, se não tiver em si a arte da boa escrita a acompanhá-la, permanece fria e cai.

Parece haver, nesta última fala, uma boa justificativa de sua escolha de redação feita 1611. Ainda assim, é curioso Scala reabilitar, anos depois — na operação redacional sucessiva e metodologicamente oposta — a opção anterior. Poderia ler-se nesse prólogo mais uma defesa ante as reações contrárias à publicação anterior? É muito provável que sim. Mas também, não poderia ser uma tentativa de rebelar-se, de algum modo, contra aquela operação de redação tradicional, "imposta", por assim dizer, para que ele finalmente se "enquadrasse" no cânone da comédia erudita, talvez pressionado por Dom Giovanni, que deseja a afirmação de sua companhia como uma das "excelentes"? Parece possível. Talvez a figura de Scala, nessa contradição de posturas, possa ser vista como um símbolo daquela mediação entre a opinião dos comediantes e a opinião corrente da classe dominante, à qual os atores da *Commedia dell'Arte* procuravam se conformar por motivos de sobrevivência.

Castelo de Krumlov (antiga Checoslováquia); saguão do teatro, pintado em afresco com cenas de Commedia dell'Arte, *na segunda metade do século XVIII. Interessante o efeito produzido, em que os personagens da* Commedia *parecem estar vivos e invadir o teatro...*

Se a publicação dos *canovacci* de 1611, em seu formato inusitado, foi decisão tomada conscientemente pelo autor, ele bem sabe que será criticado. Flaminio Scala observa em sua apresentação aos leitores, "L'Autore a' cortesi lettori", que a obra não foi

[...] por ninguém [*antes*] concebida neste formato,

e também se adianta às possíveis críticas dizendo:

> Sei que, se quiserdes considerá-la criticamente [*minha obra*], muito encontrareis a repreender, particularmente no que concerne à observância da língua e da ortografia; pois que nem na primeira nem na segunda usei de algum artifício, por se tratar de matérias que dizem respeito a outra profissão que não a minha.

Frontispício de *La Supplica, discorso familiare diretto a quelli che trattano de' comici*, de *Nicolò Barbieri, Veneza, 1634. Mais conhecido pelo nome de seu personagem, Beltrame, fez parte da companhia dos Andreini. Este é um dos diversos documentos que testemunham das conturbadas relações entre o universo da Commedia dell'Arte e a Igreja, com sua moral dominante. Escrito de um ator em defesa de seu ofício, pretende a esclarecer a "'falta de fundamento" das constantes acusações de que os cômicos eram alvo.*

Pode-se dizer, de forma sucinta, que, para além daquele desejo de gravar definitivamente seu nome junto ao fenômeno *Commedia dell'Arte* — cujas dimensões de algum modo Scala enxergava —, essa publicação parece significar uma tentativa de afirmação do valor da *Improvvisa*, uma tentativa de buscar reconhecimento do caráter profissional de sua "arte", de legitimação e institucionalização de seu ofício junto à sociedade, e até uma operação que visava fazer com que o público conjugasse *Commedia* com grandes companhias — das quais Flaminio fora parte integrante e ainda o seria.

Desse ponto de vista, um aspecto que não deve ser subestimado é que Scala, nessa sua coletânea, pretende apresentar uma espécie de "suma" da *commedia improvvisa*, das grandes companhias.

Pode-se observar, por exemplo, que as personagens que Scala vai nos mostrando através de seus textos são, na verdade, os nomes daquelas personagens de destaque criados pelos grandes atores da época; Scala reúne, em sua "reevocação", os maiores expoentes das diversas companhias: Giovanni Pellesini, nas vestes de Pedrolino, Francesco Andreini, nas do Capitão, Isabella Andreini, a namorada mais famosa daqueles tempos (Isabella, justamente), Giulio Pasquati, na Arte Pantalone, Lodovico de Bianchi, o Doutor e Tristano Martinelli, Arlequim.

Observa Marotti:[40]

---

40) MAROTTI, F. "Studio critico". in Flamio Scala. *Il Teatro delle Favole Rappresentative, op. cit.*, 1976, p. XLV.

Publicar material desse tipo significa tirá-lo de seu "isolamento institucional" para elevá-lo a "material crítico" na "sede institucional" do "livro".

[...] De fato, veremos como, em certo sentido, essa publicação representou o momento extremo de uma vasta operação ideológica que vira alinhados no mesmo *front* os dois teatrantes[41] idosos (Flaminio Scala e Francesco Andreini) já à margem dos palcos, mas ambos profundamente comprometidos com a reivindicação de um significado e de uma função para a própria atividade e a dos companheiros que, se alternando de forma variada, ano após ano, nas grandes companhias, dos *Gelosi* aos *Confidenti* (ou seja, *Uniti, Desiosi, della Diana*, e em certa medida *Accesi* e *Fedeli*), tinham dado vida a um certo tipo de Comédia Improvisada que chamaremos "das grandes companhias da Arte" e que tinha por denominador comum a tendência a se diferenciar claramente do nível mais rudimentar e imediato, dramaturgicamente menos articulado e de menor refinamento intelectual, dos charlatães e dos saltimbancos.

Essa análise parece evidenciar um dado ulterior: a criação e proteção de mercado do próprio ofício. A profissão fora criada — agora era preciso que seu espaço, sua seriedade e profissionalidade fossem reconhecidos.

Il bellissimo ballo di Zan Trippu, *gravura (aquaforte) de A. Carenzano, 1583.*
Notar os personagens presentes à dança, entre os quais notamos um dos poucos registros iconográficos do Doutor como Graciano, o mesmo nome específico dado à essa máscara por Flaminio Scala em seus canovacci.

---

41) Embora esse seja um termo genericamente recusado pela classe teatral e aceito nos meios acadêmicos, optamos por ele no lugar de "homens de teatro" ou "profissionais de teatro", como fruto de uma reflexão. O termo "homens de teatro" acaba excluindo as mulheres, que têm grande destaque no fenômeno *Commedia dell'Arte*; por outro lado, o termo "profissionais de teatro" parece-nos precoce, pois queremos enfatizar que justamente a partir da *Commedia dell'Arte* podemos começar a falar de profissionais dessa área.

A expressão de Flaminio Scala: Linguagem Teatral e Língua Italiana

A criação de Scala em seu *Il Teatro delle Favole Rappresentative*, é peculiar.

É muito difícil compreender, por exemplo, de que modo o espetáculo realmente se desdobrava diante do público. Também aqui, formularam-se inúmeras teorias e conjecturas, e, dentro dessas especulações, a obra de Scala nunca pôde ser ignorada ou subestimada. Isso porque ela possui, de fato, características peculiares:

> O único dramaturgo da *Commedia dell'Arte* a ter deixado um testemunho do modo como orquestrava os seus espetáculos foi Flaminio Scala [...] Seus cenários, diferentemente dos outros que chegaram aos nossos dias, não são puros materiais cênicos, simples esboços a partir dos quais os atores poderiam improvisar: são, antes, a tentativa de transcrição, em termos literários, de uma prática de composição cênica.[42]

Esse pioneirismo também se reflete num estilo que faz de *Il Teatro delle Favole Rappresentative* uma obra dificilmente acessível, em termos de compreensão, aos que não são do ofício. Isso no que concerne aos contemporâneos de Scala. Pode-se então imaginar o quanto essa dificuldade de acesso se acentua diante do abismo criado por mais de três séculos de distância — que nunca se resume apenas em distância lingüística.

Vejamos o que afirma Paduano sobre tradução de teatro:[43]

> É preciso ter em mente o caráter de experiência da comunicação teatral, diferente de toda (e qualquer) forma de literatura, pois a palavra, em seu interior, é apenas *um* dos elementos [...] a literatura teatral que se traduz é o esqueleto provisório de um organismo que se concretiza somente na encenação (ainda que seja apenas a encenação virtual e implícita que todo leitor consciente organiza, imaginariamente, em sua leitura), e nela interage com outros elementos, os quais, em antítese com sua estabilidade no tempo, são função mutável e direta do tempo real.

Essa situação se complica no caso dos *canovacci* aqui apresentados, devido à redação peculiar a que Scala recorre: é um "texto" teatral desprovido das falas das personagens. Poderia dizer que o primeiro elemento, o da palavra — que é apenas um dos elementos constitutivos do espetáculo — falta quase sempre; em compensação, há outro elemento bastante marcado: o da ação (melhor dizendo, de uma sumária descrição da ação, que já passou por uma espécie de "codificação técnica"), que, de qualquer modo, é mais completo do que costumam ser as rubricas de praxe. Mas a reconstituição desse "organismo", a partir de um esqueleto quase totalmente desencarnado, parece essencial ao esforço tradutório. A questão temporal, nesse caso, se manifesta de modo bastante mais complexo do que o acima descrito, que se refere a situações mais convencionais.

---

42) TAVIANI, F. e SCHINO, M. *Il segreto della Commedia dell'Arte*. Op cit., 1992, pp. 224-225.
43) PADUANO, G. "La traduzione del testo teatrale", in LAVAGETTO, M. (org). *Il testo letterario*, 1996.

Além disso, a distância temporal e cultural cria ulteriores dificuldades de compreensão da língua de partida e, conseqüentemente, à sua tradução na língua de chegada. No que concerne à língua "italiana" utilizada por Scala, de que língua está se falando? Afinal, aquela era ainda uma época de incertezas lingüísticas.

Afirma Marazzini:[44]

> A comédia, desde a primeira metade do Quinhentos, revelou-se como o gênero ideal para a realização de uma efervescente mistura de línguas, ou para a busca de determinados efeitos da expressão oral.

Quanto à escrita, mesmo as palavras consagradas pelo modelo clássico ainda estavam sujeitas a incertezas e diferenças de grafia de um autor para outro. Se de um lado se supõe que afinal Flaminio Scala representou o papel de namorado, utilizando e dominando, portanto, o modelo toscano — para nós mais inteligível —, não se pode esquecer que a *Commedia dell'Arte* não descartava os "dialetos", as expressões regionais, e as expressões vulgares (das quais mais dificilmente se encontra registro): ao contrário, transformava-os em sua arte, em valor cênico, haja vista a precisa caracterização dialetal das diversas máscaras.

Com base nessas observações, conclui-se que é natural o fato de haver tanto "encontros" (proporcionados pelo parcial domínio do italiano "culto" e pelo esforço de erudição por parte do autor) quanto "desencontros" (provindos exatamente do caráter de caldeamento das diversas línguas que o gênero adotava e que Scala não hesitou em adotar), em âmbito morfológico-lexical, com o modelo "clássico" de linguagem daquela época.

No tocante à língua da *Commedia dell'Arte*, é preciso aceitar, como observa Spezzani, um dado objetivo: o texto "oral e flutuante das representações improvisadas dos cômicos do século XVI ao século XVIII" está "inexoravelmente perdido".[45]

Cena de Comédie Italienne. *Gravura de Honervogt, século XVI. Recueil Fossard.*

---

44) MARAZZINI, C. *Storia della lingua italiana. Il secondo Cinquecento e il Seicento*, 1993, p. 72.
45) SPEZZANI, P. "L'Arte Rappresentativa di Andrea Perrucci e la lingua della *Commedia dell'Arte*", in VANOSSI, L. *et alii. Lingua e strutture del teatro italiano del Rinascimento*, 1970.

Sobre esta tradução

A tradução desvela todas as máscaras.

Isaac Bashevis Singer

A tradução, como toda interpretação, é um esclarecimento enfatizador.
Quem traduz tem de assumir a responsabilidade dessa enfatização.

Georg Gadamer

...to em terracota pintada representando Arlequim. Acervo do
Museo Teatrale del Burcardo - S.I.A.E., Roma.

A dificuldade de tradução desta obra começa por seu título. *Favola* está aqui significando *fábula* no sentido barroco, sentido este esclarecido não pelos dicionários, e sim pela cultura da época, pelas obras de referência:

> [...] A fábula, em seu sentido barroco de festiva e absurda seqüência de metamorfoses, parece realmente constituir o ponto de chegada ideal do processo de "invenção" com o qual Scala realiza, ao redor de suas personagens, uma estrutura dramática que surge da contaminação de diferentes gêneros [...][46]

Ao mesmo tempo, não podemos ignorar a intenção da tradição da novela italiana, com a típica divisão em jornadas. *Boschereccio* também só pode ser traduzido através de um percurso diacrônico, que nos sugere a tradução para "pastoral".

Como traduzir esses (aos nossos olhos) "magros apontamentos cênicos", que na verdade eram, sim, traduzidos no palco pelos atores, seguindo um esquema funcional, é verdade, mas com uma riqueza de detalhes que é o que trazia a clareza da leitura para o público: cada personagem-tipo com suas próprias características, a gestualidade específica, o seu dialeto ou até língua estrangeira (como no caso do Capitão), sua expressividade específica? Como fazê-lo de um modo funcional?

Como conseguir, se não reconstituir, pelo menos não prejudicar, na tradução, cada adjetivo, pois cada um deles apresenta, na verdade, um significado bem preciso de contextualização cênica?

Não acredito que haja *uma única* resposta. Acredito, porém, que seja lícito tentar, como dizia Gadamer, alcançar o horizonte interpretativo, e que alcançá-lo signifique uma fusão de horizontes:

> O texto tem de falar através da interpretação. Mas nenhum texto e nenhum livro falam se não falarem uma língua que alcance o interlocutor.[47]

Ainda assim, como sanar a cegueira de nossos olhos diante dessas "parcas notações",

---

46) TESSARI, R. *La Commedia dell'Arte nel Seicento. "Industria" e "arte giocosa" della civiltà barocca*, 1969-1980.

47) GADAMER, H.G. "Dall'ermeneutica all'ontologia. Il filo conduttore del linguaggio". *Verità e metodo. Lineamenti di un'ermeneutica filosofica.* Gianni Vattimo (trad.), 1983.

diante de um fenômeno tão distante e de expressão tão "cifrada"? Nós, leitores de hoje, somos, em linhas sumárias, "verbalmente cegos" diante desses *canovacci*.

Tal cegueira se deve a uma mudança substancial nos módulos da sensibilidade, da cultura. Em contrapartida, há ainda um outro dado. Nas palavras de Steiner:

> Em inúmeras culturas, a cegueira constitui uma das enfermidades supremas e uma renúncia à vida; na mitologia grega, o poeta e o vidente são cegos para que, graças às antenas da linguagem, possam enxergar mais longe.
>
> Uma coisa é certa: todo ato lingüístico tem uma determinação temporal; nenhuma forma semântica é atemporal: quando se usa uma palavra, despertam-se os ecos de toda a sua história anterior.
>
> Todo texto está arraigado num preciso tempo histórico; possui o que os lingüistas definem como estrutura diacrônica. *Ler de modo total significa recuperar o mais possível os valores e as intencionalidades imediatas nas quais, de fato, se apresenta um determinado discurso.*[48]

Deriva daí que, também neste caso, o primeiro passo foi tentar reconstituir os sentidos velados, buscando uma operação de "ampliação do horizonte cultural da época" (ou, melhor dizendo, de nossa visão dele) e, ao mesmo tempo, da língua, das modalidades expressivas então vigentes.

Outra questão pertinente à tradução é a da escolha do registro a ser adotado. Se pensasse nesta tradução como algo voltado para a aplicação prática no teatro, para a encenação, minha escolha teria sido diferente, minhas intervenções e adaptações teriam sido maiores. Imagino que a tradução aqui apresentada possa despertar interesse tanto para quem estuda ou faz teatro, quanto pela obra em si. Por isso optei por tentar manter um certo "sabor" do original.

Ademais, se por um lado, não teria sentido tentar reconstituir em língua portuguesa aquela que seria uma linguagem correspondente à da época do original, uma vez que essa tentativa não passaria de uma lamentável e falha "reconstituição" de natureza bastante pessoal e duvidosa, por outro, uma total adaptação ou modernização do texto não seria adequada à essa finalidade.

Por fim, umas poucas observações complementares: algumas expressões corresponderiam hoje a precisas indicações cênicas, isto é, a rubricas. Optei por manter a estrutura original, e não por buscar uma terminologia técnica, decisão esta ditada ainda pela tentativa de preservação do registro original. Apenas para citar um exemplo, quando no original encontra-se "via", a tradução mais apropriada para a encenação seria: "sai de cena"; minha opção, porém, ficou sendo "sai", ou "vai-se".

Outra questão interessante diz respeito à conveniência ou não de se traduzir os nomes de algumas das personagens, que em si já encerram uma precisa idéia de sua psicologia ou de sua comicidade. Pantalone, por exemplo, leva o nome completo de Pantalone *de' Bisognosi*, ou seja, *dos Necessitados*. Considerando-se que uma de suas maiores características é a sovinice, compreende-se imediatamente o valor cômico e de identidade que seu nome encerra para o público. Nomes como esse representavam não

---

48) Grifo meu.

somente uma identidade teatral, mas também personagens da vida diária (ou estereótipos delas) que apareciam na encenação com uma identidade inequívoca, extremamente bem estruturada, e, com o tempo, reconhecível de longe pelo público. Nesses casos, mantive os nomes próprios como no original, acrescentando notas de rodapé. Únicas exceções constituem alguns casos como o de Orazio, Flaminia, Arlecchino, que já têm uma grafia própria consagrada em nossa língua.

Os sinais < e > indicam acréscimos ao texto das Jornadas, com a finalidade de dar maior inteligibilidade.

Jean-Antoine Watteau, L'amour au theatre Italien, *óleo sobre tela (acervo do Staatliche Museen, Gemäldegalerie, Berlim-Dahlem).*

IL TEATRO
delle Fauole rappresentatiue,
OVERO
LA RICREATIONE
Comica, Boscareccia, e Tragica:

DIVISA IN CINQVANTA GIORNATE;
Composte da Flaminio Scala detto Flauio Comico
del Sereniss. Sig. Duca di Mantoua.

ALL'ILL. SIG. CONTE FERDINANDO RIARIO
Marchese di Castiglione di Vald'Orcia, & Senatore in Bologna.

IN VENETIA, Appresso Gio: Battista Pulciani. M DC XI.
Con licenza de' Superiori, & Priuilegio.

Na página anterior, frontispício da obra original de Flaminio Scala.
Nesta página, Francesco Andreini, detalhe da luneta pintada em afresco por Bernardino Poccetti, no pátio interno da igreja Santissima Annunziata de Florença (intitulada Episodi della vita dei setti fondatori dei Servi: Il Beato Sostegno alla corte di Francia).

Jaziam sepultadas em profundo olvido
   As Musas, quando tu, Flávio gentil,
   Tornaste a chamá-las, e com airoso estilo
   Início deste ao teu nobre desejo.
Devido a ti gozam as Cenas de sua nativa
   Honra; e já voa para Batcro e Thule
   o teu Glorioso nome, e a ímpia e vil
   Inveja paga o doloroso castigo.
Goza então feliz tamanha honra,
   Que o mundo, em prêmio de tuas fadigas
   Alegre te oferece, e agradece aos Céus.
Então se dará que a qualquer tempo as Musas
   Te serão amigas, e repleto de amoroso zelo
   Às Cenas darás glória e esplendor.[1]

DE FRANCESCO ANDREINI, CÔMICO GELOSO,[2]

Capitão Spavento

---

1) Giacean sepolte in vn profondo oblio / Le Muse, quando tu Flavio gentile / Le richiamasti, e con leggiadro stile / Prencipio desti al nobil tuo desio: / Per tè godon le scene il lor natio / Honor; e già se 'n vola à Battro, à Thile / Glorioso il tuo nome, e l'empia, e vile / Inuidia, paga il doloroso fio: / Godi dunque felice vn tanto honore, / Che 'l mondo in premio de le tue fatiche / Lieto ti porge, e ne ringratia il Cielo: / Quindi auuerrà ch'ogn'hor le Muse amiche / Haurai, e colmo d'amoroso zelo / A le Scene darai gloria, e splendore.[1]

2) Cômico da companhia dos Gelosi. Esta dedicatória está impressa no volume original.

Da Nuova e curiosa scuola dei balli teatrali, de G. Lambranzi (1716).

O AUTOR AOS GENTIS LEITORES

Quando elaborei estas composições, que agora tendes em mãos, nunca pensei em revelá-las ao mundo de outro modo que não fosse representando-as nos palcos públicos, pois que fui me azafamando com tais coisas, somente para o exercício de minha profissão de cômico, e não para outro fim; mas os mandamentos dos Patrões,[1] as exortações dos amigos e os pedidos de pessoas curiosas, aduziram-me a tomar nova decisão, e dá-los à estampa. Posteriormente não foi difícil sentir satisfação, sabendo que, deste modo, a muitos será tirada a oportunidade de apropriar-se de minhas fadigas, pois bem sei que, amiúde, aparecem nas cenas estes meus temas, ou por completo, do modo que aqui vedes, ou alterados e variados em alguns pontos. São partos meus, minha é a obra, qualquer que seja, e da mesma forma, minha deve ser aquela crítica ou aquele louvor que merecer; lede-a portanto, benignos leitores, com olhos benevolentes, e lembrais que ao ser humano não é dado operar sem imperfeições. Sei que, se quiserdes considerá-la criticamente, muito encontrareis a repreender, particularmente no que concerne à observância da língua e da ortografia, pois que nem na primeira nem na segunda usei de algum artifício, quer por se tratar de matérias que dizem respeito a outra profissão que não a minha, quer por ter firme convicção de que naquelas não se pode satisfazer plenamente à diversidade das opiniões, que são muitas, quantos são os humores. Conjeturo no entanto que estejais para encontrar algo de vossa satisfação, pois que além de ser obra (pelo que eu sei) por ninguém antes dada à luz desta forma, contém tal variedade de invenção que poderá secundar os apetites e os gostos de muitos intelectos, que deste tipo de coisa, quer para recreação, quer por profissão, se deleitam. Aqui termino, e se souber que esta vos agradou, esperai para breve a Segunda Parte também, e vivei, enquanto isso, felizes.

---

1) Patrão poderia significar patrono, benfeitor, mecenas, protetor, bem como perito em determinado ofício ou arte.

Praça do mercado com cena de teatro. Gravura (detalhe). Amsterdã, 1661.

GENTIS LEITORES

O homem, que neste mundo nasce, deve, em sua juventude, apegar-se a algum tipo de talento, para depois poder com este viver virtuosamente, favorecendo e deleitando aos outros; pois o homem vicioso e ignorante é mau por dentro, e por fora prejudicial ao seu próximo e a si próprio. Logo, o homem que quiser alcançar algum grau de perfeição e adquirir em sua vida, e até depois da morte, alguma fama honrado, tem por ofício uma das sete Artes liberais; e nela deve generosamente empenhar-se e exercitar-se, para conseguir o honrado fim. Eu não quero vos falar de Lísipo, de Róscio, de Sócrates, de Tito, de Varo, de Sêneca, de Cícero e de tantos outros, que de toscos e pouco sábios que eram, por meio da virtude e do saber se tornaram tão grandes e imortais, pois que seria supérfluo falar sobre o que tantas e tantas vezes já foi dito. Direi somente isto: que o senhor Flaminio Scala, chamado Flávio na Comédia, não faltando com o que acima foi exposto, e tão louvado por bons Filósofos, em sua juventude deu-se ao nobre exercício das Comédias (não obumbrando de modo algum sua nobre origem), e naquilo teve tamanho e tal proveito, que mereceu ser posto entre os bons cômicos, e mais, entre os melhores da profissão cômica. E já que o homem não se deve contentar apenas do uso da fala, mas deve, com todo o engenho e arte, deixar de si próprio e de suas fadigas alguma memória ao prelo, como tantos fizeram, e tantos por mim antes citados, então o senhor Flávio, depois de um longo decurso de tempo, e depois de ter representado anos a fio nos palcos, quis deixar ao mundo (não as suas palavras, não os seus belíssimos conceitos) mas as suas Comédias, que em todo o tempo e em todo o lugar lhe deram grandíssima honra. Poderia, o mencionado Senhor Flávio (pois para isso é idôneo) estender as suas obras, e escrevê-las verbo por verbo, como é costume fazer; mas pois que hoje em dia só se vêem Comédias impressas com diversos modos de dizer, e muito estrondosas em suas boas regras, ele quis, com esta sua nova invenção, apresentar as suas Comédias em forma de Cenários, deixando que os belíssimos engenhos (nascidos apenas sob a excelência da fala) construam sobre esses as palavras, desde que não desdenhem de honrar as suas fadigas, por ele compostas com o único fim de deleitar, deixando o deleitar e o favorecer, ao mesmo tempo, como exige a poesia, aos espíritos raros e peregrinos. Eis então as mais do que louváveis fadigas do vosso tão aficionado Senhor Flávio, as quais terão utilidade nas horas ociosas do dia e da noite, para espantar o tédio, e para dar entretenimento honesto e prazeroso às Damas e aos Cavalheiros, que tais espetáculos tanto bramam. E para que suas obras possam ser mais facilmente representadas e encenadas, ele elaborou de cada uma o conveniente argumento; declarou e distinguiu os personagens, e colocou pela ordem todos os trajes de que nelas se necessita, para não gerar confusão no vestir. Poderia o próprio Senhor Flávio ter descrito os aparatos, quer cômicos quer trágicos, e pastorais, mas pois que em toda a boa cidade não faltam homens excelentes, que das matemáticas se deleitam, não quis, por respeito a isso, tentar o que não se deve, deixando assim que cada um possa, à própria vontade, fazer todo o tipo de aparato cômico, trágico e pastoral.[1] Estou mais do que seguro de que o mencionado Senhor Flávio não poderá escapar da língua venenosa de algum Zoilo mordaz, todavia temos de nos consolar com as misérias alheias, pois que todos os que escrevem estão sujeitos a esta necessidade e a esta dura lei, de serem criticados e lacerados até mesmo ao vivo. Recebei, por hora, gentis Leitores, as honradas fadigas do Senhor Flávio, e dai-lhe o aplauso que merecem, e defendei-as, o mais que puderdes, de quem quer que, por maldade ou por mera ignorância, as criticar, que, ao fazer isto, estareis lhe dando o impulso para apresentar a segunda parte de suas obras cênicas e representativas, nada inferior a esta primeira, e vivei felizes.

Vosso mui afeiçoado criado
Francesco Andreini. Cômico Geloso, dito
O Capitão Spavento.

---

1) Como explicita Perrucci: "O ofício [...] de quem organiza (dirige, diríamos hoje em dia) não é somente o de ler o tema, mas o de explicitar os personagens com os seus nomes e características, o argumento da fábula, o lugar onde se passa a ação e se representa, as casas". Dessa explicação dada por Andreini, sobressai portanto a experiência de ofício do Scala, cuja biografia, que ainda hoje apresenta alguns pontos não totalmente claros, inclui uma longa experiência como chefe da companhia dos Confidenti. Sobressai também a diferença entre o dramaturgo e o "córego" da C.d.A; e podemos até entrever ou imaginar, através desta forma de apresentar os seus textos, e desta explicação do Andreini, um modo de proteger os seus "segredos" de arte, e a importância da prevalência da expressão total (gesto, máscara, mímica, expressão) sobre a mera palavra. (Cf. PERRUCCI, A. *Dell'Arte rappresentativa premeditata, op. cit.*, 1699, pp. 263-264).

ÍNDICE DAS JORNADAS

Jornada	I	Os dois velhos gêmeos	61
Jornada	II	A fortuna de Flávio	74
Jornada	III	A venturosa Isabella	86
Jornada	IV	As burlas de Isabella	95
Jornada	V	Flávio traído	104
Jornada	VI	O velho ciumento	113
Jornada	VII	A que foi dada por morta	122
Jornada	VIII	A que se fingiu de louca	129
Jornada	IX	O marido	136
Jornada	X	A noiva	144
Jornada	XI	O capitão	150
Jornada	XII	O arrancadentes	157
Jornada	XIII	O doutor desesperado	165
Jornada	XIV	O peregrino fido amante	173
Jornada	XV	A atormentada Isabella	180
Jornada	XVI	O espelho	189
Jornada	XVII	Os dois capitães parecidos	197
Jornada	XVIII	Os trágicos sucessos	205
Jornada	XIX	Os três fidos amigos	212
Jornada	XX	Os dois fiéis tabeliães	221
Jornada	XXI	O que se fingiu necromante	229
Jornada	XXII	O que foi dado por morto	238
Jornada	XXIII	O mensageiro	245
Jornada	XXIV	O falso Tofano	252
Jornada	XXV	A ciumenta Isabella	261
Jornada	XXVI	Os tapetes alexandrinos	269
Jornada	XXVII	A falta com a palavra dada	278
Jornada	XXVIII	Flávio falso necromante	288
Jornada	XXIX	O fido amigo	297
Jornada	XXX	Os falsos criados	306
Jornada	XXXI	O pedante	316
Jornada	XXXII	Os dois falsos ciganos	325
Jornada	XXXIII	Os quatro falsos endemoninhados	333
Jornada	XXXIV	O que se passou por cego	341

JORNADA	XXXV	As desgraças de Flávio	350
JORNADA	XXXVI	Isabella, a astróloga	358
JORNADA	XXXVII	A caçada	368
JORNADA	XXXVIII	A loucura de Isabella	376
JORNADA	XXXIX	O retrato	386
JORNADA	XL	O justo castigo	398

JORNADA I[1]

OS DOIS VELHOS GÊMEOS

Comédia

ARGUMENTO

Viviam em Veneza dois irmãos gêmeos, chamados o primeiro Pantalone de' Bisognosi, que teve um filho de nome Flávio, e o outro Tofano de' Bisognosi, que igualmente teve um filho, chamado Horácio. Eram, aqueles dois irmãos, mercadores riquíssimos, e negociavam com navios cujo destino eram a Síria e outras regiões do Levante. Deu-se que, estando a bordo de um navio que se dirigia a Alexandria no Egito, os dois irmãos foram capturados e feitos escravos por corsários; em terra foram vendidos para um mercador turco, o qual os levou em direção à Pérsia.

Ficaram os filhos, Flávio e Horácio, de doze anos de idade cada um, aos cuidados de suas mães. E, por mais diligências que pudessem empenhar, jamais lograram ter notícias de seus pais. Adveio-lhes, então, afastar-se da pátria para acudirem ao comércio e aos negócios em Florença; estando assim combinados, sobreveio a peste, com a qual os dois se viram privados das mães. Por esse motivo, uma vez finda a epidemia, mudaram-se para Florença. Com essa ida, já sem nenhuma esperança, tiveram notícia de que, na Síria, um rico mercador armênio resgatara na Pérsia dois escravos irmãos, e que os conduzia a Florença, pois o mencionado mercador tinha, naquela cidade, negócios a tratar. Chegou finalmente o mencionado mercador armênio com os referidos escravos os quais, depois de muitos acontecimentos graciosos causados por sua enorme semelhança, reconhecem os próprios filhos, que desposam duas belíssimas viúvas, e junto de seus pais levam, depois, vida alegre e contente.

---

1) Apesar de ser recorrente o uso de "jornada" na narrativa da época, autores como Giovan Paolo Oliva e Carlo Bascapè reiteram seu uso na *Commedia dell'Arte* como "argumento, tema do dia".

Jornada I

PERSONAGENS DA COMÉDIA   COISAS PARA A COMÉDIA

FLÁVIO e HORÁCIO — primos-irmãos	Dois trajes de escravos, iguais, para os dois velhos gêmeos
FRANCISQUINHA PEDROLINO — criados	Máscaras e barbas iguais, para os dois velhos idênticos
PASQUELLA — velha alcoviteira	
ISABELLA — nobre viúva	Traje rico para o mercador armênio
GRACIANO — doutor FLAMÍNIA — viúva, filha CAPITÃO SPAVENTO[2]	Uma carta escrita
ARLEQUIM — criado	Um pau para dar pauladas
IBRAIM — mercador armênio e cristão	
RAMADÃ — escravo, chamado depois Pantalone de' Bisognosi	Armas para Pedrolino e Arlequim
MUSTAFÁ — escravo, chamado depois Tofano de' Bisognosi, irmão idêntico	Um desafio escrito

Florença

---

2) *Spavento* significa, literalmente, "susto, pavor". O nome completo do Capitão — tradicionalmente representado por Francesco Andreini — era *Capitan Spavento della Valle Inferna*, ou seja, "Capitão Pavor do Vale do Inferno". O Capitão se faz de valente, mas, nos momentos de real perigo, costuma fugir. Andreini chegou a publicar um volume contendo o repertório criado para o seu personagem (cf. ANDREINI, F. *Ragionamenti fantastici, op. cit.*, 1607).

Os dois velhos gêmeos

PRIMEIRO ATO

HORÁCIO — vem lendo uma carta, enquanto lê, bate à casa; nisto

PEDROLINO — vestindo capa e botas, vem contando para Horácio que Flávio deseja ir à cidade. Horácio: que há mais o que fazer; nisto

FLÁVIO — emperiquitando-se para ir à cidade. Horácio diz que é preciso que um deles vá imediatamente a Pisa e Livorno, dizendo ter recebido uma carta de Veneza, por meio da qual um amigo seu o avisa que, dentro de um mês, deverá aparecer em Florença um mercador armênio, de nome Ibraim, trazendo consigo dois irmãos escravos, resgatados da mão dos turcos na Pérsia, o qual, àquela altura, já deveria ter chegado em Livorno, pois já se encontra ali um navio proveniente da Síria; e que mandem dizer à comitiva das mulheres e dos homens que não podem ir.

Pedrolino desespera-se por não poder ir à cidade comer[3].

Horácio sai para os preparativos, já que quer partir no dia seguinte para Pisa.

Flávio em casa para trocar de roupa.

Pedrolino fica; nisto

ISABELLA — viúva, à janela, zombando de Pedrolino, sobre sua ida à cidade, e de como os seus patrões irão se divertir com aquelas cortesãs.

Pedrolino para rebater no mesmo tom diz que Flávio não quer ir por respeito à sua namorada, a qual, por ciúmes de muitas outras que estão apaixonadas por Flávio, não quis acompanhá-lo; e entra dizendo: "Se eu estou mal tu estás bem pior". Isabella discorre acerca de seu amor por Flávio e de sua crueldade para com ela, e diz que, na primeira oportunidade, quer lhe declarar novamente seu amor; nisto

PASQUELLA — velha alcoviteira e feiticeira ignorante, cumprimenta Isabella, perguntando-lhe a causa de sua dor. Ela: de como vive apaixonada por Flávio, o qual ama uma cortesã, e que queria ir à cidade em sua companhia. Pasquella promete, com sua arte, fazer com que Flávio

---

3) Esta parece ser uma deixa para a execução de um repertório de Pedrolino sobre a fome e a sua vontade de comer. Todos os *zanni* (ou criados), quer o primeiro quer o segundo, têm por característica uma "fome atávica".

Jornada I

corresponda a seu amor, e que ele não mais irá à cidade. Isabella dá-lhe algum dinheiro, prometendo-lhe muito mais coisas ainda, e, bem consolada, retira-se.

Pasquella revela a sua arte, e as muitas astúcias com as quais vai levando a vida; nisto

HORÁCIO   dizendo ter ouvido que os escravos chegaram em Livorno e que não poderão já estar chegando em Florença; vê Pasquella, que lhe comunica já ter falado com Flamínia sobre seu amor e que a encontrou mais cruel do que nunca, e de como, com seus feitiços, lhe dará ânimo para corresponder ao seu amor, sendo coisa impossível uma viúva conseguir ficar sem marido; nisto

FLAMÍNIA   que à janela ouviu tudo, sai à rua, insultando Pasquella e chamando-a de bruxa. Pasquella, sem proferir palavra, foge para dentro de casa. Flamínia repreende Horácio, por deixar que o seu nome ande na boca daquela velha embusteira, e por confiar nos feitiços mentirosos dela; e que, acreditando estar fazendo algo de bom, está fazendo seu próprio mal, e, irada, entra.

Horácio lamuria-se, depois diz lembrar-se que, mais de uma vez, Pedrolino lhe disse que Pasquella é uma velha embusteira e que acabará por enganá-lo; nisto

PEDROLINO   ao ouvir o que Horácio passou com Flamínia e Pasquella, diz desconfiar que Flamínia esteja apaixonada pelo Capitão Spavento, mas que deseja esclarecer isso e ajudá-lo; nisto

GRACIANO   pai de Flamínia, chega. Pedrolino imediatamente manda Horácio embora, dizendo: "Deixe por minha conta". Depois, cumprimentando o Doutor, pergunta-lhe se é verdade que ele dará a mão de sua filha Flamínia em casamento ao Capitão, como dizem por aí. Graciano: que não é verdade. Pedrolino propõe-lhe Horácio. Graciano suspira, dizendo amar Francisquinha, sua criada, e que tentará fazer com que tudo acabe bem; nisto

FLAMÍNIA   à janela, chama com grande urgência seu pai, que vá para casa ajudar quem realmente precisa. Graciano, dizendo a Pedrolino que irão se ver novamente, entra em casa. Pedrolino, também apaixonado por Francisquinha, diz querer pregar uma peça em Graciano, seu rival; nisto

ISABELLA	pergunta a Pedrolino se Flávio fez as pazes com a sua dama, e se eles irão à cidade. Pedrolino: que as pazes já foram feitas, e que irão. Isabella, sorrindo, diz que, se ela assim o quiser, as pazes não serão feitas, e eles não irão à cidade, e que se Flávio não retribuir seu amor, será possuído por um espírito, e Pedrolino também, e que ela sabe muito bem o que guarda na manga, e entra.

Pedrolino fica confuso com aquelas palavras; nisto

CAP. SPAVENTO [ARLEQUIM]	vem contando do amor que sente por Flamínia. Arlequim diz suspeitar de que ela esteja apaixonada por outrem. Capitão: que não pode ser, sendo ele um homem tão perfeito, e vai contando de sua beleza, força e valor[4].

Pedrolino diz ao Capitão como Horácio, seu patrão, vai se casar com Flamínia, e que na noite seguinte dormirão juntos. Capitão, encolerizado, ameaça querer matar Horácio, fica ofendido e, esbravejando vai-se embora com Arlequim. Pedrolino ri; nisto

FRANCISQUINHA	sai de casa, chorando. Pedrolino sai. Bate à casa de Pasquella.
PASQUELLA	ouve de Francisquinha que uma peça de tecido medindo sessenta braças foi roubada, e, por ela lhe pedir, promete fazer com que a encontre; manda-a para a sua sala térrea, dizendo-lhe que a espere ali, enquanto ela vai buscar algumas coisas de que necessita em cima, no sótão e entram.

Pedrolino ri de Francisquinha e de Pasquella, e: de como lhes pregaria uma peça; nisto

GRACIANO	rindo por Flamínia tê-lo chamado para que ajudasse a cadelinha, que queria parir os cachorrinhos. Pedrolino imediatamente diz a Graciano que Francisquinha está na casa de Pasquella, para que esta o ajude a encontrar um certo tecido que lhe foi roubado; nisto
PASQUELLA [FRANCISQUINHA]	de dentro da casa, faz uma falsa mandinga para encontrar o tecido, mandando Francisquinha dizer algumas palavras.

---

4) Aqui está mais uma vez a deixa de uma *tirata* do Capitão. Reproduzimos, a seguir, dois breves trechos de repertório do Capitão: *O outro dia, à minha chegada nesta mui nobre cidade de Pisa, os muros fortificados todos jogaram-se ao chão, para que eu entrasse de modo distinto dos demais, e todas as torres e todos os campanários fizeram-me a reverência, e dobraram-se, e ao se reerguerem todos se endireitaram como antes, exceto o campanário da Catedral, o qual, para eterna memória de minha chegada quis para sempre ficar ali, dobrado e torto, como podem ver* (Ragionamento XIV. ANDREINI, F. *Ragionamenti Fantastici*, 1607). *Tendo eu certa manhã grande vontade de almoçar, fui-me à casa do Sol, meu grandíssimo amigo* (idem).

Jornada I

Pedrolino diz a Graciano que quer fazê-lo desfrutar de Francisquinha com boa astúcia; ordena-lhe que espere Francisquinha ter saído de casa, e que depois vá à casa de Pasquella e diga ter sido ele quem roubou por brincadeira o tecido, mas que deseja devolvê-lo à própria, pois que seus feitiços o obrigaram a confessar-lhe o furto, e que a velha chame Francisquinha, para quem ele vai dizer que inventou tudo aquilo para poder conversar à vontade com ela, prometendo comprar para ela a mesma quantidade de tecido.

Graciano fica feliz. Ouvem as mulheres chegando, saem.

PASQUELLA [FRANCISQUINHA] diz a Francisquinha que é preciso repetir o feitiço à noite, para o qual necessita de um frasco de azeite e outro de vinagre forte. Francisquinha: que os trará, e vai embora. Pasquella fica; nisto

GRACIANO apresenta-se diante dela dizendo-lhe que, forçado por seus feitiços, veio lhe revelar o furto do tecido, dizendo ter sido ele o ladrão. Pasquella espanta-se com isso, por não saber fazer feitiço nenhum, e começa a tremer. Graciano, gritando, diz: "Chame-a, chame-a!". Pasquella foge para dentro de casa. Graciano atrás, gritando: "Chame-a!". Pedrolino de pronto chama Francisquinha.

FRANCISQUINHA ouve de Pedrolino que um sujeito entrou na casa de Pasquella, confessando ter sido o ladrão do tecido, e que vá ajudar Pasquella a apanhar o ladrão e levá-lo à justiça. Francisquinha entra. Pedrolino fica: ouve que dentro fazem barulho com o ladrão; nisto

PASQUELLA FRANCISQUINHA [GRACIANO] seguram Graciano pelos braços, chamando-o de ladrão, e dão-lhe uns bons socos. Graciano foge, as mulheres atrás. Pedrolino ri e sai,

e termina o primeiro ato.

SEGUNDO ATO

IBRAIM [RAMADÃ] mercador armênio, com Ramadã seu escravo, o qual diz para seu patrão que fará com que receba, em breve, seu resgate e muito mais, por causa de suas infinitas gentilezas para com ele e seu irmão Mustafá.

Ibraim: que se têm de fazer algo em Florença, que se apressem, pois em dois dias quer partir para Veneza com as provisões, e sai.

66

Ramadã fica, louvando a gentileza do mercador armênio; nisto

FLÁVIO

com uma carta, para mandá-la à cidade a seus companheiros que o aguardam e, vendo o escravo, dá-lhe uma esmola, pedindo-lhe que aceite levar aquela carta a um entregador chamado Sandrino da Núrsia, no mercado velho, e que imediatamente a leve para a cidade. Escravo: que cumprirá; sai. Flávio fica; nisto

FRANCISQUINHA

alegre por ter encontrado o tecido. Flávio pergunta-lhe por Pedrolino. Ela: que não sabe onde está; nisto

PEDROLINO

rindo-se da peça pregada em Graciano. Francisquinha o mesmo, e entra em casa. Pedrolino diz a Flávio que Isabella lhe disse que eles não foram à cidade por sua causa, e que, se Flávio não se resolver a amá-la, vai mandar endemoninhá-lo, como a ele também. Flávio zomba do fato; nisto

HORÁCIO

chega, e ouve de Pedrolino que deu a entender ao Capitão que ele é que vai se casar com Flamínia, para zombar dele, e de como este, encolerizado, está à sua procura para duelar com ele. Eles riem-se; nisto

ISABELLA

à janela. Flávio, cumprimentando-a, pergunta-lhe como aprendeu tão rapidamente a arte mágica, ameaçando mandar endemoninhar quem não a ama. Ela conta ter dito isso a Pedrolino por brincadeira, pede-lhe que a ame e que se case com ela, sendo ela de sua mesma condição, como ele sabe. Flávio diz que em breve poderia chegar alguém, e que essa chegada seria motivo de felicidade para ambos. Isabella: que não compreende. Horácio admira-se, dizendo-lhe que, conhecendo ela a magia, deveria saber de tudo, e também deveria ajudá-lo em seu amor por Flamínia, e fazer com que esta não seja tão cruel com ele; que ele promete ajudá-la em seu amor pelo irmão. Isabella: que não medirá esforços; nisto

MUSTAFÁ

escravo, irmão de Ramadã, pede esmola. Pedrolino: cada um que cuide da própria bolsa. Flávio, acreditando tratar-se daquele a quem confiara a carta, devido à grande semelhança, pergunta-lhe se levou a carta para o Sandrino cesteiro. Escravo: que não sabe do que está falando e que nunca antes falou com ele. Pedrolino enxota-o; nisto

RAMADÃ

escravo, irmão de Mustafá, vê Flávio, para quem diz já ter entregue a carta para o tal de Sandrino cesteiro. Flávio toma-o por bêbedo e sai com Horácio, e fica Pedrolino sozinho; nisto

Jornada I

ISABELLA

da janela, indaga Pedrolino sobre aquelas palavras que Flávio lhe disse, que em breve poderia chegar alguém que seria motivo de alegria para ambos; nisto

PASQUELLA

à janela, fica ouvindo tudo. Pedrolino conta a Isabella como, há vinte anos, o pai de Flávio e o pai de Horácio, que eram irmãos, foram feitos escravos, e que jamais conseguiram notícia alguma sobre eles, motivo pelo qual os jovens haviam decidido abandonar a pátria de Veneza e vir morar em Florença, e de como Horácio recebeu uma carta de um amigo seu de Veneza, avisando-o da presença, dentro de um mês, de um mercador armênio, em Florença, chamado Ibraim, que na Pérsia resgatou dois irmãos venezianos, que eram escravos dos Turcos, e que isso é o que Flávio queria dizer, na esperança de que um deles seja seu pai, sem o qual ele nunca se casaria, e que se chama Pantalone de' Bisognosi veneziano. Pasquella alegra-se com aquelas palavras e vai para dentro; nisto

FLAMÍNIA

à janela, cumprimenta Isabella, a qual convida Flamínia a visitá-la. Ela: que sem a licença do pai não pode; nisto

GRACIANO

chega, e Isabella pede-lhe que mande Flamínia em sua casa. Graciano: que a mandará. Flamínia entra e Isabella faz o mesmo. Graciano diz a Pedrolino que aquele achado foi ruim para ele. Pedrolino conta que Francisquinha achou o tecido, que estava escondido em casa; depois exorta-o a dar a mão de Flamínia a Horácio, e não ao Capitão, como se murmura. Graciano diz que não é verdade; nisto

CAPITÃO
[ARLEQUIM]

encolerizado por não encontrar Horácio, vê Graciano, que lhe diz que deixe de proferir o nome de Flamínia, sua filha, pois não quer lhe dar sua mão. Capitão bravateia, dizendo saber de sua intenção de dá-la a Horácio, e que ele matará Horácio e todos os da sua raça. Arlequim também bravateia, Pedrolino dá-lhe um tabefe. Capitão saca a arma, todos fogem, e ele atrás.

PASQUELLA

que excogitou um modo de conseguir o ganha-pão de um mês, por causa das palavras que ouviu de Pedrolino, e que quer dar a entender a Isabella que conhece o segredo de Flávio, para que esta tenha mais confiança nela; nisto

RAMADÃ

escravo chega; Pasquella, ao vê-lo, decide querer usar os seus serviços, amima-o, dá-lhe uma esmola, dizendo querer fazer com que ele ganhe meia dúzia de escudos só para servi-la com palavras. O escravo

Os dois velhos gêmeos

concorda. Ela quer que ele se passe pelo pai de um jovem que está apaixonado por uma mulher, pois o seu pai é escravo assim como ele. Diz que ele deve ficar apartado e não aparecer de forma alguma, a não ser quando ouvir pronunciar o nome do tal pai escravo, porque ela quer fazer parecer que o traz de longe com seus feitiços. E aqui Pasquella seja cuidadosa para não lhe revelar o nome do pai. Escravo concorda. Ela manda-o retirar-se, e vai para a rua: depois bate à porta de Isabella.

PEDROLINO   vê Pasquella, disfarçadamente aparta-se para ver o que ela pretende fazer; nisto

ISABELLA   vem para fora, amima Pasquella, que se mostra irada com Flamínia porque não tem por ela a menor consideração: mas que cabe a ela satisfazê-la. Isabella alegra-se que ela possa contentá-la. Pasquella diz conhecer o segredo de Flávio melhor do que ela e que, para servi-la, quer que ela fique sabendo, através de sua arte, se o pai de Flávio está vivo e, se estiver vivo, vai fazer com que apareça diante dela. Isabella roga-a para que assim faça. Pasquella finge estar consultando um livrinho fraudulento que ela tem e murmurando algumas palavras mágicas; nisto

PEDROLINO   à parte, ri-se da tolice da velha, e fica observando; nisto

Pasquella resolve chamar o pai de Flávio, e em voz alta diz: "Pantalone de' Bisognosi, apareça já na minha frente"; nisto

RAMADÃ   escravo, ouvindo ela chamá-lo por seu verdadeiro nome, espanta-se, depois, aparecendo imediatamente, diz: "Eu sou Pantalone de' Bisognosi". Pedrolino espanta-se. Isabella, o mesmo; nisto, e imediatamente

MUSTAFÁ   escravo e também irmão de Ramadã, imediatamente diz: "Aqui também estou eu, seu irmão". Pasquella os toma deveras por espíritos. Isabella o mesmo, e cada uma foge para a própria casa. Os escravos rodeiam Pedrolino que, tomando-os por diabos, foge completamente amedrontado. Escravos atrás,

e termina o segundo ato.

Jornada I

TERCEIRO ATO[5]

FLÁVIO [HORÁCIO] [PEDROLINO]	com Horácio ri-se de Pedrolino, porque este diz que aquele escravo para quem ele entregou a carta é um demônio. Pedrolino diz que é verdade, e acrescenta que Isabella e Pasquella são duas bruxas feiticeiras; e que não foi sem motivo que disse aquelas palavras para que ficassem endemoninhados; e então conta como Pasquella fez aparecer aqueles dois velhos escravos. Eles se espantam, e que querem conversar com Pasquella; nisto
CAPITÃO	chega e, bravateando diz a Horácio que pare de importunar Flamínia, porque ela, a despeito de seu pai, será sua mulher; nisto
ARLEQUIM	para vingar-se do tabefe que levou de Pedrolino: ao vê-lo dá-lhe umas pauladas; todos sacam as armas e, duelando, vão todos para a rua.
GRACIANO	resolve-se a dar a mão de Flamínia para Horácio, para se livrar de tanto incômodo e para poder ter alguma satisfação com Francisquinha; bate.
FRANCISQUINHA	sai e desculpa-se com Graciano pelo ocorrido entre eles. Graciano namora com ela; nisto
ISABELLA	à janela, novamente pede a Graciano que lhe mande Flamínia, e sai para a rua. Graciano chama-a.
FLAMÍNIA	sai e vai com Isabella para a casa dela. Graciano tenta Francisquinha para que ela o acompanhe em sua casa para desfrutarem; nisto chega o Capitão; eles fogem.
CAPITÃO [ARLEQUIM]	que tendo escrito um desafio para Flávio e Horácio, o lê para Arlequim, para que ele o leve aos dois, e no que vai lê-lo, chegam
RAMADÃ E MUSTAFÁ	escravos e irmãos parecidos, e ficam ouvindo o que o Capitão quer ler, o qual, lendo, diz: "Eu, Capitão Spavento da Valle

---

5) A C.d.A. rompe com a estrutura tradicional — cânone aristotélico em cinco atos — da comédia clássica, e, pioneira, adota a divisão em três atos, que se afirma e passará a ser largamente adotada no século XVIII. Notamos o funcionamento da nova divisão: no primeiro ato, temos sempre a introdução da vicissitude; o segundo ato marca o ápice emotivo da aventura, com os desenvolvimentos que incidem sobre a situação inicial e revolucionam sua estaticidade; o terceiro ato leva ao final feliz, mas muitas vezes, antes disso, complica a trama toda ao introduzir novos obstáculos. Interessante notar como o ritmo torna-se, de ato em ato, cada vez mais acelerado, e em muitos cenários esse crescendo culmina numa espécie de dança frenética, numa animadíssima seqüência de gestos.

Os dois velhos gêmeos

Inferna,[6] desafio-te, Flávio e desafio-te Horácio de' Bisognosi, para um combate de espada e punhal, em camisa, fora das portas da cidade, no campo; nisto

RAMADÃ vem à frente, dizendo ao Capitão que aqueles jovens nomeados naquele desafio são seus filhos, e que são homens para aceitar. Capitão, encolerizado, quer bater nele; nisto

MUSTAFÁ aparece de repente com um pau. Capitão e Arlequim os tomam por dois espíritos, e, dizendo que não se batem com diabos, vão embora. Os velhos alegram-se por terem ouvido mencionar os seus filhos, resolvem que um vai encontrar o mercador armênio, o outro esclarecer o caso todo, e vão embora um por um caminho, um pelo outro, saem.

PASQUELLA completamente apavorada, decide viver como uma mulher de bem e nunca mais cuidar de bruxarias nem de alcovitagens, já que são obras diabólicas, acreditando que aqueles dois que lhe apareceram são dois diabos, vindos para assustá-la; nisto

ISABELLA que viu Pasquella pela janela, sai com Flamínia. Esta tranqüiliza Pasquella, e Isabella pergunta o que sucedeu aos dois escravos que apareceram. Pasquella: que não sabe se se tratava de espíritos ou de homens em carne e osso; nisto chegam os dois escravos.

RAMADÃ
E MUSTAFÁ
escravos e irmãos parecidos, chegam; as mulheres assustam-se e eles, com jeito, as tranqüilizam, dizendo não serem diabos. Pasquella, já mais sossegada, fica entre Flamínia e Isabella, e vai examinando os dois, e, ao ouvir seus nomes e sobrenomes, reconhece serem aqueles os pais de Horácio e de Flávio; uma vez reconhecidos, pergunta-lhes o quanto pagariam para reencontrar os próprios filhos. Escravos: que pagariam muito. Pasquella lhes diz que amimem aquelas duas damas viúvas, por meio das quais serão felizes. Escravos beijam as mãos das jovens, honrando-as com reverências e prestando-lhes homenagens do gênero. No fim Pasquella ordena que as mulheres mandem os velhos à casa de Flamínia e de Isabella. Escravos entram na casa de Isabella. Depois as mulheres confabulam e aqui Isabella faz com que Flamínia aceite Horácio por marido. Pasquella, alegre, manda-as para casa refocilar os velhos, dizendo que deixem o resto com ela.

Pasquella fica; nisto

---

6) Aqui o Capitão apresenta-se com nome, sobrenome e título: Capitão Pavor do Vale do Inferno, obviamente para impressionar.

Jornada I

PEDROLINO · todo carregado de armas, para se vingar das pauladas que recebeu de Arlequim. Pasquella manda-o procurar Flávio e Horácio, para um assunto muito importante. Pedrolino pede-lhe ajuda para suas vinganças contra Arlequim, e se vai.

Pasquella fica, nisto

HORÁCIO · com Flávio, riem-se do disparate do Capitão; vêem Pasquella e dela
[FLÁVIO] · ouvem ter chegado o dia de seu contentamento e de sua felicidade, dizendo a Flávio que Isabella deseja falar com ele de assunto sumamente importante. Os jovens alegram-se e mandam bater.

ISABELLA · fora, diz a Flávio que se ele desejar ser seu marido, ela quer lhe dar a coisa mais cara que ele tem no mundo, e para Horácio seu irmão duas das mais caras coisas que ele deseja no mundo.

Os jovens, muito felizes, ficam satisfeitos com tudo.

Isabella vai para casa e leva Flamínia para fora

FLAMÍNIA · fora, Isabella entrega-a para Horácio para que seja sua mulher, e ele demonstra ficar bem satisfeito. Isto feito, Isabella vai para dentro e volta com os dois escravos.

ISABELLA · volta com os dois escravos e, dirigindo-se a Flávio, diz: "Eis a coisa
[RAMADÃ] · mais cara que tens no mundo", mostrando-lhe Pantalone seu pai e,
[MUSTAFÁ] · para Horácio, Tofano seu pai; então pais e filhos reconhecem-se, abraçando-se e exteriorizando grande alegria; nisto

IBRAIM · armênio chega, e ouve de seus escravos que reencontraram seus filhos, mercadores riquíssimos, e que aqui em Florença compensarão qualquer coisa que ele tenha direito a receber deles. Ibraim alegra-se com eles. Os velhos pedem aos jovens que se casem com as duas viúvas. Eles: que estão contentíssimos, e cada um deles pega na mão da sua; nisto

GRACIANO · surpreende-se ao ver tantas pessoas diante de sua casa; Horácio, em poucas frases, conta-lhe toda a vicissitude dos velhos pais e das núpcias contraídas. Graciano concorda, e amima Pantalone e Tofano irmãos, surpreendendo-se pela grande semelhança que há entre os dois; nisto

FRANCISQUINHA · alegra-se pela chegada dos dois velhos irmãos, faz-lhes uma reverência; nisto

Os dois velhos gêmeos

CAPITÃO
[ARLEQUIM]

armado dos pés à cabeça, com Arlequim da mesma forma, imediatamente vê Graciano e diz-lhe que Flamínia é sua mulher. Horácio diz-lhe para pensar em algo mais, porque ele já se casou com ela, e que os que ele acreditava serem diabos eram os pais dos dois. O Capitão aplaca-se, cumprimenta Pantalone e Tofano, ficando surpreso pela grande semelhança que há entre os dois velhos irmãos; nisto

PEDROLINO

armado dos pés à cabeça, chega: vê Arlequim, de pronto saca as armas e investe-o; Arlequim faz o mesmo. Todos se colocam no meio e fazem com que os dois façam as pazes; depois tratam de casar Francisquinha. Pedrolino a quer, Arlequim também, e a essa altura sacam novamente suas armas; o Capitão coloca-se no meio, exortando-os a concordarem com as palavras e a escolha de Francisquinha; os criados concordam. Francisquinha fica com Pedrolino. Assim Horácio casa-se com Flamínia, Flávio com Isabella, Pedrolino com Francisquinha, e Flávio e Horácio aceitam em sua casa Pasquella até a sua morte, por ter conseguido que eles encontrassem seus pais e para que deixe de exercer magias e vigarices.

e termina a comédia dos dois velhos gêmeos.

JORNADA II

A FORTUNA DE FLÁVIO

Comédia

ARGUMENTO

Flávio, no mar, é feito escravo pelos corsários, que depois o vendem, em Constantinopla, a um Bachá[1] do Grã Conselho. Demora-se ali, até que um filho deste Bachá começa a ter por ele profunda afeição. Percebendo isso, Flávio, com hábeis maneiras, persuade o jovem turco a ver as grandezas e as maravilhas da Itália, e particularmente as de Roma; tais persuasões têm nele tamanha força que se resolve a vê-las e por fim a se tornar cristão. Assim combinados, armam uma galeota, com uma boa churma cristã aos remos e com muita guarda de soldados e marinheiros turcos, fingindo querer se dirigir, a passeio, até os Dardanelos.

Flávio, mais de uma vez, discorrera com o turco sobre as formosuras de uma irmã sua em Roma, deixando-o em tal estado que o outro não tinha outro desejo senão o de vê-la e servi-la. Prontos que estavam para a designada partida, e quase na nave, Flávio, às escondidas, veste de homem a irmã do turco e, sem que ele o saiba, esconde-a no fundo da galeota, estando ela apaixonada por ele; e ele, da mesma forma, por ela.

Uma vez ao largo, deram ao vento as velas, e andaram tanto que, passados quer Sesto quer Abido, descobriram a ilha de Sicília. Foi quando a escolta dos turcos descobriu o plano e a fuga por eles tramada; por isso, dirigindo-se ao filho do Bachá, começou a repreendê-lo, acusando Flávio de traição, lançando mão das armas para matá-lo; diante deste ato o turco, com a ajuda da tripulação cristã que com ele estava de acordo, lançando mãos das armas contra aquela guarda, em tempo muito breve derrotou-a e matou-a por inteiro.

A dura batalha ainda estava em curso, quando, tomada pelo medo, a turca saiu de seu esconderijo no bojo da nave, Ao ver o seu irmão investir contra ela, para matá-la (pois acreditava tratar-se de um dos guardas), triste, saltou para o mar, não encontrando, àquela altura, outro remédio à sua morte. Do outro lado, enquanto Flávio, junto com o turco, travava a luta, viu a amante desesperada se jogar às ondas, pelo que, vencido pelo amor e pela piedade, para socorrê-la de repente jogou-se ao mar. Uma vez terminada a perigosa peleja, o jovem turco mandou procurarem por Flávio, e, não o encontrando, ouviu de um dos cristãos que ele havia se jogado ao mar. O jovem ficou fortemente desolado pela perda de seu querido amigo; ainda assim, navegando em direção à Itália, foi alcançado pelas galeras do Papa e, rendendo-se a elas, contou a sua história e de como estava chegando para se tornar um cristão. Foi levado a salvo para Civita vechiá[2], e pelo general

---

1) Optou-se pela antiga grafia de paxá (1612), correspondendo assim à do original, que também é predecessora de *pascià*.

2) Antiga grafia de *Civitavecchia*.

A fortuna de Flávio

daquelas galeras conduzido a Roma (com todos os seu pertences, que eram grandes); e ali, tornando-se cristão, trava estreita amizade com o pai de Flávio, apaixona-se pela irmã e assim vai vivendo sem jamais explicitar ter conhecido Flávio.

Flávio, levado pelas ondas do mar, foi dar em Pantalloria[3], onde, feito morto, ficou sobre as desertas areias, quando, chegando ali por acaso um baixel de cristãos, o mísero foi visto e encontrado por um Capitão, que estava no comando, e foi refocilado com comida e restabeleceu-se. Reconhecendo Flávio o grande benefício que recebeu do Capitão, e a própria vida, ofereceu-lhe vivê-la à mercê de sua vontade. Depois disso, tornando a navegar, chegaram em Bari de Apúlia, onde o Capitão acreditava reencontrar uma mulher sua que ali deixara e, não a encontrando, desesperado, vai com Flávio à sua procura. Chega por fim em Roma, de passagem para Milão, ali apaixona-se pela irmã de Flávio, ignorando-a como tal, pois Flávio jamais revelara sua identidade.

A jovenzinha turca é salva pelos pescadores das almadrabas, os quais, acreditando ser ela um homem, levam-na a Palermo para vendê-la, e aqui vendem-na para um charlatão. Este, depois de muitas voltas, leva-a para Roma, onde ela reconhece o irmão e o amante, torna-se cristã, e depois vive vida alegre e feliz.

---

3) Antiga grafia de *Pantelleria*, ilha nas proximidades da Sicília.

Jornada II

PERSONAGENS DA COMÉDIA   COISAS PARA A COMÉDIA

PANTALONE — veneziano

Um banco comprido, de charlatão

FLAMÍNIA — filha

FRANCISQUINHA — criada

Uma bonita mala

GRILO[4] — criado

HORÁCIO — cavalheiro turco, que se torna Alaúde para tocar
cristão

PEDROLINO — criado

PAJENS

Coisas para vender, para o charlatão

CAPITÃO SPAVENTO

MORAT — escravo, que no fim é

Dois frascozinhos de vinho

FLÁVIO — filho de Pantalone

GRACIANO — charlatão[5]

Uma albarda

ARLEQUIM — companheiro

TURCOZINHO — músico e cantor, depois

Um espeto de cozinha

ALIFFA — turca, irmã de Horácio

SERVIÇAIS

BURATTINO[6] — taberneiro

CÍNTIO — sobrinho do governador

CRIADOS

LÍDIA — de peregrina

PEREGRINO — companheiro

Roma

---

4) Grilo aparece pela primeira vez na figura de *Zanni*. Notamos que o termo *Grillo*, além do significado de grilo=inseto, apresenta polissemia, significando: estranhas fantasias, ou um ser que está freneticamente ocupado e agitado, ou então que nada quer fazer.
Nesse caso também há uma significante coincidência entre o nome escolhido e as características do personagem: aqui, as do segundo *zanni* (Pedrolino é o primeiro).

5) A própria máscara do doutor, em sua ostentação de cultura e erudição, em seus ricocheteantes volteios de belas palavras vazias de verdadeiro significado, parece evocar a figura do charlatão. A diferença entre o Doutor e o Charlatão é que o primeiro serve à cena, para exaltar o efeito cômico e ridicularizar o segundo. Embora o tema do charlatão não seja raro nos roteiros de *Commedia dell'Arte*, este texto chama a nossa atenção pelo fato de, pela primeira vez, encontrarmos o Doutor no papel do charlatão: uma máscara representando um personagem. Espécie de meta-personagem, isto é, máscara da máscara; o ator que veste a máscara do Doutor, que, por sua vez, representa um charlatão. Esse tipo de mecanismo relembra, por exemplo, o tipo de construção especular que se efetua nas modernas técnicas do *clown* teatral.

6) O nome *Burattino* — no italiano moderno, significa "títere, fantoche, marionete" — merece uma análise: Etimologicamente, esse significado deriva do personagem da C.d.A., o qual deriva de *buratto*, "tecido para peneirar", que, por sua vez, deriva do latim medieval *buratinus*: "peneirador de farinha", isto é, de movimentos descompostos, desarranjados. Podemos, assim, arriscar e imaginar a movimentação cênica desse personagem; diante disso, a melhor tradução talvez fosse "desengonçado, desconjuntado".

A fortuna de Flávio

PRIMEIRO ATO

FRANCISQUINHA
[FLAMÍNIA]
[PAJEM]

vem elogiando para Flamínia, sua patroa, a grandeza e liberalidade de Horácio, turco que se tornou cristão, e que Roma inteira o ama e o honra. Flamínia crê que ele seja assim honrado, mas está sentida que Pedrolino, seu antigo criado, por obra de seu pai, tenha ido ficar com ele. Francisquinha diz para Flamínia ter visto um belíssimo escravo que voltou para Roma; nisto

CAP. SPAVENTO
[MORAT, ESCRAVO]

vendo Flamínia, e acreditando ser ela uma cortesã, cumprimenta-a; ela, retribuindo o cumprimento, vai imediatamente para dentro. Francisquinha extasia-se com o escravo e, fazendo uma reverência, entra em casa. Capitão: que ele gosta da mulher, e que ele quer servi-la algum dia, para tê-la. Escravo o dissuade; nisto

FRANCISQUINHA

que vai buscar a almofada na casa da parente, onde ficou; Capitão amima-a; nisto ouve Pantalone falando; foge para a rua. Capitão fica.

PANTALONE

de dentro de casa, diz: "Eu não quero mais contendas com essa desalmada, quero me livrar dela de qualquer jeito!".

Capitão, ao ouvir tais palavras, toma Pantalone por rufião da jovem, e aconselha-o a deixar a prática da viração, sendo tão velho. Pantalone pergunta a quem ele se refere. Capitão: que fala daquela puta que está naquela casa. Pantalone, encolerizado, diz que está mentindo. Os dois lançam mão das armas; nisto

GRILO

criado de Pantalone, de alabarda,

BURATTINO

taberneiro, com espeto de cozinha. Escravo leva embora o Capitão.

Pantalone, com suspeitas acerca de sua honra, manda Burattino em casa, depois diz para Grilo, seu criado, que tenciona quebrar o juramento feito, de não casar Flamínia até que Flávio, seu filho, há tantos anos feito escravo, não esteja de volta em casa. Grilo: que Horácio seria um ótimo partido para Flamínia, e sobre isso vão discorrendo juntos, e saem.

HORÁCIO
[PEDROLINO]

ouve de Pedrolino que Pantalone, seu primeiro amo, é homem rico, mas de alma atormentada, devido à perda de um filho seu, chamado Flávio, o qual, há muitos anos, partiu de casa para ver a Sicília, e que Pantalone jamais teve qualquer notícia dele, e receia que ele tenha sido feito escravo pelos Turcos.

Jornada II

Horácio, ouvindo isso, desata em pranto. Pedrolino pergunta o por quê. Horácio cala-o, em seguida louva Pantalone por ter sido tão gentil com ele a ponto de privar-se de um criado de tantos anos, para cedê-lo a ele; nisto

BURATTINO   taberneiro, com dois frascos cheios de vinho grego, mostra-os para Horácio, que fica com eles e lhe dá uma dobla; depois lhe pergunta quais as novidades na cidade. Burattino conta-lhe da briga de Pantalone com um Capitão, mas que não haverá de ser nada; nisto

GRACIANO   charlatão, chama o taberneiro, que venha lhe servir a refeição, que em seguida quer armar o banco com seus companheiros. Horácio entende que é o chefe dos outros charlatões; oferece-se para lhe fazer qualquer favor, pedindo-lhe que queira montar o banco nas proximidades de sua casa. Graciano: que assim fará; entra na taberna com Burattino. Horácio, querendo saber como foi a briga de Pantalone; manda bater à porta de sua casa.

FLAMÍNIA   à janela. Horácio cumprimenta-a, pergunta-lhe pelo pai. Ela: que não sabe onde está. Horácio revela-lhe seu amor, dizendo que deseja pedi-la em casamento a seu pai. Ela: que seu pai é dono de sua alma e de seu corpo; entra suspirando. Pedrolino: que Flamínia está apaixonada por Horácio; nisto

ARLEQUIM   charlatão, manda arrumar o banco para vender a mercadoria, depois
[SERVIÇAIS]   colocam sobre este a cadeira, a mala, em seguida chama os companheiros.

GRACIANO   saem da taberna, todos montam no banco. Turcozinho começa a tocar
TURCOZINHO   e cantar; nisto

FLAMÍNIA   à janela, fica olhando os charlatões; nisto

BURATTINO   chega para ouvir; nisto

FRANCISQUINHA   chega, pára a olhar; nisto

PANTALONE   chega, cumprimenta Horácio, e todos param para ver. A essa altura
[GRILO]   Graciano usa sua lábia para tratar sua mercadoria, Arlequim o mesmo, Turcozinho toca e canta; nisto

CAPITÃO   vendo Flamínia à janela, vai logo cumprimentá-la; Francisquinha
[MORAT]   cumprimenta o escravo. Capitão observa Arlequim, reconhece-o pelo

A fortuna de Flávio

homem a cujos cuidados deixara sua mulher, puxa-o para baixo do banco. Pantalone diz a Horácio que aquele Capitão é o seu inimigo. Horácio desce o braço no Capitão. Capitão o mesmo. Arlequim foge, Capitão segue-o, e naquela barafunda o banco cai no chão; cada um foge para sua própria casa, Horácio, Pantalone e Pedrolino seguem-os,

e termina o primeiro ato.

SEGUNDO ATO

CÍNTIO
[HORÁCIO]
[MORAT]
[CAPITÃO]

sobrinho do Governador de Roma, o qual mandou aprisionar Arlequim, em nome do Capitão, e ordenou que fizesse as pazes com Horácio, pergunta ao Capitão por quê motivo queria matar Arlequim. Capitão lhe diz que, há cinco anos, deixara-o em Bari para custodiar sua mulher, pois que ele tinha de ir à Malta para negócios importantes, e que, ao voltar, após seis meses, não encontrou nem a mulher nem ele, quando foi lhe dito que Arlequim a levara consigo para outro lugar; e que o procurou por muito tempo em diversos lugares, e que nunca o conseguira encontrar até aquele momento, e que lhe fez o que ele próprio viu. Horácio roga ao Capitão para que deixe libertar Arlequim, para a diversão de muitas senhoras que moram naquelas redondezas. Capitão concorda. Cíntio sai para mandá-lo libertar, na qualidade de amigo de Horácio e do Capitão, e sai. Eles ficam; nisto

FLAMÍNIA

à janela, prestando ouvido. Capitão pede que Horácio lhe conte de si. Horácio, olhando Flamínia, conta detalhadamente sua história, assim como figura no argumento da comédia, e que prometera se casar com a irmã de um caro amigo seu, o qual, por estranho acidente, dele se separou, e, vencido pela dor, suspira. Morat cai no chão feito morto. Flamínia chama Francisquinha, que vá lá fora com vinagre.

FRANCISQUINHA

com vinagre; todos ficam à sua volta e fazem com que Morat recobre os sentidos (o qual, enquanto Horácio falava com o Capitão, estava observando, e por isso teve aquele desmaio). Horácio pede licença para ir ter com Cíntio, para soltarem Arlequim. Capitão pergunta a Morat a razão daquele mal súbito; ele pede que não fique sondando. Capitão pede a Francisquinha que beije as mãos de sua patroa em seu nome, e sai. Francisquinha namorica o escravo, depois entra. Morat excede-se contra Amor e Fortuna, contra Amor que fez apaixoná-lo por Aliffa a turca, e contra Fortuna que a tirou dele; nisto

Jornada II

PEDROLINO à parte, fica ouvindo o que o escravo diz, nisto

GRACIANO [BURATTINO] fora, com Burattino. Morat lhes diz para irem à Torre de Nona para arrancarem de lá Arlequim, pois o Capitão o perdoou pelo que ele lhe fez; eles, alegres, vão se embora. Burattino, ao sair, vê Pedrolino, cumprimenta-o em alta voz, dizendo: "Adeus, Pedrolino!", e sai. Morat, ao ouvir o nome de Pedrolino, olha-o, reconhece-o como o antigo criado de seu pai, abraça-o mais vezes. Pedrolino espanta-se; no fim revela ele ser Flávio, filho de Pantalone. Pedrolino alegra-se e pergunta-lhe onde esteve por tanto tempo. A esta altura Flávio conta-lhe toda a sua história, assim como está escrito no argumento da fábula, e da profunda dor por sua amada que se afogou no mar, e que prometera a Horácio dar-lhe Flamínia, sua irmã, como esposa, antes de ele se tornar cristão, e de como percebeu que o Capitão está apaixonado por ela, e que, por dever-lhe a vida, vai lhe dar Flamínia, se ele a quiser; mas que não gostaria de ser injusto com Horácio, turco convertido a cristão, outrora seu patrão em Constantinopla. Pedrolino: que deixe tudo com ele, que porá remédio à situação, e que quer ouvir de Horácio se ele tem alguma notícia de Aliffa, sua irmã. Flávio: que lhe será grato por isso, e que não revele nada a ninguém; nisto ouvem Pantalone chegando; vão embora.

PANTALONE sobre o caso ocorrido ao charlatão; depois diz que quer casar sua filha Flamínia; nisto

TURCOZINHO da taberna; Pantalone, vendo-o tão distinto, pergunta-lhe por que motivo faz aquele trabalho. Turcozinho: por necessidade, e que já há quatro anos é escravo do charlatão; depois pergunta ao Magnífico[7] se por acaso conhece um certo Pantalone de' Bisognosi, veneziano. Pantalone: que é ele mesmo. Turcozinho: que em Constantinopla conheceu o seu filho Flávio, escravo de um Bachá, e que crê que ele tenha morrido. Pantalone, chorando, dá-lhe alguma coisa e entra em casa, e Turcozinho, na taberna, todo compadecido.

CAPITÃO [ARLEQUIM] ouve de Arlequim que Lídia, a namorada do Capitão que fora entregue à sua custódia em Bari, por temer que os seus parentes pudessem matá-la, quis que ele a levasse embora, e que, durante a viagem, foi raptada por uns bandidos e que, do alto de um outeiro, os viu lutando entre si, e que enquanto eles atiravam uns nos outros com o arcabuz, ela fugiu para umas colinas, e que nunca mais teve notícias dela. Capitão aflige-

---

7) Era o título de honra dos príncipes e da alta nobreza.

A fortuna de Flávio

se. No fim Arlequim, para consolá-lo, diz ter uma bela turca em suas mãos, que é aquele Turcozinho que cantava no banco, e que ele tem certeza tratar-se de uma mulher, oferecendo-a para que ele a compre de seu companheiro por cem escudos. Capitão: que seus pensamentos estão voltados para outra mulher; nisto

GRACIANO
[MORAT]
[BURATTINO]

pede ao Capitão que lhe empreste Arlequim enquanto estiverem em Roma. Morat: também. Burattino: o mesmo, em troca dos lucros da taberna. Capitão concorda. Entram na taberna; ficam Capitão e Morat, que lhe pergunta a razão daquele mal súbito. Morat: que aconteceu devido à grande obrigação que ele lhe deve por ter lhe salvo a vida sobre os rochedos da Pantalleria, e que, vendo que Horácio namorava Flamínia, pela qual ele está apaixonado, receava que novamente se desse alguma barafunda entre eles, e que por susto sobreveio aquele mal súbito; e que, se fizesse a seu modo, deixaria a empreitada de Flamínia, por se tratar de dama nobre e donzela, e ficaria com aquela turca de Graciano; e tanto se empenha em seu falar, que convence o Capitão a deixar de lado Flamínia e a querer a turca. Ele lhe ordena que fale sobre isso com Arlequim; sai. Flávio fica, alegre por ter tirado Flamínia da cabeça do Capitão; nisto

PANTALONE
[FLAMÍNIA]

cedendo às súplicas de Flamínia, conta-lhe a causa de seu pranto, e de como aquele Turcozinho charlatão contou-lhe ter conhecido Flávio em Constantinopla, escravo de um Grã Bachá, e que tem certeza de que ele está morto. Flamínia conta para o pai que acredita que Horácio, quando turco, tenha conhecido Flávio, por causa de certas palavras que ela lhe ouviu dizer, e que seria bom ir ter com ele, e entra. Pantalone sai para encontrar Horácio. Flávio fica; nisto

ARLEQUIM

para comprar coisas a vender no banco. Flávio conta-lhe que o Capitão resolveu comprar a turca; pergunta-lhe onde seu companheiro a comprou. Arlequim leva-o consigo para lhe contar, pois que tem pressa de sair, vão-se embora.

HORÁCIO
[PANTALONE]
[PEDROLINO]

confessa a Pantalone como Flávio, seu filho, foi seu escravo, contando-lhe todo o ocorrido (como diz o argumento da comédia) até ele se jogar no mar, assim como disse o cristão, e que nunca mais teve notícias; e que nunca quis lhe contar para não aumentar sua dor. Pedrolino pergunta a Horácio se ele não teria uma irmã. Horácio: que tem uma em Constantinopla, chamada Aliffa. Pedrolino diz a Pantalone que fique alegre, porque seu coração lhe diz que Flávio não está morto e que em breve o verá; manda-o para casa esperar até que ele volte com

Jornada II

as boas novas. Pantalone entra. Horácio diz a Pedrolino que, se ele não tiver Flamínia por esposa, vai se mudar para Nápoles. Pedrolino leva-o consigo pela rua para lhe narrar um sonho, através do qual espera ver Flávio e conseguir fazer com que lhe seja dada a mão de Flamínia, e vão embora.

ARLEQUIM [MORAT]	diz ao escravo que agora vai mandar a turca sair, e entra.
	Flávio vai pensando e imaginando que aquela turca seja a sua Aliffa; nisto
TURCOZINHO	fora; ouve do escravo que ele sabe que ela é mulher, e turca, espanta-se. Morat pergunta onde ela foi feita escrava. Ela conta a sua história assim como consta no argumento da comédia. Flávio alegra-se; nisto
CAPITÃO	sem nada dizer, interrompe o escravo e põe-se a acariciar a turca; nisto
GRACIANO	chega, esbraveja com a turca como Turcozinho, quer levá-lo para casa. Capitão esbraveja. Graciano faz o mesmo; chegam à barafunda; gritam, nisto
BURATTINO	com alabarda, sai para fora
ARLEQUIM	com um pau. Capitão desce o braço contra todos, que fogem para a taverna, depois vai embora. Flávio, fora de si e meio atordoado, segue o Capitão,
	e termina o segundo ato.

TERCEIRO ATO

LÍDIA [PEREGRINO]	de peregrina, por ter chegado salva em Roma, agradece o peregrino pela boa companhia que lhe fez durante a viagem, e quer se demorar na cidade por alguns dias. Peregrino: diz que quer partir em uma hora. Ela: que vai acompanhá-lo até a porta da cidade; vão embora juntos.
CAPITÃO [MORAT]	dá cem escudos ao escravo, para que ele vá comprar a turca, e que ficará nas redondezas à sua espera, mostrando estar ardentíssimamente apaixonado por ela, e vai-se embora. Flávio discorre sobre sua sorte, recapitulando todas as suas vicissitudes, e de como a Fortuna lhe

A fortuna de Flávio

devolve e num átimo torna a lhe tirar tudo, pois, estando o Capitão apaixonado por ela, ele se vê forçado, devido à grande obrigação que tem para com o Capitão, a concedê-la a ele; nisto

PEDROLINO bem alegre, diz para Flávio que Horácio acredita que sua irmã esteja na Turquia, o que pode se descobrir facilmente. Flávio, pesaroso, conta-lhe ter encontrado sua mulher, e tê-la perdido no mesmo instante, já que o Capitão está apaixonado por ela e ele sente-se em dívida com ele pois que lhe salvou a vida, e que, isso acontecendo, será a sua morte, e mostra-lhe os cem escudos para resgatá-la. Pedrolino consola-o, dizendo que deixe tudo com ele; faz com que ele lhe entregue o dinheiro, faz com que vá embora, faz diversas conjeturas e por fim bate à porta.

BURATTINO fora, vê Pedrolino todo esbaforido, que lhe diz estar querendo falar com todos os charlatões, para assunto muito importante; Burattino chama-os.

GRACIANO ouvem de Pedrolino que o Governador soube, por meio de um espião,
ARLEQUIM que eles roubaram uma turca há quatro anos, e que a levam mundo afora vestida de homem, e de como mandou o Delegado[8] prender todos os que estão na taberna para esclarecer o caso. Graciano: que ignora Turcozinho ser mulher. Arlequim: que ele sabe disso, por certo. Burattino manda todos para fora da casa; Graciano manda chamar Turcozinho.

TURCOZINHO fora; Graciano pergunta-lhe se ele é mulher. Turcozinho diz que sim. Graciano pede a proteção de Pedrolino, que se oferece para colocar a turca junto com as mulheres de Pantalone e que eles se ponham a salvo e que apareçam à noite, para ficarem sabendo o que vai acontecer; concordam. Graciano e Arlequim saem. Pedrolino pergunta à turca se não conheceu um escravo de nome Flávio Bisognosi na Turquia. Ela: que sim, e que também o viu aqui, em Roma. Pedrolino consola-a, dizendo-lhe que ela será a mulher de Flávio, e bate à casa de Flamínia.

FLAMÍNIA fora, ouve de Pedrolino que seu pai lhe manda aquele Turcozinho
[FRANCISQUINHA] porque será seu marido, e que, através dele, ela encontrará Flávio seu irmão, e pede que ela o proteja, e vai embora apressado. Flamínia fica admirada. Aliffa se lhe mostra mulher e brevemente conta sua história como consta no argumento da fábula. Flamínia abraça-a e amima-a; nisto

---

8) *Bargello* no orginal: historicamente, o oficial forasteiro que chefiava a República de Florença. Em seguida, passa a significar o chefe da polícia. Nos municípios medievais, era o magistrado encarregado do serviço de polícia; por extensão, o chefe da guarda, o delegado

Jornada II

HORÁCIO — chega, repreende Turcozinho por tanto atrevimento, depois repreende Flamínia; as mulheres riem; nisto

CAPITÃO — cumprimenta Horácio, depois diz: "Com licença", e leva embora Turcozinho, o qual grita: "Flávio, meu querido, ajude-me!", e sai. As mulheres desesperam-se, Horácio fica como que aturdido; nisto

CÍNTIO — o vê, sacode-o daquele torpor. Horácio, recobrado, diz: "Senhor, Vossa Senhoria venha comigo por aquele caminho", e vão-se embora juntos; as mulheres em casa.

PEDROLINO [MORAT] — diz a Flávio que a sua Aliffa está nas mãos de Flamínia, sua irmã. Flávio: que não pode se alegrar, sabendo que ela será do Capitão, ao qual deve tanto. Pedrolino ri; bate à casa.

FRANCISQUINHA — chorando, conta que aquele Capitão arrastou à força Turcozinho; Pedrolino, zangado, bate em Francisquinha. Ela foge para dentro de casa. Pedrolino corre atrás do Capitão, dizendo a Flávio que não duvide, e sai. Flávio, vencido pelo desespero, pega o punhal para se matar, dizendo: "Oh Capitão Spavento, eis que para lhe contentar e para cumprir com minha obrigação, dou cabo à minha vida!"; nisto

LÍDIA — peregrina, ouvindo o nome de seu Capitão, segura o braço de Flávio, a fim de que ele não se mate, e pergunta-lhe onde está aquele Capitão que ele nomeou. Flávio diz que está aqui em Roma; nisto ouvem estrondo de armas.

HORÁCIO
CAPITÃO — combatendo; nisto

CÍNTIO — põe-se no meio, Flávio o mesmo, e, amansada a barafunda, Flávio revela-se a Horácio como seu escravo e amigo, pedindo-lhe perdão por ter levado consigo sua irmã sem que ele soubesse, e que ela está viva e na casa de sua irmã Flamínia; mas que, pela grande dívida de vida que tem para com o Capitão, concorda que ela seja sua mulher. Lídia, peregrina, diz que o Capitão é seu marido por fé. Capitão reconhece-a, abraça-a, pede-lhe perdão, e diz que sabe que ela se salvou daqueles bandidos, e que Arlequim está em Roma; depois, dirigindo-se a Flávio, diz que o absolve de sua obrigação, e que fique com a turca; nisto

A fortuna de Flávio

PEDROLINO   leva Turcozinho, o qual é abraçada[9] por Horácio seu irmão, e por
[TURCOZINHO]   Flávio, seu amante e marido; chamam Flamínia.
[PANTALONE]

FLAMÍNIA   sai de casa e, encontrando tudo já calmo, consegue Horácio por marido;
[FRANCISQUINHA] e assim celebra-se o casamento de Horácio com Flamínia, de Flávio
                     com Aliffa, do Capitão com Lídia, e de Pedrolino com Francisquinha,

                     e termina a comédia da Fortuna de Flávio.

---

9) Essa concordância ambígua consta do original, relembrando ser o Turcozinho, na verdade, mulher.

JORNADA III

A VENTUROSA ISABELLA

Comédia

ARGUMENTO

Viveu outrora em Gênova um jovem bem-nascido e de boa fortuna, denominado Cíntio, ao qual, tendo perdido pai e mãe, restara uma única irmã, dotada de muita beleza e honrados costumes. Deu-se que o irmão (cujo único desejo era o de bem esposá-la) fizesse amizade com um certo Capitão, cujo único desejo era o de ter a citada irmã por esposa; percebendo isto, o irmão foi ter uma conversa íntima com a irmã, a qual também mostrou desejo afim ao do Capitão.

Assim, contraído entre os dois matrimônio de fé e de palavra, deu-se que o citado Capitão, devido a importantíssimos negócios, necessitou mudar-se para Nápoles, não sem antes prometer estar de volta muito em breve e casar-se com Isabella, pois que este era o nome da jovem.

No entanto, sua permanência em Nápoles pelo tempo de três anos, e seu esquecimento da promessa feita, levaram o irmão a tomar a decisão de casar novamente, e com melhor partido, a irmã. A qual, percebendo o que ele pretendia, abertamente disse já não querer um marido. Diante da constante pressão do irmão, planejou deixar a pátria e, em trajes de criada, levando um criado seu, mudar-se para Roma, onde ouvira estar o Capitão, que mais uma vez, e com outra mulher, casar-se pretendia. Atuando seu plano, foi a Roma, com a única intenção de censurar o Capitão pela falta para com a palavra dada. Uma vez encontrado, desabafa-se com ele e depois, devido a vários acontecimentos, torna-se mulher de outra pessoa, com satisfação do próprio irmão.

A venturosa Isabella

PERSONAGENS DA COMÉDIA   COISAS PARA A COMÉDIA

PANTALONE — veneziano
FLAMÍNIA — sua filha

GRACIANO — doutor
HORÁCIO e
FLÁVIO — seus filhos
PEDROLINO — taberneiro
FRANCISQUINHA — sua mulher

ISABELLA — em roupas de criada
BURATTINO — seu criado

CAPITÃO SPAVENTO
ARLEQUIM — criado

CÍNTIO — irmão de Isabela

Roma

Um baú

Uma mala grande de couro

Cesto grande, coberto

Roupas para o Capitão

Jornada III

PRIMEIRO ATO

PANTALONE
[HORÁCIO]
[FLÁVIO]
ouve dos dois irmãos que Graciano, seu pai, já velho, vive apaixonado por Francisquinha, e que não se resolve a tratar de seus casamentos e dar-lhes uma esposa como convém. Pantalone procura mitigá-los, provando-lhes como amor fica melhor num velho do que num jovem. Flávio faz com que Horácio entenda, sabendo ser ele seu rival, que o pai custeou seus estudos para que ele se forme, e não para que se case. No fim pedem a Pantalone, em qualidade de amigo do pai, para que o faça desistir daquela louca façanha, a vão embora. Pantalone fica, dizendo que também está apaixonado por Francisquinha; nisto

GRACIANO
amigo de Pantalone, leva dele um sermão por namorar Francisquinha, e é advertido das queixas de seus dois filhos. Graciano: que enquanto ainda estiver vivo quer fazer as coisas a seu modo; e assim, rindo, vão se embora juntos.

ISABELLA
[BURATTINO]
em trajes de criada, com Burattino, tendo deixado Gênova para encontrar o Capitão em Roma e lançar-lhe em rosto a falta com a palavra dada. E que saiu de Gênova para não se casar com o segundo marido que Cíntio, seu irmão, queria dar-lhe , e que quer se passar por uma mulher francesa, e que ele a chame de Olivetta. Batem à taberna; nisto

PEDROLINO
taberneiro, conversa com Olivetta, que conversa com ele em língua francesa, e, motejando entram na taberna.

FRANCISQUINHA
mulher de Pedrolino, vem chegando da cidade com uma cesta cheia de coisas na cabeça; nisto

PANTALONE
apaixonado por ela, cumprimenta-a, e declara-lhe seu amor. Ela diz que amor de velho se chama dor. Pantalone suplica-a; nisto

PEDROLINO
que ouviu tudo, ameaça Pantalone. Ele pede desculpas; nisto

BURATTINO
ouve Pedrolino esbravejando, e não se dá conta de que Francisquinha é mulher do taberneiro. Francisquinha entra em casa; nisto

FLAMÍNIA
à janela, chama seu pai, dizendo-lhe terem chegado algumas cartas de Veneza. Pantalone não quer ir embora. Pedrolino diz para Pantalone que gostaria de ser o rufião de sua filha. Pantalone, rindo, entra em casa. Burattino diz para Pedrolino que de bom grado desfrutaria de Francisquinha. Pedrolino: que ela é sua mulher. Burattino: que não sabia. E entram.

A venturosa Isabella

HORÁCIO — discorre do amor que carrega por Flamínia, e do ciúmes que tem de Flávio, seu irmão; nisto

FLAMÍNIA — à janela, e logo chega, pela outra rua

FLÁVIO — deixando Horácio no meio da cena e ele ficando atrás. Horácio cumprimenta Flamínia, a qual, fingindo estar lhe retribuindo o cumprimento, cumprimenta Flávio, pois está apaixonada por ele, e vai dizendo: "Senhor Horácio, não tenha ciúmes de seu irmão, porque eu amo o senhor, e não ele"; nisto

PEDROLINO — que percebe como Flamínia finge falar com Horácio enquanto fala com Flávio, achega-se a Horácio e em voz baixa lhe pergunta com quem Flamínia está falando. Horácio: que ela está falando com ele. Pedro-lino mostra-lhe Flávio, o qual está atrás dele. Horácio, ao vê-lo, irado lança mão das armas contra ele; Flávio faz o mesmo e, vão lutando rua abaixo. Flamínia retira-se e Pedrolino, rindo, entra na taberna.

CAPITÃO SPAVENTO [ARLEQUIM] — com Arlequim, que carrega uma mala, vindo de Nápoles para se casar com Flamínia, filha de Pantalone, e que antes quer ir à taberna. Manda bater.

FRANCISQUINHA — fora; Arlequim de pronto deixa cair a mala e amima Francisquinha. Capitão bate nele; àquela barafunda chega

PEDROLINO — fora; manda Francisquinha para dentro e ajuda a carregar a mala para dentro da taberna, e todos entram,

e termina o primeiro ato.

SEGUNDO ATO

ISABELLA — que viu o Capitão chegando em Roma, e que o reconheceu, e que espera realizar o seu desejo; nisto

HORÁCIO — vê a criada, cumprimenta-a, e ela, cortês, retribui o cumprimento em fran-cês. Horácio admira-se, pois a ouviu conversando em toscano; nisto

BURATTINO — que viu Horácio cumprimentar Isabella, diz-lhe que aquela é sua patroa, que é uma dama, e que sabe falar vários idiomas. Isabella tenta interrompê-lo; nisto

89

Jornada III

GRACIANO
chega, cumprimenta Isabella, a qual lhe fala em francês. Burattino diz a Graciano que aquela é sua patroa, e que sabe falar muito bem em toscano. Graciano faz muitas ofertas para Isabella; nisto

FRANCISQUINHA
fica com ciúmes de Isabella com Graciano e manda-a para casa. Burattino aparta-se para observar. Francisquinha finge-se zangada com Graciano, e ele procura aplacá-la com amorosas palavras. Burattino entra na taberna, dizendo que Pedrolino é um cabrão e Francisquinha uma puta; nisto

FLÁVIO
vê seu pai de namorico com Francisquinha, repreende-o; Francisquinha para dentro de casa. Graciano, encolerizado com Flávio por tê-lo interrompido, vai embora. Flávio fica; nisto

FLAMÍNIA
à janela, cumprimenta Flávio, de quem ouve sobre a rivalidade com Horácio, seu irmão, e que, se não tivessem sido separados, teriam se matado; nisto

ARLEQUIM
fora, aparta-se para espionar. Flamínia assegura Flávio de sua fé, dizendo-lhe como seu pai passou o dia todo à espera de um Capitão, o qual vem de Nápoles para se casar com ela, e que este matrimônio foi contratado em Nápoles por um tio seu, e que o Capitão se chama Spavento; nisto

PEDROLINO
fica ouvindo, sem nada dizer,

BURATTINO
a mesma coisa, sem nada dizer. Arlequim, apartado, o mesmo. Flávio diz a Flamínia que dará um jeito em tudo; nisto

HORÁCIO
chega e diz a Flávio, seu irmão, que quer ter uma conversa amigável e fraternal. Flávio reconcilia-se com ele. Horácio diz que renuncia abertamente a Flamínia, não por vileza, mas por novo amor, e, sumariamente conta-lhe ter visto uma belíssima jovem, em trajes de criada. Pedrolino, ouvindo isso, promete ajudá-lo em seu amor, estando ela em sua casa, e mais, que vai fazer com que Flávio tenha Flamínia; nisto

ARLEQUIM
diz que não pode ser, porque Flamínia é mulher do Capitão seu amo,

BURATTINO
o mesmo, dizendo que o Capitão é marido de sua patroa; nisto

PANTALONE
chega, vê Flamínia à janela, ralha com ela. Arlequim diz que não adianta esbravejar: "Porque vai ser como eu disser", e sai. Burattino imediatamente diz: "Não acredite nele, porque vai ser como eu disser", e sai. Flávio diz

A venturosa Isabella

a Pantalone: "Nunca terá bem algum, se não satisfizer o meu desejo", e sai. Flamínia diz: "Senhor meu pai, minha fé no senhor é tamanha, que o senhor fará o que eu quiser", e se retira. Pedrolino imediatamente diz: "Senhor, deixe que todos falem à vontade, porque vai ser como eu quiser", e sai para a rua. Pantalone fica meio aturdido; nisto

FRANCISQUINHA   vê Pantalone, a quem diz querer conversar de assunto importante, e leva-o pela rua, saem.

ISABELLA
[CAPITÃO]
[ARLEQUIM]   vem repreendendo o Capitão pelo amor e pela fé dada em Gênova. E ele: que não se lembra, mostrando-se extremamente ingrato. Ela insulta-o e, indignada, entra. Arlequim diz ao Capitão que seria melhor ficar com Isabella, porque aquela filha de Pantalone é uma puta. Capitão furioso com Pantalone; nisto chega

PANTALONE   chega, e, ouvindo o Capitão proferir seu nome, diz que ele é Pantalone. Capitão: que ele é um desonrado, e sua filha uma puta. Pantalone: que está mentindo, lança mão do punhal. Capitão foge rua afora. Pantalone atrás. Arlequim: que seu patrão é um grande pusilânime; nisto

CAPITÃO   volta, Arlequim repreende-o, e ele: que foi preparar a sepultura daquele velho; nisto

FLAMÍNIA   à janela. Arlequim diz ao Capitão: "Senhor, esta é a tal mulher de bem da sua esposa". Capitão olha-a, ralha-a e insulta-a. Flamínia espanta-se, e que poderia se expressar melhor. Ele: que fala muito bem; nisto

PEDROLINO
[HORÁCIO]
[FLÁVIO]   mostra aos jovens o Capitão, dizendo: "Este é aquele amigo". Eles, por trás, jogam-lhe a capa por cima da cabeça, e carregam-no embora. Arlequim, amedrontado, pára; Pedrolino quer levar embora Arlequim, e Arlequim carrega-o embora,

e termina o segundo ato.

TERCEIRO ATO

ISABELLA
[BURATTINO]   vestida nobremente de seus trajes, diz para Burattino que desabafou o que queria com o Capitão, e que por alegria vestiu suas roupas, e ainda porque os homens gostam mais das mulheres enfeitadas, arrumadas e limpas, do que quando sujas e imundas. Burattino lembra-lhe sua honra e a de Cíntio seu irmão; nisto

Jornada III

FRANCISQUINHA — volta para casa e entra, não reconhecendo Isabella por causa do novo traje; nisto

ARLEQUIM — chorando o Capitão, seu amo, por crê-lo morto. Isabella, ouvindo isso, mostra-se contente. Arlequim entra em casa; nisto

PEDROLINO — vê Isabella naqueles trajes; reconhece-a, louva-a, depois lhe conta que Horácio, nobre filho de Graciano, está apaixonado por ela — Isabella diz retribuir o seu amor — e que aquele homem que está chegando é seu pai; e que ela permanece naquele estado de espírito; nisto

GRACIANO — chega, e vendo Isabella, cumprimenta-a amorosamente, fazendo muitas propostas. Ela: que é uma forasteira. Pedrolino diz-lhe para lhe oferecer a casa, que ela irá aceitar, e assim poderá desfrutá-la. Graciano, contente, convida-a. Isabella aceita a oferta. Graciano manda-a para casa. Burattino sai, e Pedrolino acompanha-o. Graciano: que espera ter uma boa noite; nisto

PEDROLINO — que a levou para os aposentos de cima; exorta Graciano a ir comprar guloseimas para regalo de Isabella. Graciano, alegre, sai; Pedrolino fica; nisto

HORÁCIO
FLÁVIO — rindo do Capitão. Pedrolino diz querer pregar uma peça em Horácio, para quem conta como o seu pai desfrutou da forasteira, e que a tem em casa, e que foi comprar confeitos. Horácio, furioso, vai ter com ele. Pedrolino ri com Flávio, dizendo que Graciano não desfrutou da forasteira, mas que Isabella está em casa porque quer ser de Horácio. Flávio vai para encontrá-lo e avisá-lo de tudo, e sai. Pedrolino fica.

CAPITÃO — todo molhado, pois foi jogado no Tibre, e narra como nadando se salvou. Pedrolino: que quer afugentá-lo; ao vê-lo, conta-lhe que vinte e cinco homens armados estão à sua procura para matá-lo. Capitão de abalada chama Arlequim.

ARLEQUIM — fora. Capitão, de grande abalada, manda-o buscar a mala para partir. Arlequim volta e assim partem, a toda a pressa, para se salvarem. Pedrolino ri; nisto

FLAMÍNIA — à janela. Pedrolino, para desesperá-la, conta-lhe que Horácio e Flávio chegaram novamente às armas, e como foi necessário chegar num acordo, já que Flávio cedeu Flamínia a Horácio, e Flávio ficou com a bela forasteira. Flamínia lamuria-se de Flávio; nisto

A venturosa Isabella

ISABELLA
à janela de Graciano. Pedrolino diz logo a Flamínia: "Senhora, eis aquela mulher que desfruta do seu Flávio!", e sai. Flamínia cumprimenta-a, dizendo tê-la visto na taberna, e pergunta-lhe porque está naquela casa. Isabella diz estar lá a pedido do filho do dono, calando o nome de Horácio e de Flávio, e vai para dentro. Flamínia queixa-se de Flávio; nisto

FLÁVIO
chega; Flamínia lamuria-se de tudo o que fez com Horácio, segundo lhe disse Pedrolino. Flávio, rindo, desengana-a, dizendo que ela está na casa de seu pai por Horácio, e que, entrando na casa dela, lhe contará tudo. Flamínia: que entre como seu marido; e ele entra.

GRACIANO
que fez o pedido para que lhes entreguem em casa iguarias, frascos de vinho grego e outras coisas para regalo de Isabella; nisto

FRANCISQUINHA
que ouviu de Pedrolino que Graciano levou a forasteira para sua casa e que a desfrutou, lamuria-se dele, chorando, dizendo que lhe tirou a honra e depois, por aquela forasteira, a abandonou; e tanto diz e tanto faz que Graciano faz as pazes com ela e leva-a para a sua casa para desfrutá-la, e entram.

PEDROLINO
BURATTINO
discutindo, porque Burattino quer saber onde está a sua patroa. Pedrolino: que ela foi raptada. Burattino, chorando, sai para dar uma queixa de *rapto virginis,* e sai. Pedrolino ri-se; nisto

HORÁCIO
chega desesperado, que não encontra seu pai; bate em casa. Pedrolino fica apartado; nisto

GRACIANO
fora. Horácio repreende-o pelo que fez em casa com aquela mulher. Graciano pensa que ele fale de Francisquinha; discutem falando em ambíguo, isto é, Horácio falando de Isabella e Graciano de Francisquinha. Pedrolino ri o tempo todo. No fim Horácio diz que ele está errado ao lhe tirar sua mulher. Graciano: que ela tem marido, e por fim lhe diz ter desfrutado Francisquinha, mulher de Pedrolino, e não Isabella. Pedrolino desespera-se e diz a Graciano que ele é um traidor, e que vai dar queixa contra ele na justiça, e sai. Graciano diz para Horácio que fique com Isabella, que ele quer desfrutar de Francisquinha, e, de acordo, entram em casa.

CÍNTIO
[CAPITÃO]
[PANTALONE]
tendo encontrado o Capitão e Pantalone, vem com eles lamentando-se da falta para com a palavra dada, e que, desde que encontre novamente sua irmã, que pouco se importa de se aparentar com ele. Pantalone repreende o Capitão por querer ficar com sua filha, já tendo obrigação de fé com a irmã de Cíntio. Pantalone bate em casa.

Jornada III

FLÁVIO — à janela, diz estar com sua mulher. Pantalone: que a traga para fora.

FLAMÍNIA [FLÁVIO] — sai com Flávio, seu marido. Capitão emudece, e Flamínia lhe diz ter se casado com outro, pois ele insultou o seu pai e ela; nisto

BURATTINO — chorando. Cíntio reconhece-o, pergunta por sua irmã. Burattino: que foi raptada em Roma por cavalheiros romanos. Cíntio desespera-se por sua honra; nisto

FRANCISQUINHA — da casa Graciano, diz que a forasteira está se dando muito bem com Horácio; nisto voltam para dentro, vendo pessoas sair da casa de Graciano.

GRACIANO — vem perguntando a Horácio quem é a forasteira. Horácio: que ela diz ser nobre genovesa, irmã de um certo Cíntio Adorni. Graciano diz: "Quem poderá dar fé disso?" Cíntio diz: "Eu dou fé, que sou o seu irmão". Isabella, ao vê-lo, ajoelha-se diante dele, pedindo-lhe perdão pela fuga, devida somente ao seu querer desabafar com o Capitão pela traição que lhe fez, e como, estando aborrecida com ele, providenciou para si um nobre marido, e que viveu honradissimamente, pela honra de seu irmão. Cíntio aplaca-se e concorda que ela se case com Horácio; nisto

ARLEQUIM — procurando seu patrão; vê-o e cumprimenta-o; nisto

PEDROLINO — chega, dizendo que os tabeliães não querem aceitar queixas nem de cabras nem de putas, e que é preciso engolir. Vê Francisquinha, quer matá-la. Todos se põem no meio. Graciano diz que Pedrolino entendeu mal, e que não falava de sua mulher, e que ele deveria estar bêbado, quando ouviu aquelas palavras ao contrário. Pedrolino: que poderia ser, porque bebe com prazer. Todos chamam-no de bebum. Francisquinha se faz de mulher de bem e de zangada, e induz Pedrolino a lhe pedir perdão,

e assim termina a comédia.

JORNADA IV

AS BURLAS DE ISABELLA

Comédia

ARGUMENTO

Em Perúsia uma dama, viúva, induz o próprio irmão a levar-lhe o amante; depois, fingindo querer fazê-lo deitar com uma jovem, à qual prometera casamento, com ele se deita. O irmão, ao saber disso, conhecendo-o digno dela, compraz-se da burla e concede-o à irmã por marido.

Jornada IV

PERSONAGENS DA COMÉDIA   COISAS PARA A COMÉDIA

PANTALONE — veneziano

PEDROLINO — criado

HORÁCIO

ISABELLA, viúva, sua irmã

ARLEQUIM — criado

CAPITÃO SPAVENTO

FLAMÍNIA — irmã

FLÁVIO

BURATTINO — taberneiro

FRANCISQUINHA — sua mulher

DOIS MALANDROS — amigos de Pedrolino

DOIS MALANDROS — por conta própria

TRÊS MÚSICOS

Perúsia

Moedas, um bocado

Roupas para vestir três patifes

Tabuleta de uma taberna

Um par de sapatos

Uma faca de bom corte

Cesta com coisas para comer

Lanternas em número de três

Um espeto para assados

Um longo bastão

PRIMEIRO ATO

CAPITÃO SPAVENTO [FLÁVIO] narra a Flávio, seu amigo, o amor por Isabela, viúva, irmã de Horácio, seu amigo, pedindo-lhe que queira falar com Horácio a seu favor, para que ele possa tomá-la por esposa. Flávio promete fazê-lo, e depois lhe revela também estar apaixonado, e que escreveu uma carta; nisto

FLAMÍNIA à janela, diz ao Capitão, seu irmão, que vá em casa, pois chegaram cartas para ele, tendo ela um livro na mão; depois se recolhe. Flávio diz ao Capitão que sua irmã deve ser aplicada nos estudos. Capitão: que ela não faz outra coisa senão ler coisas cavalheirescas e de amor. Flávio roga ao Capitão que corrija sua carta amorosa, para mandá-la à mulher por quem está apaixonado. Capitão pega a carta, dizendo que sua irmã será mais apropriada, e entra, lembrando-lhe de seu assunto com Horácio. Flávio alegra-se pela boa sorte que sua carta corre, e sai.

PANTALONE [PEDROLINO] conta a Pedrolino que vive apaixonado por Isabela, e de como gostaria que fosse sua mulher; em seguida conta que, depois de ter obtido a virgindade de Francisquinha, sua criada, casou-a com Burattino, com um dote de 500 escudos, e de ter-lhe feito promessa lavrada de lhe doar (ainda em vida) mil ducados, quando ela tiver primeiro filho homem. Pedrolino louva aquela obra de caridade e, prometendo ajudá-lo em seu amor, vão para a rua.

FRANCISQUINHA [BURATTINO] brigando com seu marido por vários assuntos; no final ela diz que, se ele fosse bom o suficiente para engravidá-la de um filho homem, deixariam de ser pobres. Burattino: que dá conta de suas obrigações. Ela: que não vale nada; e aqui falam de seus defeitos, e em voz alta; nisto

ISABELLA à janela, repreende Francisquinha por contender com seu marido. Burattino diz para ela cuidar de sua vida, bravateando; nisto

CAPITÃO ameaça Burattino, por estar gritando com Isabela, quer bater nele. Francisquinha toma o seu partido e dá-lhe dinheiro para gastar na taberna, e manda-o embora, e ela entra. Capitão cumprimenta Isabela e pergunta-lhe por Flávio. Isabela: que não o viu. Capitão banca o galanteador; nisto

ARLEQUIM criado de Horácio, ralha com Isabela por estar falando com o Capitão; ela se recolhe. Capitão, encolerizado, bravateia com Arlequim, que bate nele; nisto

Jornada IV

FLÁVIO — se põe no meio, depois manda Arlequim embora; ele se vai, ameaçando o Capitão, sai. Capitão, encolerizado com Arlequim, vai embora. Flávio discorre do amor que tem por Flamínia; nisto

FLAMÍNIA — à janela. Flávio cumprimenta-a, perguntando-lhe se revisou aquela carta de amor que lhe foi mandada através de seu irmão. Ela: que percebeu nitidamente que aquela carta foi composta para ela. Flávio diz ser a verdade e, enquanto querem tratar dos seus amores, ouvem uma barafunda; nisto

CAPITÃO
HORÁCIO
[ARLEQUIM] — lutando, e Arlequim no meio com um pau. Flávio desce o braço para apartá-los, e, assim lutando, saem todos para a rua

BURATTINO — vem vindo com um cesto cheio de coisas comezinhas, e diz que quer fazer uma boquinha antes de entrar para a taberna; senta-se no meio da cena e come; nisto

DOIS MALANDROS — cumprimentam-no e ficam cada um de um lado, Burattino no meio. Um deles começa a contar para Burattino que é do País da Abastança, e enquanto vai narrando a vida de fartura daquele país, seu companheiro vai comendo; quando termina de comer desata a contar do castigo que se dá por lá aos que querem trabalhar, e enquanto isso o outro companheiro também come, e entre os dois comem tudo, e saem. Burattino percebe a burla; chorando entra em casa,

e termina o primeiro ato.

SEGUNDO ATO

FLÁVIO
[HORÁCIO]
[ARLEQUIM] — pede a Horácio que se dispa de todo o ódio para com o Capitão, e que faça as pazes com ele, por ele ser mais amigo deste do que ele supõe. Horácio concorda; nisto

CAPITÃO — chega; Arlequim foge e vai à janela. Flávio faz com que o Capitão e Horácio façam as pazes. Arlequim, da janela, pede garantias ao Capitão; nisto

PANTALONE
PEDROLINO — apartados, ficam vendo Capitão e Horácio saírem juntos; depois, aproveitando a oportunidade, resolve-se a falar com Flamínia; nisto

As burlas de Isabella

FLAMÍNIA	à janela, vendo Pantalone diz querer se divertir um pouco à sua custa; nisto
ISABELLA	à janela; Flamínia faz-lhe um sinal para que ela saia da janela e venha para a rua; Flávio vai embora, eles ficam; nisto
FLAMÍNIA ISABELLA	saem de suas casas; Flamínia, por burla, mostra-se apaixonada por Pedrolino, e Isabela por Pantalone, e, conversando amorosamente juntos, as mulheres pedem-lhes para voltarem à noite, e tocarem para elas uma bela música. Eles prometem. Mulheres em casa, eles dançam de tanta felicidade; nisto
BURATTINO FRANCISQUINHA	vêem os dois dançando, e riem deles; depois Francisquinha volta para casa. Pantalone vai embora. Burattino continua rindo de Pedrolino, que, ficando bravo, promete fazer dele um cabrão; Burattino ri; nisto
FRANCISQUINHA	com um pau para bater em Pedrolino, o qual, fugindo, diz mais uma vez que vai fazer de seu marido um cabrão; eles, rindo, entram em casa.
ISABELLA	à janela; nisto
FLÁVIO	chega, lamentando não ter conseguido esclarecer se Flamínia o ama, e diz querer falar novamente com ela e pedir-lhe a sua carta. Isabela, que ouviu tudo, pergunta a Flávio se Capitão e Horácio o encontraram, pois estão à sua procura para convidá-lo ao casamento tratado entre eles; isto é, que Horácio vai se casar com Flamínia e o Capitão com ela; depois, sorrindo, entra. Flávio fica atônito; nisto
BURATTINO	pergunta a Flávio se ele por acaso sabe de algum segredo para gerar filhos homens. Flávio volta a si e, irado, vai embora. Burattino entra em casa.
PANTALONE [PEDROLINO] [TRÊS MÚSICOS]	manda os músicos tocarem e cantarem; nisto
ISABELLA FLAMÍNIA	cada uma delas à própria janela, ficam ouvindo a música, depois agradecem Pantalone e Pedrolino, que vão embora com os músicos. As mulheres permanecem às janelas. Isabela pede a Flamínia que vá ao seu casamento, combinado pelo Capitão, seu irmão, com Flávio, seu amante de longa data. Flamínia, desculpando-se e chorando, entra.

Jornada IV

Isabela: que feriu intensamente quer Flávio quer Flamínia, mas que sabe o jeito de curá-los; entra.

BURATTINO — com o urinol, contendo a urina de sua mulher, para mostrá-la ao médico; nisto

PANTALONE [PEDROLINO] — diz a Pedrolino que comprou um par de sapatos novos, por doze tostões. Pedrolino: que são velhos, e que é uma vergonha que um homem como ele compre algo do gênero. Burattino pergunta a Pantalone se ele quer vender-lhe as solas por doze moedas. Pantalone: que sim. Burattino: que vai fazer um acordo, que cada um penhore uma moeda na mão de Pedrolino, e aquele que se arrepender vai perder uma moeda. Assim combinados, Burattino pega a faca e começa a descoser uma sola, dizendo sempre: "Quem se arrepender que perca um tostão". Descosida uma, começa a descoser a outra, e, ao chegar na metade da sola, pergunta-lhes se estão arrependidos; cada um deles responde que não, e ele vai logo dizendo: "Se vocês não estão arrependidos, eu é que estou bem arrependido", pega o urinol e foge. Pantalone e Pedrolino percebem-se burlados, admiram-se com astúcia de Burattino, vão embora,

e termina o segundo ato.

TERCEIRO ATO

ISABELLA [ARLEQUIM] — Ordena a Arlequim que, enquanto ela estiver conversando com Horácio, seu irmão, ele confirme tudo o que ela disser; nisto

HORÁCIO — chega, e ouve de Isabela que Flávio a visitou, e que trouxe com ele uma jovem, a qual veio de Nápoles atrás do Capitão, que é seu marido compromissário; e que pediu a intercessão de Flávio, por ser seu amigo, e que Flávio prometeu preparar um engano para o Capitão (com o consenso de Horácio, porém); e este engano consistirá em Isabela dizer que vai se casar com o Capitão, estando ele apaixonado por ela, fazê-lo entrar em casa e, no lugar dela, colocar com ele aquela jovem, sua mulher por palavra. Horácio concorda, pergunta pela jovem. Ela: que está na casa. Arlequim confirma. Horácio vai à procura do Capitão, para mandá-lo à sua casa, e sai. Isabela, alegre com Arlequim, entra, calando o engano para Arlequim. Entram.

PEDROLINO — rindo da peça que Burattino lhe pregou, diz que, de qualquer modo, quer fazer dele um cabrão, e que pensou em como fazê-lo; nisto

As burlas de Isabella

BURATTINO vem falando que o médico disse que sua mulher não está grávida. Vê Pedrolino; rindo diz: "Quem se arrepender, que perca um tostão". Pedrolino encoleriza-se. Burattino chama-o de senhor emprenhador, em voz alta; nisto

FRANCISQUINHA pergunta ao marido o que ele tem. Burattino lhe diz que está rindo de Pedrolino, senhor emprenhador. Eles zombam dele, e entram. Pedrolino: que já aprontou um modo de fazer dele um cabrão, e sai.

FLÁVIO desesperado pelo que Isabela lhe disse, resolve falar com Flamínia; bate.

FLAMÍNIA zangada com Flávio, queixa-se por ele ter zombado dela, ao ter escolhido Isabela por esposa. Flávio lamenta-se por ela ter escolhido Horácio por marido. Flamínia: que nunca pensou em ficar com Horácio; nisto

PANTALONE diz que Flamínia é sua mulher. Flamínia, para o despeito de Flávio, diz que é verdade, e que ele fique com Isabela. Flávio, bravo, sai. Pantalone quer amimar Flamínia. Ela enxota-o, dizendo-lhe impropérios, e entra. Pantalone sente-se ridicularizado; nisto

BURATTINO de casa, viu-o sendo enxotado, zomba dele. Pantalone, encolerizado, vai-se. Burattino fica; nisto

PEDROLINO disfarçado, de barba postiça e uma venda no olho, pede esmola para Burattino, que o manda trabalhar. Pedrolino responde que, de tanto trabalhar, foi banido de sua pátria. Burattino pergunta-lhe como; nisto

PATIFE companheiro de Pedrolino, já de combinação com ele, disfarçado de mercador, ao ver Pedrolino, cumprimenta-o, agradece-lhe e paga-o, por ter lhe prestado o serviço de emprenhar sua mulher de um filho homem, pedindo-lhe para deixar a cidade o quanto antes. Pedrolino: que assim fará. Patife sai. Burattino, que ouviu tudo, pergunta-lhe como ele tem aquela virtude de emprenhar. Ele: que lhe foi legada pelo pai, e que, quando estiver velho, fará o mesmo; nisto chega

PATIFE de combinação com Pedrolino; diz-lhe que aquela dama, que ele emprenhou, pede-lhe que deixe a cidade, caso contrário mandará matá-lo; sai. Pedrolino finge querer partir. Burattino retém Pedrolino e chama Francisquinha.

101

Jornada IV

FRANCISQUINHA ouve da virtude do homem, aconselham-se a utilizá-lo, antes que ele parta, para se deixar emprenhar; amimam-no e levam-no para casa.

CAPITÃO [HORÁCIO] concorda em ficar com Isabela, irmã de Horácio, como sua mulher. Horácio chama a irmã.

ISABELLA concorda com a vontade de Horácio, que lhe ordena levar o Capitão em casa, dizendo que deseja lhe falar. Ela leva-o, depois volta, dizendo ter colocado o Capitão em seu quarto, e que quer colocar a jovem em seu lugar. Horácio ri da burla, e vai embora para encontrar Flávio em certa taberna. Isabela: quer burlar duplamente Flamínia; chama-a.

FLAMÍNIA Já sendo de noite, admira-se por ver Isabela, àquelas horas, pela rua. Ouve dela que Horácio está chorando em casa porque ela não quer tomá-lo por marido, e pede que ela vá consolá-lo com suas palavras. Flamínia, para o despeito de Flávio, decide ir, e entram.

Noite[1]

FLÁVIO desesperado por não poder ter Flamínia, decide, para provocá-la, querer Isabela, esperando que o irmão queira concedê-la; nisto

ARLEQUIM por ordem de Isabela, vem procurar por Flávio; ao vê-lo chama Isabela.

ISABELLA diz a Flávio que aceitará o Capitão contra a sua vontade, e que ficaria com ele, se a quisesse, pois sendo viúva pode se casar a seu modo. Flávio concorda e, abraçados, entram em casa.

PANTALONE com lanterna, vai para entrar em casa; nisto

BURATTINO diz a Pantalone que prepare os mil escudos, por que sua mulher está prenha. Pantalone ri dele. Burattino, alegre, em casa: pois o amigo está trabalhando vigorosamente. Pantalone fica, nisto

HORÁCIO pergunta por Flávio a Pantalone. Ele: que não o viu. Horácio bate em casa.

---

1) A propósito da fábula — que, em sua concepção barroca, significava uma alegre e absurda seqüência de metamorfoses — notamos como a noite é introduzida nos cenários para favorecer os enganos e o absurdo, possibilitando uma trama que se sustenta por causa da luz fraca das velas, ou da escuridão mais profunda, em que se pode tornar verossímil o não reconhecimento até mesmo do amado, ou o temor pelo encontro com os espectros.

As burlas de Isabella

ARLEQUIM   diz para Horácio que não faça barulho, para não incomodar os noivos, e vem para fora com uma enorme lanterna, dizendo que sua irmã é uma grande mulher, pois soube arranjar marido e casar Flamínia; nisto

CAPITÃO   com lanterna, agradece Horácio por lhe ter dado a mão da irmã. Horácio fica admirado; nisto

FLÁVIO
FLAMÍNIA
ISABELLA   todos rindo da peça pregada por Isabela, levam Flamínia pela mão. Horácio pergunta pela jovem napolitana. Isabela revela o amor que tinha pelo Capitão, e como procurou tê-lo com o engano. Horácio compraz-se com toda a história; nisto ouvem barulho na taberna.

PEDROLINO   fugindo

BURATTINO   atrás, com um espeto de cozinha, para matá-lo. Todos se põem no meio.

FRANCISQUINHA   com um pau. Pedrolino desculpa-se, dizendo que havia prometido fazer de Burattino um cabrão e conta como conseguiu a oportunidade para fazê-lo; mas que não quis para não ser injusto para com ele. Francisquinha diz que como ela não quis, ele não fez. Fazem as pazes. Depois o Capitão casa-se com Isabela e Flávio com Flamínia,

e termina a comédia.

JORNADA V

FLÁVIO TRAÍDO

Comédia

ARGUMENTO

Viveram em Florença dois jovens, os quais muito cordialmente se queriam bem e eram, ambos, amigos verdadeiros e leais. Um deles denominava-se Flávio dos Alidori, e o outro chamava-se Horácio Belmonte. Deu-se (como costuma se dar) que Flávio acendeu-se e inflamou-se pela beleza de uma jovem, filha de um certo Doutor Graciano Forbicione[1], chamada Isabella, a qual, com o mesmo amor, retribuía Flávio. Ocorreu que Horácio também se apaixonou pela jovem Isabella, sem ter a menor consideração pela antiga amizade que o ligava a Flávio. E tanto labutou com seus enganos, que fez Flávio acreditar que a sua dama o traia, e que só a ele amava e desejava. Com isso Horácio reduziu Flávio a tamanho desespero, que deu palavra de se casar com outra mulher, e de lhe ceder sua amada Isabella.

Aconteceu posteriormente que, devido à astúcia de um criado, descobriu-se a traição de Horácio e, quando levada ao conhecimento de Flávio, este quase chegou ao enfrentamento. Ainda assim, portando-se com muita fleuma, Flávio esperava a hora em que algum acontecimento estranho modificasse aquela traição que lhe fora usada. Nem muito tempo passou para que, estando Horácio a duelar com um inimigo, fosse por seu adversário derribado e vencido e, naquele instante, passando casualmente o amigo Flávio (que contudo ainda o amava), este o socorreu e libertou das mãos do inimigo. Diante disso Horácio, reconhecendo o erro cometido, confessa-o a Flávio e consegue o seu perdão; concede então a Flávio a mulher que queria desposar e, tornando a ser amigos verdadeiros e fiéis, gozaram depois vida muito feliz com suas mulheres.

---

1) *Forbicione*: literalmente, significa "grande tesoura"; há dois sentidos figurados para "tesoura": pessoa maledicente ou pessoa muito teimosa, obstinada, exacerbados aqui pelo aumentativo. Uma possível solução seria Doutor Tesourinha. Forbizone da Francolino era o Graciano interpretado por Lutio Burchiella, da companhia *dei Fedeli*, autor de "Le 115 conclusioni in ottava rima del plvsqvaperfetto" (PANDOLFI, V. *La Commedia dell'Arte. Storia e testo*, v. II, *op. cit.*, pp. 9-19). Poderia significar uma homenagem de Scala a esse ator, que precedeu Lodovico de' Bianchi, dos *Gelosi*.

104

Flávio traído

PERSONAGENS DA COMÉDIA COISAS PARA A COMÉDIA

PANTALONE — veneziano
FLAMÍNIA — filha

Tabuleta de taberna

GRACIANO — doutor
ISABELLA — filha
PEDROLINO e
FRANCISQUINHA — criados

Uma mala grande
Um pacote de cartas

CAPITÃO SPAVENTO
ARLEQUIM — criado

FLÁVIO — namorado
HORÁCIO — namorado

BURATTINO — taberneiro

Florença

Jornada V

PRIMEIRO ATO

FLÁVIO [HORÁCIO]	Com Horácio, seu amigo, ouve dele que muitas damas o amam, e que ele empenhou todo o seu espírito para amar apenas uma, embora para seu enorme desgosto, pois um grande amigo seu já a ama. Flávio procura saber quem é o amigo. Horácio diz que o tempo o revelará; nisto
FRANCISQUINHA	à janela, em voz baixa diz para Horácio pegar aquela carta que Isabella lhe enviou. Flávio dá um passo adiante, acreditando que esteja falando com ele, e ela abertamente diz que está falando com Horácio; joga-lhe a carta, Horácio pega-a, Francisquinha volta para dentro. Horácio lê a carta em voz alta, para que Flávio ouça, na qual Horácio recebe ordem de Isabella para ir vê-la imediatamente, como de costume, lembrando que ela está grávida dele. Flávio emudece. Horácio pede licença e sai, bem alegre. Flávio excede-se contra Isabella e contra Pedrolino, que tem conhecimento de seu amor, chamando-os de traidores; nisto
FLAMÍNIA	à janela, ouviu tudo e, por amar Flávio, procura consolá-lo, dizendo-lhe que está passando por aquilo por não ter compaixão de quem o ama, que é o castigo de Amor. Flávio vira-se para ela, chorando e pedindo-lhe perdão. Flamínia, também embargada pelo pranto, retira-se. Flávio permanece, consternado; nisto
PEDROLINO	de casa, com uma carta, endereçada a Flávio e, assim que este o vê, logo lança mão da espada, chamando-o de traidor. Pedrolino foge e, ao fugir, deixa a carta cair; Flávio corre atrás dele.
CAP. SPAVENTO [ARLEQUIM]	vem de Nápoles para se casar com Isabella, filha de Graciano, tendo um parente seu, por meio de cartas, combinado tal matrimônio. Batem na taberna; nisto
BURATTINO	taberneiro, recebe os forasteiros, manda Arlequim para dentro com a mala. Capitão pergunta ao taberneiro se conhece o Doutor Graciano. Ele: que sim. Capitão puxa um maço de cartas, entre as quais há uma destinada a Graciano; entrega-a a Pedrolino, pedindo-lhe para que a entregue, e entra. Burattino vê a carta que Pedrolino deixou cair, pega-a, acreditando que o Capitão a tenha deixado cair; nisto
PEDROLINO	assustado, vai procurando a sua carta; pergunta por ela ao taberneiro, que lhe entrega a que vai para Graciano e também a que tinha encontrado, e entra. Pedrolino: que Flávio quis matá-lo; nisto

Flávio traído

ISABELLA — pergunta a Pedrolino se entregou a carta para Flávio. Pedrolino: que não, contando-lhe o que aconteceu com ele. Isabella admira-se, não sabendo o porquê daquilo; nisto Pedrolino aparta-se para ouvir.

HORÁCIO
[PANTALONE] — diz a Pantalone que é amigo de Flávio, pedindo-lhe para lhe dar a mão de Flamínia, sua filha, em casamento, sendo que ele a ama e deseja; e ademais que ele deseja que, sendo ele seu amigo, se case com Isabella, para celebrarem as núpcias juntos, entre amigos. Pantalone conta que Graciano casou a filha Isabella com certo Capitão Spavento, que está sendo esperado de um dia para o outro, procedente de Nápoles. Horácio: que Isabella é sua mulher, e ainda mais que está grávida dele, mostrando-lhe a carta que Francisquinha lhe deu. Pantalone espanta-se. Pedrolino o mesmo. Isabella o mesmo, e desce para a rua. Pantalone: que vai tratar disso com Graciano; nisto

ISABELLA — fora, dissimulando pergunta a Horácio de que carta estava falando com Pantalone, e que ela não lhe escreveu coisa alguma. Horácio, resistindo, diz: "Senhora, já que não quer que saibam de nossas coisas, ficarei quieto". Isabella, mais encolerizada ainda, chama-o de traidor, dizendo: "Que carta? O que dizes tu de minha honra?" Horácio, vendo Pedrolino, diz: "Senhora, perdoe-me, pois eu não havia percebido que aquele biltre do Pedrolino estava prestando ouvido a nossos amores secretos". E ela, ainda mais irada, chorando entra em casa. Horácio diz a Pedrolino que ele é a causa de sua ruína, e que Isabella não confia nele; nisto

FRANCISQUINHA — chega: Horácio faz-lhe confessar, na presença de Pedrolino, que Isabella lhe mandou as cartas e que ela vive apaixonada por ele, depois manda-a embora para a rua. Horácio depois ameaça Pedrolino, dizendo-lhe que não se meta na vida de Isabella, e vai-se pela rua. Pedrolino fica bestificado, sem proferir palavra; nisto

FLÁVIO — vê Pedrolino, chama-o de traidor. Pedrolino não fala e entrega-lhe uma carta, endereçada a Graciano, fazendo-lhe sinal, sem falar, que ele vá embora. Flávio, com a carta, vai-se. Pedrolino fica; nisto

ARLEQUIM — pergunta a Pedrolino pela casa de Graciano. Pedrolino não fala. Arlequim, rindo, chama o taberneiro.

BURATTINO — pergunta-lhe se entregou a carta. Pedrolino não responde. Eles riem. Arlequim chama o Capitão.

Jornada V

CAPITÃO fora, e ouve que Pedrolino é aquele a quem a carta foi entregue. Capitão pergunta-lhe o que ele fez da carta. Pedrolino não responde, Capitão sacode-o, por fim Pedrolino, como que despertando de longa letargia, solta um grito tão alto que apavora a todos, e entram na taberna; e Pedrolino, como enfurecido, sai pela rua,

e termina o primeiro ato

SEGUNDO ATO

PANTALONE
[GRACIANO]
exortando Graciano a dar a mão de sua filha a Horácio. Graciano: que nem lhe fale, já que a prometeu ao Capitão Spavento, a quem espera de uma hora para a outra. Pantalone acrescenta que deveria dá-la a Horácio, por sua honra, e que ele não sabe da missa nem a metade e vai-se. Graciano admira-se daquelas palavras; nisto

PEDROLINO chega; Graciano interroga-o sobre a vida de sua filha, e se ele alguma vez percebeu que ela faz amor com alguém. Pedrolino: que quase percebeu um não sabe o quê; depois entrega-lhe a carta que Isabella lhe deu, sem querer, acreditando estar lhe entregando a carta que lhe foi dada pelo taberneiro, e sai. Graciano lê a carta e descobre que sua filha escreve para um namorado seu, avisando-o de que o pai casou-a com certo Capitão, aguardado de uma hora para a outra; e nessa carta não há endereçamento. Graciano desespera-se; nisto

HORÁCIO
[FRANCISQUINHA]
ficam ouvindo Graciano se desesperar e dizer consigo: "Esta carta é de minha filha, mas não consigo imaginar para quem ela escreve". Horácio de pronto diz a Graciano: "Senhor, é a mim que ela escreve" (e Francisquinha diz: "E fui eu quem a trouxe"). Horácio diz a Graciano que Isabella está apaixonada por ele, e pede-a em casamento. Graciano dá-lhe boas esperanças. Horácio sai. Graciano repreende Francisquinha, insulta-a e enxota-a de casa, depois chama Isabella.

ISABELLA fora; Graciano ralha com Isabella, repreendendo-a por fazer amor, sabendo que ele a prometeu ao Capitão. Ela nega amar. Graciano mostra-lhe a carta. Ela, envergonhada, confessa amar, mas não diz quem, nem para quem mandou aquela carta: e que já mandou outras. Graciano pensa que ela esteja falando de Horácio; nisto

PEDROLINO todo ouvidos. Graciano diz a Isabella: porque confiou aquela carta a Francisquinha, a qual lhe confessou o fato na presença de Horácio, seu

Flávio traído

namorado. Isabella diz que nunca confiou em Francisquinha, nem nunca escreveu para Horácio, e sim para Flávio, e que Pedrolino sempre levou as cartas para lá e para cá Graciano, desesperado, vai-se embora, repreendendo-a, e sai. Pedrolino fala com Isabella, admirando-se de que aquela carta tenha ido parar em suas mãos; e que sabe que Flávio está sendo traído por Horácio, e que precisaria mandar matar Horácio; nisto Isabella começa a chorar, e chega

CAPITÃO — pergunta a Pedrolino porque aquela senhora soluça. Pedrolino conta-lhe como certa pessoa gostaria de desfrutá-la à fina força, alguém que ela odeia e não quer, e que ela com prazer se daria em preia a alguém que o estropiasse ou o matasse. Capitão oferece-se para fazer o serviço. Pedrolino, apartado, faz combinação com Isabella, contando-lhe tudo, e que ela prometa ao Capitão que vai ser sua, e que deixe tudo em suas mãos. Chamam o Capitão, ao qual Isabella promete fazer tudo o que Pedrolino prometer por ela, e entra. Eles ficam; nisto

FLÁVIO — que ouviu aquelas palavras de Isabella (dizendo: "Serei sua, sem dúvida"), reconhece que ela o trai; vê o Capitão, tenta puxar briga com ele, para duelar. Pedrolino quer explicar como se passou o fato. Flávio enxota-o, depois lança mão da arma contra o Capitão, e diz querer duelar com ele. Capitão: que não duela sem a permissão de Marte e sem o espetáculo de todos os cavaleiros da cidade, e vai-se. Flávio fica: discorrendo acerca da traição de Isabella; nisto

HORÁCIO — chega; Flávio imediatamente pede perdão a Horácio pela má disposição que tinha para com ele, e que é verdade que Isabella o trai, que ela, mais uma vez, entregou-se a certo forasteiro, e que ele sabe que o pai dela espera de Nápoles certo Capitão, que será seu marido. Horácio, dissimulando, consola-o e afaga-o; nisto

PEDROLINO — apartado fica ouvindo; nisto

ISABELLA — à janela, também fica de ouvidos. Flávio, vencido pelo desespero, resolve casar-se com Flamínia. Horácio: que deixe com ele as tratativas com o pai dela; nisto

PANTALONE — chega, e ouve de Horácio que Flávio veio para se casar com Flamínia. Pantalone, alegre, chama Flamínia sua filha.

FLAMÍNIA — fora, ouve que Flávio será seu marido; alegra-se e toca sua mão, afagando-o, depois entra em casa. Pantalone entra, para dispor as núpcias.

Jornada V

Horácio diz que ele se casará com Isabella e que farão um casamento conjunto. Horácio e Flávio vão embora juntos, bem contentes. Pedrolino fica, estupefato com a traição de Horácio; nisto

FLÁVIO   volta; nisto

ISABELLA   sai antes de Flávio, queixando-se com Pedrolino de Flávio, e, chorando, chama-o de traidor; nisto

FLÁVIO   chega; Pedrolino chama-o de traidor. Isabella o mesmo, por ele ter se casado com Flamínia. Flávio: que ela é a traidora, pois já desfrutou com Horácio e mais uma vez está procurando desfrutar com um forasteiro, chamando-a de mulher desonesta e insaciável. Isabella: que está mentindo, e lhe dá um bofetão. Flávio quer revidar. Pedrolino se coloca no meio; nisto

CAPITÃO [ARLEQUIM]   àquela barafunda, lança mão da espada; Flávio o mesmo; Isabella foge para casa, e eles, duelando, vão para a rua,

e termina o segundo ato

TERCEIRO ATO

PEDROLINO [FLÁVIO]   desengana Flávio acerca da suspeita sobre aquele Capitão, dizendo ser uma invenção que ele e Isabella excogitaram para mandar matar Horácio, por causa da grande traição que lhe fez, sendo ou fingindo ser seu amigo. Flávio fica perplexo, ouvem Francisquinha falando; Pedrolino manda Flávio se retirar; nisto

FRANCISQUINHA   chega, e ouve de Pedrolino que Graciano o enxotou de casa e que Isabella é uma tola por não ficar com Horácio por marido, e astutamente induz Francisquinha a confessar a traição de Horácio para com Flávio, e que ele a corrompeu com dinheiro para que levasse aquela carta falsa. Flávio, vencido pela ira, lança mão do punhal para matá-la. Francisquinha berra bem alto; nisto

BURATTINO   põe-se no meio e pede-a em casamento; Pedrolino suplica por ela; Flávio perdoa Francisquinha e a entrega para Burattino, que a leva consigo para a taberna; nisto

FLAMÍNIA   à janela. Pedrolino alegre por ter desenganado Flávio, e diz que quer consolar Isabella; bate, antes mandando Flávio se retirar.

Flávio traído

ISABELLA   indignada com Flávio; Pedrolino conta-lhe que o Capitão matou Flávio, por causa daquele duelo que teve com ele, quando gritaram um com o outro. Isabella desata em pranto. Flávio mostra-se, abraçam-se, pedindo perdão um ao outro pelas ofensas que se fizeram e pelas suspeitas que tiveram. Pedrolino manda Flávio se desobrigar com Pantalone, e que depois leve embora Isabella, pois tomou conhecimento, por aquela carta, que o marido já chegou de Nápoles. Assim combinados. Ela em casa, eles saem.

FLAMÍNIA   fora, que da janela ouviu tudo, chora por sua má sorte; nisto

PANTALONE   pergunta a Flamínia a razão de seu pranto e ela conta que Flávio se casou novamente com Isabella, contando-lhe tudo o mais. Pantalone, encolerizado, manda-a para casa; depois, indignado, vai para encontrar Flávio, sai

PEDROLINO   que vê Flávio em grande aperto, se de pronto não levar Isabella embora; nisto

CAPITÃO   imediatamente chama Pedrolino, dizendo-lhe para lhe mostrar aquele inimigo da senhora, a fim de que ele possa matá-lo. Pedrolino vê-se em apuros, e diz que aquele fulano, tendo ouvido um sabe-se lá o quê sobre a sua vida, fugiu, e que aquela senhora é uma cortesã rica e famosa e, ao ver Graciano chegando, diz ao Capitão que aquele é o rufião principal da cortesã, e entra em casa; nisto

GRACIANO   chega; Capitão, tomando-o por rufião, dizendo-lhe que deseja falar com aquela sua cortesã que está naquela casa. Graciano, ouvindo tal ofensa à sua honra, dá um tabefe no Capitão, o qual imediatamente lança mão das armas; nisto

HORÁCIO   lança mão da espada contra o Capitão; nisto

PANTALONE   quer se colocar no meio. Horácio, no meio da barafunda, cai ao chão. Capitão pula sobre ele, querendo matá-lo; nisto

FLÁVIO   assalta o Capitão, liberta Horácio e, combatendo com o Capitão, derriba-o. Capitão implora pela vida; Flávio consente. Horácio, vendo o grande benefício recebido de Flávio, de joelhos confessa-lhe sua traição, pedindo a Pantalone e Graciano que mandem as filhas virem, sem as quais não se pode tratar de coisa alguma. Pedrolino vai chamá-las.

Jornada V

ISABELLA
FLAMÍNIA

chegam de suas casas. Horácio pede perdão a Isabella, revelando-lhe a traição feita a Flávio e a ela, por causa do grande amor que tinha por ela, culpando Amor e Fortuna por tudo que fez; pede igualmente perdão a Flávio; eles perdoam-no e erguem-no do chão, reconciliando-se um com o outro e voltando a ser amigos. Flávio pede Isabella a Graciano. Capitão levanta-se num ímpeto, dizendo ser ela sua mulher compromissária. Graciano desculpa-se, e que tenha paciência, porque sua filha quer Flávio. E assim Flávio casa-se com Isabella e Horácio com Flamínia. Ouvem barafunda na taberna.

BURATTINO
[ARLEQUIM]
[FRANCISQUINHA]

duelando por Francisquinha, porque Arlequim queria forçá-la. Capitão coloca-se no meio, obriga-os a fazerem as pazes, e Burattino casa-se com Francisquinha, convidando toda aquela comitiva para suas núpcias,

e termina a comédia.

JORNADA VI

O VELHO CIUMENTO

Comédia

ARGUMENTO

Morava em Veneza um velho mercador, chamado Pantalone de' Bisognosi, cuja mulher era uma belíssima jovem, chamada Isabella. Um belíssimo jovem, rico e dotado de hábitos honrados, vivia ardentemente apaixonado por ela. Seu nome era Horácio Cortesi[1], de Veneza.

Para sua cruel desventura, o velho mercador tinha ciúmes da sua própria mulher e, para subtrai-la aos olhares insistentes e para se sentir mais seguro, resolveu levá-la a uma vivenda que ele possuía, nas cercanias de Veneza. O amante seguiu a mulher e, com o consenso dela, teve com ela comércio amoroso, e tanto mais foi-lhe grato o feliz ardo quando, com a guarda do próprio marido, esteve com ela. Ocorreu depois que, conversando certo dia com o próprio mercador, foi lhe narrando, em forma de motejo, tudo o que tinha passado com sua mulher. Diante da fábula o velho, arrependido de sua impotência e de seu erro insensato (o de viver com ciúmes dela), ao jovem, com belíssimos modos, a mão dela concedeu.

---

1) Aqui, mais uma vez, verificamos a apresentação, *a priori*, das características do personagem através do sobrenome que tem; Horácio carrega o sobrenome de Cortês.

Jornada VI

PERSONAGENS DA COMÉDIA   COISAS PARA A COMÉDIA

PANTALONE — velho mercador

Roupas de caçadores, varas, cornos, cachorros e coisas do gênero

ISABELLA — sua mulher

PEDROLINO — criado

Um cesto

GRACIANO — amigo da casa

CAPITÃO SPAVENTO — como caçador

Descansos de prata

COMPANHEIROS — caçadores

Frascos de vinho

HORÁCIO e

FLÁVIO — amigos

BURATTINO — hortelão

Copos para beber

PASQUELA — sua mulher

OLIVETTA — filha

Iguarias nos pratos de prata.

CAVICCHIO[2] — aldeão salsicheiro

FLAMÍNIA — viúva, irmã de Isabela

Coisas para disfarçar os músicos de pedintes

Alaúde, isto é, tiorba

TRÊS PEDINTES

MOÇAS

Um prato com figos ou outras frutas

CRIADOS

Vivenda na região de Pádua

---

2) *Cavicchio* — em sentido figurado — podia significar "pretexto".

O velho ciumento

PRIMEIRO ATO

HORÁCIO
[FLÁVIO]

conta para Flávio, seu amigo, que veio àquela vivenda por amor a Isabella, mulher de Pantalone, e que é retribuído por ela, e que Pedrolino, seu criado, tem conhecimento do seu amor, e que nunca a desfrutou; mas que Isabella prometeu satisfazê-lo, com o ensejo de sua estada na vivenda. Flávio diz que tem um bom alcoviteiro, e que não duvide; nisto

PEDROLINO

com chapéu de palha e cajado, dizendo a Horácio que Pantalone está para chegar com sua mulher. Flávio vai imediatamente ao seu encontro. Pedrolino pergunta se Tofano, cuja vivenda fica a duas milhas da de Pantalone, é amigo dele, e se Pantalone o conhece como tal. Horácio diz que sim. Pedrolino conta que está querendo se servir de sua casa, quando chegar a hora; nisto: que está vendo Pantalone chegar. Horácio fica; nisto

PANTALONE
[ISABELLA]
[FLAMÍNIA]
[FLÁVIO]
[GRACIANO]

traz Isabella, sua mulher, pela mão, Flávio traz Flamínia, viúva. Horácio cumprimenta Pantalone e toda a sua companhia, alegrando-se por ele favorecer aquela vivenda com sua presença; e, estando aí posto um longo banco para sentar, todos sentam-se para descansar, pedindo ao Doutor Graciano que conte alguma novela. Graciano, de início, se faz de rogado, e por fim conta a novela do Bocaccio, chamada ***[3]. Todos elogiam-na, exceto Pantalone, o qual diz não ser muito conveniente na presença de mulheres; nisto

PEDROLINO

completamente esbaforido, diz a Horácio e Flávio que alguns cavalheiros de Bérgamo chegaram e perguntam por eles. Eles logo vão ao seu encontro, e os outros todos ficam; nisto ouvem um canto vindo de dentro da casa[4].

CAVICCHIO

aldeão, cantando cantos dos salsicheiros[5]; e depois canta a respeito do martírio que sente um velho marido, ciumento da mulher; todos riem e depois lhe pedem que conte alguma novela. Cavicchio conta aquela novela do pintor que costumava pintar o diabo tão bonito... etc. Todos riem do belo conto. Cavicchio convida-os para um sítio que ele aluga, para se divertirem e se deleitarem. Aceitam o convite. Graciano pega

---

3) está em branco no original. Supomos que isso significasse que o ator poderia optar pela novela que quisesse; suposição esta que Tessari também explicita (cf. TESSARI, R. *La commedia dell'Arte nel Seicento, op. cit.*, p. 128, n. 2).

4) talvez: "de trás dos bastidores".

5) No original, *"norcino"* — além de salsicheiro (quem mata os porcos e ensaca suas carnes), tinha um sentido irônico, significando um mau cirurgião ou um mau escritor, ou ainda um mau crítico.

Jornada VI

Flamínia pela mão, com comportamento lascivo, e vai à frente; Pantalone fica com Isabella, recomendando-lhe o tempo todo a sua honra. Ela encoleriza-se com tais palavras. Pantalone aplaca-a, abraça-a e segue com ela os outros que já se foram.

BURATTINO [OLIVETTA]
hortelão, com Olivetta, sua filha, repreendendo-a por não saber nem sachar nem plantar[6], embora esteja crescida e em idade de arranjar marido, e dá-lhe algumas instruções sobre como ela deve manipular o cabo da enxada; nisto

PEDROLINO
cumprimenta Burattino e sua filha, que vai fazer com que ele ganhe dez escudos. Pedrolino manda-o pegar um prato de figos ou pêssegos, dos melhores, e que o leve para Horácio, dizendo-lhe que Tofano Braghettini[7] é que o manda, de sua propriedade, com o pedido de ir ter com ele, pois necessita falar-lhe de assunto de grande interesse, e dá-lhe dois escudos de adiantamento, e que mande ali fora Pasquella, sua mulher. Burattino entra com Olivetta; Pedrolino fica.

PASQUELLA
fora; Pedrolino, em nome de Horácio, faz-lhe grandes promessas. Pasquella diz que Horácio é cortesíssimo fidalgo e que por ele fará o que ele quiser. Pedrolino conta-lhe que Horácio está apaixonado pela mulher de Pantalone e que, para desfrutá-la, é preciso que ele se esconda em sua casa, em um dos seus quartos, e que, acontecendo de Isabella querer urinar em sua casa, ela a leve para aquele quarto, e avise que ninguém mais pode entrar na casa a não ser ela, sozinha. Pasquella concorda. Pedrolino dá-lhe dois escudos. Pasquella em casa. Pedrolino: que o negócio está bem encaminhado; nisto

---

6) O motivo cômico de duplo sentido parece estar bastante claro neste momento, aliás criticado no texto de Del Cerro por sua escurrilidade: "*Nos cenários de Flaminio Scala a obscenidade assume as formas mais plebéias, mais repugnantes.* Em *O Velho Ciumento*, Burattino, hortelão, ensina à sua filha como manusear a enxada, *um duplo sentido indecente* que provocava excessos de riso entre as damas e os cavalheiros que ouviam a comédia" (cf. DEL CERRO, E. *Nel regno delle maschere*, 1914, p. 96). Grifos nossos. O texto de Del Cerro, embora rico em documentação sobre a C.d.A., é extremamente preconceituoso em relação a ela e às formas de arte popular, e, nesse sentido, um reflexo patente da análise moralista de uma geração de críticos italianos. Aliás, não foi a primeira vez que isso aconteceu; sua postura lembra muito, por exemplo, a de Perrucci, para não falar dos vários ataques, coevos aos espetáculos dos cômicos, que vinham da Igreja Católica. Isso explica, de um lado, a defesa explícita dos cômicos, como por exemplo Giovanni Battista Andreini, filho do famoso casal de atores da companhia dos Gelosi, em *La Ferza* (cf. ANDREINI, G. B., *La Ferza: ragionamento secondo contra l'accuse date alla commedia. Op. cit.*, 1625) e, de outro lado, a luta constante dos atores para elevar o conceito que a sociedade fazia deles próprios e de seu trabalho, querendo afirmá-lo como arte.

7) *Braghettini* — aqui também o elemento cômico está presente no sobrenome do personagem. De *brago*, "lama, lodo, sujeira (diminutivo)". Além disso, em toscano *brache* (no plural), significa "maledicências, fofocas". Sua evolução também designa "cuecas".

O velho ciumento

GRACIANO que aqueles fidalgos se foram; encomenda-se a Pedrolino pelo amor de Flamínia. Pedrolino promete ajudá-lo; nisto

HORÁCIO com Flamínia, pela mão, e Flávio, que leva Isabella, e Pantalone
[FLAMÍNIA] seguindo-os. Encontram Graciano e Pedrolino; perguntam se o almoço
[FLÁVIO] está pronto. Eles: que sim e que serão muito bem servidos; nisto
[ISABELLA]
[PANTALONE]

BURATTINO hortelão, com um belíssimo prato de figos ou pêssegos, apresenta-o a Horácio em nome de Tofano Braghettino, pedindo-lhe que depois do almoço queira fazer o favor de ir até sua casa. Horácio aceita o presente, dá-lhe a gorjeta[8], dizendo-lhe que irá sem falta. Burattino sai. Pantalone manda iniciar a lavação das mãos; nisto

PEDROLINO com a bacia de prata.

GRACIANO com o jarro de prata e a toalha; assim todos se lavam e depois todos entram alegres para almoçar,

e termina o primeiro ato.

SEGUNDO ATO

TRÊS PEDINTES mal vestidos, com seus instrumentos para tocar, eles vão pelas aldeias tocando e cantando para seu ganha-pão; tocam seus instrumentos; nisto

PASQUELLA fora. Pedintes pedem algo para comer, oferecendo-se para tocar e cantar;
OLIVETTA Pasquella manda buscar pão e vinho; nisto

PEDROLINO de dentro de casa, diz a Pasquella que a hora daquele assunto de Horácio está chegando, com o ensejo dos músicos, e mandam Olivetta convidar umas moças da cidade, que venham dançar. Olivetta sai. Pedrolino manda os músicos tocarem, e que ele fará com que sejam muito bem pagos. Pedintes tocam; nisto

OLIVETTA chega com as moças da cidade, suas amigas. Pasquella entra, para
[MOÇAS] buscar bancos e cadeiras, e depois volta com seu marido.

---

8) *Beveraggio*, isto é, a gorjeta especificamente dada para que a pessoa tome uma bebida. O que hoje corresponderia ao brasileiríssimo: "para uma cervejinha".

Jornada VI

BURATTINO PASQUELLA	com bancos e cadeiras, arrumam assento para todos, enquanto os músicos tocam; nisto
PANTALONE [ISABELLA] [FLÁVIO] [HORÁCIO] [GRACIANO]	sai de casa com toda a comitiva, senta-se com os outros, então todos começam a dançar, ora um ora outro, como é de costume com aquelas mulheres. Horácio, no meio da dança, pede licença à companhia, dizendo que tem de ir à casa de Tofano, e sai. Burattino entra para buscar o seu instrumento para tocar, depois dispensam os músicos; Flávio os paga, eles saem. Burattino: que quer levá-los consigo a passeio, tocando, e assim combinados todos vão embora com ele, exceto Pasquella, que fica para custodiar a casa; nisto
HORÁCIO	chega, cumprimenta Pasquella, que lhe diz tudo o que, por sua vez, Pedrolino lhe disse, e leva-o para dentro de casa para colocá-lo no quarto já disposto para desfrutar Isabella, e entram.
GRACIANO [PEDROLINO]	que beberam bastante, nas casas dos camponeses. Graciano encomenda-se a Pedrolino para seu amor com Flamínia. Pedrolino: que conseguirá que ela fique com ele o dia todo; nisto ouvem barulho de cornos e gritos de caçadores, e chega
CAP. SPAVENTO [CAÇADORES]	vestido de caçador, com cães, cornos, chegando ao lugar pelo amor que tem por Flamínia, irmã de Isabella; pergunta a Graciano por Pantalone, Flávio e Horácio. Ele: que estão pela vivenda, e que vai avisá-los, sai. Pedrolino conta ao Capitão que Graciano concorre com ele pelo amor de Flamínia. Capitão acha graça; nisto
FLÁVIO [PANTALONE] [GRACIANO] [ISABELLA] [FLAMÍNIA] [BURATTINO]	chega com toda a comitiva, cumprimentam o Capitão, alegrando-se por sua chegada. Flávio logo propõe que se sentem e que voltem a dançar, mas que antes se refresquem; todos se sentam; nisto
PASQUELLA OLIVETTA	sentam-se junto com os outros; nisto
PEDROLINO GRACIANO CRIADOS	com pratos cheios de iguarias, frascos de vinho, frutas, copos e pires, servindo a refeição, durante a qual todos comem e bebem; depois disso começa a dança, e todos dançam. Enquanto dançam, Isabella acena para o marido, fazendo sinal de que está querendo urinar. Imediatamente Pasquella, com a licença de Pantalone, leva-a para dentro

O velho ciumento

da casa. Pantalone de pronto, por ciúmes, posta-se de vigia à porta, e, enquanto todos retomam as danças

FLAMÍNIA   quer entrar na casa de Pasquella; imediatamente Pedrolino, para que não perturbe Horácio, convida-a para dançar; e assim cada um deles quer entrar na casa de Pasquella para fazer alguma necessidade, e Pantalone diz: "Tenha a bondade de não perturbar minha mulher, que está fazendo uma necessidade". No fim vem para fora

ISABELLA   toda suada. Pantalone, de pronto, seca-a com seu lenço, dizendo que quando ela tiver daquelas vontades, que se alivie e que não padeça. Todos deixam a dança para darem um passeio, e assim encaminham-se, e Pantalone os segue, secando o rosto da mulher, que banca a envergonhada, amimando seu marido, e vão-se.

e termina o segundo ato.

TERCEIRO ATO

FLÁVIO   que a hora parece não passar de tanto que quer rever Horácio, para
[PEDROLINO]   saber como se passou seu assunto; nisto

HORÁCIO   da casa de Pasquella, conta-lhes o breve contentamento que teve com Isabella. Pedrolino: que quer pregar uma peça em Graciano, pois está apaixonado por Flamínia, e que o Capitão morre de amores por Flamínia, e de como por ela apareceu, simulando uma caçada; nisto

CAPITÃO   chegam, vêem Horácio, alegram-se com ele por sua rápida volta, todos
PANTALONE   se amimam. Isabella pede a Horácio que pegue seu alaúde, ou tiorba,
ISABELLA   e que cante uma de suas peças musicais à romana, para entretenimento
FLAMÍNIA   da companhia. Horácio, contente, manda Pedrolino buscar o instrumento. Horácio, dirigindo-se ao Capitão, pergunta-lhe se ele se casaria. Capitão, olhando Flamínia, diz que sim. Horácio: que o encarregue de tratar de seu matrimônio. Capitão concorda; e, enquanto Horácio quer falar com Pantalone sobre tal assunto, chega

BURATTINO   puxa Horácio de um lado, diz para ele ter a bondade de lhe pagar por seu leito, que ele quebrou quando esteve no quarto com Isabella. Horácio: que vai pagá-lo, e manda-o embora; depois pede a Pantalone a mão de Flamínia para o Capitão. Pantalone: que concorda, desde que ela assim quiser. Flamínia concorda, e toca sua mão; nisto

119

Jornada VI

PEDROLINO	com o alaúde, mostra-o a Horácio; depois todos vão se sentar; nisto
GRACIANO	chega; Pedrolino imediatamente manda-o para casa, e no quarto de Flamínia, e que se jogue em sua cama, fechando as janelas, que ela irá encontrá-lo. Graciano entra. Horácio começa a cantar e, cantando, canta tão suavemente que Pantalone adormece profundamente; nisto Horácio, cantando, leva embora Isabella. Capitão, Flamínia e Flávio também os seguem. Pedrolino fica; nisto
PASQUELLA	fora; Pedrolino diz que Isabella está à sua espera em casa, no quarto de Flamínia, sua irmã, para lhe dar a gorjeta, e que vá bem silenciosamente porque ela está largada na cama. Pasquella, alegre, sai. Pedrolino fica; nisto
PANTALONE	acorda, vê Pedrolino, e pergunta onde está Isabella. Pedrolino: que ele também dormiu, e que não sabe. Pantalone admira-se; nisto
BURATTINO	pergunta a Pantalone se ele viu sua mulher Pasquella, e Pantalone pergunta a Burattino se ele sabe onde está a dele; nisto
HORÁCIO [CAPITÃO] [FLÁVIO] [ISABELLA] [FLAMÍNIA]	cantando, seguido por toda a comitiva; vêem Pantalone, zombam dele por ter adormecido, dizendo-lhe: "Oh, belo vigia de esposas, vigia que duvida poder vigiá-la acordado, que dirá, então, dormindo!". Pantalone encoleriza-se; nisto
PASQUELLA [GRACIANO]	fugindo de Graciano, que quer abraçá-la. Burattino põe-se no meio; Pasquella conta que Graciano desonrou-a à força. Graciano desculpa-se, dizendo ter sido traído, e que mais não pode dizer, por enquanto, mas que se vingará. Burattino pergunta a Pantalone se, Graciano tendo usado e abusado de sua mulher, ele pode ser chamado de cabrão. Pantalone diz que sim. Então Burattino, ao ouvir tais palavras, diz: "Senhor Pantalone, saiba Vossa Senhoria que eu não estou sozinho, mas que há outros cornos, e não muito longe daqui". Então quer contar o que se passou com um conhecido seu; e narra que, estando em sua vivenda um velho ciumento com sua mulher, que ele ciosamente vigiava, deu-se que um jovem, que vivia apaixonado por ela, não sabendo como desfrutá-la, encontrou o meio, através de um criado seu, de ser chamado por um amigo distante umas duas milhas de sua casa, e assim, pedindo licença, foi se esconder na casa de uma mulher sua amiga, esperando ali a oportunidade e a disposição dada à mulher. Naquele ínterim, as jovens da aldeia quiseram dançar, e assim, formada uma

O velho ciumento

belíssima reunião de mulheres e homens dançarinos, começou-se a dança, ao som de ótimo instrumento. E, depois de muito dançar, a mulher do tal velho ciumento fingiu com o marido querer fazer uma necessidade; a essas palavras, a mulher que emprestara a casa ao seu amante, que estava presente, com permissão do marido, levou-a à sua casa; e entregou-a nos braços do amante. Enquanto isso o bom velho, pelo ciúme que tinha da mulher, colocou-se à porta e, a todos os que queriam entrar dizia que não fossem perturbar a mulher, pois que ela estava fazendo uma necessidade. Uma vez terminada sua amorosa labuta, a sagaz mulher saiu da casa, toda suada de tanto afã, e seu piedoso marido disse-lhe que, sempre que tivesse tais vontades, que ela se aliviasse, e que não ficasse padecendo, e, secando-lhe o suor do rosto, amimava-a.

Pantalone, percebendo o final virando contra si, de pronto grita que foi traído e assassinado por sua mulher. Horácio então lhe diz que não ele, e sim sua mulher foi assassinada, pois que ele, ao desfrutá-la, encontrou-a donzela, e que Pantalone estava assassinando a esposa não fazendo uso dela, por ser impotente. Pantalone, vendo-se descoberto, confessa a verdade, concordando que Isabella seja sua mulher; assim fazem-se as núpcias de Horácio com Isabella, do Capitão com Flamínia, e de Pedrolino com Olivetta, e, calando a desonra de Burattino, dispõem que a celebração se realize na casa de Pantalone.

e termina a comédia do velho ciumento.

JORNADA VII

A QUE FOI DADA POR MORTA

Comédia

ARGUMENTO

Morava em Bolonha um fidalgo de boa família, ornado de hábitos virtuosos, que tinha uma filha. Desejando uni-la em feliz laço nupcial, deliberou consigo casá-la em outro lugar, com pessoa que, nos negócios do mercadejar, era seu semelhante.

A jovem ardia de profundo amor por um jovem de sua mesma pátria, chamado Horácio, o qual, além de lhe equivaler em riqueza e nobreza, com insubstituível amor anelava ter a jovem por esposa. Vendo seu desejo ser obstado apenas pela vontade do pai, de combinação com a jovem administra-lhe um sonífero. Com isto a jovem foi dada por morta e sepultada, como na trama do argumento se compreenderá.[1]

---

1) Esta trama remete-nos, inevitavelmente, ao *Romeu e Julieta* de Shakespeare. Obviamente, é muito difícil estabelecer a originalidade dos temas, uma vez que a *Commedia dell'Arte*, além de criar, não hesitou em se inspirar, para suas fontes, no manancial das comédias eruditas e nos temas das novelas, que muitas vezes também se inspiravam nas fábulas e na tradição oral. Seguindo essa linha de pensamento, por exemplo, parece óbvio que a máscara do Capitão é herdeira direta do *Miles Gloriosus* de Plauto. Ainda assim é quase certo que Shakespeare tenha assistido à representação dos cômicos italianos, fato que se verifica em seus textos, como por exemplo no *Hamlet.* Salerno (SALERNO, H.F. (org.). SCALA, Flaminio. *Scenarios of the Commedia dell'Arte,* 1996) nota em apêndice que, no *The Honest Whore* de Dekker (DEKKER, T. *The Honest Whore, or The Converted Courtesan*), já se encontra o tema da poção misteriosa que provoca a falsa morte, para escapar das núpcias tiranicamente impostas pelo pai da heroína. Nota ainda que a ação de *The Honest Whore* se abre exatamente como neste cenário: com o funeral da moça.

A que foi dada por morta

PERSONAGENS DA COMÉDIA COISAS PARA A COMÉDIA

PANTALONE — velho

LAURA — sua mulher

FLAMÍNIA— sua filha, dada por morta

ARLEQUIM — criado da casa

GRACIANO — Doutor

ISABELLA — sua filha

FRANCISQUINHA — criada

HORÁCIO — filho de Graciano

PEDROLINO — criado da casa

CRIADOS

FLÁVIO — namorado

CAPITÃO SPAVENTO

BELEGUINS — muitos

Bolonha, cidade

Corda comprida

Roupa de Horácio

Muitas lanternas

Jornada VII

PRIMEIRO ATO

Noite

HORÁCIO [FLÁVIO]	ouve de Flávio, seu amigo, que a sua dor se deve à morte de Flamínia, pela qual sentia uma casta afeição; ao ouvi-lo, Horácio compadece-se por seu estado. Flávio, consternado, vai embora pela rua. Horácio: fala do amor por Flamínia, a qual, por amor a ele, fingiu-se de morta; nisto
PANTALONE [GRACIANO] [CRIADOS]	com Graciano e outros, os quais acabam de acompanhar Flamínia ao sepulcro; saúdam-se, apresentando os seus sentimentos. Pantalone em casa: Graciano com os criados vai embora pela rua. Horácio diz lamentar a dor que o pai de Flamínia sente; nisto
PEDROLINO	diz a Horácio que tudo está pronto e pergunta o que deve fazer com Flamínia. Horácio: que a leve à sua casa. Pedrolino mostra-lhe as cordas e os outros utensílios para puxar Flamínia do sepulcro; nisto
ISABELLA [FRANCISQUINHA] [LAURA]	sai da casa de Pantalone com Francisquinha, criada, a qual leva uma candeia acesa, pois é de noite, e Laura, que a acompanha até a porta e depois entra. Horácio pede a Flávio que acompanhe Isabella à sua casa, e vai embora. Isabella revela a Flávio que está apaixonada por ele. Flávio consola-a docemente, e chegados à porta dela, batem.
GRACIANO	agradece Flávio, que se vai, e depois se aflige pelo pesar de Laura pela morte da filha; nisto
CAP. SPAVENTO	apaixonado por Isabella, ao vê-la com seu pai, faz diversas conjeturas, por fim resolve raptá-la; lança mão da espada, finge estar duelando, abraça Isabella e, à força, arrasta-a pela rua. Graciano e Francisquinha, gritando, chamam por socorro; nisto
PANTALONE	àquela barafunda,
LAURA	o mesmo,
FLÁVIO	o mesmo. Graciano conta que Isabella, sua filha, foi-lhe raptada. Flávio atrás, para socorrê-la, e eles ficam; nisto
PEDROLINO	apavorado, chega, e cada um deles lhe pergunta: "Tu a viste?". Pedrolino diz que sim, e que os beleguins estão atrás dele, acreditando que estejam falando de Flamínia. Graciano desespera-se; nisto

A que foi dada por morta

BELEGUINS   chegam esbaforidos. Graciano diz-lhes que aquela é sua filha. Beleguins: que nada tem a tratar com ele; nisto

FLAMÍNIA   fugindo, grita (em voz alta[2]): "Meu pai, ajude-me!".

BELEGUINS   perseguem-na; ela foge pela rua, beleguins atrás. Graciano e todos dizem que aquele é o espírito de Flamínia, e assim, amedrontados, entram em suas casas,

e aqui termina o primeiro ato.

SEGUNDO ATO

Noite

ARLEQUIM   que vem chegando da sepultura de Flamínia, diz tê-la encontrado aberta, e também ter encontrado uma roupa, junto com outras coisas, e que a pegou; depois discorre da sovinice de seu patrão que, para não gastar com as obséquias, mandou sepultar a filha à noite; alegra-se por ter encontrado aquela roupa; nisto

CAPITÃO   para ouvir o que se comenta sobre o rapto de Isabella, discorre com Arlequim; levam conversa ambígua[3]. Capitão vai embora. Arlequim, tomando o Capitão por um espírito, despe-se de suas roupas e coloca as que encontrou, deixando as suas em cena, e sai.

HORÁCIO [PEDROLINO]   desesperado por ter ouvido o relato de Pedrolino, manda-o por um caminho, para procurá-la, e ele fica, desesperado; nisto

ARLEQUIM   chega nas roupas de Flamínia e Horácio toma-o por ela; fazem cena entre eles[4]; por fim Arlequim se mostra. Horácio, tomando-o por um espírito, amedrontado, foge. Arlequim fica; nisto

ISABELLA   que fugiu do Capitão. Vê Arlequim, toma-o por seu irmão, por causa da roupa; pede-lhe ajuda, chamando-o pelo nome do irmão. Arlequim admira-se, e vai embora pela rua, e ela fica, consternada; nisto

---

2) o pleonasmo é do texto original.
3) evidentemente, referindo-se um ao rapto de Isabela, o outro ao "espectro" de Flamínia.
4) mais uma indicação que com toda probabilidade aponta uma cena amorosa ambígua, de repertório.

Jornada VII

FLÁVIO — com candeia; ela pede sua proteção. Flávio, após muitas palavras a seu respeito, leva-a para casa, e bate.

GRACIANO — vê Isabella, sua filha, alegra-se, agradece Flávio, e com ela entra em casa; e Flávio, consternado, sai.

FLAMÍNIA — amedrontada por estar andando por aí à noite, temendo (que lhe aconteça) algum encontro esquisito, já que ela é uma mulher: diz estar arrependida pelo que fez; vê a roupa de Arlequim, decide vesti-la, e, enquanto tira a roupa de cima, uma candeia vem aparecendo; deixa a roupa no chão e se retira; nisto

PEDROLINO — que não encontra Flamínia; vê o seu vestido, espanta-se e resolve vesti-lo; nisto

CAPITÃO — chega, toma-o por uma mulher, fala-lhe amorosamente. Pedrolino faz com ele cena amorosa, passando-se por mulher; nisto

HORÁCIO — chega e, tomando-o por Flamínia, fica apartado para observar a cena. Pedrolino, que reconheceu Horácio, para causar-lhe aflição, fala amorosamente com o Capitão, dando boas esperanças ao seu amor. Horácio, já impaciente, lança mão da espada. Capitão foge; Pedrolino o mesmo, e Horácio, perseguindo-os, também sai,

e aqui termina o segundo ato.

TERCEIRO ATO

Noite

FLAMÍNIA — nas vestes de Arlequim, faz diversas conjeturas; por fim resolve bater à porta de Horácio, e bate.

GRACIANO — grita, depois vem à janela, perguntando quem está batendo, e o que quer. Flamínia, sussurrando, diz estar procurando Isabella; nisto

ISABELLA — à janela, pergunta quem está à sua procura, e, de pronto se apavora, vai para dentro, gritando; nisto

A que foi dada por morta

GRACIANO	de dentro, faz balbúrdia, depois sai de camisolão[5], segurando a candeia acesa, ou a lanterna; nisto
ISABELLA FRANCISQUINHA	despidas, seguindo Graciano; Flamínia anda à roda de Isabella e Francisquinha; ao vê-la amedrontam-se e todos fogem gritando para dentro de casa. Flamínia fica desesperada, porque o amanhecer se aproxima; nisto
ARLEQUIM	chega; ela, tomando-o por Horácio, usa para com ele palavras amorosas; ele reconhece sua roupa e, vendo outro rosto, bate à casa de Pantalone com enorme balbúrdia; nisto
PANTALONE LAURA	de camisolão, vão para fora. Arlequim conta-lhes que o espírito de Flamínia sua filha está vagueando pela cidade. Eles riem dele. Flamínia se recolhe. Pantalone bate em Arlequim, fazendo barafunda; nisto
GRACIANO	à janela, ralhando que não consegue dormir. Arlequim pega-o para testemunhar. Graciano confirma tê-la visto, depois vem para a rua. Pantalone zomba dele e entra em casa. Graciano vê a roupa de seu filho, e diz a Arlequim que ele é um ladrão. Arlequim repreende-o por estar mentindo. Graciano arremessa-lhe a lanterna e foge para dentro de casa. Arlequim faz o mesmo, e sai.
FLAMÍNIA	lamenta que por sua causa aconteça tanta balbúrdia; nisto
PEDROLINO	chega, e assim, olhando-se e temendo um ao outro, revelam-se; por fim ela diz que Graciano, ao entrar em casa, esqueceu de trancar a porta. Pedrolino exorta-a a entrar na casa; ela entra, com o desejo de revelar-se para Isabella, conhecendo bem a casa de Graciano, e entra. Pedrolino fica; nisto
HORÁCIO [FLÁVIO]	com Flávio, para o qual narra a história de Flamínia, e diz tê-la vista com o Capitão; nisto vê Pedrolino. Tomando-o por Flamínia, fala-lhe com palavras amorosas, queixando-se dela, por tê-la encontrado com o Capitão. Pedrolino desculpa-se, depois se revela, narrando todo o ocorrido; nisto
	Barafunda na casa de Graciano; nisto
ISABELLA	fugindo,

---

5) Roupa de baixo: à época, uma espécie de camisolão de linho branco, que chegava ao joelho.

Jornada VII

FLAMÍNIA	atrás dela,
GRACIANO	o mesmo,
PANTALONE LAURA	o mesmo,
ARLEQUIM	o mesmo,
FRANCISQUINHA	o mesmo; no fim desenrola-se a fábula da comédia, depois Horácio casa-se com Flamínia, e Flávio com Isabella,
	e aqui termina a comédia.

JORNADA VIII

A QUE SE FINGIU DE LOUCA[1]

Comédia

ARGUMENTO

Viviam na cidade de Bolonha dois cavalheiros, chamados Pantalone o primeiro e Zanobio o segundo. Este último tinha dois filhos, chamados um Horácio e o outro Flávio, e, por ser pai, vida honesta, conforme a seu estado, levava. Pantalone, que tinha uma filha, dos seus pares nada invejava.

Os dois irmãos apaixonaram-se vivamente por Isabella, que retribuía particularmente o amor de Horácio.

Pantalone no entanto, desejando arranjar marido para a mencionada Isabella, tratou de aparentar-se com um Doutor, que morava em Pésaro. Uma vez concluída a negociação por carta, logo foi a Pésaro com a filha, causando com isso enorme dor a Isabella. Não conseguindo encontrar melhor maneira para evitar tal enlace, ditou-lhe Amor se passar por louca; e assim fez, mas não por isso o pai desistiu de sua intenção. Vendo tamanha obstinação, o jovem namorado Horácio, resolvido a segui-la, também foi a Pésaro. Estava então Flávio, devido a negócios seus, em outro lugar. Depois, ao voltar a Bolonha, e não encontrando mais Isabella, percebeu que ele próprio estava apaixonado por ela, e, ao saber que seu irmão Horácio seguira-a até Pésaro, também pôs-se a caminho daquela cidade. Mas com isso, ainda não se esgotou o número dos amantes, pois que, na mesma cidade de Bolonha, vivia outro cavalheiro (chamado Cassandro), que tinha uma filha. Estando ela apaixonada por Horácio, ao saber de sua partida, encaminhou-se, com falsos trajes, atrás de seu amado, como a obra, com bem urdido fio, trama e conclui.

---

1) Cabe aqui mencionar a observação de Marotti: "Note-se, em glosa, que a loucura era um meio cênico usado amiúde pelos cômicos, para fazer despir em cena, com alguma plausibilidade dramatúrgica, as belas atrizes; e justamente a companhia dos *Gelosi*, segundo o que escreve Pierre de l'Estoile, utilizou como instrumento de sucesso o *sex-appeal* das atrizes [...], *que faisoient monstre de leurs seins et poitrines ouvertes er autres partes pectorales qui ont un perpetuel mouvement, que ces honnêtes Dames faisoient aller par compas ou mesure, comme un horloge, ou, pour mieux dire, comme les souffets des mareschaux*." (cf. MAROTTI, F. (org.) in Flaminio Scala, *Il Teatro delle Favole Rappresentative*. 1976, *op. cit*, p. XXXVI.

Jornada VIII

PERSONAGENS DA COMÉDIA   COISAS PARA A COMÉDIA

PANTALONE
ISABELLA — filha   Trajes de médico
ARLEQUIM — criado

                               Dois trajes de húngaros

ZANOBIO — velho
HORÁCIO E   Traje de peregrino
FLÁVIO — filhos
PEDROLINO — criado   Um frasco
DOUTOR
CRIADO   Uma caixinha

CASSANDRO   Roupa para Bígolo
BÍGOLO — isto é, filha
FLAMÍNIA   Roupa de louco
FRANCISQUINHA — criada

FRANCÊS[2] — amigo de Flávio
CARREGADORES

Pésaro, cidade

---

2) No cenário é o *Peregrino*

A que se fingiu de louca

PRIMEIRO ATO

PANTALONE
[ISABELLA]
[ARLEQUIM]
[CARREGADORES]

chega em Pésaro com a filha, o criado, e os carregadores abarrotados de coisas, diz que veio trazer Isabella, sua filha, de enlace com o Doutor; batem à sua casa.

CRIADO

da casa do doutor diz-lhes que seu patrão foi para Ancona para tratar de alguns assuntos seus, e para comprar algumas coisas para a esposa. Todos en-tram em casa. Isabella entra, absolutamente consternada; carregadores saem.

HORÁCIO
PEDROLINO

vestidos à levantina, seguindo Isabella, sua namorada, e diz querer se passar por um mercador de jóias, para conseguir ter acesso ao Doutor. Pedrolino promete toda a ajuda. Vão à procura de alojamento, saem.

PANTALONE
[ARLEQUIM]

admira-se pela melancolia da filha, e por seu desvario. Arlequim: que aqueles vapores ela as herdou de sua mãe; nisto

BÍGOLO

tal está Flamínia, vestida de carregador, que veio atrás de Horácio, seu namorado. Reconhece Pantalone e Arlequim, cumprimenta-os pelo nome e, por ter ouvido deles sobre o desvario de Isabella, finge-se astróloga, e diz para Pantalone que sua filha não é louca, mas que tudo isso acontece por ele não a ter juntado sem demora ao marido, e que, atrasando o ato, ela morrerá, sem dúvida; vai embora, eles vão ver a cidade, e saem.

CRIADO

do Doutor, fugindo de casa.

ISABELLA

perseguindo-o, correndo atrás dele, fazendo loucuras, bate nele, ele foge, e ela, percebendo-se a sós, discorre sobre o amor que sente por Horácio; nisto

PEDROLINO

disseram-lhe que o Doutor mora naquela rua; reconhece Isabella, e conta-lhe que Horácio, seu amante, está em Pésaro. Ela: que, por ele, se finge de louca. Pedrolino: que persevere, e que deixe com ele; nisto

CRIADO

volta, vê Isabella, tem medo dela; Pedrolino vai embora, ela amima o criado com cerimônias agradáveis, e entram em casa.

DOUTOR

volta de Ancona, bem alegre, esperando encontrar a noiva em casa, chama-a pelo seu nome; nisto

Jornada VIII

BÍGOLO	apartado, ouve tudo, depois se oferece como criado. Doutor, depois de muitas brincadeiras[3], contrata-o como criado; nisto
PANTALONE ARLEQUIM	chegam, ele e o Doutor reconhecem-se, grandes afagos e acolhidas. Pantalone pergunta sobre Bígolo. Doutor: diz que ele é seu criado. Pantalone louva-o como homem de bem, e com muitas cerimônias entram em casa, para visitar a noiva,

e aqui termina o primeiro ato.

SEGUNDO ATO

HORÁCIO [PEDROLINO]	querendo se passar por mercador de jóias, diz a Pedrolino que se preste ao seu jogo. Manda-o bater à casa do Doutor.
ARLEQUIM	ouve ser ele um mercador de jóias, chama o Doutor.
DOUTOR	de casa; Pedrolino diz-lhe ser um mercador de jóias, e seu companheiro um excelente médico; mostra-lhe as jóias; nisto ouvem barafunda em casa.
BÍGOLO PANTALONE	fugindo de casa.
ISABELLA	atrás; depois, com todos, faz diversas loucuras. Doutor admira-se, em seguida propõe o médico. Pantalone pede-lhe que dê remédio ao mal de sua filha. Horácio fala no ouvido de Isabella, a qual, de pronto, volta à lucidez, dizendo estar se sentindo melhor. Horácio: pretende curá-la em três dias, combinam de voltar com os medicamentos e para dar um preço às jóias. Isabella em casa. Bígolo olha mais e mais vezes Horácio e Pedrolino, depois entra em casa com Pantalone e Doutor, e eles vão embora.
FLÁVIO [PEREGRINO]	aflige-se com o Peregrino por não ter encontrado sua amada em Bolonha, ao regressar de Florença, e nem sequer Horácio, seu irmão, e que veio a Pésaro para encontrá-los, pois ouviu estarem na cidade. Peregrino, por muitos favores recebidos de Flávio, dá-lhe um licor contra o veneno e para curar a loucura; ele dá-lhe algumas moedas, agradece, e vão-se juntos.

---

3) Deixa para uma exibição (*tirata*) do Doutor.

A que se fingiu de louca

FRANCISQUINHA   de peregrina; sendo ama-seca de Flamínia, está à sua procura, vestida naquele traje; nisto

BÍGOLO   desesperado por ter reconhecido Horácio em falsos trajes, ao ver a sua ama-seca, revela-se. Ela amima-a e quer levá-la embora. Ela nega-se a acompanhá-la. Ama: que se não for com ela, vai se envenenar, e que trouxe um veneno para isso. Flamínia, tanto faz que o arranca de sua mão, a tranqüiliza e manda-a para um alojamento, onde se hospedou de início, e onde estão todas as suas coisas, dando-lhe as indicações; e que depois irá ter com ela. Francisquinha sai. Flamínia resolve matar Isabella, e entra em casa.

HORÁCIO   e Pedrolino, que encontraram um barco para levar embora Isabella,
[PEDROLINO]   voltam à casa do Doutor, mas que não gostariam de encontrar os velhos em casa, para poder levá-la embora imediatamente; nisto

BÍGOLO   alegre por ter envenenado Isabella, pois ela pediu algo para beber, comenta que sobrou bastante. Vê Horácio e Pedrolino, revela-se, censura-o por seu amor, depois conta que envenenou sua senhora e, insultando-o, vai embora. Eles ficam atônitos; nisto

PANTALONE   saem chorando a morte da noiva, e vão à procura de médicos para
DOUTOR   saber a causa daquela morte súbita, se vão chorando. Horácio, que ouviu tudo, fica louco, foge pela rua. Pedrolino, desesperado, segue-o,

e aqui termina o segundo ato.

TERCEIRO ATO

BÍGOLO   narra que envenenou Isabella. Francisquinha repreende-a. Ela: que
[FRANCISQUINHA] não provoque o seu desespero, senão vai se envenenar com o que sobrou do veneno; nisto

HORÁCIO   de louco, faz com elas diversas loucuras, depois vai-se. Flamínia arrepende-se do que fez e, chorando, segue-o com Francisquinha, saem.

FLÁVIO   que viu e ouviu que Pantalone e o Doutor estão à procura de médicos, mas que desconhece o motivo; nisto

PEDROLINO   chorando a demência de Horácio, vê Flávio, reconhecem-se; Pedrolino conta-lhe toda a vicissitude de Horácio com Isabella. Flávio,

Jornada VIII

completamente perturbado, sai para remediar o mal. Pedrolino fica; nisto

ARLEQUIM
que não quer ficar em casa, pois tem medo da noiva morta; nisto

HORÁCIO
de louco, faz diversas loucuras com eles, sai. Pedrolino vai embora, Arlequim vai para casa.

PANTALONE
DOUTOR
que não encontram médicos para o caso; nisto

FLÁVIO
vestido de médico, oferece-se para fazer Isabella voltar à vida, desde que concordem em conceder sua mão para quem ele quiser; assim combinados, entram.

ZANOBIO
[CASSANDRO]
diz a Cassandro que veio atrás de seus filhos, que ele acredita tenham vindo atrás de Pantalone. Cassandro também diz ter vindo atrás de Flamínia, sua filha, que fugiu para seguir Horácio; nisto

ARLEQUIM
de casa, dando demonstrações de alegria, diz: "Ela está viva, está viva!" e entra. Velhos ficam; nisto

PANTALONE
DOUTOR
FLÁVIO
saem de casa; Flávio é reconhecido por seu pai, então se desculpa dizendo que o amor por Isabella levou-o a vestir aqueles trajes; pede-a em casamento a Pantalone, já que eles compactuaram com as suas condições e prometeram dar a sua mão a quem ele quisesse; chamam-na.

ISABELLA
resiste à vontade do pai e ao pacto, depois, ajoelhando-se, suplica aos velhos que não lhe dêem àquele homem. Flávio, da mesma forma de joelhos, suplica que lhe concedam Isabella, senão irá se matar. Todos suplicam-na; no fim ela concorda; nisto

HORÁCIO
chega; o pai reconhece-o; Horácio comete diversas loucuras, depois foge para a casa do Doutor. Flávio segue-o, para curá-lo. Eles ficam; e, depois de um certo tempo, chegam

FLÁVIO
[HORÁCIO]
com Horácio curado, o qual, vendo Isabella, corre para abraçá-la. Flávio conta-lhe que aquela é a sua mulher. Ele entristece-se e, ajoelhado, pede-a para o irmão, o qual por fim lha concede. Todos alegram-se pelo ato generoso de Flávio; nisto

PEDROLINO
chorando, dá a notícia que Flamínia, pela dor da loucura de Horácio,

A que se fingiu de louca

envenenou-se; percebe a lucidez de Horácio, volta novamente para ela, para mostrá-la. Todos ficam atônitos; nisto

FRANCISQUINHA PEDROLINO E OUTROS
trazendo Flamínia como morta. O pai chora-a; Horácio compadece-se de seu fim. Flávio pergunta a Horácio se, Flamínia voltando à vida, ele se casaria com ela. Horácio fica confuso. Todos exortam-no para que assim faça. Flávio liberta-a com o licor que o peregrino lhe deu. Horácio casa-se com ela, cedendo Isabella a Flávio, seu irmão,

e aqui termina a comédia.

JORNADA IX

O MARIDO

Comédia

ARGUMENTO

Havia, na cidade de Nápoles, dois velhos, chamados Pantalone um e Doutor Graciano o outro. Tiveram um filho, de nome Horácio, o primeiro, e uma filha, de nome Isabella, o segundo. Os dois filhos, crescendo em idade e em amor conformes, quase sempre, por longa amizade brotada na infância, estavam juntos.

Temia Pantalone que o filho se casasse com Isabella sendo ele riquíssimo e ela, embora de origem nobre, não fosse dotada de larga riqueza. Por isso, fingindo ter negócios em Lião de França, fez com que certos parentes seus, que lá moravam, mandassem chamar o jovem Horácio. Este, sendo obrigado a partir e despedir-se de Isabella, disse-lhe que ao término de três anos com certeza estaria de volta: e que ela não se casasse, e que só se ele não voltasse, então poderia fazê-lo; mas que talvez, antes mesmo do mencionado prazo, ele estaria de volta.

Assim ele partiu, e a jovem esperou o prazo estabelecido, quando, ao ver o tempo da promessa quase que se esgotando, queixou-se de Horácio com sua ama-de-leite. Esta — quase certa de que tamanha demora só podia se dar por culpa de Pantalone, que lá segurava o filho, a fim de que Isabella com o tempo acabasse se casando, e Horácio não pudesse mais tê-la — prometeu ajudar Isabella. Acumulou jóias e dinheiro, e fez um médico lhe dar uma certa substância que causava um letargo não mortífero, e tomou-o. Como este fazia adormecer os sentidos por algum tempo, e para quem a via ela de fato parecia morta, foi sepultada. Então, com a ajuda do médico, durante a noite foi tirada, e partiu para Roma. Ali morou por um ano. Depois vestiu roupas de homem, voltou a Nápoles e, contraindo amizade com o pai de Isabella, pediu-lhe a sua mão. Ele, tomando-a por um fidalgo romano, concedeu-a.

Ao ver que já não havia o impedimento de Isabella, Pantalone chamou Horácio de volta a Nápoles. O que se deu em seguida, a obra o mostra.

O marido

PERSONAGENS DA COMÉDIA COISAS PARA A COMÉDIA

PANTALONE — velho
PEDROLINO — criado
OLIVETTA — criada
HORÁCIO — filho
FLAMÍNIA — pupila de Pantalone

GRACIANO — doutor
ARLEQUIM — criado
ISABELLA — filha
CORNÉLIO — marido, isto é
CAPITÃO SPAVENTO
FRANCISQUINHA — sua ama-de-leite

Nápoles, cidade

Muitas lanternas

Muitas camisas

Coisas para vestir Arlequim de mulher

Jornada IX

PRIMEIRO ATO

HORÁCIO
[CAPITÃO]
conta ao Capitão o motivo que o levou a ficar em anonimato na cidade, o amor por Isabella, e de sua intenção de falar com ela antes de se revelar ao pai. Capitão procura dissuadi-lo de tal amor, estando ela casada. Ele: que não pode fazer isso. Capitão oferece-lhe sua casa, e vai embora. Horácio discorre sobre a morte de Francisquinha, ama-de-leite de Isabella; nisto

PEDROLINO
diz ter sonhado que Horácio havia chegado; vê-o, afagam-se e juntos falam de Isabella e Francisquinha; depois, consternados, vão-se.

PANTALONE
lá de dentro chama Pedrolino.

GRACIANO
lá de dentro chama Arlequim. Saem: Pantalone queixa-se da excessiva solicitude de Pedrolino e Graciano da excessiva preguiça de Arlequim[1]. Pantalone alegra-se com o Doutor por ter casado Isabella com aquele jovem romano, e diz que de bom grado desposaria Flamínia sua pupila, filha do falecido Cassandro. Graciano oferece-se para ficar com ela. Pantalone: que conversará com ela. Graciano: que enviará Arlequim para a resposta, e vai-se. Pantalone fica discorrendo sobre seu amor por Flamínia e como, com aquela oportunidade espera desfrutá-la, por ser o Doutor pobre, e ele rico; chama-a.

FLAMÍNIA
[OLIVETTA]
ouve sobre o proposto marido; diz que pensará no assunto. Pantalone: que ela se resolva a ficar com ele; manda-a para casa e depois pede a Olivetta que convença Flamínia, e vai-se. Ela ri-se de Pantalone, conta do amor que sente por Arlequim; nisto

CAP. SPAVENTO
vê-a, pergunta-lhe por Flamínia; ela diz que chegou bem na hora, e chama-a.

FLAMÍNIA
narra ao Capitão tudo o que Pantalone fez com Graciano, novamente dão-se a fé e combinam falar com o velho, a fim de que Flamínia, aproveitando o ensejo, possa falar com Isabella em nome de Horácio, tendo-lhe antes o Capitão contado de sua chegada e revelado tudo. Mulheres entram em casa; Capitão sai para a rua.

PEDROLINO
desesperado porque Horácio quer conversar com Isabella: resolve contentá-lo, e bate; nisto

---

1) Clara indicação de cena de repertório de Arlequim.

O marido

CORNÉLIO   de dentro responde; Pedrolino aparta-se. Cornélio sai, vê-o e finge não vê-lo, depois chama Isabella, sua mulher.

ISABELLA   faz cena de ciúmes, depois Cornélio vai-se embora e ela fica. Pedrolino, que apartado observou tudo, põe-se a chorar; Isabella pergunta-lhe a causa de seu pranto; ele: a lembrança de Francisquinha. Isabella diz que quem se quer bem uma vez, nunca vai querer mal, e que o amor perfeito jamais se esquece. Pedrolino, àquelas palavras, aproveita a deixa e revela-lhe a chegada de Horácio; Isabella recusa-se a falar com ele, por estar casada e para não macular sua honra, e diz ter percebido que Horácio não a amava; nisto

HORÁCIO   vê-a, quer aproximar-se e ela, ao vê-lo, cai desfalecida. Horácio chora por ela, Pedrolino o mesmo; nisto

ARLEQUIM   de casa, pensa que Isabella está morta, chora-a, faz Pedrolino ajudá-lo a levá-la em casa, e Horácio vai embora chorando,

e aqui termina o primeiro ato.

SEGUNDO ATO

OLIVETTA   enviada por Flamínia a falar com Isabella por parte de Horácio; nisto

PEDROLINO   da casa de Isabella, ouve de Olivetta que ela está ali para falar com Isabella por parte de Horácio e do Capitão. Pedrolino manda-a para casa, dizendo-lhe para que deixe tudo em suas mãos; ela para casa e ele fica; nisto

CAPITÃO
HORÁCIO   vêm conversando do caso ocorrido, vêem Pedrolino o qual lhes dá a notícia de que Isabella já não está doente. Eles alegram-se; Pedrolino lhes diz que, ao ver Graciano, demonstrem saber que ele é o noivo, para zombá-lo, já que ele não os conhece; nisto

GRACIANO   alegre, diz querer enviar Arlequim à casa de Pantalone para a resposta. Horácio e Capitão saúdam-no, dizendo que querem prestigiar as suas núpcias, das quais se comenta publicamente pela cidade, e vão-se. Graciano alegra-se, chama o criado.

ARLEQUIM   fora; Graciano manda-o à casa de Pantalone para a resposta das núpcias, e vai-se. Arlequim, alegre, que terá Olivetta; nisto

Jornada IX

PEDROLINO	que apartado ouviu tudo, mostra-se esbaforido com Arlequim, dizendo trazer notícia para Graciano de que Flamínia sem dúvida será sua mulher e que Olivetta será de Arlequim, e que quer gorjeta. Arlequim: que diga o que quer. Pedrolino: que só quer falar com Isabella, para lhe revelar o amor de Horácio; Arlequim, que odeia Cornélio seu marido, concorda e vai chamá-la.
ISABELLA	fora, Pedrolino e Arlequim exortam-na a contentar Horácio; ela continua esquiva; no fim cede às muitas súplicas e concorda em falar-lhe. Pedrolino alegre sai para encontrar Horácio. Arlequim exorta Isabella a não contentar somente Horácio, mas muitos outros cavalheiros que a amam, louvando a vida das cortesãs; nisto
CORNÉLIO	que, apartado, ouviu tudo que Arlequim disse, mostra-se; Arlequim, suspeitando que ele tenha ouvido, vai logo dizendo que ele tem a mais casta mulher de toda a cidade. Cornélio e Isabella com cerimônias entram em casa. Arlequim: que logrou emendar a situação, e se vai.
PANTALONE	esperando que Olivetta o tenha servido em convencer Flamínia a ficar com Graciano; nisto
OLIVETTA	diz a Pantalone que Flamínia concorda com a sua vontade. Pantalone alegra-se; nisto
ARLEQUIM	pede a Pantalone a resposta das núpcias para Graciano; Pantalone diz que a noiva concordou e que vai mandar Olivetta lhe transmitir a notícia, e entra em casa. Eles ficam e tratam de seus amores; nisto
PEDROLINO	alegra-se com eles, depois os casa, ordenando-lhes que à noite durmam e desfrutem juntos, e prometendo encontrar um jeito: eles ficam alegres. Pedrolino ordena que arranquem Graciano e Cornélio de casa, para que Horácio possa falar com Isabella; eles batem e Pedrolino retira-se, apartado.
CORNÉLIO	diz que Graciano não está na casa; nisto
GRACIANO	chega; os criados dão-lhe a resposta de que a noiva concorda, exortando-o a mandar-lhe um belo presente. Graciano e Cornélio vão aos ourives; criados também vão embora, saem.
PEDROLINO HORÁCIO	vêm chegando para conversar com Isabella, já que ela está sozinha em casa; batem.

O marido

ISABELLA   fora, para ouvir Horácio, o qual lhe fala de sua paixão, alegando a seu favor muitas desculpas por não ter vindo conforme a sua promessa; ela, por sua vez, alega desculpas por tê-lo esperado, pedindo-lhe, pelo amor que ele diz ter por ela, que a deixe sozinha, pois não gostaria de cair em algum erro; Horácio, obediente, vai embora com Pedrolino, e sai. Isabella fica, falando de como teve que se forçar, e que conseguiu esclarecer bem que Horácio a ama mais que nunca; nisto

CORNÉLIO   chega; Isabella conta-lhe o ocorrido e que já é hora de revelar o engano; e então, dizendo cada uma que a natureza padece, abraçam-se e entram em casa,

e aqui termina o segundo ato.

TERCEIRO ATO

PANTALONE   que Olivetta está demorando muito para voltar à casa, e que sente paixão amorosa por Flamínia; nisto

PEDROLINO   chega, e ouve de Pantalone do seu amor por Flamínia, depois lhe diz que está errado em não ficar com o primeiro bocado; exorta-o; Pantalone concorda; nisto

GRACIANO [OLIVETTA]   com Olivetta, jóias e outras coisas mais para a noiva. Cumprimentam Pantalone, depois mandam Pedrolino chamar Flamínia. Eles discutem do parentado, e que as núpcias serão na noite seguinte; nisto

FLAMÍNIA [PEDROLINO]   com Pedrolino, que lhe diz: "Jurem-no sobre mim". Flamínia toca a mão do Doutor, recebe os presentes, depois entra em casa com Pantalone e Olivetta, que diz a Pedrolino: "lembra-te de mim". Graciano ouve de Pedrolino que a noiva gostaria de dormir com ele na noite seguinte, dispõem para que ele a desfrute e que ele fará um certo sinal; manda-o para casa, para que ele lhe mande Arlequim. Pedrolino: que quer burlar os velhos e contentar os jovens; nisto

ARLEQUIM   fora; Pedrolino manda-o vestir-se de mulher e que, fazendo um certo sinal, ele venha, que o levará para Olivetta, estando assim combinado com ela. Manda-o para casa, para que mande Isabella para fora, para conversar, e fica; nisto

PANTALONE   chega, e suplica a Pedrolino que lhe faça desfrutar Flamínia naquela

Jornada IX

noite. Pedrolino: que deixe por sua conta e que vá para casa, esperando que lhe faça um certo sinal, pois prometeu ao Doutor que desfrutaria de Flamínia naquela mesma noite, mas fará com que o Doutor desfrute de Olivetta, e que vai levar Flamínia para fora e, já que é de noite, ele a trará de volta depois, e que antes do amanhecer levará Olivetta de volta para Graciano e Flamínia para ele, e que o Doutor, por ser um tonto, na escuridão não perceberá com quem dormiu. Pantalone, alegre, vai para casa. Pedrolino fica; nisto

ISABELLA   ouve de Pedrolino de quanto ele gostaria que ela contentasse Horácio; ela, após muitas súplicas, concorda em recebê-lo naquela noite, mas que será necessário que Pedrolino vá junto, para se deitar na cama ao lado do marido, enquanto ela for ter desfrute com Horácio. Pedrolino pensa no caso, e por fim promete que irá. Isabella entra em casa, e Pedrolino vai encontrar Horácio.

FLAMÍNIA   à janela, suspeitando que Pedrolino esteja lhe aprontando alguma burla, arrepende-se de ter tocado a mão do Doutor; nisto

CAPITÃO   vê-a, ela narra o ocorrido: que combinaram de estarem juntos à noite e que não sabe o que vai fazer. Capitão anima-a; nisto

HORÁCIO   chega, afagam-se; Flamínia pergunta-lhe por Pedrolino. Horácio: que não sabe onde ele está e que já está anoitecendo. Flamínia retira-se, eles permanecem; nisto

Anoitece

PEDROLINO   vê os amantes, manda que se retirem dizendo que logo mais estarão felizes; eles retiram-se. Pedrolino faz o sinal combinado

ARLEQUIM   vestido de mulher. Pedrolino coloca-o de lado, e depois faz o sinal a Pantalone.

PANTALONE   fora; Pedrolino dá-lhe Arlequim como sendo Flamínia e ele leva-a para casa. Pedrolino faz o sinal ao Doutor.

GRACIANO   fora; Pedrolino que se retire, depois faz o sinal para Olivetta.

OLIVETTA   fora; Pedrolino entrega-a ao Doutor como sendo Flamínia; ele leva-a para sua casa. Pedrolino faz sinal para Flamínia.

O marido

FLAMÍNIA — fora; Pedrolino entrega-lhe o Capitão, e os dois vão para casa desfrutar. Pedrolino faz sinal a Isabella.

ISABELLA — fora; Pedrolino entrega-lhe Horácio; eles entram para desfrutar, e Pedrolino também entra para se pôr ao lado de Cornélio.

PANTALONE — com lanterna, de camisolão, e com o facão, correndo atrás de Arlequim.

ARLEQUIM — fugindo, no final diz que Pedrolino o traiu, tendo prometido colocá-lo com Olivetta. Pantalone: que ouviu barulho em casa; entra. Arlequim fica; nisto

PANTALONE — de dentro grita: "Armas, armas, vizinhança!"; nisto

CAPITÃO
[FLAMÍNIA] — de camisolão com Flamínia, dizendo que são marido e mulher, casados por Pedrolino; nisto ouvem barulho

OLIVETTA
[GRACIANO] — fugindo, Graciano atrás; percebem-se burlados por Pedrolino. Ouvem novamente barulho; nisto

HORÁCIO
[ISABELLA] — de camisolão com Isabella; Graciano os repreende e eles jogam a culpa em Pedrolino. Ouvem novamente barulho; nisto

PEDROLINO — de camisolão, fugindo

CORNÉLIO — atrás de Pedrolino, o qual, por vê-lo de tranças, toma-o pelo espírito de Francisquinha. Horácio revela tudo, já que Isabella lhe contou. Pantalone esbraveja com Horácio, seu filho, depois se acalma; e assim Horácio casa-se com Isabella, o Capitão com Flamínia, e Pedrolino com Cornélio, sendo ele Francisquinha, falso marido de Isabella,

e aqui termina a comédia.

JORNADA X

A NOIVA

Comédia

ARGUMENTO

Havia em Veneza um Doutor, chamado Graciano, o qual tinha um filho, chamado Horácio, que estava enamorado de nobre donzela, chamada Isabella, que com igual amor o retribuía.

Naquela mesma época, e naquela mesma cidade, vivia um cavalheiro, chamado Pantalone, pai de uma filha, cujo nome era Flamínia. Por esta (que, em beldade e gentileza, nada devia a Isabella) apaixonou-se Horácio, como que tivesse completamente esquecido de Isabella. Tão desmedido cresceu o seu ardor, que o levou a querer desposá-la. Ao saber disso Isabella, determinada a vingar-se, com falso traje, colocou-se a serviço na casa de Pantalone, para poder depois matar Flamínia e truncar aquelas núpcias. O que se deu em seguida a fábula o mostra.

A noiva

PERSONAGENS DA COMÉDIA   COISAS PARA A COMÉDIA

PANTALONE — veneziano

Trajes de casamento para Pedrolino e para Francisquinha

FLAMÍNIA — filha
PEDROLINO — criado
FRANCISQUINHA — no final sua sobrinha

Dois trajes de carregadores

CAPITÃO SPAVENTO
ISABELLA — sua irmã
ARLEQUIM — seu criado

Roupas para disfarçar Capitão e Arlequim

Jóias

GRACIANO — Doutor
HORÁCIO — filho

BURATTINO — no final, irmão de
Pedrolino,

MÚSICOS
CARREGADORES[1]

Veneza

---

1) *Facchino*, "carregador", mas também "homem grosseiro, rude", "homem que é chamado para executar pequenos serviços, contratado na hora". Cabe lembrar que, como já se afirmou, a figura do carregador está na origem da máscara de *zanni*, da qual derivaram posteriormente todos os criados de sexo masculino.

Jornada X

PRIMEIRO ATO

MÚSICOS	tocando. Aos quais seguem
DOIS CARREGADORES	os quais conduzem Pedrolino noivo e
PANTALONE	conduz pela mão
FRANCISQUINHA	noiva de Pedrolino, a qual vem de Pádua, onde estava a serviço, como criada, do irmão de Pantalone; Pantalone honra deste modo Pedrolino, por ele estar em sua casa há muitos e muitos anos. Fazem cerimônias, e todos entram na casa de Pantalone.
GRACIANO [HORÁCIO]	com Horácio, seu filho, trata de comprar algumas jóias para a sua noiva, Flamínia, filha de Pantalone; sai.
ARLEQUIM	vem de Pádua, seguindo Francisquinha, sua namorada, para sua paixão e tormento; nisto
CAP. SPAVENTO	desesperado por ter sabido que Horácio casa-se com Flamínia. Vê Arlequim, contrata-o para ser seu criado. Arlequim conta-lhe de seu amor, e que veio atrás de Francisquinha, casada com Pedrolino, criado de Pantalone. Capitão também lhe fala de seu amor; combinam entrar naquela casa para perturbar os casamentos, e vão se disfarçar, saem.
ISABELA	em trajes masculinos, diz querer perturbar o casamento de Horácio com Flamínia, sendo ela apaixonada por Horácio, e querer matar Flamínia; nisto
PEDROLINO [CARREGADORES]	ensina aos carregadores o modo de se portarem honradamente em seu casamento; nisto
ISABELA	que estava apartada, oferece-se a Pedrolino como criado para o seu casamento e o de Flamínia; Pedrolino examina-o, depois chama Pantalone.
PANTALONE	fora, e, convencido por Pedrolino, fica com o criado; manda-o em casa com os carregadores, e eles ficam; nisto
GRACIANO HORÁCIO	voltam da compra de muitas jóias, cumprimentam Pantalone e entre eles, como parentes, fazem muitos acolhimentos, depois chamam a noiva.

146

A noiva

FLAMÍNIA FRANCISQUINHA	fora. Horácio apresenta-lhe as jóias, Pantalone convida-a em casa, velhos entram com cerimônias, e o mesmo fazem os noivos,
	e aqui termina o primeiro ato.

SEGUNDO ATO

Grande barafunda na casa de Pantalone. Depois sai

FLAMÍNIA	fugindo de Isabela,
ISABELA	seguindo-a com a espada desembainhada, para matá-la; vão para a rua; nisto
HORÁCIO	com a espada desembainhada é segurado por
GRACIANO	seu pai. Horácio desvencilha-se de suas mãos e segue Isabela. Graciano segue-o correndo, sai.
PANTALONE [PEDROLINO]	com o punhal na mão, para golpear em Pedrolino, por tê-lo induzido a ficar com aquele pajem em sua casa. Ele pede pela sua vida; nisto
ISABELA	que Flamínia escapou de suas mãos, e que perdeu seu rastro. Pantalone repreende-a. Ela lança mão da espada, e bravateia Pantalone: que Horácio jamais será marido de Flamínia, sai. Pantalone e Pedrolino, confusos, vão procurar Horácio e Flamínia; saem.
FLAMÍNIA	assustada por causa de Isabela, pois diz tê-la reconhecido, e suspeita que ela esteja apaixonada por Horácio, e que por isso vestiu aquelas trajes; depois conta estar apaixonada pelo Capitão, irmão de Isabela, e que se casa com Horácio a contragosto; nisto
ISABELA	ouve tudo, revela-se, ameaçando-a; no fim combinam que Flamínia não se casará com Horácio. Isabela vai embora para encontrar o Capitão e pô-lo a par de tudo. Flamínia fica; nisto
PANTALONE [PEDROLINO]	vê Flamínia, e ouve dela que não foi ferida, e que não quer se casar com Horácio. Pantalone encolerizado; nisto
HORÁCIO	ao ver Flamínia, alegra-se. Pantalone vai logo dizendo que não se fale mais no que é passado e, puxando Pedrolino para um lado, diz que, se

Jornada X

ele não fizer com que Flamínia fique com Horácio, ele tampouco terá Francisquinha; depois conduz Horácio para casa, dizendo a Pedrolino: "Farás o que eu disse", aos gritos. Pedrolino exorta Flamínia, a qual se nega a ficar com Horácio; nisto

CAPITÃO
ARLEQUIM

disfarçados e armados com adagas, vêem Flamínia e Pedrolino; revelam-se, dizendo terem vindo como músicos, para conseguirem ter acesso ao casamento. Flamínia alegra-se, dizendo a Pedrolino que os leve em casa e que diga a Pantalone que ela concorda em ficar com Horácio. Pedrolino bate e chama Pantalone.

PANTALONE

ouve que Flamínia concorda, e lhe são mostrados os virtuoses. Pantalone, para alegrar a filha, leva-os para casa,

e aqui termina o segundo ato.

TERCEIRO ATO

Grande barafunda na casa Pantalone; depois sai

ARLEQUIM

o qual, com as armas desembainhadas, à força leva embora

FRANCISQUINHA aos gritos; nisto

PEDROLINO

de casa, com o pau, pega Francisquinha por um braço. Arlequim segura-a pelo outro; nisto

PANTALONE

fora com as armas; nisto

CAPITÃO
HORÁCIO

duelando; nisto

FLAMÍNIA

fora; Capitão leva-a embora enquanto luta; todos fogem. Horácio segue o Capitão, para arrancar-lhe Flamínia, saem.

PEDROLINO

volta desesperado, por ter perdido Francisquinha; nisto

ISABELA

quer consolá-lo. Pedrolino, que está encolerizado com ela, diz que ela é a causa de sua ruína, e vai procurar Francisquinha, sai. Isabela fica, para procurar o irmão; nisto

148

A noiva

GRACIANO	pai de Horácio, ao vê-la, ralha com ela. Ela revela-se mulher, irmã do Capitão, apaixonada por Horácio, o qual, ela diz, tem razões para ser o seu marido. Graciano admira-se; nisto
CAPITÃO [FLAMÍNIA]	com Flamínia, a qual lhe revelou tudo sobre a irmã. Vêem-na; Capitão perdoa-a, fazendo com que Graciano concorde em casá-la com Horácio; nisto
PANTALONE HORÁCIO	chegam; Pantalone ouve que Horácio não prometeu se casar com Isabela, irmã do Capitão. Isabela dá um passo adiante, censura-o por seu amor e sua fé. Horácio pede-lhe perdão e aceita-a como esposa. Pantalone, admirando-se, concorda que o Capitão se case com Flamínia, e todos vão para a casa de Pantalone.
BURATTINO	pai de Francisquinha, que veio de Bérgamo para as bodas de sua filha; nisto
PEDROLINO	desesperado por não encontrar Francisquinha, chamando-a pelo nome. Burattino fica de ouvidos. Pedrolino faz testamento, querendo se matar, e pronuncia o nome de seu pai. Burattino revela-se, segura-o e, conversando, reconhecem-se por irmãos. Pedrolino contudo resolve morrer pelo amor de Francisquinha. Burattino consola-o, dizendo-lhe que Francisquinha é sua filha, sobrinha dele, portanto. Pedrolino espanta-se; nisto
ARLEQUIM FRANCISQUINHA	chega; Francisquinha reconhece o pai, que concorda com seu casamento com Arlequim; nisto
TODOS	saem, para as bodas, realizando-se três cerimônias: a primeira de Horácio com Isabela; a segunda do Capitão com Flamínia; e a terceira de Arlequim com Francisquinha,

e aqui termina a comédia.

JORNADA XI

O CAPITÃO

Comédia

ARGUMENTO

Havia, na cidade de Siena, um cavalheiro chamado Cassandro, o qual — pai de dois filhos, chamados Cíntio o primeiro e a outra, que era mulher, Isabella — levava a sua vida em honrada conduta, e vivia feliz. Entrementes, estavam de passagem em Siena alguns soldados, que seu Capitão conduzia a Nápoles. Apreciando o Capitão as maneiras do jovem Cíntio, fez de modo a levá-lo consigo. Cassandro, ao ouvir da fugidia partida do filho, deixou a filha aos cuidados de uma ama sua, certa Francisquinha, e, depois de ter disposto os seus negócios e ter recomendado a família a um Doutor seu amigo, foi-se ao encalce de Cíntio. Chegou, deste modo, em Roma; onde, tendo notícia de que o Capitão embarcara com o jovem para Nápoles, ele também, embora velho, propôs-se embarcar. Depois disso, ele foi feito escravo pelos turcos, ao sul de Monte Cirullo. Naquela altura Francisquinha, a quem fora entregue o zelo por Isabella, enamorou-se de certo jovem. Quando o tal jovem partiu, ela, impelida pelos aguilhões do amor, foi atrás dele, levando consigo a filha de Cassandro. Chegando assim em Bolonha, deu-se que uma fidalga, ao ver Isabella, deveras encantada pela jovem, pediu-a como dama de companhia à sua ama. Esta concedeu-a com prazer, e partiu-se para Milão de imediato; não encontrando ali o seu amante, deliberou-se a abrir uma hospedaria, e deste modo alimentar o resto de sua vida.

Na mesma época encontrava-se em Milão um velho, certo Pantalone, pai de um jovem chamado Horácio, que era mantido em Bolonha pelo pai para estudar direito. Este Pantalone tivera uma filha, Flamínia, raptada pelos ciganos quando ainda em tenra idade. Esta, por eles conduzida a Siena, fora vendida a um Doutor, o qual, comprazendo-se da jovenzinha, em seguida adotara-a como filha. Querendo aparentá-la com virtuosas gentes, julgara que o filho de Pantalone, que lhe era muito amigo, fosse pessoa correspondente ao seu desejo. Concluindo por correspondência o acordo com Pantalone, acertados os seus afazeres, foi com a jovem a Milão. Entrementes Pantalone escreveu para Horácio que, devido a assuntos importantes, viesse a Milão. Horácio em Bolonha vivia enamorado pela jovem Isabella, a qual, também amando-o, resolve fugir de sua patroa e ir-se com o jovem. Ao chegar em Milão, por temor do pai, Horácio alberga a jovem na hospedaria de Francisquinha, que não a reconhece. Alojava ainda, naquela casa, o irmão de Isabella, o qual, já ilustre por seu valor, conseguira para si a companhia do Capitão que o levara embora de sua pátria (pois que ele já morrera); e estava em Milão para conseguir novo contingente.

Enquanto tais coisas aconteciam, as galeras do Grão-duque tomaram uma galé de Turcos, na qual, junto a muitos outros escravos, estava o velho Cassandro, que obtém assim sua liberdade. Foi então a Siena, e não encontrou sua filha, e muito menos o Doutor seu amigo, e depois de muito vagar, foi-se a Milão para encontrá-la. O que se deu depois, a fábula o demonstra.

PERSONAGENS DA COMÉDIA

PANTALONE — veneziano
HORÁCIO — seu filho
PEDROLINO — criado

DOUTOR
FLAMÍNIA — tida por sua filha
ARLEQUIM — criado

FRANCISQUINHA — a que possui a
hospedaria
CAPITÃO SPAVENTO — no final
CÍNTIO — filho de Cassandro
CASSANDRO — de Siena

ISABELLA — desviada por Horácio, depois
filha de Cassandro

SOLDADOS — muitos

ESTRIBEIRO — da senhora Isabela
MÚSICOS
CARREGADORES

Milão, cidade

COISAS PARA A COMÉDIA

Jardim de um lado da cena

Mesinha com as suas cadeiras

Iguarias

Cestas cobertas

Armas de soldados

Uma caixa de jóias

Jornada XI

PRIMEIRO ATO

HORÁCIO
ISABELLA
PEDROLINO
vêem de Bolonha; pensam alojar num quarto da hospedaria, para se esconderem de Pantalone, pai de Horácio. Dá ordem a Pedrolino que encontre dinheiro para viver, depois batem à hospedaria.

FRANCISQUINHA
fora, reconhece Pedrolino, afagam-se. Horácio, Isabella e Francisquinha entram em casa. Pedrolino fica, para encontrar um expediente para arrancar dinheiro das mãos de Pantalone; nisto vê Pantalone e aparta-se.

PANTALONE
DOUTOR
discorrendo sobre o jardim comprado, e do parentado feito entre os seus filhos. Doutor em casa. Pantalone fica, admirando-se da demora de Horácio e da perda de uma filha sua, há muitos anos; nisto

PEDROLINO
completamente esbaforido, transmite a Pantalone a notícia de que, durante a viagem, os bandidos capturaram Horácio, aprisionando-o e exigindo um resgate de cem escudos. Pantalone desembolsa o dinheiro para que ele o livre do cativeiro, e entra. Pedrolino, alegre, vai embora.

CAP. SPAVENTO
diz ter vindo para angariar soldados; nisto

ARLEQUIM
cantando. Capitão reconhece-o por aquele que lhe larapiou o soldo; discutem entre si; no fim Arlequim diz estar com o Doutor, por causa disso o Capitão o perdoa, pois ele ama Flamínia; nisto

FLAMÍNIA
à janela, deixa cair uma luva. Capitão recolhe-a, e ela vem para fora para recebê-la, e, depois de muito discorrer, amando-se reciprocamente, dão-se fé de matrimônio. Flamínia em casa, e eles vão encontrar o pai dela.

PEDROLINO
procurando Horácio; nisto

FRANCISQUINHA
revela-lhe estar apaixonada por Horácio. Pedrolino tranqüiliza-a, manda-a para casa, para que mande Horácio para fora.

HORÁCIO
vê-o, e dele toma conhecimento do amor de Francisquinha; depois Pedrolino lhe conta que está apaixonado por Francisquinha. Horácio: que vai ajudá-lo; manda-o chamar Francisquinha.

FRANCISQUINHA
fora; Horácio finge amá-la, marcando um encontro para estarem juntos dentro de um quarto; nisto

O capitão

ISABELLA   da janela ouve tudo, e por sinais mostra estar encolerizada; retira-se. Horácio e Francisquinha entram em casa.

DOUTOR   que a hora parece não passar à espera da chegada de Horácio; nisto

CAPITÃO
[ARLEQUIM]   pede Flamínia em casamento ao Doutor. Este nega-se a concedê-la. Capitão: que ela é sua mulher, e que Arlequim é testemunha disso, e, encolerizado, vai-se embora. Doutor, com Arlequim, bate à casa de Flamínia.

FLAMÍNIA   confessa tudo <o que passou> com o Capitão e, por receio dele, <diz> que quer fazer a seu modo, e entra. Doutor enxota Arlequim, por ter sido consenciente, e entra em casa.

ISABELLA   que viu tudo de Horácio e Francisquinha, consternada vai-se embora, queixando-se de Horácio, sai.

PEDROLINO   fugindo de casa.

FRANCISQUINHA   atrás, dizendo que ele a desonrou, passando-se por Horácio; nisto

HORÁCIO   apazigua-os, fazendo com que os dois se casem; depois todos entram em casa,

e aqui termina o primeiro ato.

SEGUNDO ATO

HORÁCIO
[PEDROLINO]   lamuriando-se por Isabella ter se ido, desconhecendo o motivo; nisto

ISABELLA   chega, vê Horácio e, indignada, repreende-o por ter manchado a sua fé, e depois, sem ouvi-lo, vai-se embora. Horácio fica magoado; nisto

PANTALONE   afaga Horácio por ter se livrado dos bandidos. Ele não lhe fala convenientemente e, irado, vai embora com Pedrolino. Pantalone fica; nisto

ISABELLA   arrependida por não ter querido ouvir Horácio. Vê Pantalone, pede a sua proteção. Pantalone interroga-a, e ela revela-lhe tudo. Pantalone desvenda-se como pai de Horácio, dizendo-lhe impropérios, e vai embora. Isabella, angustiada, fica; nisto

Jornada XI

CAPITÃO	vê-a e, ouvindo o nome de Flamínia ser pronunciado, travam amizade, combinando perturbar o casamento de Horácio com Flamínia, saem.
ARLEQUIM	que não acha o seu patrão; bate à casa de Flamínia.
FLAMÍNIA	fora, em trajes de homem, e juntos vão encontrar o Capitão, saem.
PANTALONE DOUTOR	discorrendo sobre Isabella; nisto
HORÁCIO [PEDROLINO]	indignado por ter visto Isabella a falar com o seu pai, ao vê-lo, dobra-se à sua vontade e concorda em casar-se com Flamínia. Chamam-na: Doutor vai para dentro da casa, percebe a sua fuga, vão-se juntos para encontrá-la.
CASSANDRO	de Siena, narra a história de sua filha e filho, e da ama, assim como consta no argumento por extenso: que foi escravo dos Turcos, liberto pelas galeras toscanas, que esteve em sua terra, e não encontrou ninguém, e que está à procura deles; nisto
CAPITÃO [ISABELLA]	com Isabella em trajes de soldado, vê Cassandro, angaria-o como soldado. Cassandro concorda. Capitão dá-lhe o sinete, dizendo-lhe o seu nome e ordenando-lhe que em seu nome recrute soldados; sai com Isabella. Cassandro fica; nisto
ARLEQUIM [FLAMÍNIA]	pergunta pelo Capitão que recruta soldados. Ele diz ser seu lugar-tenente, e os recruta como soldados; nisto
HORÁCIO PEDROLINO	desesperados pela fuga de Isabella, aceitam o soldo e se alistam; nisto
PANTALONE [DOUTOR]	vê Horácio de soldado, ralha com ele. Doutor reconhece Flamínia em trajes de homem, e esbraveja. Doutor: que quer manter a sua palavra. Ela: que quer o Capitão. Horácio lhe conta que ele tem uma outra mulher, chamada Isabella. Flamínia, ouvindo isto, concorda em se casar com ele. Cassandro reconhece o Doutor, interpõe-se entre os dois, para fazer o parentado. Mandam Pedrolino comprar coisas para o banquete, e Arlequim buscar os músicos. Flamínia entra em sua casa, e eles se vão pela rua,

e aqui termina o segundo ato.

O capitão

TERCEIRO ATO

FRANCISQUINHA — magoada, por não ver mais seu marido Pedrolino; nisto

CASSANDRO — que está à procura do Capitão, vê Francisquinha e a reconhece por sua ama; ralha com ela, e ela, de joelhos, revela-lhe tudo sobre sua filha, e onde a deixou; nisto

DOUTOR — alegre pelas núpcias, vê Cassandro; este faz-lhe reconhecer Francisquinha, a ama, e, com a esperança de um dia encontrar a filha, entram na casa do Doutor.

PANTALONE — com jóias para a noiva; nisto
HORÁCIO

PEDROLINO — com carregadores abarrotados de coisas para as núpcias, entram todos
[CARREGADORES] na casa do Doutor.

CAPITÃO — com Isabella, também vestida de soldado, que quer de todos os modos
[ISABELLA] perturbar aquelas núpcias, e se retiram.

ARLEQUIM — com os músicos, dizendo que o banquete tem de ser feito num jardim,
[MÚSICOS] em Porta Tosa. Capitão e Isabella, que ouviram tudo, vão-se. Arlequim bate.

HORÁCIO — com Flamínia pela mão,
[FLAMÍNIA]

PEDROLINO — com Francisquinha pela mão,
[FRANCISQUINHA]

PANTALONE — com o Doutor pela mão; mandam tocar e, assim tocando e dançando,
[DOUTOR] vão em direção ao jardim em Porta Tosa, saem.

CAPITÃO — dão ordens para que Flamínia seja raptada, e já tendo chegado ao jardim,
SOLDADOS retiram-se; nisto
ISABELLA

MÚSICOS — tocando, atrás dos quais chegam os convidados.

TODOS — chegam na mesma ordem em que deixaram a casa. Começam a dançar; Arlequim coloca a mesa; nisto

Jornada XI

CAPITÃO
SOLDADOS
ISABELLA

lançam mão às espadas, raptam Flamínia e a levam embora. Todos saem ao seu encalce. Carregadores ficam e comem as iguarias; nisto

TODOS

voltam. Doutor diz que Flamínia é destinada a ser raptada por ciganos e por soldados; conta de como a teve. Pantalone, deste modo, compreende que aquela é sua filha; nisto

CAPITÃO

com Isabella, a qual enfrenta Horácio por faltar com sua fé e ser um traidor. Horácio confessa o seu erro, e se oferece a ela, que o aceita por marido. Doutor pergunta por Flamínia ao Capitão, o qual vai buscá-la, e depois a traz de volta.

FLAMÍNIA

chega, Pantalone reconhece-a como sua filha, dizendo: "Ao menos soubesse eu quem é o Capitão!". E ele se revela como filho de Cassandro, narrando a sua história; nisto

ESTRIBEIRO

o qual está à procura de Pantalone de' Bisognosi. Vê Francisquinha, reconhece-a por aquela que dera Isabella à sua Senhora, contando como o filho do tal Pantalone a desencaminhou ao levá-la consigo. Francisquinha narra que Isabella é irmã do Capitão e filha de Cassandro; nisto

CASSANDRO

chega, ouve tudo, reconhece os filhos, realizam o casamento estabelecido,

e aqui termina a comédia.

JORNADA XII

O ARRANCADENTES

Comédia

ARGUMENTO

Na cidade de Roma viveu outrora um certo Pantalone, pai de um jovem, Horácio, e de uma filha, chamada Flamínia. Este jovem, apaixonou-se por uma nobre viúva, certa Isabella, que com recíproca afeição retribuía o seu amor. Pantalone, da mesma forma, e não menos do que o filho, ardia por Isabella. Vendo-se quase que escarnecido, Pantalone julgou que talvez isto acontecesse por ter seu filho Horácio por rival, e, para que este não lhe fosse de empecilho no porvir, resolveu endereçá-lo aos estudos.

Este fato chegou aos ouvidos da viúva Isabella, a qual, sofrendo muito por tais acontecimentos, foi se aconselhar com uma sua velha parenta. Esta disse-lhe possuir um segredo feito de certos confeitos, dos quais, quem provasse, ficaria quase privado de tino, e disse ainda possuir outro segredo, de efeito contrário àquele. Julgava ela que, se com tal segredo tirasse Horácio de seu tino, seria fácil dissuadir o pai de mandá-lo estudar fora. Isabella consentiu com isto, e deu a Horácio o segredo combinado. O que depois se sucedeu, pela conclusão da fábula será conhecido.

157

Jornada XII

PERSONAGENS DA COMÉDIA   COISAS PARA A COMÉDIA

PANTALONE   Duas caixas contendo confeitos
HORÁCIO — filho
FLAMÍNIA — filha
PEDROLINO — criado   Roupa de arrancadentes

FLÁVIO
ISABELLA— viúva, irmã   Ferramentas de ferreiro
FRANCISQUINHA — criada
ARLEQUIM — criado   Uma cadeira bonita

DOUTOR— sozinho
CAPITÃO SPAVENTO — sozinho
PASQUELLA — velha, sozinha

Roma, cidade

O arrancadentes

PRIMEIRO ATO

PANTALONE [PEDROLINO]
conta a Pedrolino do amor que tem por Isabella viúva, e diz suspeitar que Horácio, seu filho, lhe seja rival, e que, com esta suspeita, decidiu mandá-lo estudar fora. Pedrolino repreende-o, tomando o partido de Horácio. Pegam-se com palavras e fatos: Pantalone bate Pedrolino e morde-lhe o braço, mostrando tê-lo mordido forte. Pantalone, ameaçando, vai embora, dizendo que fale com Francisquinha em seu nome, sai. Pedrolino: que vai se vingar da mordida que Pantalone lhe deu; nisto

FRANCISQUINHA
vai procurar Horácio, por ordem de sua patroa; vê Pedrolino e fica sabendo dele a razão de sua dor no braço; combinam fingir que o hálito de Pantalone fede, para se vingarem. Francisquinha em casa; Pedrolino fica; nisto

FLÁVIO
revela a Pedrolino o seu amor, dando um encontrão em seu braço. Pedrolino grita, depois combinam fingir que o hálito de Pantalone fede. Flávio sai; Pedrolino fica; nisto

DOUTOR
que Pantalone lhe deve vinte e cinco escudos; pega Pedrolino pelo braço, ele grita; faz com ele a mesma combinação do hálito fedido, prometendo conseguir que ele tenha de volta os seus vinte e cinco escudos. Doutor sai; Pedrolino vai para encontrar Horácio, sai.

CAP. SPAVENTO
do amor por Isabella e as suas proezas; nisto

ARLEQUIM
criado de Isabella, faz com ele cena ridícula, e entra para fazer Isabella vir para fora. Capitão espera.

FLAMÍNIA
que pela janela viu o Capitão, que ela ama, roga-lhe o seu amor; nisto

ISABELLA
fora, acreditando encontrar Horácio; Capitão roga-lhe o seu amor. Ela enxota-o, e ele faz o mesmo com Flamínia, fazendo cena de trio[1]. No final Isabella entra em casa, enxotando o Capitão; ele faz o mesmo com Flamínia, e vai embora; ela fica, angustiada; nisto

PEDROLINO
que apartado ouviu tudo, ameaça contar ao pai dela; depois combinam

---

1) *Scena interzata* — cena de trio ou replicar três vezes a mesma fala, acrescida de uma espécie de composição poética em *rima reinterzata* (cf. PERRUCCI, A. *Dell'Arte rappresentativa premeditata, op. cit.*,1699). Segundo M. 1896, replicar três vezes alguma coisa. A seqüência da frase explica bem o conceito: o personagem um fala para o personagem dois que fala para o personagem três, criando enganos, maldades e efeitos cômicos.

Jornada XII

sobre o assunto do hálito com o pai. Ela entra em casa. Pedrolino: que seu braço está doendo como nunca, apesar de ter sido medicado, e que quer se vingar de qualquer modo; nisto

ARLEQUIM chega. Pedrolino, com dinheiro, o induz a se fingir arrancadentes, manda-o se disfarçar, Arlequim sai. Pedrolino demora-se; nisto

HORÁCIO ouve de Pedrolino que Pantalone, seu pai, é seu rival pelo amor de Isabella, e que quer mandá-lo estudar fora. Horácio, magoado com tais notícias, pede a proteção de Pedrolino, que promete ajudá-lo, e combinam sobre o hálito. Horácio: que gostaria de conversar com Isabella. Pedrolino chama-a.

ISABELLA ouve sobre o seu amor e sua dura partida. Ela entristece; nisto

PANTALONE falando alto. Isabella, ao ouvi-lo, vai para dentro. Pedrolino grita com Horácio porque não quer ir a Perúsia. Pantalone vê o filho, e manda-o se aprontar já já, porque quer que vá a Perúsia. Horácio, todo temeroso, entra para fazer os preparativos, olhando bem Pedrolino. Pantalone fica sabendo que Pedrolino falou com Francisquinha; depois ouve Pedrolino dizendo: "Ai de mim, patrão, seu hálito fede por demais!"; Pantalone ri-se; nisto

FRANCISQUINHA faz o mesmo, dizendo que, se seu hálito não fedesse, Isabella o amaria, e entra. Pantalone fica pasmado; nisto

FLÁVIO passa e, aos sinais de Pedrolino, faz o mesmo com Pantalone, e sai. Pantalone pasma-se com tamanha desmesura; nisto

DOUTOR chega; Pedrolino faz-lhe o sinal da coisa do hálito; Doutor faz o mesmo, e sai. Pantalone: que quer perguntar para a sua filha se aquele fedor é mesmo real; chama-a

FLAMÍNIA confessa ao pai o quão demasiadamente o seu hálito está fedendo, e entra. Eles ficam; nisto

HORÁCIO de casa, confirma o mesma coisa, depois volta para dentro. Pantalone decide mandar arrancar aquele dente que causa o fedor; manda que Pedrolino lhe traga um arrancadentes, e entra. Pedrolino fica.

ARLEQUIM vestido de arrancadentes. Pedrolino manda Arlequim arrancar todos os dentes de Pantalone, dizendo-lhe que estão estragados;

O arrancadentes

recolhe-se. Arlequim, sob suas janelas, grita: "Quem tem dentes estragados"; nisto

PANTALONE da janela chama-o, depois sai. Arlequim puxa todas as suas ferramentas, as quais são todas ferramentas de ferreiro, nomeando-as uma a uma ridiculamente; manda-o sentar, e com a torquês arranca-lhe quatro dentes bons. Pantalone, de tanta dor, agarra-se à barba do arrancadentes, a qual, sendo postiça, fica em sua mão. Arlequim foge, Pantalone arremessa-lhe a cadeira, depois, queixando-se da dor de dente, entra em casa,

e aqui termina o primeiro ato.

SEGUNDO ATO

PASQUELLA velha, amiga de Isabella, chega para visitá-la; bate.

ISABELLA narra a Pasquella o amor de Horácio, o qual tem de partir para obedecer ao pai. Pasquella consola-a, prometendo-lhe ajuda com os seus segredos, e que mande Arlequim em uma hora, que vai lhe enviar os fatídicos confeitos; sai. Isabella fica, alegre; nisto

PEDROLINO alegre pela peça pregada em Pantalone, diz a Isabella que Pantalone está irredutível, e que quer que Horácio saia da cidade; nisto

PANTALONE para levar Horácio ao banco para buscar dinheiro, de modo que parta
[HORÁCIO] de pronto; vê Isabella, cumprimenta-a, depois vai embora, e Horácio atrás, o qual, com sinais, cumprimenta Isabella e pede a proteção de Pedrolino, sai. Isabella diz a Pedrolino que retorne em uma hora à sua casa; nisto

FLÁVIO o vê conversando com sua irmã, fica desconfiado e manda-a para casa, ameaçando Pedrolino, o qual o abranda dizendo-lhe que quer que ele tenha Flamínia por esposa, e que vai colocá-lo na casa dela. Flávio, alegre, recebe ordem de se disfarçar de arrancadentes, sai. Pedrolino, rindo, vai procurar Horácio, sai.

ARLEQUIM de ter se divertido à custa de Pantalone; nisto

ISABELLA à janela, manda-o à casa de Pasquella para os confeitos; recolhe-se. Arlequim fica; nisto

161

Jornada XII

PEDROLINO	chega, e começam a rir da peça que pregaram em Pantalone; nisto
CAPITÃO	chega, esbraveja com Arlequim, o qual diz que sua patroa deixou ordens com Pedrolino sobre o que ele deve fazer para entrar em casa, dizendo isso apartado. Capitão dirige-se a Pedrolino. Arlequim foge. Pedrolino, não sabendo cousa nenhuma, diz o que lhe vem à cabeça: que ele vá se vestir à veneziana, como Pantalone, e que o levará para dentro da casa. Capitão, alegre, vai se disfarçar, sai. Pedrolino fica; nisto
FLAMÍNIA	pergunta-lhe o que será de seu assunto. Pedrolino: que à noite o amigo virá, em trajes femininos; pede-lhe emprestado um de seus vestidos. Flamínia, alegre, entrega-lhe o vestido, e entra. Pedrolino demora-se.
DOUTOR	quer de Pedrolino os vinte e cinco escudos que lhe prometeu em nome de Pantalone, e Pedrolino, solicitado, lhe dá o vestido; Doutor aceita; nisto
PANTALONE	chega, vê a roupa com o Doutor, chama-o de ladrão, insulta-o. Pedrolino o mesmo, nunca ouvindo as suas palavras, e entram. Doutor, desesperado, vai à justiça, sai.
HORÁCIO	vai para reverenciar Isabella, antes de sua partida; bate.
ISABELLA	fora; fazem cena amorosa; Isabella roga a Horácio que coma alguns confeitos que ela lhe mandará, antes de partir. Horácio promete. Ela em casa; Horácio sai.
FLÁVIO	de arrancadentes, grita embaixo da janela de Pantalone; nisto
PANTALONE	fora, dá-lhe pauladas, tomando-o por Arlequim, o arrancadentes, depois entra. Flávio foge.
CAPITÃO	vestido como Pantalone; nisto
FLÁVIO	toma-o por Pantalone, enche-o de pauladas direitinho, todos saem,

e aqui termina o segundo ato.

O arrancadentes

TERCEIRO ATO

ARLEQUIM — com as caixas de confeitos, bate.

ISABELLA — recebe as caixas, e manda a da loucura para Horácio, e guarda a outra que sara, e entra. Arlequim fica; nisto

PEDROLINO — chega; Arlequim lhe dá a caixa para que ele a entregue a Horácio. Pedrolino pega alguns confeitos e os guarda em sua algibeira; nisto

HORÁCIO — recebe a caixa; Horácio leva consigo Arlequim, para mandar algumas coisas a Isabella. Pedrolino fica, come os confeitos escondidos, depois fica fora de si; nisto

CAPITÃO — quer matá-lo. Pedrolino diz disparates, faz loucuras. Capitão espanta-se e deixa-o ir, e fica.

FLAMÍNIA — novamente roga-lhe o seu amor; ele, encolerizado, enxota-a; ela, indignada, decide amar Flávio, e entra.

DOUTOR — que a justiça vai agir por ele; nisto

PEDROLINO — chega; Doutor esbraveja com ele; e ele responde-lhe como louco. Doutor sai; Pedrolino fica.

FRANCISQUINHA — conversa com ele, e ele faz o mesmo de antes, depois sai. Francisquinha segue-o pela rua.

ARLEQUIM — desesperado, bate à casa de Isabella.

ISABELLA — ouve que Horácio, depois de ter comido os confeitos, ficou louco. Ela: que faça de tudo para trazê-lo até ela. Arlequim sai. Ela fica; nisto

FLÁVIO — pergunta-lhe o motivo de ela estar tão tristonha. Ela, estimulada, narra-lhe tudo o que aconteceu com o seu amor e da loucura de Horácio, e que tem o segredo para curá-lo. Flávio, alegre, dizendo que ama a irmã dele, e que deixe tudo em suas mãos, manda-a em casa, ele sai para encontrar Pantalone.

PANTALONE — que não sabe se Horácio partiu; nisto

PEDROLINO — chega, e sempre responde com disparates a Pantalone; nisto

Jornada XII

HORÁCIO — de garnacho, faz diversas loucuras, sai. Pedrolino o mesmo, sai. Pantalone desespera-se; nisto

FLÁVIO — consola Pantalone dizendo-lhe que a saúde de Horácio está nas mãos de sua irmã. Pantalone manda-a chamar.

ISABELLA — oferece a Pantalone a cura de Horácio seu filho, mas que para isto quer duas graças: a primeira, que Flamínia seja mulher de Flávio seu irmão, e a outra, que Horácio seja marido de quem ela quiser. Pantalone, alegre, chama.

FLAMÍNIA — a qual, contente, recebe Flávio por marido; nisto

HORÁCIO — fazendo loucuras e dizendo disparates. Flávio leva-o para a sua casa com destreza, eles ficam.

FLÁVIO — volta, dizendo que Horácio voltou em si.

HORÁCIO [ISABELLA] — com Isabella, a qual solicita a outra graça a Pantalone e pede-lhe Horácio como marido; Pantalone concorda; nisto

DOUTOR [PEDROLINO] [FRANCISQUINHA] — fugindo de Pedrolino louco. Flávio leva-o para casa, cura-o, depois leva-o para fora; o qual revela a Pantalone a vingança da mordida, com a coisa do hálito e de lhe arrancar os dentes, e tudo o que fez, dizendo que confessa sua falta e que perdoa todos os que ele ofendeu; todos riem-se,

e aqui termina a fábula.

JORNADA XIII

O DOUTOR DESESPERADO

Comédia

ARGUMENTO

Vivia em Bolonha um certo Doutor, que de um jovem, chamado Horácio, era o pai. Vendo o filho se perder inteiramente no amor de uma fidalga, certa Flamínia, mandou-o para longe, acreditando assim poder distrair o jovem daquele pensamento. Assim em Pavia, para que ali seguisse os estudos, mandou-o. Ali, logo que chegou, o jovem pôs-se a morar diante da casa de um certo Senhor Cassandro. Tinha este Cassandro um filho, Flávio, e uma filha, Isabella, a qual, enamorando-se de Horácio, induziu o jovem a ser o seu amante. A este, totalmente esquecido de Flamínia, nada importava senão agradar Isabella. E enquanto vivia assim despreocupado, recebeu de certos amigos seus algumas cartas, dizendo que o seu pai, embora velho, desejava casar-se novamente. Ao tomar conhecimento disso, sem alardear Isabella, para perturbar as núpcias do pai, regressou à pátria.

Ali, tendo desviado o pai do casamento, o adormecido amor por Flamínia despertou novamente, e no esquecimento o amor por Isabella quase mergulhou. Esta, não tendo notícias de seu amante, junto com um criado, para reencontrá-lo, fugiu para Bolonha. Segui-os o velho Cassandro, que por sua vez foi seguido por seu filho Flávio, o qual, deitando-se acidentalmente com Flamínia, depois a desposou.

Jornada XIII

PERSONAGENS DA COMÉDIA   COISAS PARA A COMÉDIA

PANTALONE — veneziano

ARDÉLIA — filha

PEDROLINO — criado

Caixa com jóias

Anel

DOUTOR

HORÁCIO — filho

Um punhado de velas

CAPITÃO SPAVENTO — sozinho

Duas lanternas

CASSANDRO — velho

ISABELLA— filha

FLÁVIO— filho

ARLEQUIM — criado

FLAMÍNIA — que não se vê

FRANCISQUINHA — criada

BELEGUINS

DELEGADO[1]

Bolonha, cidade

---

1) Ver Jornada II, nota 5

O doutor desesperado

PRIMEIRO ATO

HORÁCIO
[CAPITÃO]

narra ao Capitão que veio de Pavia a Bolonha para perturbar as núpcias de seu pai e para rever Flamínia, viúva sua namorada. Capitão persuade-o a fazê-lo, pois ele é apaixonado pela noiva, certa Ardélia; de acordo saem.

PANTALONE
[DOUTOR]

com o Doutor, pai de Horácio, vem com ele para obter a mão de Ardélia, sua noiva; batem.

ARDÉLIA

zomba do Doutor; nisto

PEDROLINO

que ouviu tudo, maltrata o Doutor de muitas maneiras, a ponto de induzi-lo a ir embora aos prantos; Ardélia em casa; Pantalone e Pedrolino seguem-no.

HORÁCIO

que apartado viu tudo, alegra-se, dizendo que aquela é uma boa ocasião para servir o Capitão; nisto

ARLEQUIM

o qual chega para encontrar alojamento para Isabella, sua patroa; vê Horácio, pergunta-lhe se tem quartos para alugação. Horácio maltrata-o. Arlequim lamuria-se. Horácio, indo-se, diz que lhe parece ter visto aquele criado em algum outro lugar, sai. Arlequim fica; nisto

CAPITÃO

chega, Arlequim lhe faz a mesma pergunta. Capitão golpeia-o repetidamente, sai. Arlequim demora-se; nisto

PEDROLINO

chega, Arlequim faz o mesmo com ele, dizendo-lhe ter uma bela patroa. Pedrolino: que vai lhe dar um quarto, mostrando-lhe a casa de Pantalone. Arlequim vai embora para buscar a patroa. Pedrolino: que quer lhe pregar uma peça; nisto

ISABELLA

a qual chega de Pavia atrás de Horácio, desconfia que Arlequim tenha lhe pregado uma peça, pergunta a Pedrolino para ter uma prova, e este diz ser seu parente, a conduz à casa de Pantalone, para colocá-la em um apartamento separado dos outros, e entram.

HORÁCIO
[CAPITÃO]

diz ao Capitão que quer dar-lhe Ardélia. Ouvem Pantalone conversando, Capitão recolhe-se, Horácio fica; nisto

PANTALONE

espanta-se. Horácio: diz que chegou para prestigiar as núpcias. Pantalone: que Ardélia está esquiva. Horácio: que a fará concordar e

Jornada XIII

que a levará ao seu pai. Pantalone: que a leve quando quiser, e lhe dá o seu anel como sinal. Horácio sai. Pantalone fica; nisto

ARLEQUIM   que não encontra Isabella, alegra-se pois tem em seu poder todas as jóias e o dinheiro. Pantalone toma-o por um ladrão; diz que quer contratar os seus serviços, para lhe tirar tudo; requisita-o. Arlequim concorda, e aqui cada um deles muda o próprio nome; nisto

CASSANDRO   pai de Isabella, seguindo-a; vê Arlequim, chama-o pelo nome. Arlequim finge não conhecer Cassandro, dizendo que seu nome é outro, Pantalone testemunha por ele, os dois vão embora juntos; Cassando atrás, sai.

HORÁCIO   novamente com o Capitão, para fazer com que ele tenha Ardélia; bate
[CAPITÃO]   à sua porta.

PEDROLINO   fora; Horácio pergunta por Ardélia, para levá-la ao seu pai, mostrando-lhe o anel de Pantalone como sinal. Pedrolino pega o anel, depois a chama.

ARDÉLIA   fora; Pedrolino entrega-a a Horácio, seu enteado, entra. Ela aflige-se por ter de ser do Doutor. Horácio chama o Capitão e abraçando-se vão todos à casa do Capitão,

e aqui termina o primeiro ato.

SEGUNDO ATO

PEDROLINO   que induziu Isabella a fazer vontade dele, e que lhe deu algumas jóias, e que quer fazer o velho se desesperar; chama-a.

ISABELLA   fora; Pedrolino impõe-lhe que não deixe ninguém entrar em casa, porque ele é o dono. Ela: que assim fará, e que encontre o criado. Pedrolino sai, e ela fica, discorrendo de seu amor, dizendo o nome de Horácio; nisto

PANTALONE   com as jóias tiradas de Arlequim, vê Isabella, pergunta-lhe o que ela faz naquela casa. Isabella diz o nome do dono; nisto

ARLEQUIM   chega, dizendo que é o dono e que se chama Pantalone, depois parte para cima dele e lhe tira as jóias, chamando-o de ladrão e acusando-o

O doutor desesperado

de falsear o nome. Isabella e Arlequim, insultando Pantalone, vão para dentro de casa, e ele, ridicularizado, recorre à justiça, sai.

DOUTOR diz que já não quer Flamínia, e sim Ardélia; nisto

HORÁCIO é visto pelo pai, e repreendido por ter abandonado os estudos. Horácio: diz que está enamorado por Flamínia, e repreende o pai por querer se casar, sendo velho. Doutor, encolerizado, amaldiçoa-o. Horácio sai. Doutor fica; nisto

FRANCISQUINHA contende com o Doutor, e diz que sua patroa Flamínia será mulher de Horácio seu filho, e vai-se para dentro de casa. Doutor encolerizado; nisto

PANTALONE [PEDROLINO] vem conversando com Pedrolino sobre a mulher que encontrou em casa; vêem o Doutor e lhe fazem votos de felicidades para as núpcias. Doutor considera-se zombado. Pantalone conta-lhe de sua filha. Doutor: que não sabe de nada. Pantalone dirige-se a Pedrolino, o qual lhe mostra o anel de sinal, que lhe foi dado por Horácio, e que ele levou Ardélia embora. Doutor, encolerizado, soca Pedrolino, que foge; Doutor atrás; Pantalone segue-os pela rua, saem.

CAPITÃO quer que Pantalone saiba que a filha dele está em seu poder; bate.

ARLEQUIM fora; Capitão admira-se de vê-lo, depois pergunta-lhe por Pantalone. Ele: que não o conhece. Capitão diz o nome de Horácio. Arlequim pergunta se aquele Horácio teria estado em Pavia? Capitão: que sim. Arlequim chama Isabella.

ISABELLA toma conhecimento de que aquele Capitão conhece Horácio, e, conversando com ele, chega a lhe contar a história de seu amor. Capitão promete-lhe ajuda, e que irá acomodá-la em sua casa, com a sua mulher, até encontrar Horácio; nisto

PEDROLINO esbraveja com Isabella. Capitão diz que ela pertence a Horácio; no final se põem de acordo. Pedrolino entra para buscar as jóias, e volta; depois vão para a casa do Capitão, agradecendo Pedrolino, o qual fica; nisto

PANTALONE que o Doutor já não atina; vê Pedrolino, pergunta-lhe que gente é aquela que está em sua casa. Pedrolino: que não há ninguém lá. Pantalone entra em casa, depois volta. Pedrolino diz que ele está louco. Pantalone:

Jornada XIII

que viu uma mulher lá. Pedrolino nega. Pantalone: que é verdade, depois gritando diz: "Será possível que ninguém a viu?"; nisto

CAPITÃO chega dizendo: "Eu a vi". Pantalone esbraveja com Pedrolino e entre si levam conversa ambígua; no fim Pantalone percebe que o Capitão fala de Ardélia sua filha; ameaçando-os vai à justiça. Pedrolino toma o partido dele; todos saem,

e aqui termina o segundo ato.

TERCEIRO ATO

PEDROLINO que Pantalone está à procura de beleguins; nisto

FRANCISQUINHA a qual está à procura de Horácio por (conta de) Flamínia; vê Pedrolino, tratam de seus amores, depois lhe diz que naquela noite conduzirá Horácio, vestido de mulher, até Flamínia, e que desfrutarão juntos; nisto

ARLEQUIM à parte; diz que ouviu tudo, e que quer lhes pregar uma peça; retira-se. Francisquinha sai, Pedrolino fica; nisto

CASSANDRO diz ter ouvido que aquele velho que estava com o senhor se chama Pantalone de' Bisognosi; vê Pedrolino, pergunta-lhe do tal Pantalone. Pedrolino: diz conhecê-lo por grande malandro e que quer que ele seja apanhado pela justiça; faz Cassandro lhe emprestar seus trajes, para ir incógnito, depois coloca-o na casa de Pantalone, dizendo que aquela é a sua casa, e que não deixe ninguém entrar. Cassandro entra. Pedrolino: que naqueles trajes quer ir à casa de Francisquinha, e sai.

HORÁCIO que seu pai será a causa de sua morte, lamuria-se dizendo os nomes de Flamínia e Francisquinha; nisto

ARLEQUIM que vai procurar velas, ouve tudo, retira-se; depois é descoberto por Horácio, dizendo-lhe que naquela noite seu pai tem de ir desfrutar Flamínia. Horácio, desesperado, vai embora e Arlequim, rindo, vai-se.

Noite

PANTALONE de lanterna acesa: que deu a ordem aos beleguins, bate à casa.

CASSANDRO à janela, contende com Pantalone, dizendo que ele foi posto naquela

O doutor desesperado

casa pelo dono. Pantalone: que ele é o dono. Cassandro diz-lhe impropérios, recolhe-se, e ele vai à justiça, sai.

FLÁVIO — filho de Cassandro, seguindo o seu pai; nisto

FRANCISQUINHA — à janela, esperando Horácio, faz sinal, dizendo: "É o senhor? Minha patroa está à sua espera". Flávio se presta ao jogo, dizendo que aceita a aventura de uma noite apenas; nisto

PEDROLINO — chega, à parte.

FRANCISQUINHA — fora, guia Flávio, pensando ser Horácio, para dentro da casa; depois volta, leva Pedrolino para dentro, e diz que Horácio está em casa com Flamínia. Ele espanta-se, e entram em casa.

ARLEQUIM — com as velas, diz que ouviu tudo; entra em casa.

HORÁCIO — desesperado lamuria-se; nisto

ISABELLA — à janela, e aqui, não se ouvindo, fazem dueto queixando-se de Amor. No final Horácio cai ao chão, desmaiado. Isabella diz que, pela voz, parece ser Horácio; retira-se.

ARLEQUIM — sai de casa, não o vê e cai em cima dele, depois se apavora, chama por socorro; nisto

ISABELLA — com a candeia acesa, vê Horácio, acredita-o morto, chora por ele; nisto

CAPITÃO — faz o mesmo; nisto

ARDÉLIA — faz o mesmo; Horácio volta a si, e, rogado por todos, resolve se casar com Isabella; depois todos entram em casa. Arlequim fica; nisto

BARIGELLO [BELEGUINS] — pergunta a Arlequim pela casa de Pantalone, e ele mostra a casa de Flamínia; beleguins dentro para a captura. Arlequim, rindo, fica; nisto

PANTALONE <DOUTOR> — contrastando, por que sua filha levou-lhe embora o filho; nisto

FLÁVIO — de camisolão; Doutor lhe pergunta o que ele está fazendo naquela casa. Flávio narra sua vicissitude, dizendo que dormiu com Flamínia. Doutor desespera-se ainda mais, dizendo que ele é filho de um cabrão.

Jornada XIII

Arlequim, que o reconheceu, desmente e censura-o. Todos esbravejam. Flávio reconhece-o, Doutor grita e faz todos virem para fora.

BELEGUINS   levam para fora

[HORÁCIO]   Ardélia pede perdão ao pai, Isabella ao irmão, Horácio ao pai, e todos
[CAPITÃO]   ficam contentes. Beleguins vão à casa de Pantalone, e levam para fora
[ISABELLA]
[ARDÉLIA]

CASSANDRO   o qual imediatamente reconhece os filhos, que correm para abraçá-lo.
Pantalone pergunta quem o colocou naquela casa. Ele diz. Arlequim:
que peguem todos os que estão naquela casa; beleguins entram, e levam
para fora

PEDROLINO   de camisolão; Pedrolino revela tudo, e eles o perdoam,
[FRANCISQUINHA]

e aqui termina a fábula.

JORNADA XIV

O PEREGRINO FIDO AMANTE

Comédia

ARGUMENTO

Encontrava-se, na cidade de Milão, um Doutor que, tendo uma única filha, chamada Isabella, tratou de "maridá-la" com um fidalgo da mesma pátria, certo Flávio, que era ardentemente apaixonado por ela. Concluída a transação com o jovem, o Doutor contou sua vontade a Isabella, e descobriu que ela era totalmente contrária a seu desenho. Isto nem tanto porque ela odiasse Flávio, mas tão- somente porque, em sua alma, cravara uma certa aversão ao amor, devido à qual tinha horror de ser esposa e submeter-se a um marido. Diante disso, e temendo que o pai a obrigasse a se casar, Isabella propôs-se a fugir em falsos trajes.

Assim, posta tal deliberação à obra, Isabella alcançou Gênova, onde se empregou como criado de um certo senhor Horácio que, apaixonado por uma fidalga de nome Flamínia, às vezes confidenciava suas paixões com Isabella (que dissera se chamar Fabrício). Ela, rindo-se dele, tais coisas quase escarnecia.

Flávio, entrementes, perguntara ao Doutor pela jovem Isabella, e, ao saber de sua fuga, dera de segui-la em trajes de peregrino. Este, depois de muitos anos, chegou à cidade de Gênova, e, para conseguir notícias da jovem, ao pedir esmola, pela alma da mencionada Isabella a demandava. Certo dia, o Peregrino deparou-se com ela, e os dois se reconheceram. Ela percebeu que Flávio era exemplo veraz de fidelidade e constância, e propôs-se a mudar de idéia. Nessa época, após muitos acontecimentos trágicos, o Doutor também chegou em Gênova, e viu sua filha Isabella tornar-se a esposa de Flávio.

Jornada XIV

PERSONAGENS DA COMÉDIA   COISAS PARA A COMÉDIA

PANTALONE

FLAMÍNIA — filha

FRANCISQUINHA — criada

HORÁCIO — cavalheiro

FABRÍCIO — pajem, isto é

ISABELLA

CAPITÃO SPAVENTO

PEDROLINO — criado

PEREGRINO, isto é, FLÁVIO

ARLEQUIM — criado

DOUTOR — pai de Isabela

BELEGUINS

Gênova, cidade

Traje de peregrino

Traje de mendigo

Lanternas, muitas

O peregrino fido amante

PRIMEIRO ATO

HORÁCIO
[FABRÍCIO]

narra a Fabrício, seu criado, o amor que carrega por Flamínia. Fabrício dissuade-o, contando-lhe todo o mal que aconteceu por amor, e, depois de uma conversa não prolixa, vão-se embora

CAP. SPAVENTO
[PEDROLINO]

narra a Pedrolino, seu criado, o amor que ele carrega por Flamínia, e ele exorta-o a seguir Amor. Capitão: receia censuras se seguir Amor. Pedrolino conta-lhe de muitos homens famosos em armas, os quais amaram e serviram ao Amor; depois vão-se, pela rua, e saem.

PANTALONE
[FLAMÍNIA]

diz a Flamínia, sua filha, que quer maridá-la, e contentá-la, e que a respeito disso conte a sua vontade. Ela: que gostaria de um literato. Pantalone: que gostaria de dá-la a um nobre militar, alegam muitos argumentos a respeito das profissões, depois chamam Francisquinha.

FRANCISQUINHA

fora, perguntam-lhe sua opinião sobre casar Flamínia. Ela está do lado de Pantalone. No final Pantalone resolve aceitar o que disser a primeira pessoa que passar pela rua; assim combinados ficam à espera; nisto

PEDROLINO

chega, é eleito juiz sobre as duas profissões; ele diz que toda a mulher deveria amar um militar e não um letrado. Pantalone, alegre, vai-se com Pedrolino. Flamínia lamuria-se de Francisquinha, manda-a para dentro, e ela fica, discorrendo do amor de Horácio; nisto

HORÁCIO
[FABRÍCIO]

vendo Flamínia, cumprimenta-a, e dela ouve que o pai destinou maridá-la com um professor de armas, tratando de seus amores. Fabrício ri-se, Horácio repreende-o e ele lhe diz que Flamínia não o ama, mas que o estimula, e que ele ponha isso à prova. Horácio, para esclarecer-se, diz a Flamínia ter fingido amá-la, mas que não a ama. Flamínia, queixando-se dele chama-o de amante falso e traidor, e chorando entra em casa. Horácio esbraveja com Fabrício, arrependido de tudo o que disse; e, indignado com ele, vai-se embora. Fabrício, rindo, conta as misérias dos amantes, acomunando os males de Amor; nisto

ARLEQUIM

vestido de malandro desmente-o e foge. Fabrício novamente volta a falar mal de Amor. Arlequim faz o mesmo, e foge. Fabrício lança mão da espada, e corre atrás dele,

e aqui termina o primeiro ato.

Jornada XIV

SEGUNDO ATO

CAPITÃO
[PEDROLINO]
toma conhecimento, por Pedrolino, de tudo o que se passou entre Pantalone e Flamínia; nisto

PANTALONE
chega. Pedrolino, ao vê-lo, diz ao Capitão: "Não fique com ela, e se o senhor ainda quiser uma noiva, fique com aquela Rainha, o senhor é tão rico!". Pantalone puxa de lado Pedrolino, e fica sabendo dele que o Rei do Marrocos enviou uma carta ao Capitão, oferecendo-lhe a filha em casamento. Pantalone suplica-o que induza o Capitão a ficar com Flamínia. Pedrolino promete; depois faz com que o Capitão concorde em ficar com Flamínia. Ficam combinados. Pantalone vai aprontar o banquete. Pedrolino diz ao Capitão que inventou sobre a carta para que ele pudesse ter Flamínia, e que Pantalone acredita que ele seja algum figurão; nisto

FRANCISQUINHA
chega, e de Pedrolino fica sabendo o que se passou entre Pantalone e o Capitão; nisto

ARLEQUIM
fica ouvindo tudo; Francisquinha diz ao Capitão que Flamínia ama Horácio, o qual está naquele tal lugar, e que é coisa impossível que o Capitão possa tê-la em casamento. Capitão: que quer matar Horácio. Vê Arlequim, esbraveja com ele, fazendo um barulhão; Francisquinha vai-se; Arlequim, amedrontado, o mesmo; nisto

HORÁCIO
[FABRÍCIO]
contrastando com Fabrício (Capitão e Pedrolino vão-se embora) dizendo que ele foi a causa de sua ruína. Depois se excede sob as janelas de Flamínia; nisto

ARLEQUIM
ainda amedrontado, pede-lhes esmola pela alma de Isabella Aretusi; Horácio enxota-o. Fabrício espantado, e Arlequim mais uma vez importuna Horácio, o qual, dizendo o seu próprio nome, enxota-o mais uma vez. Arlequim, ao ouvir aquele nome, diz que, se ele lhe der esmola, vai lhe revelar um sujeito que quer matá-lo. Horácio leva-o consigo; Fabrício fica, atônito pelas palavras ditas por aquele pobre; nisto

PEREGRINO
pede esmola a Fabrício pela alma de Isabella Aretusi. Fabrício roga-lhe que diga quem é aquela Isabella nomeada por ele. Peregrino narra-lhe a história de seu amor com Isabella, e que, acreditando-a morta, pede esmola por sua alma. Fabrício, reconhecendo-o por Flávio, muda de expressão, e, dando-lhe esmola, pergunta quem é aquele outro que

O peregrino fido amante

também pede esmola para aquela Isabella. Peregrino diz que aquele é o seu criado, que nunca quis abandoná-lo. Fabrício diz que ele facilmente poderia ter notícias daquela Isabella. Peregrino alegra-se; nisto

HORÁCIO   completamente perturbado, leva consigo Fabrício, puxando-o pelo braço. Peregrino, desolado com a súbita partida de Fabrício; vai-se embora.

ARLEQUIM   que aquele cavalheiro lhe deu uma boa esmola, por ele tê-lo alertado sobre o homicídio; depois diz que não encontra o seu patrão, e que quer se assentar como criado de Horácio; finge procurar a casa, depois diz: "É esta mesma", e bate à porta da casa de Flamínia.

FLAMÍNIA   ouve de Arlequim que ele salvou a vida de seu amante Horácio, pois que o Capitão queria matá-lo, e, sabendo ele o quanto ela ama Horácio, veio para levá-la até ele e para que o Capitão não consiga levar a cabo sua intenção. Ela concorda, mas que tome cuidado com Francisquinha; nisto

FRANCISQUINHA   o mesmo à parte; nisto

PANTALONE   alegre pelo aparentado com o Capitão; Arlequim pede esmola; Pantalone lhe dá, manda Flamínia para dentro de casa. Arlequim sai, Pantalone fica; nisto

PEDROLINO   diz a Pantalone que sua filha é desonesta, e que na noite seguinte quer fugir com o seu amante, e que Francisquinha ouviu tudo; Pantalone chama-a.

FRANCISQUINHA   a qual confirma tudo, e que Flamínia quer se ir com Horácio. Pantalone, encolerizado, chama Flamínia.

FLAMÍNIA   é repreendida pelo pai, e ela com paixão diz que não quer o Capitão. Ele, encolerizado, manda-a para dentro de casa; e leva consigo à justiça Pedrolino e Francisquinha como testemunhas, sai.

FABRÍCIO   narrando a sua história, discorre sobre a pujança de Amor, pede-lhe perdão, e Flamínia, rendendo-se, vencida louva o seu amante; nisto

PEREGRINO   chega; ela, para se assegurar de seu amor, diz que Isabella está morta. Flávio, quase fora de si, quer se matar, tirando da bainha, com destreza, a espada de Fabrício; nisto

Jornada XIV

ARLEQUIM · se joga para cima dele; nisto

BELEGUINS · crêem que estejam duelando, querem pegá-los; eles fogem todos,

e aqui termina o segundo ato.

TERCEIRO ATO

ARLEQUIM · chorando, desconfiando que seu patrão esteja morto; nisto

FLAMÍNIA · pergunta por que está chorando. Arlequim diz que chora a morte do amante mais fiel que havia ao mundo. Ela, acreditando se tratar de Horácio, começa a chorar. Arlequim sai chorando; ela fica; nisto

PANTALONE · ao vê-la ralha com ela, e ela diz que por sua teimosia causou a morte de Horácio; nisto

PEDROLINO · ouve tudo; Flamínia, irada, diz ao pai que ele e o criado do Capitão pagarão a pena, e entra. Pantalone espantado. Pedrolino: diz não saber coisa alguma; nisto

FABRÍCIO · dizendo: "Tu, bem meu, te destes à morte, provocada pelo pouco juízo de um velho pai; mas não duvida, porque ainda morrerá quem te foi cruel; morrerá o pai da amada, ao qual desvendarei tudo; e morrerá ainda o criado que a ti foi infiel", e enraivecido, sai. Pantalone e Pedrolino, que ouviram tudo, entristecem; nisto

CAPITÃO · chega; eles perguntam se sabe alguma coisa da morte de Horácio. Capitão, acreditando-o morto, grita bem alto e diz: "O Capitão matou-o"; nisto

ARLEQUIM · desmente-o. Capitão lança mão da espada; Arlequim foge; ele o segue; Pantalone e Pedrolino vão atrás.

DOUTOR · pai de Isabella, tida por Fabrício, narra a sua história; nisto

PEREGRINO · chorando a morte de Isabella, menciona-a. Doutor se revela, e os dois vão desvendando tudo. Doutor vai perdendo os sentidos; Peregrino lamuria-se; Doutor cai como morto; nisto

FABRÍCIO · vê o Peregrino vivo, alegra-se; depois, vendo seu pai morto ao chão,

178

O peregrino fido amante

chora-o. Doutor volta a si. Ela, de joelhos, pede-lhe perdão, revela-se; Doutor abraça-a; Peregrino revela-se Flávio, dão demonstrações de alegria; nisto

ARLEQUIM
ouve as boas novas, também se rejubila, e todos entram na casa de Horácio.

FLAMÍNIA
determinada a morrer por causa da morte de Horácio; nisto

FRANCISQUINHA
consola-a; nisto

HORÁCIO
chega, dizendo que organizou homens para matarem o Capitão. Vê Flamínia, abraça-a, assegurando-lhe que está vivo; nisto

PEDROLINO
vendo Horácio, fica amedrontado e, chamando o Capitão, foge; nisto

PANTALONE
chega, apavora-se; assegurado, depois ouve de Flamínia que quer se casar com Horácio. Pantalone: que não quer; lança mão das armas contra Horácio; e ele faz o mesmo; nisto

CAPITÃO
[PEDROLINO]
chega, põe-se no meio. Pantalone diz que Flamínia será do Capitão, como ele quer. Horácio lança mão contra ele. Capitão, sem nenhuma réplica, concede-lhe Flamínia, e assim faz Pantalone; nisto

FABRÍCIO
[DOUTOR]
[PEREGRINO E
ARLEQUIM]
revela-se a Horácio como mulher, ele se admira; Peregrino o mesmo; todos se abraçam. Arlequim pede Francisquinha. Pedrolino pula no meio dizendo: "Quem a quiser vai ter de consegui-la de armas na mão". Arlequim logo cede-a, Pantalone faz o mesmo; fazem as núpcias,

e aqui termina a comédia.

JORNADA XV

A ATORMENTADA ISABELLA

Comédia

ARGUMENTO

Na cidade de Veneza encontrava-se um fidalgo, certo Pantalone, homem de rica fortuna. Este, junto com uma filha sua, que atendia pelo nome de Flamínia, cuidava de seus negócios, alheio a todos os outros hábitos, quando um revés da sorte (quase que invejasse o seu estado) fez com que um certo Capitão Spavento, e seu irmão, certo Fabrício, ambos ricos e nobres, se apaixonassem pela jovem Flamínia.

Passando os dois amiúde sob sua janela, causavam enorme aborrecimento ao pai dela; por isso, falando com os jovens, disse-lhes não condizer com a sua honra que andassem à roda de sua casa, assim, publicamente. Os dois irmãos quase riram-se disso; e o velho não deixou de mandá-los avisar, mais vezes, por outras pessoas. Os jovens enamorados escarneciam a coisa toda, aliás, perseveraram mais ainda no que tinham iniciado, especialmente o Capitão, pois sabia que a jovem o amava.

Para se livrar deste estorvo Pantalone, ajeitando antes as suas coisas, e entregando a filha aos cuidados de Flávio e Pedrolino seus criados, disse-lhes: "Para me limpar desta mancha que o Capitão e seu irmão me fazem, deliberei assaltá-los e matá-los, em seguida, até as coisas se ajeitarem ou se acalmarem, vou me retirar para Roma, na casa daquele Doutor meu amigo; se virem as coisas tomando um mau rumo, venham a Roma, junto com Flamínia". Depois de ter dado estas ordens, o velho, na companhia de alguns capangas, assaltou os jovens, e os deixou como mortos; e, como dissera, partiu-se para Roma. Não demorou muito e os criados com Flamínia se puseram ao seu encalço; o que, depois de estarem curados, os dois irmãos, sem um saber do outro, também fizeram. O que se sucedeu depois iremos conhecendo conforme a fábula for se desenredando.

180

A atormentada Isabella

PERSONAGENS DA COMÉDIA COISAS PARA A COMÉDIA

PANTALONE
FLAMÍNIA — filha
FLÁVIO — feitor
PEDROLINO — criado

CAPITÃO SPAVENTO
FABRÍCIO — irmão
ARLEQUIM — criado

DOUTOR
HORÁCIO — filho
FRANCISQUINHA — criada
CRIADO
FLÁVIA — nobre, sozinha

Roma, cidade

Um chapéu de feltro

Um cajado

Um fardel para Pantalone

Dois pães

Um pedaço de queijo

Um copo de vinho

Um prato com sete filhós

Pano para embalar um fardo

Jornada XV

PRIMEIRO ATO

PANTALONE — vestido de viagem, com fardel e cajado, alegra-se por ter alcançado Roma, onde, fingindo pedir esmola, vai batendo em todas as portas; à última, afinal, responde

FRANCISQUINHA — dá-lhe esmola. Pantalone pergunta pela casa do Doutor. Francisquinha diz que é ali mesmo; nisto

HORÁCIO — filho do Doutor, percebe tratar-se de Pantalone; afaga-o, recebe-o como amigo de seu pai, e entram em casa.

PEDROLINO — criado de Pantalone, em trajes de mendigo vai pedindo esmola em voz alta; nisto

FLÁVIA — da janela joga-lhe um pão, e, enquanto ele come, chega

HORÁCIO — de sua casa, para encontrar o seu pai; vê Flávia, cumprimenta-a, falam amorosamente; Pedrolino interrompe-os mais vezes ao pedir esmola a Horácio, o qual chama Francisquinha.

FRANCISQUINHA — recebe ordens de dar algo para comer a Pedrolino. Ela entra em casa, e ele volta a discorrer com Flávia, propondo quesitos para se demorar. Pedrolino intromete-se entre eles, oferecendo-lhe os seus serviços; nisto

FRANCISQUINHA — com um prato contendo algo para comer, e um copo de vinho; nisto

CAP. SPAVENTO — de mendigo, pelo mesmo lado, come e bebe à vontade, sem dizer coisa alguma, e depois vai-se embora. Pedrolino, ao perceber que ele comeu tudo, começa a chorar, em meio às risadas dos que estão à sua volta. Flávia retira-se, Horácio vai-se, e Francisquinha leva Pedrolino em casa, para lhe dar o que beber; entram na casa de Flávia; entra Pedrolino.

DOUTOR — andando.

CAPITÃO — seguindo-o, importuna-o pedindo-lhe esmola, oferecendo-se para matador quando precisar. Doutor dá esmola, depois bate em casa.

PANTALONE — à janela, reconhece o Doutor, vem para fora; afaga-o, depois lhe conta a sua história. Capitão, apartado, ouve um pedaço, e sai. Pantalone: que gostaria de encontrar um capanga que o acompanhasse, já que seus

A atormentada Isabella

inimigos são poderosos. Doutor lembra-se do soldado, manda Pantalone para dentro de casa, e ele sai para encontrá-lo; nisto

PEDROLINO

da casa de Flávia, comendo, diz que o vinho é ruim, que quer beber na casa de Francisquinha. Doutor pergunta-lhe o que quer naquela casa. Pedrolino: que em breve será o dono daquela casa, contando-lhe tudo o que ouviu Horácio e Flávia se dizerem. Doutor, encolerizado, lhe dá pauladas, acompanhando-o até a rua.

FLÁVIA

à janela, que ouviu tudo, desespera-se; nisto

HORÁCIO
[CRIADO]

com um criado, que vem carregando um traje de homem, vê Flávia. Ela sai e conta tudo o que ouviu dizer. Horácio lhe dá o traje, para que ela o vista, pois quer levá-la embora, e combinam tudo. Ela entra para se vestir. Horácio manda embora o criado, depois entra em casa.

CAPITÃO

que apartado ouviu tudo, faz planos sobre a roupa dada a Flávia; nisto

ARLEQUIM

de mendigo, e criado do Capitão; afagam-se, narrando o como conseguiram se salvar, depois dizem que estão morrendo de fome; nisto vêem o Doutor chegando, recolhem-se.

DOUTOR

com um prato, com dentro sete filhos recebidas de um cliente seu, começa a contá-las e reparti-las, dizendo: "Três para mim, duas para o forasteiro, e duas para o meu filho". Depois, dizendo que a criada ficará indignada se ela também não comer, reparte novamente, dizendo: "Três para mim, duas para o forasteiro, uma para o meu filho e a outra para a criada". Depois diz que a idéia não é boa, pois iguala a criada ao filho. Arlequim faz sinal ao Capitão, o qual se coloca atrás do Doutor, e Arlequim, de joelhos, pede esmola, dizendo que é um desgraçado fora de sua cidade. Doutor faz ele contar a história de sua desgraça, e Arlequim começa a dizer: "Meu senhor, saiba vossa senhoria que certa manhã meu pai tinha um hóspede para o almoço; quando terminaram de comer muitos pratos, trouxeram à mesa um prato contendo sete filhós; eu, ao vê-las e gostando daquele tipo de doce, logo fiquei de olho; e observei o dourado da fritura, e todas pareciam da cor do ouro, envolvidas que estavam no mel; então o forasteiro estendeu a mão, pegou uma e comeu-a". A esta altura o Capitão, que está atrás do Doutor, estende a mão, pega uma filhó e a come de uma só vez; e à medida que Arlequim vai enumerando as filhós, o Capitão vai pegando e comendo. A cada vez Arlequim diz: "Bem que eu quero ver a discrição deste forasteiro guloso"; por fim, vendo que só restara a última e

Jornada XV

esperando que aquela me coubesse, mas percebendo que ele comia até aquela, lancei mão da espada e, arremessando-lhe um golpe, disse-lhe: "faça bom proveito"[1]; depois vai-se embora com o Capitão. E o Doutor, ao se ver burlado, diz que vai presentear o forasteiro com o que sobrou, e entra em casa,

e aqui termina o primeiro ato.

SEGUNDO ATO

FLAMÍNIA em trajes humildes, deixa Flávio, seu criado, para trás, lamentando a desgraça de seu pai, do amante e de si própria; nisto

FLÁVIO em trajes humildes, consola-a, dizendo que espera encontrar Pedrolino e Pantalone.

DOUTOR [HORÁCIO] vem contrastando com Horácio pelas palavras que lhe disse o pobre, ou seja Pedrolino. Horácio nega; nisto Flávio e Flamínia pedem esmola. Doutor apaixona-se por Flamínia, manda Horácio embora, depois afaga os pobres, e chama a criada.

FRANCISQUINHA recebe ordem de afagar aqueles dois pobres, do Doutor que lhe diz estar com vontade de desfrutar daquela pobre. Francisquinha ri-se, dizendo saber, por experiência, que ele não é bom para tal ofício; nisto

CAPITÃO vendo Flamínia fica admirado. Flávio toma-o pelo espírito do Capitão, amedrontado foge pela rua, Francisquinha e o Doutor o mesmo. Capitão leva embora Flamínia pela rua.

PEDROLINO [FLÁVIO] fica sabendo que Flávio viu o Capitão. Pedrolino: que o vira morto em Veneza, e que é impossível; nisto

ARLEQUIM chega, reconhecem-se, afagam-se; enquanto querem falar dos seus patrões, chega o Capitão.

CAPITÃO chega de repente; Flávio e Pedrolino, assustados, fogem. Capitão diz a Arlequim que tem Flamínia em seu poder, diz ter coisas importantes a lhe dizer, faz ele se afastar, depois bate à porta de Flávia.

---

1) Interessante o estilo desta passagem — que procuramos manter —, em que se misturam a descrição da cena (cenário), sua direção e as próprias falas de Arlequim (que confundem passado e presente), como formando uma única unidade textual.

A atormentada Isabella

FLÁVIA — fora, ouve que ele é companheiro de Horácio e que encontraram um novo modo de fugir; faz ela lhe dar o vestido, e junto duas de suas roupas, e tudo por ordem de Horácio, e que em breve virão buscá-la; nisto

PEDROLINO [FLÁVIO] — chega com Flávio, os quais, vendo o Capitão, ajoelham-se pedindo perdão. Ele: que não quer feri-los, pois já tem Flamínia em seu poder, e irado diz ter matado Pantalone, e sai. Flávio e Pedrolino choram a morte de seu patrão; nisto

PANTALONE — à janela, chama em voz baixa ora Flávio, ora Pedrolino. Eles o vêem à janela, acreditam ser o seu espírito, e amedrontados fogem pela rua. Pantalone recolhe-se.

DOUTOR — que não encontra o soldado saqueado e que o considera um bom homem, e que o viu levar embora aquela mulher, ou seja, Flamínia; nisto

PEDROLINO — passa diversas vezes, olhando sempre a janela onde viu Pantalone, e sai. Doutor desconfia; nisto

ARLEQUIM — faz o mesmo, e sai. Doutor desconfia mais ainda; nisto

CAPITÃO — vestido com novos trajes; Doutor admira-se, depois lhe conta da necessidade de Pantalone de se guardar de seus inimigos. Capitão, ouvindo o nome de Pantalone, diz ao doutor que o inimigo deste está em Roma, e que por isso o aconselhe a sair da cidade por alguns dias, oferecendo-se para acompanhá-lo. Doutor: que falará com Pantalone. Capitão sai. Doutor chama Pantalone e bate à porta.

PANTALONE — fica sabendo pelo Doutor o que o soldado lhe disse, concorda em ir ao campo com sua escolta. Dá o seu colar de ouro ao Doutor, para que o venda, e entra. Doutor fica.

PEDROLINO [FLÁVIO] [ARLEQUIM] — chega e, vendo o colar, planeja surrupiá-lo; faz Flávio se recolher, e Arlequim, depois se revela ao Doutor, que o reconhece, e fica sabendo que ele furtou de certos arrieiros um fardo de seda, avaliado em quinhentos escudos, e que quer juntar dinheiro para voltar à sua cidade; pega o fardo e leva-o para o centro da cena; nisto

FLÁVIO — esbravejando, chama Pedrolino de ladrão, pois o viu roubando o fardo, e que quer cem escudos, senão mandará trancafiá-lo na prisão. Doutor põe-se no meio, depois dá a corrente a Pedrolino para que ele a venda,

Jornada XV

para dar os cem escudos a Flávio; eles saem. Doutor fica à guarda do fardo, dizendo que quer lograr o ladrão, levando o fardo em sua casa; vê o fardo se mexendo; nisto

ARLEQUIM   pula para fora do fardo. O Doutor se assusta, foge. Arlequim, rindo, sai,

e aqui termina o segundo ato.

TERCEIRO ATO

FLAMÍNIA   vestida com os trajes de Flávia que o Capitão lhe deu, queixa-se que ele a tenha deixado sozinha naquela taberna; nisto

ARLEQUIM   reconhece-a, e a odeia por ter sido a causa da morte de Fabrício, irmão do Capitão. Flamínia pergunta-lhe pelo Capitão. Arlequim diz acreditar que ele esteja enamorado por uma senhora, aquela que lhe deu aqueles trajes que ela está vestindo. Flamínia acredita nele e desata a chorar. Arlequim deleita-se; nisto

HORÁCIO   vendo-a naqueles trajes, e não vendo o seu rosto, corre para abraçá-la dizendo: "Senhora Flávia, alma minha!", e ela desmaia nos braços de Horácio, o qual se admira. Arlequim, rindo, vai-se embora; nisto

FLÁVIA   vê Flamínia no colo de Horácio, com o seu vestido, e fica enciumada. Flamínia volta a si, dizendo: "Assim é que me trais, amor meu?". Flávia, ouvindo tais palavras, indignada insulta Horácio, e, não deixando ele falar em momento algum, entra. Horácio, confuso, vai-se, e Flamínia fica, chorando; nisto

PEDROLINO   a vê vestida daquele modo, moteja-a, e por fim lhe diz ter uma corrente de ouro para as suas necessidades; nisto

CAPITÃO   ouve de Arlequim que ele viu Flamínia nos braços de um homem.
[ARLEQUIM]   Capitão: que é algo impossível Flamínia ter sido vista em outros braços que não os seus; nisto imediatamente

FLÁVIA   diz: "Senhor, é verdade; pois que a vi nos braços daquele traidor do Horácio, e dizendo muitas palavras lascivas". Capitão jura a sua vingança contra as duas pessoas. Flávia exorta-o, oferecendo-se para ser dele, e com palavras amorosas se despedem, saem. Capitão fica; nisto

A atormentada Isabella

FLAMÍNIA · que viu o Capitão conversando com Flávia e ouviu as últimas palavras amorosas, chama-o de traidor, e aqui fazem cena de raiva. Capitão, agastado, vai-se dizendo querer matar Horácio, e sai. Flamínia fica chorando; nisto

DOUTOR · reconhece-a, e com palavras amorosas diz que quer lhe dar boa acolhida. Ela, chorando, aceita. Doutor chama a criada.

FRANCISQUINHA · ouve sobre a jovem; manda Francisquinha chamar Pantalone, querendo se divertir.

PANTALONE · ouve do Doutor como quer ir com ele à cidade e levar junto uma coisa boa; mostra-a a Pantalone, o qual corre a abraçá-la, reconhecendo-a por sua filha. Doutor pergunta-lhe o que ele acha da mulher; nisto

FLÁVIO · abraça Pantalone. Doutor reconhece-o, pergunta-lhe pelo colar. Ele: que está com Pedrolino. Pantalone: que está seguro. Doutor manda todos para casa, e ele vai achar o capanga, sai.

HORÁCIO · excede-se contra si próprio, dizendo seu nome e, olhando a casa de Flávia, diz: "Pelo amor de Deus, Flávia minha"; nisto e imediatamente

ARLEQUIM · que ouviu tudo, diz que ela já não é sua, mas de seu patrão, o qual está à sua procura para matá-lo por ordem dela. Horácio, encolerizado, lança mão da espada; Arlequim foge, e ele, encolerizado, bate à casa de Flávia.

FLÁVIA · imediatamente chama-o de traidor. Ele quer se desculpar, e ela não quer escutá-lo. Horácio chama-a de traidora, já que se deu para um forasteiro, ordenando-lhe que o matasse, e que por isso ele decide que quer morrer, e chorando, chega

PANTALONE · chega, consola-o, e tanto mais ele se desespera; nisto

FLAMÍNIA · pergunta a seu pai o motivo daquilo. Flávia imediatamente dirige-se para Horácio, dizendo-lhe: "Ah traidor, como poderás agora tu negar, já que a tens em tua casa?". Horácio pergunta a Pantalone quem é aquela mulher. Ele diz que ela é sua filha. Flamínia, percebendo do erro dos dois amantes, revela o que se passou com o Capitão, pede perdão ao pai, o qual os perdoa, e Horácio e Flávia reconciliam-se; nisto

PEDROLINO · com o colar, afaga Pantalone. Pantalone promete falar com o Doutor, para que Horácio se case com Flávia; manda todos para casa esperá-lo.

Jornada XV

DOUTOR [CAPITÃO] [ARLEQUIM]	leva consigo o Capitão e Arlequim incógnitas, dizendo-lhes que sigam a tropa de longe; bate em casa.
TODOS	saem para fora. Doutor admira-se de Flávia. Pantalone pede-lhe a graça que Horácio seja marido de Flávia. Doutor concorda, reconhece Pedrolino; e àquela altura todos querem ir à cidade, o Capitão lança mão das armas, revelando-se a Pantalone, o qual, amedrontado, joga-se de joelhos; da mesma forma fazem todos, pedindo por ele. Capitão: que quer matá-lo para vingar a morte de Fabrício seu irmão; nisto
FABRÍCIO	irmão do Capitão, que ficou em cena bastante apartado e que reconheceu todos, revela-se para espanto geral; perdoam Pantalone, reconciliam-se. Flamínia roga a Pantalone que lhe dê o Capitão. Ele concorda, e ela desengana o Capitão do erro em que incorrera; casam-se, e aqui termina a fábula.

JORNADA XVI

O ESPELHO

Comédia

ARGUMENTO

Estava em Nápoles, devido a seus negócios, um certo Pantalone veneziano; o qual, enquanto só atendia ao trato de seus afazeres, sentindo o seu estado de viúvo, apaixonou-se por uma fidalga, chamada Olímpia, e, prometendo desposá-la, envolveu-se certo dia com ela. Esta, engravidada, deu à luz a uma filha, que depois chamaram Isabella.

Entrementes, sendo necessário que Pantalone voltasse à pátria, ele partiu e, chegando em Roma, esquecido do amor e da promessa feita a Olímpia, de uma jovem, certa Flamínia, enamorou-se. E, já passados alguns anos em que vivia no esquecimento de Nápoles, a fidalga Olímpia animou-se de ir procurá-lo em Roma. Chegou na cidade onde ouvira dizer que se encontrava Pantalone, levando consigo a filha, que vestiu em trajes masculinos e empregou como criado, na casa do seu próprio pai. Este a tinha em casa sem conhecê-la, mas ela, ao contrário, sabia muito bem que aquele era o seu pai. O que se deu depois, conheceremos à medida em que a fábula, por si própria, for se desenrolando.

Jornada XVI

PERSONAGENS DA COMÉDIA   COISAS PARA A COMÉDIA

PANTALONE — veneziano

FLÁVIO — filho

FABRÍCIO — pajem, depois Isabella, filha.

ARLEQUIM — criado

LAURA — viúva

FLAMÍNIA — enteada

HORÁCIO — filho

PEDROLINO — amigo da casa

GRACIANO — Doutor

CAPITÃO SPAVENTO

COMPANHEIROS

DOIS ESPÍRITOS

BELEGUINS — muitos

Roma, cidade

Dois frascos de vinho

Um espelho grande, que fique em pé.

Um assento

Duas cadeiras baixas

Anéis parecidos

O espelho

PRIMEIRO ATO

FLÁVIO — com um punhal, correndo atrás de

FABRÍCIO [ARLEQUIM] — que vai atrás de Arlequim com um pau, chamando-o de traidor. Flávio põe-se no meio. Fabrício: que quer revelar a Pantalone que ele queria lhe dar sonífero, e, irado, vai embora. Eles ficam magoados. Flávio queixa-se por seu pai ter lhe tirado o manejo; depois: do amor que tem por Flamínia. Arlequim promete-lhe ajuda. Flávio manda bater à casa de Flamínia.

FLAMÍNIA — diz a Flávio que a sua madrasta gostaria de casá-la com Horácio, seu filho, a fim de que o dote fique em família; combinam fugirem juntos e tirar das mãos de Pantalone seu pai o diamante. Flamínia em casa, e eles vão ao ourives, para encontrar um anel similar ao do pai, mas falso; vão embora.

HORÁCIO — conta a Pedrolino estar angustiado porque Laura, sua mãe, quer lhe dar Flamínia em casamento, sabendo que Flávio, seu amigo, vive enamorado por ela, e que não quer traí-lo; pede a Pedrolino que ponha remédio a tamanha desordem. Ele promete; vai encontrá-lo; Horácio sai.

PANTALONE [GRACIANO] — conversando sobre casamentos, exorta Graciano a casar-se com Laura, e que ele ficará com Flamínia. Graciano: que quer a filha, e não a mãe; descobrem-se rivais no amor por Flamínia, chegam às vias de fato; nisto

CAPITÃO — amigo de Pantalone, põe-se no meio; Graciano sai. Pantalone diz ao Capitão que tirou o manejo de Flávio, seu filho, e que quer se casar com Flamínia. Capitão oferece-se para se casar com Laura. Pantalone mostra ao Capitão o diamante com o qual quer maridar Flamínia. Vão encontrar Pedrolino, meio necromante, para que os ajude, saem.

FLÁVIO [HORÁCIO] — dizendo que lhe deve muito, pois que se recusa a ficar com Flamínia para não fazer um agravo à sua amizade, e agradece-o, oferecendo-se para retribuir, e fazer o mesmo por Horácio; e, ouvindo gente chegando, retiram-se; nisto

LAURA [FLAMÍNIA] — roga Flamínia que aceite Horácio, seu filho, por marido. Ela concorda, se ele a quiser. Vêem os dois jovens; nisto

CAPITÃO — fica rondando as duas mulheres, depois sai. Laura manda Flamínia para dentro de casa e ela fica, para se divertir à custa do Capitão; fazem cena amorosa. Laura, por fim, diz para ele encontrar Pedrolino, que lhe dará as ordens sobre o que deve fazer. Capitão vai embora. Laura: que quer burlar o Capitão; nisto

191

Jornada XVI

PEDROLINO	chega; ela pede-lhe para pregar uma peça no Capitão. Pedrolino promete, tendo ainda que burlar Pantalone, e que para tal efeito mandou vir alguns espíritos. Ela entra, Pedrolino sai.
FLÁVIO	roga Fabrício que não diga coisa alguma ao pai. Fabrício diz que tem tanto a ver com aquele casamento quanto ele; revela-se como mulher, e como filha de Pantalone e de Olímpia Belmonti, já casada, por palavra dada, pelo denominado Pantalone de Nápoles, e que, ao perceber a traição dele, veio a Roma, e colocou-se a serviço de Pantalone seu pai, como criada. Flávio afaga-a e abraça-a, reconhecendo-a por irmã, e também fica sabendo por ela onde está sua mãe, Olímpia. Fabrício, por último, revela estar enamorada por Horácio, e que gostaria que fosse seu marido. Flávio promete fazer com que ela o tenha, ordenando-lhe que vá para casa, e que se vista de mulher. Ela em casa, e ele fica; nisto
PANTALONE [ARLEQUIM]	pergunta a Arlequim o que ele estava fazendo entre os ourives. Arlequim inventa desculpas, e escondido mostra os anéis a Flávio. Pantalone vê o seu filho, conta-lhe que ficou noivo de Flamínia. Flávio repreende-o e, irado, vai-se embora. Pantalone e Arlequim batem à porta de Flamínia
FLAMÍNIA	diz abertamente a Pantalone que não quer ser sua mulher. Pantalone: que ela não sabe o que Pedrolino necromante está aprontando. Ela, rindo-se, entra em casa. Pantalone faz o mesmo, para fazer o que Pedrolino lhe ordenou.
PEDROLINO [GRACIANO]	manda Graciano vir com um frasco de vinho e que a primeira pessoa que ele vir com um frasco de vinho na mão, parecido com o seu, será Flamínia, a qual, por sua obra, terá as feições de uma pessoa apaixonada por ela, e que, bebendo, aos poucos voltará às suas feições, e que isto seja feito imediatamente. Graciano sai, Pedrolino fica; nisto
PANTALONE	de frasco, conforme a ordem recebida. Pedrolino, com mímica, faz esconjuros, e, ao ver que Graciano vem vindo, vai-se embora. Pantalone fica; nisto
GRACIANO	de frasco, vê Pantalone, diz que aquele é Flamínia, assim transformada. Pantalone, ao ver Graciano, diz o mesmo, começam a beber, para assumirem, ambos, a forma de Flamínia; queixam-se da demora; nisto
ESPÍRITOS	fora, arrancam deles os frascos, depois capricham nas pauladas, e todos saem fugindo pela rua,

e aqui termina o primeiro ato.

O espelho

SEGUNDO ATO

FLÁVIO
[ARLEQUIM]

de casa, com os anéis falsos, parecidos com o diamante de Pantalone, dá um deles a Arlequim e fica com o outro, combinando que ele antes dê a água sonífera ao seu pai; e só depois tire do dedo dele o anel bom e coloque o falso em seu lugar; depois que falou com a sua madrasta, a qual lhe deu permissão para deliberar a seu modo o casamento da irmã, dizendo querer dá-la a Horácio, e sai. Arlequim toma-o por louco, pois sabe que ele não tem irmã nenhuma; nisto

HORÁCIO
[LAURA]

diz a Laura que não quer se casar com Flamínia. Laura, irada, lança-lhe sua maldição. Horácio sai. E ela: que quer ir ao seu tabelião e deserdá-lo. Arlequim lhe conta que Horácio não quer Flamínia, pois vai ficar com a irmã de Flávio. Ela fica mais irada ainda, acreditando firmemente que Pantalone não tem filhas; nisto

PANTALONE

chega dolorido pelas diabólicas pauladas. Laura vai logo repreendendo Pantalone por ele querer dar a mão de sua filha para Horácio. Pantalone ri-se, negando ter filhas, depois manda Arlequim buscar vinho para fazer uma sopa[1]; convida Laura a beber, e ela, encolerizada, vai encontrar o tabelião. Pantalone entra para se refrescar, pois está azafamado de tanto correr, e entra.

PEDROLINO

ri da burla feita aos dois velhos; nisto

CAPITÃO

diz a Pedrolino que Laura manda-o até ele, para que lhe dê a ordem. Pedrolino finge estar a par de tudo, depois pergunta se ele tem alguma virtude, porque Laura gosta de homens virtuosos, manda-o se disfarçar e que traga consigo um companheiro que toque, cante, dance ou que tenha alguma virtude, e que volte em meia hora à sua casa. Capitão vai-se embora. Pedrolino: que, se puder, quer mandá-lo para a cadeia; nisto

HORÁCIO

que gostaria de aplacar a mãe, pede a proteção de Pedrolino, o qual promete ajudá-lo, e, ao ver Laura, manda que ele se retire; nisto

LAURA

não encontrou o tabelião. Pedrolino diz a Laura que viu Horácio, seu filho, chorar, arrependido por tê-la deixado irada, e que resolveu ficar com Flamínia, para contentá-la. Horácio se mostra chorando. Ela torna a abençoá-lo, e entra em casa. Horácio admira-se que Pedrolino a

---

1) *Zuppa* — no sentido da época, pão ensopado no vinho.

Jornada XVI

tenha feito dizer aquilo; Pedrolino diz para ele não procurar saber mais nada, mas que vá encontrar Flávio. Pedrolino fica; nisto

FABRÍCIO vestido de mulher, finge chorar, dizendo que sua mãe a enxotou de casa. Pedrolino mostra ter compaixão dela; nisto

LAURA
[FLAMÍNIA]
alegre por Horácio ficar com Flamínia. Fabrício, como mulher, coloca-se de joelhos diante dela, expondo-lhe a cólera de sua mãe, e que a enxotou de casa injustamente; as mulheres recebem-na em casa, para remediar ao seu mal. Pedrolino diz que chegarão alguns virtuosos; mulheres em casa. Pedrolino sai para fazer a burla ao Capitão.

FLÁVIO para ficar sabendo o que Arlequim fez; nisto

ARLEQUIM alegre, conta a Flávio que deu o sonífero a Pantalone, quando, ao voltar para casa, pediu-lhe algo para beber, e que trocou o diamante, e entrega-o a ele; nisto ouve seu pai vindo, vai-se embora. Arlequim fica.

PANTALONE diz a Arlequim que dormiu demais, depois olha o anel, que não lhe parece mais o mesmo. Arlequim culpa o seu tanto dormir; nisto

GRACIANO
[BELEGUINS]
contrasta com Pantalone e, insultando-o, vai-se. Pantalone encolerizado com Pedrolino por tê-lo burlado; nisto

PEDROLINO chega, Pantalone esbraveja. Ele: que Graciano estragou tudo, por não saber fazer o feitiço. Pantalone aplaca-se. Pedrolino pede-lhe o anel para fazer um serviço. Pantalone empresta; nisto

CAPITÃO
[COMPANHEIROS]
vestido como um pobre, com os seus companheiros, tocando, dançando e cantando; nisto

GRACIANO
[BELEGUINS]
chega; Pedrolino com destreza coloca o anel que Pantalone lhe deu na manga do Doutor, depois dá um passo à frente, dizendo a Pantalone que aqueles são todos ladrões e que Graciano é o chefe do bando todo, e que o viu roubando um anel de Pantalone. Os beleguins pegam Graciano por ordem de Pantalone, revistam-no, encontram o anel, depois todos para cima do Doutor, maltratando-o. Graciano pede a proteção de Arlequim e Pedrolino; eles o libertam, todos saem,

e aqui termina o segundo ato.

O espelho

TERCEIRO ATO

CAPITÃO — encolerizado pelo que lhe aconteceu; nisto

PANTALONE — moteja do Capitão pela arte que aprendeu, e lhe diz que Pedrolino o burlou. Pantalone mostra-lhe o anel. Capitão: que é falso; vão ao ourives para esclarecer o caso.

HORÁCIO — que ficou sabendo que Flávio quer lhe dar a irmã em casamento, e que não sabe de que mulher se trata; nisto

FABRÍCIO — em trajes de mulher, diz que ela é a irmã de Flávio. Horácio aceita-a por esposa, dá-lhe sua fé. Ela entra em casa, e ele vai-se para encontrar Flávio.

PEDROLINO — rindo da burla feita ao Doutor; nisto

FLÁVIO [ARLEQUIM] — chega e dá a Pedrolino o anel bom, para que com ele despose Flamínia em seu nome, e vai embora com Arlequim. Pedrolino fica.

FLAMÍNIA — fora, ouve de Pedrolino a vontade de Flávio, e enquanto quer colocar-lhe o anel no dedo; imediatamente chega

HORÁCIO — que lhe dá o anel, dizendo que ele é quem quer desposá-la; nisto

LAURA — acreditando que a queira para ele próprio, alegra-se, manda-o convidar parentes. Horácio sai, mulheres em casa. Pedrolino fica.

FLÁVIO — ouve de Pedrolino a traição de Horácio, o qual lhe tirou o anel e casou-se com Flamínia por si mesmo. Flávio, encolerizado, sai para encontrá-lo e todos saem.

PANTALONE CAPITÃO — já esclarecidos de que o anel é falso e que o bom lhe foi roubado. Capitão: que Laura conhece um segredo para encontrar coisas roubadas; nisto

GRACIANO [LAURA] — chega, fica sabendo do anel, pacificam-se e, de acordo, chamam Laura, à qual pedem que os ajude, com o seu segredo, a reencontrar o anel de Pantalone. Ela se faz de rogada, depois manda trazer
Um assento
Um espelho grande
Duas cadeiras baixas.
E, colocado o espelho no assento, chama as filhas da casa.

Jornada XVI

FLAMÍNIA FABRÍCIO	Laura as manda sentar e olhar no espelho. Flamínia diz ver alguém, parecendo Pedrolino, e aqui conta todos os enganos que Pedrolino fez aos velhos, com os frascos; nisto
PEDROLINO	escondido olha no espelho. Flamínia diz: "Olhem, olhem!". Todos olham no espelho. Pedrolino, rindo, vai-se embora. Laura manda Fabrício olhar, ele diz que vê Arlequim preparando uma sopa para Pantalone, e colocando dentro dela a água de uma ampolazinha, depois Pantalone adormece e o tal Arlequim lhe tira o anel do dedo, e coloca outro em seu lugar, e dá o outro a Flávio; nisto
ARLEQUIM	escondido olha no espelho. Fabrício diz: "Olhem, olhem!". Todos olham no espelho. Arlequim, rindo, sai. Flamínia volta a olhar, e diz que vê Pedrolino pegar o anel de Pantalone e escondê-lo na manga de Graciano; nisto
PEDROLINO ARLEQUIM	chegam e ficam andando à volta do espelho, saem. Pantalone diz a Fabrício se vê algo mais no espelho. Fabrício diz que vê um jovem, parecido com Pantalone, numa cidade que parece ser Nápoles, fazendo amor com uma mulher, desfrutando-a, e esta mulher engravida dele; depois diz que vê Pantalone partindo para Roma, vê a mulher dar à luz a uma menina, que, já crescida, a mãe leva para Roma, vestida em trajes de homem, e a coloca a serviço na casa de seu pai; vê aquela mocinha revelar-se a Flávio como sua irmã; vê-a vestindo-se de mulher e o pai mandando-a olhar num espelho, dizendo: "Meu pai , eu sou aquela, e Olímpia é minha mãe!". Pantalone, chorando enternecido, abraça-a e recebe-a como filha; nisto
PEDROLINO ARLEQUIM	de joelhos pedem perdão pelas espertezas que fizeram, Pantalone perdoa-os; nisto
FLÁVIO HORÁCIO	duelando; todos se colocam no meio. Horácio: que desposou Flamínia em nome de Flávio. Assim se põem de acordo e Horácio desposa Fabrício, isto é, Isabella, e Flávio, Flamínia,

e aqui termina a comédia.

JORNADA XVII

OS DOIS CAPITÃES PARECIDOS[1]

Comédia

ARGUMENTO

Morava em Roma um certo Doutor, o qual, além de ser de família nobre, ainda era dotado de largos bens. Herdeiros outros ele não tinha, senão uma única filha, chamada Isabella. Querendo vê-la casada antes de sua morte, a um Capitão, com o qual acreditava tê-la excelentemente amparado, deu-a; mas diferente foi o efeito.

Nascera, no mesmo parto que dera à luz ao Capitão, um outro irmão que, de tanta semelhança, dificilmente do primeiro era possível distinguir. Apossou-se do Capitão, naquela época, o desejo de rever o irmão, pois já há muito tempo não se viam. Ouvindo dizer que ele estava em Nápoles, e que também tinha sido nomeado Capitão, abandonou a sua mulher, e para aquela cidade transferiu-se; dali, não tendo certeza, passou para a Sicília, depois para Malta, e, pelo espaço de seis anos, ficou sem voltar a Roma.

Isabella, entrementes, apaixonou-se por um fidalgo, chamado Horácio, e assim ia levando a sua vida, quando o Capitão, depois de muito vaguear sem conseguir notícias do irmão, desejoso de ver a constância da mulher, regressou a Roma. Onde, no mesmo dia, o procurado irmão também chegou. Devido à semelhança dos dois, deu-se o que a comédia irá demonstrando.

---

1) Como na Jornada I, reaparece aqui o tema dos irmãos gêmeos que se perderam um do outro, e o total aproveitamento das situações cômicas criadas pela semelhança, os enganos que daí derivam. Como destaca Salerno, esse tema se repete na *Comédia dos Erros* de Shakespeare. De resto, o tema dos gêmeos separados já aparece em Plauto, no *Menaechmi*. (Cf. SALERNO, H.F. (org.). SCALA, F. *Scenarios of the Commedia dell'Arte, op. cit.*, 1996).

Jornada XVII

PERSONAGENS DA COMÉDIA   COISAS PARA A COMÉDIA

PANTALONE — veneziano

FLAMÍNIA — filha   Tabuleta de hospedaria

GRACIANO — Doutor   Um cajado

ISABELLA — filha

FRANCISQUINHA — criada   Moedas, muitas

HORÁCIO — fidalgo

PEDROLINO — que aluga quartos

CAPITÃO SPAVENTO

FLÁVIO — seu amigo

CAPITÃO — irmão do Capitão Spavento,
  parecido

ARLEQUIM — criado

Roma, cidade

Os dois capitães parecidos

PRIMEIRO ATO

ISABELLA [FRANCISQUINHA] narra à sua criada que não é nem viúva, nem casada, pois já há seis anos Graciano, seu pai, deu-a em casamento a um Capitão, que seis meses depois a deixou, dizendo que queria ir até Nápolis para conseguir notícias de um certo irmão seu, e que, daquele dia em diante, nunca mais teve notícia alguma; acrescenta depois que vive melancólica por tal acontecimento, e mais, por ser além de tudo estimulada pelo amor de um fidalgo, certo Horácio. Francisquinha louva o seu amor, e ao mesmo tempo louva Horácio, dizendo conhecê-lo; nisto

FLAMÍNIA que em segredo ouviu tudo, dá um passo à frente, dizendo: "Senhora Isabella, aviso-a, para o seu próprio bem, que desista de qualquer plano que possa ter em relação a Horácio". Francisquinha repreende-a; Flamínia, encolerizada, chama-a de alcoviteira e, exagerando no palavrório, chegam às vias de fato; nisto

HORÁCIO põe-se no meio, demonstrando tomar o partido de Isabella. Flamínia, irada, parte para cima de Horácio, batendo nele. Ele repreende-a, ela fica mais desconfiada ainda, dizendo: "Ah, traidor, assim vais me deixar por uma vadia?". Isabella desmente-a; mais uma vez querem chegar às vias de fato; nisto

PANTALONE pai de Flamínia, chega. Flamínia diz que estava discutindo com aquela louca de Isabella. Isabella diz que louca é ela, e, cheia de raiva, atira-se contra Flamínia, surrando-a, e, ensandecida, junto com ela bate em todos os que estão em cena. Flamínia em casa. Isabella entra quase como louca, e Francisquinha, como que endemoninhada, também entra. Horácio, amedrontado, vai embora pela rua, Pantalone fica abobalhado; nisto

GRACIANO pai de Isabella; Pantalone vai logo lhe dizendo que vá buscar um médico para curar sua filha, que enlouqueceu. Graciano faz pouco dele, dizendo-lhe que cuide de sua vida; nisto

FRANCISQUINHA diz a Graciano que Isabella quebrou todos os pratos, os vidros e tudo o mais que de quebrável havia em casa. Graciano, desesperado, entra em casa. Francisquinha, fazendo caretas de endemoninhada a Pantalone, entra, e ele vai para a sua casa para saber de Flamínia, sua filha, a causa daquela balbúrdia.

CAPITÃO [ARLEQUIM] forasteiro, dizendo que vem da Espanha para encontrar um irmão seu, que se casou ali em Roma há muitos anos, batem à hospedaria.

199

Jornada XVII

PEDROLINO dono da hospedaria, recebe-o. Capitão pergunta-lhe se não conhece um Capitão, casado, ali em Roma. Pedrolino: que não, e, conversando sobre muitas coisas, entram na estalagem.

HORÁCIO apaixonado por Flamínia, desconfia que ela tenha ficado com ciúmes de Isabella; nisto

FRANCISQUINHA diz a Horácio que Isabella ficou louca por amor a ele, e que vá, vestido de médico, visitá-la; por que, assim fazendo, irá curá-la. Por fim, persuadido pela criada, promete visitá-la de médico, e sai para se disfarçar.

FRANCISQUINHA diz que quer fomentar a discórdia entre aquelas duas mulheres; nisto

GRACIANO pergunta-lhe se foi procurar o médico. Ela: que mandou alguém buscá-lo. Graciano pergunta a causa do furor de Isabella. Francisquinha: que isto ela herdou da mãe, e que sucedeu por ela ter ficado tanto tempo sem marido; nisto

HORÁCIO de médico. Francisquinha reconhece-o, depois diz a Graciano que aquele é o médico. Graciano pede pela filha; nisto

FLAMÍNIA que da janela reconheceu Horácio, puxa Graciano de lado e revela-lhe o fato, e diz que Francisquinha é uma alcoviteira. Horácio mantém o disfarce, para não ser reconhecido por ela; Flamínia arranca-lhe a barba postiça, dá-lhe uns socos; Graciano foge para dentro de casa, Horácio sai; Flamínia entra, insultando Francisquinha, que responde que se ela estiver com comichão que se coce; sai pela rua,

e aqui termina o primeiro ato.

SEGUNDO ATO

CAPITÃO [FLÁVIO] da cidade, narra a Flávio, seu amigo, a causa de sua longa demora; depois, pedindo-lhe segredo, pergunta-lhe se sabe algo sobre Isabella, sua mulher. Flávio: que não; nisto

HORÁCIO com pena de si próprio, por amor a Flamínia, dizendo: "Eu bem percebo que me amas, mas o que posso eu fazer se Isabella está apaixonada por mim?". Eles ouvem tudo apartados; nisto

PEDROLINO pergunta a Horácio se ele sabe com quem se casou Isabella, filha de

Os dois capitães parecidos

Graciano. Horácio: com um Capitão, de quem já há seis anos não se tem notícia alguma, descrevendo-o fisicamente. Pedrolino, consigo próprio, diz que o Capitão que está em sua casa é um esperto; depois diz a Horácio que aquele Capitão chegou, mas não lhe conta que está alojado em sua hospedaria, e acrescenta não saber por que motivo não foi ter imediatamente com sua mulher, e que acredita que ele antes queira esclarecer se ela guardou a sua honra. Horácio admira-se, e pergunta onde está. Pedrolino se vira e vê o forasteiro, e crê ser o mesmo que ele hospeda em casa; sem acrescentar mais nada vai-se. Horácio segue-o.

Capitão admira-se com Flávio pelas palavras ouvidas, já que ninguém mais, além dele, o viu; pede que vá ouvir de Pedrolino como se passa aquele caso. Flávio manda-o para a sua casa, e depois segue Pedrolino, sai.

PANTALONE — desesperado por que não consegue saber de Flamínia a causa daquela balbúrdia: que quer perguntar para Francisquinha; nisto

FLAMÍNIA — que ouviu tudo pela janela, desconfiando de Franscisquinha, diz a Pantalone que lhe dirá tudo, desde que não se zangue. Pantalone promete, e ela lhe conta do amor que tem por Horácio e dos ciúmes que tem de Isabella, que acredita esteja apaixonada por ele. Pantalone ralha com ela, e ela, entrando, diz para lembrar da promessa feita. Pantalone fica.

FRANCISQUINHA — chega; Pantalone interroga-a sobre Isabella, e ela diz que Isabella vive apaixonada por Horácio, e que já nem se lembra mais do Capitão seu marido; nisto

ARLEQUIM — apartado, ouve o nome do Capitão seu patrão, e vê a casa sendo apontada; espanta-se. Pantalone e Francisquinha vão-se, conversando sobre tudo isso. Arlequim: que quer ir ao boticário comprar um pouco de ungüento rosado, a mando de seu patrão, sai.

CAPITÃO — forasteiro: que está todo arruinado de tanto cavalgar; nisto

FLÁVIO — chega e, tomando-o por seu amigo, diz que não conseguiu encontrar Pedrolino para tratar com ele de seu assunto. Capitão espanta-se, por nunca dantes tê-lo visto, diz que não o conhece, e, agastado, vai-se embora. Flávio, estarrecido, vai-se atrás dele.

CAPITÃO — da cidade: que gostaria de encontrar Flávio; nisto

201

Jornada XVII

FRANCISQUINHA   vem dizendo: "eu quero arruiná-la totalmente, até eu ter me vingado das pauladas que me deu", e diz o nome de Isabella. Capitão ouve, e pergunta-lhe se conhece um Capitão tal e tal. Ela: que não, mas que já se casou há seis anos, e que ele é um corno. Ele: que não pode ser, desconhecendo tudo isso. Ela: que não sabe porque não quer. Capitão irado lança mão da espada dizendo: "Eu sou o Capitão, e sou homem honrado". Francisquinha foge e ele fica; nisto

ARLEQUIM   com o ungüento rosado, dizendo ao Capitão que aquilo vai lhe refrescar todas as nádegas. Capitão não lhe dá ouvidos, depois consigo próprio diz: "Eu, um corno?". Arlequim confirma, dizendo que sabe que ele tem mulher, e que está naquela casa, e que é um corno. Capitão, encolerizado, dá nele. Arlequim foge. Capitão segue-o,

e aqui termina o segundo ato.

TERCEIRO ATO

HORÁCIO   desesperado por Flamínia, chama-a.

FLAMÍNIA   chamando-o de traidor, não quer ouvi-lo. Horácio desculpa-se; nisto

PANTALONE   apartado fica ouvindo tudo. Horácio, para aplacar Flamínia, diz que quer pedi-la em casamento ao seu pai, ela se contenta. Flamínia, aplacada, diz que concorda, mas suspeita que ele esteja apaixonado por Isabella; nisto

FRANCISQUINHA   por ter ouvido a suspeita de Flamínia, diz: "Senhora, não suspeite, pois que, mesmo que isto fosse verdade, ele teria de se desapaixonar, já que o marido dela chegou". Flamínia quer lhe dar a fé; Pantalone, encolerizado, diz que aquilo não pode ser feito sem o seu consentimento. Todos rogam-no, por fim Pantalone concorda e deixa ela se casar; nisto chega

CAPITÃO   forasteiro. Francisquinha vai logo dizendo: "Eis o Capitão" e foge para dentro de casa. Horácio cumprimenta-o, e ele retribui o cumprimento; Pantalone o mesmo, mostrando conhecê-lo; Capitão ri-se, e sai. Pantalone manda Horácio para dentro de casa com Flamínia, e ele fica; nisto

CAPITÃO   da cidade. Pantalone diz que não é bom ele se ocultar. Capitão espanta-se, depois pergunta quem lhe contou de sua chegada; nisto

Os dois capitães parecidos

PEDROLINO — mostra-lhe uma moeda que ele lhe deu, dizendo que não pôde gastá-la, e que a troque para ele. Capitão enxota-o. Pedrolino, resmungando, entra em casa. Capitão pergunta a Pantalone pelo sogro, mostrando não estar satisfeito com ele. Pantalone: que arranque qualquer suspeita de sua alma; nisto

ARLEQUIM — da taberna, diz ao Capitão que o taberneiro não quer mais lhe dar de comer, se não lhe der moeda boa. Capitão, agastado, dá nele, e vai-se embora com Pantalone. Arlequim fica; nisto

CAPITÃO — forasteiro. Arlequim, chorando, diz que não tem motivo para bater nele. Capitão acha que Arlequim está bêbado, manda chamar o hospedeiro.

PEDROLINO — irado, diz que não quer mais lhes dar de comer; Capitão aplaca-o dando-lhe dinheiro, e entram. Capitão fica; nisto

GRACIANO — chega. Capitão pergunta-lhe se conhece alguém de sua terra. Graciano: que só conhece ele, dizendo que quer lhe mostrar a sua mulher. Ele: que não tem mulher e, chamando-o de rufião, vai-se embora. Graciano: que está mentindo descaradamente; nisto

CAPITÃO — da cidade, reconhecendo Graciano, puxa-o de lado, perguntando com quem ele está bravo. Graciano toma-o pelo mesmo, e lhe diz que não é de bom tom, depois de ter ficado fora seis anos, vir a Roma para injuriá-lo e fazer-lhe perder a honra. Quanto mais o Capitão tenta aplacá-lo, mais ele se encoleriza; nisto

PEDROLINO — diz ao Capitão que a refeição está pronta, e que entre em casa. Capitão, encolerizado, lança mão da espada. Pedrolino foge. Capitão atrás; Graciano grita: "Vejam só, Vejam só!" e sai.

ISABELLA [FRANCISQUINHA] — ouve de Francisquinha que seu marido, o Capitão, voltou, e que ficou sabendo que ela vive apaixonada por Horácio; que duvida disso, pois sente contentamento pela chegada do marido; nisto

CAPITÃO — forasteiro chega, ela toma-o pelo Capitão seu marido, ajoelha-se diante dele, desculpando-se pelo amor a Horácio, e que o acreditava morto, e que estava tentando se casar; nisto

CAPITÃO [PANTALONE] [GRACIANO] — da cidade, com Pantalone e Graciano, ficam ouvindo tudo. Capitão forasteiro diz que quer concorrer com o amor, usa de belas palavras com Isabella, quer abraçá-la. O Capitão da cidade lança mão das armas; o outro Capitão faz o mesmo; nisto

Jornada XVII

TODOS fora, põem-se no meio, descobrem-se irmãos, e que há seis anos um está à procura do outro: Horácio casa-se com Flamínia, o Capitão da cidade toma de volta Isabella,

e aqui termina a comédia.

JORNADA XVIII

OS TRÁGICOS SUCESSOS

Comédia

ARGUMENTO

Moraram outrora em Florença dois fidalgos importantes, os quais, fomentados por duradouro ódio, quanto mais ansiavam um o tormento do outro, mais razões aduziam à visceral inimizade. Chamavam-se Pantalone o primeiro, Graciano o segundo, e os dois eram dotados de virtuosa família.

Tinha Graciano uma filha, de nome Isabella, e um filho, certo Capitão Spavento, que ardia de amor por uma filha de Pantalone (embora fosse seu inimigo), certa Flamínia. Esta, que retribuía o amor do Capitão, ao seu amor oferecia qualquer honesta facilitação. Até que um irmão da denominada Flamínia, chamado Horácio, percebeu o Capitão rondando continuamente a sua casa. Não compreendendo a razão daquilo, desconfiou que, impelido pelo ódio de Graciano, o Capitão andasse ali para observar como matar Pantalone, seu pai. Diante disso, certo dia, Horácio atacou-o; à morte quase o reduziu, e depois fugiu-se para Roma, onde contraiu grande amizade por um fidalgo, chamado Flávio.

Entrementes, depois de estar curado, a perseverança do Capitão por seu amor nada devia à que usara em passado. E Horácio, que ardia de amor por Isabella (embora filha de um inimigo seu), trocou com ela correspondência amorosa; por fim, impelido e estimulado pelo amor, desprezando o término de seu banimento, foi a Florença. Neste ínterim Isabella, tampouco suportando o amoroso ardor, com o recurso de um médico, tomando uma bebida sonífera, fingiu-se morta, para depois sair do sepulcro, e ir ao encontro de seu caro Horácio. E isto no mesmo dia se deu, quer da chegada de Horácio, quer da fingida morte de Isabella. Horácio, em seu regresso, encontrou o Capitão, seu inimigo, condenado à morte por certos acidentes amorosos; que foi posteriormente libertado, como a comédia demonstra.

Jornada XVIII

PERSONAGENS DA COMÉDIA   COISAS PARA A COMÉDIA

PANTALONE

PEDROLINO — criado

FLAMÍNIA — filha

HORÁCIO — filho

FRANCISQUINHA — criada

FLÁVIO — amigo de Horácio

MÉDICO

CRIADO

GRACIANO — Doutor

ARLEQUIM — criado

ISABELLA — filha

CAPITÃO SPAVENTO — filho

TABERNEIRO

DELEGADO

BELEGUINS

CARRASCO

OFICIAL DE DILIGÊNCIAS

Florença, cidade

Lanternas em número de seis

Trompete da justiça

Quatro escudos redondos

Quatro espadas de qualidade

Dois moriões

Um cabresto de enforcado

Camisa e punhal para Isabela

Tabuleta de taberna

Os trágicos sucessos

PRIMEIRO ATO

HORÁCIO
[FLÁVIO]

em traje desconhecido chega em Florença com Flávio, seu amigo, que conheceu em Roma, ao qual narra como, há meses, ele matou, em Florença, sua terra, um Capitão, filho de um Doutor, antigo inimigo de sua casa, o qual tinha uma irmã, por ele ardentemente amada; e que voltou para se inteirar se sua Isabella ainda se recorda dele. Flávio promete-lhe toda a ajuda; batem à estalagem.

TABERNEIRO

fora; Horácio pergunta-lhe se conhece Graciano, o Doutor. Ele: que sim, e que o mencionado está passando grande tormento pela morte de Isabella, sua filha, que foi sepultada há poucas horas, e entra. Horácio desespera-se. Flávio consola-o; depois entram na taberna.

PANTALONE
[PEDROLINO]

com armas, devido à antiga inimizade com Graciano, diz alegrar-se dos tormentos do Doutor pela morte da filha, e que em breve verá o Capitão, seu filho, ser enforcado, e que, de seus inimigos, não sobrará nenhum senão Graciano. Pedrolino: que é amigo da Morta. Pantalone: que a faça voltar para Graciano; e, caindo a noite, vão-se pela rua.

FLAMÍNIA
[FRANCISQUINHA]

chorando por ter ouvido que na manhã seguinte o Capitão será enforcado, roga Francisquinha que a acompanhe até o delegado, para descobrir como se passa o assunto. Francisquinha diz que ela quer ir, e manda-a para dentro de casa. Francisquinha vai-se, por ser de noite.

Noite

GRACIANO
[ARLEQUIM]

armado, devido à inimizade com Pantalone, lamuria-se com o criado pela repentina morte de Isabella sua filha e da justiça, que pela manhã quer executar o Capitão, seu filho. Arlequim consola-o, dizendo que ele quer, sozinho, tirar o Capitão dos beleguins, já que ele é valente; nisto

PANTALONE

de lanternas acesas, vê Graciano armado, fazem demonstrações de valentia, depois se insultam, e todos saem.

HORÁCIO
[FLÁVIO]

de lanterna, diz a Flávio que quer ir à sepultura, para ver Isabella. Flávio dissuade-o, colocando diante dele os perigos, e que volte para Roma. Horácio não quer entender, vai-se embora. Flávio segue-o.

ISABELLA
[CRIADO]

com o criado do médico, ao qual narra a sua história, e que se fingiu de morta para depois ir ao encontro de Horácio, seu amante e marido por fé; nisto

Jornada XVIII

PEDROLINO	de lanterna, vagueia à volta de Isabella e do criado, olhando; nisto
ARLEQUIM	com lanterna, faz o mesmo, quer saber quem são; Isabella se revela, dizendo: "Eu sou Isabella". Pedrolino e Arlequim apavoram-se, saem fugindo; e ela, com o criado, vai-se,
	e aqui termina o primeiro ato.

SEGUNDO ATO

HORÁCIO [FLÁVIO]	desesperado por não ter encontrado o corpo de Isabella no sepulcro. Flávio consola-o dizendo que talvez a sua morte não seja verdadeira. Batem à taberna para se certificarem.
TABERNEIRO	novamente confirma a morte de Isabella, e que a viu sendo sepultada. Horácio desespera-se, e entra em casa; eles o seguem.
ISABELLA [CRIADO]	vestida de homem, para conseguir cavalos, e ir à Roma com o criado, o qual leva consigo a lanterna acesa. Batem à taberna.
TABERNEIRO	promete-lhes cavalos para Roma. Taberneiro olha-a, e tem a sensação de conhecê-la; entra dizendo-lhes que esperem.
HORÁCIO	que do taberneiro ouviu haver um não sei quê de semelhança com Isabella, vai para fora, olha o jovenzinho; por fim, depois de muitas considerações, Isabella se revela viva. Horácio, alegre, pega-a no colo e leva-a para dentro de casa. Criado, espantado, entra.
PANTALONE [PEDROLINO]	rindo-se de Pedrolino, o qual diz que viu Isabella, e, alegre, bate à casa.
FLAMÍNIA	ouve do pai que na manhã seguinte o Capitão será enforcado, e que o levarão diante daquela casa, e entra com Pedrolino. Ela fica chorando; nisto
FRANCISQUINHA	de lanterna, vê Flamínia e confirma tudo o que Pantalone disse. Flamínia mais uma vez manda Francisquinha e: que não volte para casa até que não tenham levado o Capitão para a morte, e entra; Francisquinha sai.

Os trágicos sucessos

HORÁCIO [FLÁVIO]
diz a Flávio que quer sair para conseguir cavalos, enquanto Isabella descansa. Flávio: que ele irá, e enquanto conversam dizem que o Capitão não morreu, e que estão sentidos por sua desgraça; nisto

GRACIANO [ARLEQUIM]
apartado e sem candeia, com Arlequim, ouve tudo, e, em silêncio, vão à justiça. Flávio: que irá providenciar cavalos de fiança. Horácio chama o taberneiro.

TABERNEIRO
fora, Horácio pede-lhe que cuide de Isabella. Ele: que não quer tomar conta de espíritos; nisto

GRACIANO [BELEGUINS] [ARLEQUIM]
chega, e de pronto manda prender Horácio. Taberneiro, assustado, entra em casa. Flávio, com palavras, tenta fazer com que o soltem. Beleguins levam-no à prisão. Flávio fica; nisto

ISABELLA
de camisolão com robe por cima, ao ouvir a notícia quer se matar com o punhal que tem na mão, segue Horácio para morrer com ele; Flávio segue-a; nisto

Dia

FLAMÍNIA
que já é pleno dia, e que Francisquinha não volta.

FRANCISQUINHA
que a justiça não pode estar chegando à casa; entra.

TROMPETE
da justiça toca; nisto

DELEGADO
BELEGUINS
CARRASCO
[CAPITÃO]
com armas em riste conduzem o Capitão com a corda no pescoço, andando em direção ao patíbulo. Capitão pede a graça de deixarem-no falar. Delegado concorda. Capitão pede perdão à casa, a Pantalone, à filha, e a todos; nisto

FLAMÍNIA
[FRANCISQUINHA]
descabelada, aparece fora, abraça o Capitão, dizendo-lhe: "Marido meu, não quero que morras inocentemente!". Delegado admira-se. Flamínia: que não quer abandoná-lo. Delegado: que quer aplicar a justiça dos Senhores Magistrados. Prossegue seu caminho; Flamínia e Francisquinha atrás, chorando,

e aqui termina o segundo ato.

Jornada XVIII

TERCEIRO ATO

PANTALONE
[PEDROLINO]
de dentro de casa: que ouviu uma grande barafunda na rua, e que nem Flamínia nem Francisquinha estão em casa; espanta-se de tal novidade; nisto

FRANCISQUINHA
chega; Pantalone, com as armas, quer saber de Flamínia. Francisquinha diz que ela está gritando atrás da justiça que o Capitão é seu marido, e que não é nem ladrão nem homicida. Pantalone espanta-se; nisto

OFICIAL
por parte dos Oito Senhores de *Balìa*, chama Pantalone para que venha se apresentar por dois casos criminais da máxima importância. Pantalone: que irá. Pedrolino pede o seu salário a Pantalone. Vão com o Oficial para o Palácio. Francisquinha fica; nisto

FLÁVIO
[ISABELLA]
com Isabella, consolando-a; vêem Francisquinha, e Isabella a tranqüiliza. Francisquinha lhe conta da prisão de Horácio, e do caso do Capitão e de Flamínia. Isabella, enfurecida pela prisão de Horácio, vai ao Palácio. Francisquinha segue-a; Flávio fica.

ARLEQUIM
teme a justiça; vê Flávio, toma-o por um beleguim; depois entram em acordo; nisto

GRACIANO
que Horácio será enforcado antes, por ter infringido o banimento; nisto

ISABELLA
chega, vê o pai, ajoelha-se diante dele, revelando-lhe que, por amor a Horácio, e com a ajuda do médico, fingiu-se morta. Graciano, encolerizado, ameaça-a; nisto

FRANCISQUINHA
dá a Graciano a notícia de que a justiça, a pedidos de fidalgos parentes de Flamínia, retornou ao Palácio, e que Pantalone está todo contente com Horácio; nisto

PEDROLINO
confirma tudo. Graciano espanta-se; nisto

PANTALONE
<HORÁCIO>
os quais humildemente cumprimentam Graciano, o qual retribui os cumprimentos, desconfiando de alguma traição; nisto

CAPITÃO
[FLAMÍNIA]
[FRANCISQUINHA]
ajoelha-se diante do pai, rogando-lhe que perdoe Isabella e que se pacifique com o Magnífico, que já se tornou seu marido, e que o parentesco encerra as inimizades. Pantalone roga Graciano, pedindo

Os trágicos sucessos

perdão pelos desgostos que lhe provocou no passado. Graciano, enternecido, chora, aplaca-se com ele, perdoa a todos, os dois se reconciliam. Capitão casa-se com Flamínia, Horácio com Isabella; Arlequim e Pedrolino chegam a bater boca por Francisquinha, dizendo ela: "Quem me quiser que me pegue". Por fim disputam na sorte, e ela fica com Pedrolino,

e aqui termina a comédia.

JORNADA XIX

OS TRÊS FIDOS AMIGOS

Comédia

ARGUMENTO

Havia em Roma dois fidalgos de honrada família, um chamado Pantalone, pai de virtuosa jovem, de nome Isabella, Cassandro o outro, pai de honrado jovem, de nome Flávio.

Levavam, estes dois pais, vida tranqüila e feliz, até um certo Aurélio apaixonar-se por Isabella. Esta não retribuía o seu amor, pois amava de todo o coração um jovem da alta nobreza, chamado Horácio, que também a amava. Ao dar-se conta da recusa de Isabella, Aurélio, desesperado, partiu-se de Roma, deixando a sua irmã, chamada Flamínia, aos cuidados de um criado seu.

Deu-se depois que Flávio (que vivia apaixonado por Flamínia), devido a negócios de seu pai, partira de Roma rumo à Nápoles, onde encontrou Aurélio levando vida muito infeliz pela crueldade de Isabella. Ao perceber isso, o amigo ofereceu-se para fazer com que ele tivesse a mencionada Isabella por esposa, desde que quisesse lhe conceder a mão de Flamínia, sua irmã. Sendo-lhe isto prometido, Flávio volta a Roma e, encontrando Horácio, seu caro amigo, apaixonado por Isabella, procura, com um engano, dissuadi-lo do referido amor. Por amizade, e por vários acontecimentos fortuitos, ambos encaminham-se para a morte voluntária mas, alcançados por Aurélio, são por ele libertados e satisfeitos.

Os três fidos amigos

PERSONAGENS DA COMÉDIA   COISAS PARA A COMÉDIA

PANTALONE — veneziano

BURATTINO — criado

Traje de mensageiro para Burattino, e barba postiça

ISABELLA — filha

FRANCISQUINHA — criada

CASSANDRO — velho

Bolsinha de quinhentos escudos

FLÁVIO — filho

PEDROLINO — criado

Lanternas e outras candeias

HORÁCIO — fidalgo só

AURÉLIO — fidalgo

FLAMÍNIA — irmã

CRIADO — da casa

CAPITÃO SPAVENTO

ARLEQUIM — criado

Roma, cidade

Jornada XIX

PRIMEIRO ATO

ISABELLA [FRANCISQUINHA] lamuria-se com Francisquinha da nova melancolia de Horácio, desconhecendo-lhe a causa. Francisquinha diz que não se entristeça com isso, sendo próprio da natureza de Horácio; nisto

HORÁCIO melancólico, ao vê-la, tenta evitá-la; ela chama-o, perguntando-lhe a razão de ele estar assim tão melancólico. Horácio tenta falar, mas, embargado pelo pranto e pelos soluços, amargurado vai-se embora. Isabella e Francisquinha também choram; nisto

PANTALONE [BURATTINO] ao vê-la chorar, pergunta-lhe a razão de seu pranto. Ela diz que está farta da vida mundana, e que está disposta a se tornar freira. Pantalone dissuade-a; ela, argumentando, faz ele compreender que é obrigado a atendê-la. Pantalone, chorando e amargurado, vai-se embora. Burattino roga Isabella que lhe diga a razão. Ela, toda ridente, diz que o faz pela sua saúde, e entra com Francisquinha. Burattino: que quer descobrir o podre daquela história, sai.

FLÁVIO [PEDROLINO] pede a Pedrolino que invente algo para que seu pai se veja obrigado a mandá-lo a Nápoles. Pedrolino pergunta-lhe o porquê. Flávio: que por enquanto não pode lhe dizer; nisto

FLAMÍNIA à janela, ouvindo que Flávio quer partir, entristece e morde o dedo, e se recolhe chorando. Eles ficam. Flávio, ao ver que seu pai vem vindo, recolhe-se. Pedrolino fica; nisto

CASSANDRO pai de Flávio, fica sabendo de Pedrolino que Flávio quer ir a Nápoles visitar um moedeiro seu amigo, com o qual combinou viajar mundo afora, e que ainda queria levá-lo também, e que ele se negou. Cassandro: que fique tranqüilo, que à noite falará com ele; nisto vai-se embora. Pedrolino fica.

FLÁVIO que apartado ouviu tudo, lança mão da espada contra Pedrolino, o qual foge, e ele corre atrás, sai.

CAPITÃO [ARLEQUIM] com Arlequim vem de Nápoles para encontrar Flávio, seu credor, ao qual deve quinhentos escudos, e que, assim que tiver feito o desembolso, quer partir para Milão; nisto

PEDROLINO todo esbaforido, que apartado ouviu tudo, revela-se e reconhece o Capitão, depois desata a chorar, dizendo-lhe que Flávio, seu caríssimo amigo,

214

Os três fidos amigos

morreu há poucos dias e que deixou disposto que seu pai possa e deva receber algum dinheiro que o Capitão lhe deve. Ele aflige-se por sua morte e diz que já tem o dinheiro pronto, e que, uma vez pago, quer ir imediatamente a Milão. Pedrolino: que Cassandro está na cidade, mas que amanhã estará de volta; todos saem à rua.

HORÁCIO
[FLÁVIO]

Flávio pergunta-lhe o motivo de sua melancolia. Horácio: que ele mesmo não sabe. Flávio diz que sabe, dizendo que desde que ele voltou de Nápoles e revelou estar enamorado de Isabella, sua melancolia teve início. Horácio confirma. Flávio pede-lhe uma graça, obrigando-o por fé e por palavra. Horácio promete. Flávio: que ele deixe de amar Isabella, prometendo lhe dar Flamínia em troca. Horácio fica pensativo; nisto

ISABELLA

da janela, mostra ter ouvido tudo.

PEDROLINO
FRANCISQUINHA

na rua, quietos, ouvindo o que está sendo dito; nisto

FLAMÍNIA

à janela

CRIADO

na rua. Isabella diz a Horácio que perceba que não pode empenhar a própria palavra, pois não é dono de si próprio, por já ter-se dado a ela. Flávio lhe diz: "A Senhora, está errada". Horácio fica encantado.

Flamínia diz a Flávio que ele não pode dispor dela, querendo dá-la a outra pessoa, por que se ela tiver de ser de alguém, quer ser dele.

Isabella diz a Horácio que ele se resolva, e que não fique mais pensativo, e que falte à palavra dada a Flávio. Horácio, com gesto humilde e submisso, vai-se embora calado.

Flávio lhe diz: "Lembre, Senhor Horácio, de manter a palavra dada". Flamínia diz a Flávio: "Ah, traidor, tu queres ir à Nápoles para enganar alguma outra mulher, como fizeste comigo?".

Flávio, zombeteiro, cumprimenta as mulheres e sai. Mulheres, iradas, cumprimentam-se, tanto uma quanto a outra se retiram; os criados fazem o mesmo e voltam às suas casas,

e aqui termina o primeiro ato.

Jornada XIX

SEGUNDO ATO

FLÁVIO
[PEDROLINO]

ouve de Pedrolino que o que ele disse ao seu pai foi em seu benefício. Pedrolino, em seguida, pergunta por que motivo quer ir à Nápoles. Flávio diz-lhe do amor que tem por Flamínia, e que não pode tê-la, se antes não fizer com que Aurélio, irmão de Flamínia, tenha Isabella, pela qual vive apaixonado, e que ele procurava, pelo engano, tirá-la dele Horácio e que lhe prometeu Flamínia, sabendo que Aurélio seu irmão não vai concordar, pois a prometeu para ele Flávio, e porque, ao mesmo tempo, sabe o quanto ela está apaixonada por ele. Pedrolino diz que aquilo é uma grande maranha; depois lhe promete toda a ajuda, dizendo-lhe da chegada do Capitão, seu devedor, ao qual fez acreditar que ele está morto, e que fará seu dinheiro voltar à sua bolsa; e vão-se para combinar de que modo, saem.

ISABELLA
[BURATTINO]

diz a Burattino que está desesperada pelo que se passou entre ela e seu pai. Burattino: que vai ajudá-la. Ela: que gostaria de conversar com Horácio; nisto e imediatamente

HORÁCIO

diz: "Estou aqui, minha Senhora". Isabella queixa-se dele, por não ter lhe dito o motivo de sua melancolia. Horácio: que teme manchar a sua fé. Ela: que nunca se falta com a fé com um traidor. Horácio decide-se, e dá-lhe sua fé. Ela, alegre, em casa. Horácio, Burattino, saem.

CAPITÃO
[ARLEQUIM]

que não viu mais Pedrolino e que gostaria de pagar aqueles quinhentos escudos para depois se ir a Milão; nisto

FRANCISQUINHA

à janela, bancando a lasciva. Capitão cumprimenta-a. Ela: que irá para a rua. Capitão manda Arlequim limpá-lo. Francisquinha fora, ouve que ele é o Capitão que procura desembolsar o dinheiro que deve a um tal de Flávio; nisto

FLAMÍNIA

ouve o mesmo e, mais, que ele prometera ir acompanhá-lo às Flandres. As mulheres dizem que elas também veriam o mundo de bom grado, e, ao verem Cassandro chegar, diz para voltarem depois, e entra em casa; eles saem.

PANTALONE
[CASSANDRO]

discorrem de suas atribulações: Pantalone da filha, que quer vestir o hábito, e Cassandro do filho, que quer ir a Nápoles; depois dizem que estaria bem casá-los um com o outro, isto porém se Isabella não tivesse aquele desejo de se tornar freira. Cassandro diz que seria melhor; nisto

BURATTINO

diz que ele tem ânimo de fazer com que Isabella não se torne freira, e que ela se casará, para obedecer ao seu pai; nisto

Os três fidos amigos

FLÁVIO [PEDROLINO]	ouve a vontade dos velhos, aceita logo a oferta. Burattino: que antes é preciso falar com Isabella, e se desespera. Pantalone, ao se ir, diz que falará com Isabella, sai com Burattino. Cassandro fica com Pedrolino; Flávio sai. Pedrolino conta a Cassandro da chegada do Capitão e dos quinhentos escudos, tendo dado a entender que Flávio estava morto, para que não o levasse consigo para a guerra das Flandres, como lhe prometera em Nápoles. Cassandro: que fez bem, louva-o; nisto
CAPITÃO [ARLEQUIM]	chega, imediatamente Pedrolino diz a Cassandro: "Patrão, eis aquele Capitão que era tão amigo de Flávio, seu filho"; desata a chorar, Cassandro o mesmo. Capitão lhe dá a bolsinha com os quinhentos escudos. Cassandro oferece-lhe a sua casa; Capitão agradece. Cassandro e Pedrolino saem. Eles ficam. Capitão: que levaria de bom grado aquela jovem que antes conversou com ele; nisto
FRANCISQUINHA	combina com o Capitão de ir com ele, vestida de homem. Capitão, Arlequim vão-se. Francisquinha fica; nisto
FLAMÍNIA	que ouviu tudo, diz que também quer ir com ele, vestida de homem, e que dirá que é o seu irmão; combinam; Flamínia diz que assim seguirá aquele traidor de Flávio, e entram.
PEDROLINO [BURATTINO]	combina com Burattino de lhe dar duzentos escudos, para que vá se disfarçar de mensageiro, com a barba postiça, fingindo vir de Nápoles, trazendo uma carta para Flávio; depois: que ele dê Isabella a Flávio, e que diga estar dando-a a Horácio. Burattino promete tudo. Pedrolino vai buscar o traje de mensageiro. Burattino: que o encontrará naquele lugar, e não se vai; nisto

Noite

CAPITÃO ARLEQUIM	sendo de noite, vêm para levar embora Francisquinha; fazem sinais.
FRANCISQUINHA	vestida de homem, diz ao Capitão que quer levar consigo um irmão seu, jovenzinho. Capitão concorda, e que fará dele o seu camareiro. Francisquinha chama-o.
FLAMÍNIA	de homem. Burattino reconhece-a. Eles partem alegremente. Burattino surpreende-se, recolhe-se,

e aqui termina o segundo ato.

Jornada XIX

TERCEIRO ATO

PEDROLINO
[FLÁVIO]

conta a Flávio tudo o que passou com Burattino, e conta ter feito com que ele se disfarçasse, e que ele mencionou ter coisas importantes a lhe dizer, e que terão Isabella. Flávio alegre; vêem chegando

CASSANDRO

com candeia. Pedrolino mostra-se todo esbaforido. Cassandro: que o procurou a noite toda. Flávio se retira, antes que Cassandro o veja; nisto

BURATTINO

disfarçado de mensageiro, apresenta uma carta a Cassandro, o qual, lendo-a em voz alta, descobre que um certo fulano foi pego pela justiça como moedeiro, e que um amigo de Flávio escreve-lhe para que ele parta de Roma para Florença ou para Veneza, se não quiser ser pego também. Flávio revela-se. Cassandro ralha com ele, depois vai em casa buscar os quinhentos escudos que o Capitão desembolsou; volta, entrega-lhe o dinheiro, e que parta imediatamente; entra lamuriando-se. Eles, alegres, vão se embora, saem.

Dia

AURÉLIO

irmão de Flamínia, o qual vem de Nápoles para ver o que Flávio, seu amigo, fez por ele, e ainda para visitar a sua irmã; bate à casa.

CRIADO

de Flamínia, não o conhecendo, ouve perguntar por um certo Aurélio. Criado diz que já há cinco anos partiu, e que nunca teve notícias dele, e suspeita que ele esteja morto. Aurélio pergunta por Flamínia, sua irmã. Criado lhe diz que ela partiu, vestida de homem, dizendo que queria seguir um certo Flávio. Aurélio emudece. Criado entra em casa. Aurélio queixa-se de amor, da irmã e do amigo, vai-se desesperado, sai.

HORÁCIO
[BURATTINO]

ouve de Burattino das intenções de Flávio, isto é, que quer Isabella. Horácio espanta-se. Burattino manda que Horácio diga a Flávio, assim que o encontrar, que está decidido a lhe deixar Isabella, desde que ele lhe conceda Flamínia. Horácio: que ele não irá querer. Burattino lhe conta que Flamínia foi embora. Horácio, alegre, diz que quer fingir como se deve, e que o deixe falar primeiro; nisto

FLÁVIO
[PEDROLINO]

vendo Horácio, fica temeroso. Burattino: que fique à vontade. Horácio diz que sabe de tudo, e que ele concorda que Isabella seja

Os três fidos amigos

sua. Flávio, com rosto alegre, confirma tudo, dizendo-lhe de seu receio; nisto

ISABELLA

à janela, ouve tudo. Flávio quer antes Isabella, e Horácio lhe diz que quer Flamínia, jurando lhe entregar, pelo engano, imediatamente Isabella. Ela, tendo conferido tudo, recolhe-se. Flávio diz: "Ah, Senhor, dê-me agora mesmo a minha Isabella"; nisto

FLAMÍNIA
[CAPITÃO]
[ARLEQUIM]

diz: "Ah, traidor, a tua Isabella?", lançando a mão da espada, e aqui todos sacam as armas e, duelando, confusamente vão-se por diversos caminhos, e saem.

ISABELLA

que ouviu tudo pela janela, excede-se contra Amor e, quase fora de si, retira-se; nisto

FLÁVIO
[HORÁCIO]

vem narrando a Horácio com que fim queria ele Isabella, e que ficava com ela para dá-la a Aurélio, seu amigo, ao qual a tinha prometido desde Nápoles, com a promessa de ter dele Flamínia, sua irmã, pela qual ele vive apaixonado, e por Flamínia considerá-lo um traidor, e sabendo que ele vive apaixonado por ela, pelo que lhe disse, renuncia a ela para manter a sua palavra, e por fim resolve que quer morrer. Horácio diz que não ama Flamínia, mas sim Isabella, e que falou daquele modo, por saber que ele não poderia lhe dar Flamínia, por ela ter fugido de casa; nisto que estão conversando

ISABELLA

apartada fica ouvindo. Horácio prossegue, dizendo que quer se desobrigar da palavra dada, e por sempre ter professado honra e por lhe ser amigo, concorda, através de sua morte, em ceder Isabella a Flávio. Isabella imediatamente aparece, dizendo: "Horácio meu, a tua morte será acompanhada pela minha"; nisto

AURÉLIO

que ficou apartado ouvindo tudo, diz que nunca acontecerá de ele querer ser a causa da morte e do desgosto de tão fidos amantes e amigos seus; e assim cede Isabella a Horácio, e Flamínia sua irmã a Flávio seu amigo. Horácio recebe-a; nisto

[CAPITÃO]
[FLAMÍNIA]

Flamínia, que apartada ouviu tudo, tendo reconhecido o irmão, pede-lhe o seu perdão, contando-lhe o motivo de estar naqueles trajes. Capitão alegra-se por Flávio não estar morto, como lhe disseram o criado e o pai. Flávio casa-se com Flamínia; nisto

Jornada XIX

PANTALONE
CASSANDRO

chegam, e dos filhos ouvem brevemente o acontecido, alegram-se, e acima de tudo alegram-se pela história do moedeiro ser uma invenção; nisto

ARLEQUIM
[FRANCISQUINHA]
[PEDROLINO]
[BURATTINO]

o qual vem defendendo Francisquinha de Pedrolino ou de Burattino, visto que os dois a querem para si. Todos se colocam no meio, e dão Francisquinha a Pedrolino,

e aqui termina a comédia.

JORNADA XX

OS DOIS FIÉIS TABELIÃES

Comédia

ARGUMENTO

Moravam em Bolonha dois jovens nobilíssimos e grandíssimos amigos; um chamava-se Horácio, e o outro Flávio, ambos apaixonados: Horácio por uma rapariga de virtuosas qualidades ornamentada, de nome Isabella, filha de um certo Doutor Graciano, e Flávio por uma jovem dotada de muita nobreza e beldade, de nome Flamínia, filha de um certo Pantalone de' Bisognosi. Foram, aqueles dois jovens, atormentados em seus amores por um certo Capitão Spavento, ao qual, por meio de um criado, pregaram umas peças, para que ficasse sem a mulher por ele amada, a qual se tornou depois mulher de Flávio; e ele ficou burlado, assim como demonstraremos na comédia.

Jornada XX

PERSONAGENS DA COMÉDIA

PANTALONE — veneziano
FLAMÍNIA — filha
ARLEQUIM — criado

HORÁCIO
FLÁVIO — amigos

GRACIANO — Doutor
ISABELLA— filha
FRANCISQUINHA — criada
PEDROLINO — criado

CAPITÃO SPAVENTO

Bolonha, cidade

COISAS PARA A COMÉDIA

Lanternas belíssimas, muitas

Dois trajes e barbas postiças, para vestir dois
tabeliães

Os dois fiéis tabeliães

PRIMEIRO ATO

ISABELLA
FRANCISQUINHA
por ser de noite, levam para fora de casa Pedrolino, ao qual deram uma poção para dormir, a fim de que ele não veja Horácio, namorado de Isabella, entrando em casa; esta manda Francisquinha procurar Horácio. Isabella em casa, Francisquinha sai, deixando Pedrolino em cena.

CAP. SPAVENTO
chega, para falar com Flamínia. Pedrolino diz muitas coisas sonhando; nisto

ISABELLA
impaciente pela demora de Horácio, vai à janela, vê o Capitão, sai para fora, e, tomando-o por Horácio, abraça-o e leva-o para casa.

FLAMÍNIA
à janela, esperando Flávio, ouve Pedrolino falando, toma-o por Flávio, sai para fora; nisto

GRACIANO
chega, ela toma-o por Flávio, abraça-o dizendo: "Meu bem, venha em casa desfrutar-me". Entram.

PANTALONE
ARLEQUIM
com candeia, vêem Pedrolino, espantam-se, divertem-se ouvindo-o falar; nisto

CAPITÃO
fugindo de casa.

ISABELLA
atrás, diz a seu pai que o Capitão tinha entrado em sua casa para lhe tirar a honra e raptá-la, e que deu tantas pauladas em Pedrolino que o matou. Capitão quer dizer as suas razões. Eles não querem ouvi-lo, e todos partem para cima dele, e ele foge; levam Pedrolino em casa, Isabella entra, e eles vão dar queixa do Capitão, saem.

FLAMÍNIA
à janela diz que, pelo atraso do pai, quer ir desfrutar com o seu amante na sala térrea, sendo ele seu marido por fé; recolhe-se.

ISABELLA
à janela, lamuriando-se pela demora de Horácio; nisto

FLÁVIO
a vê e, tomando-a por Flamínia, conversa amorosamente com ela, em voz baixa; nisto

HORÁCIO
FRANCISQUINHA
com candeia ficam ouvindo; por fim Horácio, reconhecendo-o por Flávio, lança mão da espada; Flávio o mesmo; nisto

PANTALONE
ARLEQUIM
com candeia colocam-se no meio. Francisquinha em casa. Horácio e Flávio, duelando, atravessam a cena, e saem; nisto

Jornada XX

GRACIANO	fugindo
FLAMÍNIA	atrás, dando-lhe pauladas, chamando-o de traidor, por ter querido desonrá-la. Pantalone ataca-o com as armas. Graciano de joelhos: que fará tudo o que ele quiser. Pantalone faz Flamínia se casar; manda-a em casa; depois diz a Graciano que tem coisas importantes a lhe dizer sobre sua filha Isabella e o Capitão. Entram. Arlequim arrasta Pedrolino para dentro de casa,
	e aqui termina o primeiro ato.

SEGUNDO ATO

Dia

ISABELLA [FRANCISQUINHA]	desesperada pelo que aconteceu entre Horácio e Flávio; nisto
PANTALONE GRACIANO PEDROLINO	vêm conversando sobre as pauladas que o Capitão deu em Pedrolino, o qual diz que não foram pauladas, mas que as mulheres de casa lhe deram algo para beber e o fizeram adormecer. Mulheres, ouvindo isso, fogem para dentro de casa. Velhos desconfiam, e ainda mais por causa do duelo da noite; mandam chamar Isabella. Pedrolino bate.
FRANCISQUINHA	chorando, conta como por acidente Isabella tornou-se muda. Eles espantam-se; nisto
ISABELLA	fingindo-se muda e ao mesmo tempo endemoninhada, joga-se em cima de Pedrolino; nisto
CAPITÃO	chega. Ela faz o mesmo com ele. Capitão foge, e ela entra em casa com Francisquinha. Velhos concluem que o Capitão é a causa do mal de Isabella; nisto
CAPITÃO	volta, dizendo a Graciano que sua filha Isabella é que o tinha puxado para dentro de casa, e que ele foi acreditando que estava indo com Flamínia, dizendo que ela está apaixonada por ele; nisto
FLÁVIO	diz ao Capitão que está mentindo descaradamente, desembainham as armas e, duelando, e os outros se colocando no meio, vão-se pela rua.

Os dois fiéis tabeliães

ARLEQUIM que a patroa não faz outra coisa senão chorar, pois não quer o Doutor por marido; nisto

FRANCISQUINHA o vê, os dois namoram, depois revelam um ao outro os amores de suas patroas: Isabella ama Horácio, e Flamínia Flávio, e de como Isabella deu sonífero a Pedrolino; nisto

PEDROLINO que ouviu tudo, diz que vai revelar aos velhos os amores das filhas. Francisquinha ameaça mandar matá-lo, se o disser; nisto

HORÁCIO chega; Pedrolino imediatamente foge. Francisquinha lhe conta que a patroa só faz é chorar, pelo duelo com Flávio. Horácio diz que Isabella é uma traidora e que está apaixonada por Flávio. Criados negam; nisto

ISABELLA diz a Horácio, que ele não a ama, fazem cena de ciúmes; por fim Horácio diz: "Senhora, eu sei que Flávio é o seu amante", e imediatamente chega

FLAMÍNIA dizendo que ele não tenha tal suspeita, pois que Flávio está por ela apaixonado e ela o ama; e fazem as pazes; nisto

PEDROLINO chega, dizendo que quer revelar tudo aos velhos, e estragar todos os planos deles; todos chamam-no de dedo-duro, e ele, bravo, diz impropérios. Horácio lança mão da espada, e todos aos brados de "dedo-duro!" entram

e aqui termina o segundo ato.

TERCEIRO ATO

HORÁCIO [FLÁVIO] desculpa-se com Flávio, o qual se desespera porque Flamínia casou-se com Graciano. Horácio promete-lhe toda a ajuda; nisto

PEDROLINO chega, eles lançam mão para matá-lo; ele, de joelhos, promete ajudá-los em seus amores; nisto

FRANCISQUINHA dizendo-lhes: "Não confiem nele"; nisto

ISABELLA à janela, diz o mesmo; nisto

FLAMÍNIA à janela, diz o mesmo. Pedrolino diz que é homem de bem, e que vai

Jornada XX

ajudá-los, a despeito deles. Todos afagam-no. Por fim Pedrolino manda Flamínia dizer abertamente a seu pai que não quer Graciano porque o hálito dele fede; depois manda Isabella continuar bancando a muda e a endemoninhada, e que deixe tudo com ele; depois manda os amantes, cochichando em seus ouvidos, se disfarçarem de tabeliães. Mas antes de ir-se, fazem cerimônias com as suas mulheres. Francisquinha em casa; Pedrolino fica; nisto

CAPITÃO
desesperado por Flamínia. Pedrolino: que estava à sua procura por parte de Flamínia, a qual manifestou com ele o seu amor; assegura-o do amor de Flamínia; manda-lhe, cochichando em seu ouvido, dizer, ao ver Graciano, que o seu hálito fede, e mais, que se finja médico e que, ao ver Isabella, a qual se finge muda, faça algum gesto de cura, ensinando-lhe como deve fazer, prometendo-lhe que Flamínia não será de Graciano. Capitão, alegre, sai; Pedrolino fica; nisto

ARLEQUIM
combinam ser amigos, e ajudar as suas patroas; Pedrolino lhe cochicha no ouvido que, assim que vir Graciano, lhe diga que o seu hálito fede. Arlequim, rindo, sai. Pedrolino fica; nisto

GRACIANO
chega, e ouve de Pedrolino como ele acredita que o Capitão seja necromante, e que quer arrancar isto de sua própria boca, por que, se for verdade, será útil para curar Isabella.

Graciano pede a sua proteção. Pedrolino sai, e ele fica; nisto

PANTALONE
diz que quer fazer os esponsais da filha, dizendo a Graciano que a doença de Isabella irá se arrastar; nisto

FLAMÍNIA
de lado, diz a seu pai que não quer Graciano porque o seu hálito fede, e entra; eles ficam.

FRANCISQUINHA
diz que Isabella ainda não fala, depois diz a Graciano que o seu hálito fede; Graciano ri-se e manda-a para casa.

ARLEQUIM
chega, para ouvir a ordem dos esponsais; diz a Graciano que seu hálito fede e entra em casa. Pantalone, para esclarecer-se sobre o mal de Graciano, manda ele soprar em sua cara, diz não sentir nada, mas que talvez isto aconteça porque o seu hálito também fede; nisto

CAPITÃO
pede a Pantalone sua filha em casamento, dizendo do grande fedor do hálito de Graciano; sai. Eles ficam; nisto

Os dois fiéis tabeliães

PEDROLINO
diz ter descoberto que o Capitão é necromante, e que quer acusá-lo depois que ele tiver curado Isabella. Pantalone pergunta a Pedrolino se o hálito do Doutor fede. Pedrolino: que não sente, já que ele também sofre daquele mal. Pantalone confirma, dizendo que o mesmo acontece com ele; nisto

FLÁVIO
vestido de tabelião, vindo para estipular o instrumento dos esponsais. Pantalone pergunta-lhe se uma mulher pode se casar com um homem que tem o hálito fedido. Flávio: que sim, desde que a mulher concorde. Graciano fala com o tabelião, o qual finge não poder suportar o fedor de seu hálito. Pedrolino diz a Pantalone que não perca aquela fortuna do Doutor, e que mande o tabelião em casa, e que ele a interrogue e a exorte a ficar com Graciano. Chama Arlequim.

ARLEQUIM
leva Flávio em casa, como tabelião. Velhos se retiram; nisto

CAPITÃO
chega, Pedrolino vai ao seu encontro dizendo: "Chegou a hora", e entra; depois volta, e traz

ISABELLA
faz atos de alegria. Capitão finge sussurrar-lhe palavras mágicas no rosto, e ela, imediatamente raciocinando, diz: "Eu fiquei curada por sua obra, Senhor Capitão". Ele manda-a em casa descansar, depois em voz baixa pede a proteção de Pedrolino; sai. Velhos aparecem: que viram tudo. Pedrolino: diz que vai acusar o Capitão de bruxaria; nisto

HORÁCIO
de tabelião, cumprimenta os velhos, dizendo ser o tabelião do Capitão de justiça. Pedrolino exorta os velhos a mandá-lo em casa para interrogar Isabella, para poder formular melhor a queixa e mandar castigar o Capitão. Graciano manda-o examinar Isabella; nisto

ARLEQUIM
que o Tabelião está abraçando bem apertado a patroa. Pantalone, encolerizado, entra em casa. Arlequim diz a Graciano que o tabelião arrancou a barba e de imediato correu para abraçar a patroa. Graciano alegra-se que o parentado não tenha ido adiante; nisto

PANTALONE
[FLAMÍNIA]
[HORÁCIO]
esbravejando; Horácio diz que Flamínia é sua mulher, e que Pedrolino excogitou aquela invenção. Pantalone, não tendo escolha, concorda que seja dele; nisto

FRANCISQUINHA
conta a Graciano que o tabelião está engravidando a sua filha. Todos riem. Graciano, encolerizado, chama-os...

Jornada XX

FLÁVIO — diz que Isabella é sua mulher, e que aquele expediente foi inventado por Pedrolino. Graciano, vendo a má situação, concorda; nisto

CAPITÃO [PEDROLINO] — ouve de Pedrolino que ele vai ter de ficar sem mulher. Capitão, indignado, lança mão da espada para matá-lo. Todos lançam mão das armas, defendendo-o. Pedrolino pede perdão por todos os enganos que fez; todos perdoam-no,

e aqui termina a comédia.

JORNADA XXI

O QUE SE FINGIU NECROMANTE

Comédia

ARGUMENTO

Moravam em Roma dois grandes mercadores, o primeiro chamava-se Pantalone, que tinha uma só filha, certa Flamínia, e o segundo chamava-se Graciano, que tinha dois filhos, um de nome Horácio e a outra chamada Isabella. Compraram, estes dois amigos, algumas propriedades deliciosas nas cercanias de Roma, para onde se iam a deleite, junto a suas famílias, durante o verão.

Deu-se que, ali perto, um jovem de nobreza, virtudes e bens de fortuna dotado, tinha uma propriedade; este jovem, como costuma acontecer, encantou-se com Isabella, filha de Graciano e, por ter estreitado laços de amizade com Horácio, irmão dela, desvendou-lhe o seu amor, pelo qual tudo o que mais desejava era transformá-la em sua consorte. Isso agradou a Horácio, que prometeu dar-lhe toda a ajuda para que desfrutasse honestamente da irmã. Horácio, por sua vez, revelou o seu amor por Flamínia, filha de Pantalone, tão amigo de seu pai. Flávio (pois por este nome atendia o jovem), para satisfazer a si próprio e dar ajuda ao amigo, deu para banquetear os dois velhos pais com as jovens filhas, já que a sua propriedade era contígua com a deles. Assim perseverando, com tempo e com conforto, com a ajuda dos criados, ambos os jovens desfrutaram de suas amadas, e para seu enorme contento engravidaram as mulheres. E por serem demasiado sôfregos e solícitos naqueles seus amores, causaram desconfiança aos velhos, e particularmente a Pantalone, o qual imediatamente voltou, com o amigo Graciano e com toda a família, à cidade. Mal tinham regressado à cidade e as duas mulheres (cujo corpo avolumava) por invenção dos criados fingiram-se uma hidrópica, endemoninhada a outra. O jovem Flávio, para dar sinal que os mencionados males tivessem sido causados pela permanência na cidade, também fingiu-se de idiota algumas vezes. Por fim, por combinação dos criados, um deles fingiu-se necromante, fazendo com que, com sua astúcia, os pais concordassem em dar em casamento, aos mencionados jovens, as suas filhas. Revelado o caso, é-lhes perdoada toda a falta, e com grandíssima felicidade passou-se depois todo o tempo de suas vidas.

Jornada XXI

PERSONAGENS DA COMÉDIA   COISAS PARA A COMÉDIA

PANTALONE
FLAMÍNIA — filha
PEDROLINO — criado

Dois trajes de espíritos

Muitos copos com vinho

GRACIANO — Doutor
ISABELLA — filha
HORÁCIO — filho
ARLEQUIM — criado
FRANCISQUINHA — criada

Uma rosca

Traje de necromante

Traje de Mercúrio para Francisquinha

FLÁVIO — sozinho e nobre
MÉDICO
CAPITÃO SPAVENTO
BELEGUINS

Roma, cidade

O que se fingiu necromante

PRIMEIRO ATO

PANTALONE [PEDROLINO] aflige-se com Pedrolino, seu criado, pela enfermidade de Flamínia, sua filha, e por sua barriga estar ficando tão avolumada. Pedrolino culpa muitas coisas da vivenda onde passaram o verão com toda a família, e que seria bom lhe dar um marido, propondo-lhe Horácio. Pantalone, encolerizado, diz que prefere antes afogá-la; nisto

FLÁVIO endemoninhado vai discorrendo consigo próprio e à roda de Pantalone, dizendo: "Tua filha morrerá" e fazendo atos de possuído, para amedrontá-los; vai-se embora. Pantalone manda Pedrolino buscar o médico, e este vai-se. Pantalone, sai.

HORÁCIO [ARLEQUIM] aflige-se com Arlequim pela desconfiança de Pantalone, devido à qual deixaram tão prontamente a vivenda, tirando-lhe assim a oportunidade de lhe falar. Arlequim conta que Flávio, enquanto estavam na vivenda, mandou que dissesse a Pantalone que estava possuído, mas que não sabe com que finalidade; nisto

PEDROLINO que o médico quer ver a urina de Flamínia; diz isso a Horácio, o qual suspeita que o médico descubra sua gravidez. Horácio: que gostaria de falar com ela. Pedrolino entra para fazê-la urinar. Eles ficam; nisto

FLAMÍNIA pede a proteção de Horácio, estando a gravidez no auge; fazem cena amorosa; nisto

ISABELLA à janela, pede a proteção de Horácio seu irmão, dizendo-lhe como a sua gravidez está ficando cada dia mais perceptível; nisto

GRACIANO de dentro, chama a filha, perguntando com quem ela está conversando. Horácio vai-se embora com Pedrolino. Isabella fica com Arlequim, e, vendo o pai chegar, prontamente desata a cantar, e Arlequim a dançar; nisto

GRACIANO vendo Isabella dançando e cantando crê que tenha enlouquecido; com belas palavras manda-a para dentro, depois manda chamar Francisquinha.

FRANCISQUINHA fora, Graciano leva-a consigo à Ribanceira para comprar vinho, mandando Arlequim lavar o tonel, e que mandará o vinho pela Porta da Caneva, sai. Arlequim fica, nisto

Jornada XXI

CAPITÃO — fala com Arlequim do amor que carrega por Flamínia, e diz querer lhe mandar uma carta, oferecendo-lhe cinqüenta escudos, se ele se dispuser a jogar a carta janela adentro, e assim combinados vão escrevê-la, saem.

HORÁCIO [FLÁVIO] — ouve de Flávio que ele fingiu estar possuído com Pantalone e tudo o que lhe disse. Horácio conta-lhe que Pedrolino inventou um expediente com o qual eles poderão entrar nas casas de suas mulheres; depois diz a Flávio que sua irmã está grávida dele, e que é preciso avisá-las, agora que está anoitecendo; nisto

Noite

ISABELLA — à janela, faz cena amorosa com Flávio; nisto

FLAMÍNIA — à janela, discorre com Horácio, ao qual diz que as dores da gravidez estão a atormentá-la; Isabella diz o mesmo. Horácio avisa as mulheres sobre o expediente de Pedrolino e que, seja o que for que elas virem, não tenham medo, porque tudo será para que possam estar novamente juntos. Mulheres, alegres, recolhem-se; eles vão-se.

CAPITÃO [ARLEQUIM] — com a carta; Arlequim vai buscar a escada, dizendo que vai fingir estar caçando andorinhas, e que jogará a carta janela adentro. Capitão: que lhe dará os cinqüenta escudos prometidos. Arlequim vai à sua casa para buscar escada e a candeia. Capitão retira-se; nisto

PANTALONE — com candeia, fica sabendo que o médico encomendou o remédio para a manhã; entram em casa.

ARLEQUIM — com a escada, diz que o vinho chegou; depois apóia a escada à janela de Flamínia, caindo repetidas vezes. Capitão anima-o, Arlequim trepa no alto da escada; nisto

BELEGUINS — com lanternão, fazem balbúrdia. Arlequim, de medo, despenca e foge. Capitão o mesmo, beleguins atrás,

e aqui termina o primeiro ato.

O que se fingiu necromante

SEGUNDO ATO

PEDROLINO — que ouviu uma balbúrdia enorme, e quer ir buscar o remédio, somente para animar a história e Pantalone, sai.

Dia

GRACIANO
FRANCISQUINHA — que dormiram na casa do irmão, dizendo que mandaram o vinho e uma rosca, e diz que quer provar o vinho; batem à casa.

ARLEQUIM — responde, depois fora recebe o patrão, dizendo que o vinho chegou. Graciano dá-lhe dinheiro para comprar uma libra de queijo para o desjejum e experimentar o vinho; entra com Francisquinha. Arlequim fica.

PEDROLINO — com o remédio, faz Arlequim acreditar ser *Malvagìa*[1]. Arlequim bebe um pouco, fica enjoado, e vai-se. Pedrolino ri-se; nisto

PANTALONE — desesperado por sua filha, vê Pedrolino com o frasco do remédio, manda-o em casa para dá-lo a Flamínia. Pantalone fica.

MÉDICO — chega; Pantalone afaga-o, rogando-lhe que cure sua filha; nisto

PEDROLINO — fora; Pantalone ordena-lhe que leve o médico até Flamínia, para que possa examinar melhor a sua doença, e sai. Médico manda chamar Flamínia; Pedrolino em casa, depois volta com

FLAMÍNIA
[PEDROLINO] — fora, é examinada pelo médico; por fim ela confessa estar grávida de Horácio; nisto

GRACIANO — apartado, ouviu tudo. Médico consola-a, manda-a para casa, e ele sai com Pedrolino. Graciano diz que Horácio seu filho é um reles, e que por isso é que ficava de bom grado na vivenda; nisto

HORÁCIO — chega; Graciano vai motejando com Horácio sobre o amor, sobre a vivenda e sobre o engravidar das mulheres. Horácio imediatamente finge um mal súbito, sai. Graciano fica.

PANTALONE — chega. Graciano: que compreendeu qual é a doença de Flamínia e, para saná-la, pede-a em casamento por Horácio, seu filho, a Pantalone

---

1) A grafia atual é *Malvasia*, isto é, um vinho delicado, doce e muito aromático.

Jornada XXI

seu pai. Pantalone recusa. Graciano: que se a quer curada, que a dê para Horácio. Pantalone, encolerizado, sai para ir ter com o médico. Graciano fica.

ARLEQUIM com o queijo, entrega-o a Graciano, vomitando à sua volta por ter bebido do remédio. Graciano: que entre em casa para experimentar do outro vinho. Arlequim fica, vomitando; nisto

FRANCISQUINHA chama-o para refundir o vinho. Ele vomita, e diz que o seu corpo dói. Francisquinha entra; Arlequim se demora.

PEDROLINO diz que o médico é homem de bem. Arlequim queixa-se dele, enjoado e esforçando-se para pôr tudo para fora; nisto

GRACIANO de dentro chama Arlequim, perguntando-lhe quem está com ele. Ele diz: "Pedrolino". Graciano chama-o, que vá beber. Pedrolino entra, Arlequim fica; nisto

CAPITÃO chega, Arlequim quer os cinqüenta escudos, por ter jogado a carta pela janela; nisto

GRACIANO comendo, sai para chamar Arlequim; vê o Capitão e convida-o a comer em casa; Arlequim, vomitando, vai atrás.

PANTALONE [MÉDICO] pergunta a opinião do médico sobre a doença de sua filha. Médico diz a Pantalone que case a filha com quem ela quiser, e que se não o fizer, em breve tempo terá dor e desonra, e que os homens sábios sabem tomar as próprias decisões, e sai. Pantalone fica pensativo quanto às palavras sobre a honra; lembra-se do que Graciano lhe disse, ouve cantos e brindes na casa dele; bate.

GRACIANO
CAPITÃO
PEDROLINO
FRANCISQUINHA comendo e bebendo, e bêbados feito gambás. Pantalone repreende Graciano, que cai ao chão bêbado, depois de muitos atos ébrios; e assim, um depois do outro, todos caem no chão. Pantalone espanta-se; nisto

ARLEQUIM leva-os todos, um a um, dentro de casa, em vários modos ridículos; por fim volta, quer pegar Pantalone, que foge pela rua. Arlequim em casa,

e aqui termina o segundo ato.

O que se fingiu necromante

TERCEIRO ATO

HORÁCIO
[FLÁVIO]
diz a Flávio estar desconfiado de que o pai saiba alguma coisa sobre o seu amor, devido às palavras que lhe disse antes; nisto

PEDROLINO
meio entorpecido pela bebedeira; os amantes afligem-se com ele, porque ele está esticando demais o assunto. Pedrolino: que deixem com ele; nisto

CAPITÃO
[ARLEQUIM]
diz a Arlequim que lhe dará satisfação, cumprimenta os amantes, dizendo que o Doutor lhe deu de presente um excelente vinho, sai. Pedrolino manda Arlequim em casa, dizer às mulheres que logo estarão contentes; depois, falando nos ouvidos dos amantes, manda-os se disfarçarem de espíritos, com aquele amigo deles que faz máscaras e fantasias. Eles saem, Pedrolino fica.

PANTALONE
ralha com Pedrolino porque fica se embebedando em vez de cuidar da casa. Pedrolino culpa o Doutor, depois lhe diz que encontrou um sujeito que irá curar a sua filha; nisto

GRACIANO
chega, Pantalone repreende-o. Graciano desculpa-se, dizendo que é Carnaval. Pedrolino diz mais uma vez que encontrou um sujeito que irá curar as duas filhas deles. Graciano pede pela sua, mas pela de Pantalone desata a rir, dizendo que ela nunca vai sarar, se não conseguir se casar com Horácio, seu filho. Pedrolino manda que o esperem no Boticário do Ourinol, e que não digam nada sobre o necromante, pois não quer ficar conhecido. Eles saem, Pedrolino fica.

ARLEQUIM
chega; Pedrolino diz que quer tirar do aperto as suas patroas e burlar dos velhos. Manda-o se disfarçar de necromante, e que, na volta, lhe dirá o que tem de fazer, avisando que, quando estiver diante de Pantalone, deve fingir que está esconjurando os espíritos. Arlequim sai. Pedrolino bate para avisar as mulheres.

ISABELLA
à janela.

FLAMÍNIA
à janela. Pedrolino avisa as mulheres que não tenham medo do que verão, por que tudo será encenação, e que depois fará elas sentirem doçura; mulheres, alegres, retiram-se. Pedrolino vai encontrar os amantes, sai.

Jornada XXI

ARLEQUIM — com o caduceu[2] de Mercúrio, o chapéu alado e as botinhas aladas, diz que pensou numa esperteza em dobro; chama Francisquinha.

FRANCISQUINHA — fora, recebe as coisas, e a ordem em seu ouvido, apontando o pórtico da casa. Ela entra, ele vai se disfarçar, sai,

PANTALONE [GRACIANO] — diz a Graciano que quer arranjar marido para a filha, assim que ela tiver sarado, negando-se a dá-la para Horácio, já que na vivenda dera para afirmar que iria tê-la à sua revelia; mas diz que, se Graciano quiser lhe dar Isabella em casamento, quando estiver curada, ele então concordará em dar Flamínia para Horácio, seu filho. Graciano concorda; nisto

PEDROLINO — completamente esbaforido, diz ter perdido de vista o necromante; nisto

ARLEQUIM — de necromante, esconjurando os espíritos, fala com os velhos, formando dois círculos, um de um lado da cena e o outro do outro lado, dentro dos quais manda entrar Pantalone e Graciano, ordenando que eles, por mais que vejam e ouçam, não se mexam; nisto Arlequim esconjura, chama os espíritos.

HORÁCIO FLÁVIO — vestidos de espíritos, girando em volta dos círculos, assustando os velhos e Pedrolino. Depois cada um deles entra na casa da própria mulher. Os velhos espantam-se, com gestos. Arlequim, olhando o céu, chama Mercúrio, núncio dos deuses, que venha acima da casa.

FRANCISQUINHA — vestida como Mercúrio; necromante pergunta-lhe a vontade dos deuses quanto a casar as filhas dos velhos. Francisquinha diz que os deuses querem que Flamínia seja de Horácio e Isabella de Flávio, e que, os pais não concordando, aqueles espíritos que apareceram terão de levá-los ao inferno. Velhos concordam; Francisquinha sai; nisto e imediatamente

ISABELLA — sai dizendo: "Senhor pai, eu estou curada, e não quero outro marido senão aquele que está em casa"; nisto e imediatamente

FLAMÍNIA — de casa, diz o mesmo. Velhos dizem que não querem se aparentar com diabos. Necromante: que quer que eles conheçam o seu valor; esconjura novamente

---

2) *Caduceo* — representava também o símbolo da paz, além do da medicina.

O que se fingiu necromante

HORÁCIO   em suas feições.

FLÁVIO   o mesmo. Arlequim os faz casar, depois arranca os velhos dos círculos, e eles querem premiá-lo. Ele: que não quer outro prêmio senão Francisquinha; de acordo chamam-na.

FRANCISQUINHA banca a temorosa, depois concorda. Arlequim manda perdoar algumas espertezas a um certo Pedrolino. Velhos concordam; ele finge esconjurar, depois arranca a barba postiça do rosto, revela-se; nisto

PEDROLINO   confessa todas as espertezas que aprontou para contentar os jovens amantes e para salvaguardar a honra de suas casas; todos louvam-no,

               e aqui termina a comédia.

JORNADA XXII

O QUE FOI DADO POR MORTO

Comédia

ARGUMENTO

Havia em Florença uma viúva, que vivia enamorada de um jovem virtuoso, chamado Horácio, o qual mais e mais vezes fora estimulado pela viúva; mas ele, que de modo algum tinha pensamento de amor, livre e solto, em outros deleites, levava a sua vida.

Deu-se que um dia, a referida viúva (que atendia pelo nome de Isabella), inventou chamá-lo por meio de uma carta. Não podendo recusar o convite, o jovem foi à sua casa. Ali chegando, tirou espada, capa e chapéu, atendendo aos pedidos da viúva. Ela então, estimulada e picada pelo despeito de amor, pediu-lhe que se juntasse amorosamente a ela. Diante disso ele, querendo escapar ao seu desejo, fugiu de sua casa e de suas mãos, deixando ali mesmo quer capa, quer espada, quer chapéu. Por fim, atormentado em vários modos pela viúva, depois de ter sido considerado morto, torna-se seu marido.

O que foi dado por morto

PERSONAGENS DA COMÉDIA   COISAS PARA A COMÉDIA

PANTALONE — velho
FLÁVIO — filho
PEDROLINO — criado

LAURA — viúva
HORÁCIO — filho
FLAMÍNIA — filha
ISABELLA — viúva

BURATTINO — criado de Laura
CAP. SPAVENTO

ARLEQUIM[1] — criado

Florença, cidade

---

1) No cenário, Arlequim não aparece, embora seu nome figure na lista original dos personagens.

Jornada XXII

PRIMEIRO ATO

HORÁCIO
[ISABELLA]

fugindo da casa de Isabella, onde deixou espada, capa e chapéu, negando-se a contentá-la. Ela pede e ameaça repetidamente, e ele sempre se mostra esquivo às suas vontades, pedindo as suas coisas. Ela: que não vai devolver coisa alguma, e que vai se haver com ela, e, enraivecida, entra, Horácio fica; nisto

PANTALONE

de dentro, grita que seu cofre foi arrombado; sai, e Horácio vai-se embora pela rua. Pantalone olha para ele dizendo: "Quem está lá?"; nisto que ele grita, dizendo ter sido assassinado, chega

PEDROLINO

Pantalone pega-o, lança mão do punhal para saber dele quem arrombou o cofre. Pedrolino ajoelha-se, depois diz não saber de nada.

ISABELLA

que ouviu tudo pela janela, sai, e pede segredo para lhe revelar o nome do ladrão; manda soltar Pedrolino, depois diz que Horácio lhe roubou tudo, e que o viu saindo de sua casa há pouco, gabando-se de ter arrombado o seu cofre e roubado o dinheiro. Pantalone: que o viu saindo, mas que não o tinha reconhecido; agradece, e vai-se com Pedrolino. Isabella: que quer assistir à ruína de Horácio, e sai.

LAURA
[FLAMÍNIA]

viúva diz à filha que a casou com o Doutor, e que se apronte para receber o esposo. Flamínia: que não o quer por marido; por fim mostra concordar; chamam Burattino.

BURATTINO

recebe de Laura a lista das mulheres do aparentado, para convidá-las aos esponsais, e vão-se juntos. Flamínia fica lamuriando-se, dizendo amar o Capitão; nisto

CAP. SPAVENTO

chega, Flamínia roga-lhe o seu amor, e ele diz que não a ama; nisto

FLÁVIO

repreende docemente Flamínia, e ela diz que o Capitão pedia-lhe a sua honra, e entra. Flávio repreende-o, por ser ela irmã de Horácio, seu grandíssimo amigo, e sai. Capitão fica, pasmado; nisto

ISABELLA

chega e, vendo o Capitão, desata a chorar. Capitão pergunta-lhe a causa. Ela diz que o ama, e que gostaria de se casar com ele, mas que um certo Horácio, filho de Laura, impede-o, dizendo que se ela ficar com o Capitão, ele a matará. Capitão, indignado, promete matá-lo, e que o considere morto com certeza, e sai. Ela, alegre: que se verá vingada, entra.

O que foi dado por morto

HORÁCIO
[FLÁVIO]

conta a Flávio a burla que Isabella, viúva, lhe fez. Flávio diz que arrombou o cofre do pai e que tirou quinhentos escudos dali; nisto

PEDROLINO

diz que ouviu tudo, e que se não lhe derem dinheiro, contará tudo a Pantalone — eles aplacam-no: Horácio roga-lhe que consiga de volta de Isabella a sua espada, a capa e o chapéu — e que noutro momento lhe dirá algumas coisas que lhe serão caras. Eles dão-lhe dinheiro, saem. Pedrolino espanta-se com a astúcia de Isabella com Horácio; nisto

BURATTINO

está de volta depois de ter convidado todas as mulheres. Pedrolino dá-lhe um escudo, induzindo-o a chorar e imitar o seu comportamento; nisto Pedrolino desata a gritar, injuriando Horácio; nisto

ISABELLA

fora; Burattino chora. Isabella fica sabendo de Pedrolino que Horácio lhe deu uma surra de vara, e que ele gostaria de dar queixa, mas que não tem testemunhas para provar o fato, mas, se ele tivesse algum objeto dele para mostrar como prova, seria como ter testemunhas. Isabella: que lhe dará as suas coisas; entra, entrega as coisas a Burattino exortando-o a mandar trancafiá-lo na prisão e castigá-lo; entra, e eles rindo vão-se embora com as coisas de Horácio,

e aqui termina o primeiro ato.

SEGUNDO ATO

PANTALONE
[LAURA]

diz a Laura que Horácio, seu filho, arrombou o seu cofre e roubou-lhe quinhentos escudos, dizendo que, além do mais, tem testemunhas; contendem entre si, por fim Laura diz que vai querer saber quem são as testemunhas; nisto

ISABELLA

diz que ela é a testemunha válida, e que o viu entrar e sair da casa de Pantalone. Laura: que, se for verdade, ela lhe devolverá o dinheiro. Pantalone sai. Laura repreende Isabella por tamanho descaramento, Isabella diz-lhe impropérios; nisto

BURATTINO

ele também esbraveja; nisto

CAPITÃO

se põe no meio, ralhando com Burattino e Laura; e ela, dizendo-lhe impropérios, entra em casa; Burattino fica à porta. Capitão mais uma vez garante a Isabella que Horácio será morto, mas que ainda não o

Jornada XXII

encontrou. Ela roga-lhe que o faça; Capitão promete, e sai. Burattino, que ouviu tudo, sai. Isabella fica, dizendo que em seu peito desdém e amor estão em contenda; nisto

FLÁVIO

conversa com ela amorosamente. Ela lhe conta a crueldade de Horácio, e que espera vê-lo morto em breve. Flávio, com belas palavras, faz com que ela volte a ser completamente humilde, depois lhe conta que está zombando dela, e ela, encolerizada, ralha e esbraveja com ele; nisto

CAPITÃO

diz: "Senhora Isabella, hei de matar este também?". Isabella: que faça o que bem quiser. Capitão lança mão da espada, Flávio o mesmo. Capitão vai-se embora, dizendo que não mata na presença de mulheres, para que elas não se tornem perdidas. Isabella, agastada, entra em casa; Flávio fica.

LAURA

pergunta a Flávio por Horácio, seu filho. Flávio: que não sabe, e que é seu grandíssimo amigo. Laura mostra ter afeição por ele, e que de bom grado se casaria com ele, e que já casou Flamínia com um Doutor, que é catedrático em Bolonha; nisto e imediatamente

FLAMÍNIA

que ouviu tudo, diz à mãe que seria melhor ela ficar com o Doutor e dar Flávio para ela. Laura, encolerizada, bate nela e manda-a para dentro. Flávio sai; ela fica, enraivecida; nisto

BURATTINO

que ouviu tudo, diz que Laura está errada. Ela bate nele, e entra. Burattino sai, chorando.

PEDROLINO
[HORÁCIO]

conta a Horácio de que jeito conseguiu arrancar suas coisas das mãos de Isabella; riem-se; nisto

FLAMÍNIA

à janela, diz a Horácio que sua mãe está encolerizada com ele, por ter ouvido de Pantalone que ele arrombou o seu cofre e roubou o dinheiro. Pedrolino confirma; Horácio ri-se. Flamínia depois diz a Horácio que sua mãe está apaixonada por Flávio, rogando-lhe que faça qualquer coisa para que o Doutor não seja seu marido; nisto

LAURA

de dentro, diz a Flamínia que saia da janela. Ela retira-se; eles ficam; nisto

FLÁVIO

Horácio diz o que o seu pai lhe disse; ele espanta-se. Horácio pergunta como ele fez, e ele narra tudo em detalhes; nisto

242

O que foi dado por morto

PANTALONE   apartado, escuta tudo. Pedrolino diz que a sua parte é pouca, e que quer mais dinheiro. Pantalone, encolerizado, chamando-os de ladrões, lança mão do punhal. Eles, apavorados, fogem pela rua. Pantalone fica; nisto

LAURA   à janela, por causa da balbúrdia. Pantalone pede perdão a Laura, e diz que encontrou o ladrão, e que Horácio seu filho não o roubou, mas sim etc., sai.

PEDROLINO   amedrontado com Pantalone; nisto

BURATTINO   lhe diz que Isabella ordenou a morte de Horácio. Pedrolino pasma-se, e pede que imite o seu comportamento, porque quer tirar tudo a limpo; bate.

ISABELLA   fora, fica sabendo de Pedrolino que o Capitão matou Horácio, antes que ele pudesse mandar prendê-lo. Burattino confirma, e que enquanto morria dizia: "Isabella minha, eu morro por ti e pelo teu ódio contra mim". Ela, chorando, diz que o amava, e não o odiava; resolve mandar matar o Capitão e entra. Pedrolino e Burattino, rindo, dizem que vão dar queixa contra o Capitão; nisto

CAPITÃO   que apartado ouviu tudo, lança mão da espada; eles fogem, e ele atrás,

e aqui termina o segundo ato.

TERCEIRO ATO

CAPITÃO   diz que quer se vingar; bate à casa de Isabella.

ISABELLA   fica sabendo que o Capitão deu morte a Horácio, e desata a chorar, gritando alto; nisto

LAURA   ouve de Isabella que o Capitão matou Horácio, seu filho; desata a chorá-lo; nisto

FLAMÍNIA   chora a morte do irmão; Laura desmaia; nisto

BURATTINO   chega, vê Laura desmaiada, leva-a para casa. Capitão pede o amor de Flamínia, que o enxota; nisto

Jornada XXII

PANTALONE   coloca-se no meio; Capitão sai. Flamínia continua lamuriando a morte do irmão; nisto

FLÁVIO   pergunta a razão de sua dor. Ela diz que se deve à morte de Horácio, pela mão do Capitão, e entra chorando.

PEDROLINO   que o Capitão quis matá-lo, dizendo: "Quero matar-te, da mesma forma que fiz com o traidor do Horácio". Flávio, ouvindo que todos confirmam a morte de Horácio, também acredita. Pantalone pergunta-lhe onde está o dinheiro que ele tirou de seu cofre. Flávio, chorando, vai-se embora. Pantalone faz a mesma pergunta a Pedrolino, que, da mesma forma, vai-se chorando, sem lhe dar resposta, sai. Pantalone, burlado, vai-se embora.

HORÁCIO   que não tem notícias de Flávio; bate à sua casa.

FLAMÍNIA   toma-o pelo espírito de Horácio, e, apavorada, entra em casa.

BURATTINO   ao vê-lo, faz o mesmo, e foge. Ele fica; nisto

ISABELLA   toma-o pelo espírito de Horácio, amedrontada entra em casa.

LAURA   fora, faz o mesmo, sai.

FLÁVIO   o mesmo, sai.

PANTALONE   o mesmo, sai.

PEDROLINO   o mesmo, sai.

CAPITÃO   ao vê-lo, lança mão das armas; Horácio o mesmo; e, àquela barafunda, todos saem.

TODOS   fora com armas, colocam-se no meio. Isabella vai logo dizendo ao Capitão: "Ah, traidor, para quê me dizer que tinhas matado Horácio?". Ele conta que o disse para se vingar da injustiça que lhe fazia; pede perdão a Horácio. Ele perdoa-o e, aos pedidos de Flávio, casa-se com Isabella. Horácio: que fica com ela desde que Flávio se case com Flamínia sua irmã. Assim combinados, dão-se a fé. Flávio: que vai devolver ao seu pai os quinhentos escudos que tirou de seu cofre,

e aqui termina a comédia.

JORNADA XXIII

O MENSAGEIRO

Comédia

ARGUMENTO

Vivia em Veneza um mercador, denominado Stefanello Bisognosi, o qual tinha uma filha extremamente bela e dotada de virtuosos hábitos, a qual, por correspondência, ele tratava de casar em Gênova, com um jovem de honrada família, chamado Flamínio.

Deu-se que um fidalgo veneziano enamorou-se da jovem e, querendo raptá-la ao pai, que viera à cidade, acabou sendo ferido e morto pelo referido Stefanello, com a ajuda de alguns capangas. Fugiu-se Stefanello para Bolonha, e não se considerando ali seguro, acabou, muito tempo depois, se mudando para Roma.

Naquele ínterim o jovem Flamínio, que com aquele aparentado não concordava, fugiu do seu pai e, sob falso nome, alcançou Bolonha, e ali, desconhecendo a própria mulher (que sob o nome de Isabella vivia), por ela inflamou-se altivamente. Seguiu-a então em Roma, sob o nome de Horácio; e após muitos, atormentados acontecimentos, faz-se conhecer por Flamínio, e, correndo assim maior perigo de perdê-la, conseguiu tê-la por esposa.

Jornada XXIII

PERSONAGENS DA COMÉDIA   COISAS PARA A COMÉDIA

PANTALONE depois
STEFANELLO
ISABELLA — filha, depois HORTÊNCIA
PEDROLINO
BURATTINO — criados

GRACIANO — Doutor
FLAMÍNIA — filha
FRANCISQUINHA — criada
CAPITÃO SPAVENTO — sozinho

HORÁCIO — depois FLAMÍNIO
FLÁVIO — companheiro
TABERNEIRO

MENSAGEIRO

Roma, cidade

Tabuleta de taberna

Paus para dar pauladas

Um cesto contendo muitas cartas.

O mensageiro

PRIMEIRO ATO

MENSAGEIRO   bate à casa de Pantalone; nisto

PANTALONE   à janela, penteando-se responde dizendo que vai mandar alguém para as cartas, e retira-se, e ele bate à casa de Graciano.

FRANCISQUINHA   à janela, dizendo: "Estou indo"; nisto

PEDROLINO   pega a carta do patrão, perguntando se há alguma para si; nisto

FRANCISQUINHA   pega as de Graciano. Mensageiro sai. Eles brincam amorosamente um com o outro, depois Francisquinha pergunta-lhe se têm notícias de Burattino. Pedrolino: que desde que partiram de Bolonha nunca mais tiveram notícias, e fica com ciúmes de Burattino; nisto

FLÁVIO
[HORÁCIO]   persuade Horácio a não querer desistir do amor de Isabella e sair de Roma. Ele: que é obrigado a ir-se embora, por ter percebido que Isabella ama outra pessoa; e que isto lhe acontece por ter sido desobediente ao seu pai e não ter querido ficar com a esposa que ele lhe dera em Veneza, e que enfim está resolvido a partir para Bolonha. Criados, que ficaram apartados, entram em casa. Eles continuam a conversa começada, e Horácio narra a sua história; nisto

ISABELLA   que ouviu de Pedrolino que Horácio está em Roma, e na rua; nisto

FLAMÍNIA   que ouviu de Francisquinha que Flávio está na rua; vêem-se, cumprimentam-se; Horácio, ao ver Isabella, quer ir-se embora; Flávio o detém. Isabella fala docemente com ele. Horácio chama-a de traidora. Isabella chama por testemunhas de seu amor Flávio e Flamínia, os quais dão fé da verdade. Horácio, fora de si e completamente apaixonado, vai-se embora calando. Flávio segue-o. Isabella, entrando, diz: "Maldito seja o dia em que parti da minha terra". E Flamínia: "Maldito seja o dia em que parti de Bolonha e vi Flávio"; entra.

BURATTINO   com capa de viagem e botas, chegando de Veneza, procura pela Taberna do Urso, para depois descobrir onde o patrão está morando; nisto

CAPITÃO   o qual se aloja na taberna; discorrem juntos. Burattino diz ter uma carta dele; lê muitas cartas, e entre elas as de Pantalone, dizendo: "Estas são do meu patrão". Capitão percebe aquelas palavras, recebe a sua carta, depois chama o taberneiro.

247

Jornada XXIII

TABERNEIRO fora; Capitão recomenda-lhe Burattino. Taberneiro leva-o para dentro da taberna. Capitão lê a sua carta do jeito dele[1], depois entra na taberna.

PANTALONE de casa, com a carta, bate à casa de Graciano.

FRANCISQUINHA diz a Pantalone que Graciano virá. Pantalone brinca com ela, ela entra.

GRACIANO com a carta na mão. Pantalone diz que tem boas notícias de Veneza e, a pedidos de Graciano, narra a sua história, como consta no argumento da comédia, e diz ter mandado um criado seu a Veneza para ouvir sobre aquele fato, e que, por desconfiança, foi-se embora de Bolonha. Graciano lê a sua às avessas; nisto

PEDROLINO burla-o[2], e sai,

e aqui termina o primeiro ato.

SEGUNDO ATO

CAPITÃO que embebedou Burattino e que lhe tirou as cartas de Pantalone; abre-as, e ao lê-las descobre que Pantalone se chama Stefanello, e sua filha Isabella chama-se Hortência; vê o nome dos inimigos de Pantalone; faz sobre isto muitos planos; nisto

PEDROLINO chega; Capitão observa-o, e esclarece-se que tudo o que leu na carta de Pantalone é verdade; dá dinheiro a Pedrolino para que o ajude em seu amor com a sua patroa. Pedrolino: que não adiantará nada, por estar ela apaixonada por um estudante genovês, o qual a seguiu de Bolonha a Roma, mas que procurará ajudá-lo; sai. Capitão fica; nisto

FLÁVIO pergunta a Horácio o motivo que o leva a duvidar do amor de Isabella.
[HORÁCIO] Horácio: desconfia que ela esteja apaixonada pelo Capitão. Flávio roga-lhe que não parta de Roma, até ele conseguir a verdade sobre aquele assunto; Horácio promete, e sai. Flávio faz sinais debaixo da janela.

ISABELLA à janela, diz a Flávio que, por amor a ele, Flamínia está desesperada; nisto

---

1) Aqui temos mais uma nota de direção no corpo do texto, indicando que o Capitão pode, aqui, dar mostra da fanfarronice de seu personagem, e provavelmente de seu sotaque espanhol.

2) *Li fa la burla* — neste caso, pode ser no sentido de imitá-lo burlando-o, sugerido pelo uso de *fare la burla* no lugar do costumeiro verbo *burlare, tout court.*

248

O mensageiro

FLAMÍNIA — fora; Isabella retira-se um instante. Flávio pergunta a Flamínia se Isabella ama o Capitão; nisto

ISABELLA — que ouviu tudo pela janela, diz a Flávio que ele tem pouca confiança nela, acreditando que poderia deixar de amar o seu Horácio, por aquele Capitão farrombeiro. Capitão mostra-se; mulheres retiram-se. Flávio conta ao Capitão da desconfiança de Horácio. O Capitão diz que não ama nenhuma daquelas mulheres, e que está apaixonado por uma fidalga veneziana, e que sobre isto poderá dar a sua fé a Horácio. Flávio, contente, vai-se. Capitão diz que já pensou no que deve fazer; entra na taberna.

HORÁCIO [FLÁVIO] — ouve de Flávio tudo o que se passou com Flamínia, com Isabella e com o Capitão. Fazem sinal debaixo das janelas das amadas.

ISABELLA — à janela, faz cena galante com Horácio; nisto

FLAMÍNIA — à janela, alegra-se pela reconciliação dos dois. Isabella diz a Horácio que tem de lhe revelar um segredo de seu pai e dela própria, em sinal do amor que tem por ele; nisto

CAPITÃO — depois de ter cumprimentado todos os presentes, diz que quer ser intermediário de seus amores, para que fiquem contentes; e aquilo pela amizade que tem com os pais deles. Mulheres, alegres, cumprimentam o Capitão e retiram-se, os amantes ficam; o Capitão diz que ele também está apaixonado, como é de conhecimento geral, em Veneza. Horácio promete-lhe ajuda em seu amor, e lhe dá a sua fé. Capitão revela o seu amor e a sua amada; Horácio espanta-se e narra a sua história; nisto vêem os velhos vindo. Capitão manda embora os jovens, e ele fica; nisto

PANTALONE GRACIANO — chegam. Capitão pede a Graciano sua filha em casamento, em nome de um cavalheiro genovês. Pantalone exorta-o a concedê-la, dizendo que irão em comitiva, pois ele também casou a sua filha com um cavalheiro genovês. Combinam; Graciano sai. Capitão diz a Pantalone que ele se chama Stefanello e sua filha Hortência, e que tinha sido comissionado por seus inimigos para matá-lo, mas que o amor que ele tem por sua filha o deteve, e a pede em casamento. Pantalone promete. Capitão sai. Pantalone fica; nisto

BURATTINO — da taberna, vê o patrão, abraça-o. Pantalone, de tanta alegria, chama Isabella e Pedrolino.

249

ISABELLA PEDROLINO	afagam Burattino, que diz ser portador de boas novas, e entram em casa,

e aqui termina o segundo ato.

TERCEIRO ATO

ISABELLA	diz a Pedrolino que seu pai quer dá-la em casamento ao Capitão, e que Horácio ficou com Flamínia, mas que não acredita naquilo; manda-o procurar Horácio, a fim de que ele lhe conte tudo. Pedrolino sai; nisto
FLAMÍNIA	diz a Isabella que Horácio mandou pedi-la em casamento ao seu pai, e que ele a prometeu; ela, magoada, chama-o de traidor, e entra chorando. Flamínia fica; nisto
FLÁVIO	fica sabendo de tudo por Flamínia; nisto
PEDROLINO	chega e confirma tudo. Flamínia, chorando, entra em casa; Flávio, desesperado, sai. Pedrolino fica; nisto
CAPITÃO [HORÁCIO]	pergunta a Pedrolino por Pantalone, mas Pedrolino está tentando falar com Horácio, e o Capitão o interrompe a toda a hora; nisto
PANTALONE [BURATTINO]	vendo o Capitão, diz que tudo o que ele disse é verdade, pois recebeu umas cartas de Veneza, dizendo a mesma coisa. Capitão diz a Pantalone que ele pode confiar abertamente em Horácio; depois pergunta a Horácio se ele está pronto a lhe dar aquela ajuda em seu amor, que ele prometeu. Horácio: que está mais do que pronto. Capitão revela que Pantalone é Stefanello, e Isabella Hortência sua filha, pela qual ele está apaixonado, porém que ele o ajude junto ao pai para que ele a conceda em casamento. Horácio roga Pantalone que, às suas preces, concorda, concede-a ao Capitão, e vão embora juntos. Horácio aflige-se de sua má sorte com Pedrolino, que lhe diz que não é preciso lamuriar-se, já que ele ficou com Flamínia. Horácio: que não é verdade; nisto
ISABELLA	chama-o de traidor. Ele nega; nisto
FLAMÍNIA	confirma. Ele se desculpa, dizendo que foi traído pelo Capitão, e que Isabella não tinha de ser dele, desde que lhe fora prometida em Gênova, já que ele não a merecia, revelando ser Flamínio de' Franchi, genovês. Isabella, ouvindo aquele nome, desmaia nos braços de Pedrolino, e

O mensageiro

levam-na para casa com Flamínia. Burattino diz entre si que aquele Capitão o burlou; nisto

PEDROLINO

volta, e Burattino lhe conta tudo; imaginando a falcatrua das cartas, que o Capitão fez; nisto

CAPITÃO

alegre; Pedrolino manda Burattino ficar apartado, depois, com destreza, pergunta-lhe se ainda está alojado na taberna dell'Orso, e se conhece um certo Burattino. Capitão: que não o conhece. Burattino revela-se ao Capitão, que nega conhecê-lo; se pegam com palavras, criados dão-lhe pauladas, ele lança mão da espada; nisto

FLÁVIO
HORÁCIO

duelando; àquela balbúrdia chega

PANTALONE
GRACIANO

chegam para se porem no meio; os tranqüilizam, depois Horácio chama o Capitão como testemunha de que ele não pediu Flamínia em casamento, de modo algum. Capitão faz os dois se apaziguarem, depois Horácio, põe-se de joelhos diante do Capitão, dizendo que, já que lhe tirou sua mulher (sem a qual não pode viver), que lhe tire a vida também. Capitão concorda, mas que antes quer se casar com Isabella em sua presença; diz a Pantalone que a chame. Pedrolino chama-a.

ISABELLA
FLAMÍNIA
FRANCISQUINHA

fora; Capitão casa-se com ela, dizendo: "Eu me caso com ela, e como minha mulher, entrego-a a ti". Horácio agradece; Flávio casa-se com Flamínia; Capitão revela o engano das cartas e a asneira de Burattino. Pedrolino casa-se com Francisquinha,

e aqui termina a comédia.

JORNADA XXIV

O FALSO TOFANO

Comédia

ARGUMENTO

Moravam em Roma dois jovens de discreta fortuna, o primeiro filho de um certo Doutor Graciano, de nome Flávio, e Horácio o outro, que pai não tinha. Estavam, os dois, apaixonados por duas graciosíssimas jovens, por uma das quais também vivia enamorado um certo Capitão, que era, para os dois referidos jovens, muito inoportuno, pois freqüentava amiúde a rua onde as duas jovens moravam. Diante disso, e percebendo não haver remédio sem ofensa do dito Capitão, resolveram certa noite matá-lo e jogá-lo dentro de uma cloaca, que desembocava no rio Tibre. O Capitão, dado por morto, depois de vários acontecimentos se liberta, casa-se com uma das jovens e torna-se amigo dos dois.

O falso tofano

PERSONAGENS DA COMÉDIA   COISAS PARA A COMÉDIA

PANTALONE — veneziano
FLAMÍNIA — filha
PEDROLINO — criado

GRACIANO — Doutor
FLÁVIO — filho

HORÁCIO — amigo de Flávio

TOFANO — veneziano
ISABELLA — filha
FRANCISQUINHA — criada

CAPITÃO SPAVENTO
ARLEQUIM — criado

MERCADOR
MARINHEIRO

Roma, cidade

Camisa suja e molhada para o Capitão

Lanternas, muitas

Barbas postiças

Pau comprido

Jornada XXIV

PRIMEIRO ATO

HORÁCIO FLÁVIO	vêm, rindo por ter esclarecido ao Capitão que lhes era tão inoportuno, e por tê-lo jogado numa cloaca; nisto
ISABELLA	à janela, cumprimenta Horácio, e este conta-lhe do que ocorreu ao Capitão: todos desatam a rir; nisto
FLAMÍNIA	à janela, que ouviu tudo, insulta Horácio e Isabella. Flávio procura acalmá-la com belas palavras, e ela, enraivecida, diz-lhe impropérios. Eles tornam a rir dela, ela torna a injuriá-los, e eles dizem que ela ficou louca; nisto
PEDROLINO	chega; Flamínia vai logo dizendo que gritava pelo bem dele, e que aquelas pessoas estavam dizendo que ele é um rufião, pois ele se recusou a falar em favor de Horácio. Eles todos riem, olhando Pedrolino, que se encoleriza e diz impropérios a todos; e eles dizem que Flamínia é louca; nisto
PANTALONE	chega, pergunta a causa da barafunda. Isabella entra de pronto em casa, Flamínia o mesmo, depois Pedrolino diz a Pantalone que Horácio e Flávio queriam violar Flamínia, sabendo que ele estava fora, e, por ela querer dizer-lhes poucas e boas, tinham começado a gritar que ela era louca. Pantalone, encolerizado, lança mão das armas; eles lançam mão às espadas; nisto
FLAMÍNIA	com um pau vem em socorro do pai, e todos estão em cima dos amantes; nisto
GRACIANO	põe-se no meio; jovens vão-se embora, Flamínia entra em casa. Graciano depois chama Pedrolino de rufião, rufião de sua patroa, e que Pantalone em breve será desonrado, e sai. Pantalone vira-se para Pedrolino, mostrando desconfiar dele, pelas palavras que Graciano lhe disse. Pedrolino, sabendo-se inocente, desata a chorar; nisto
ARLEQUIM	chorando a morte do Capitão seu patrão, dizendo a Pedrolino que o deixe chorar, pois que chora a morte de seu patrão; e Pedrolino: que o deixe chorar a perda de sua honra. Pantalone fica sabendo da morte do Capitão, e que por enquanto ainda não se conhecem os mandantes; nisto
FLAMÍNIA	à janela, diz a seu pai que os dois assassinos são Horácio e Flávio; nisto
ISABELLA	à janela, diz a Pantalone que não acredite nela, porque ela é louca. Flamínia desmente-a, atacando-se com as duas com palavras. Pantalone,

O falso tofano

amando Isabella, ralha com sua filha, fazendo com que ela se retire. Isabella afaga Pantalone, simulando, depois se retira. Arlequim: que vai à justiça, para dar queixa de Horácio e Flávio, sai. Pantalone atrás. Pedrolino diz desconfiar que a sua patroa esteja apaixonada pelo Capitão, e que vai tirar isso a limpo; nisto

FRANCISQUINHA   criada de Isabella, que a mandou avisar os jovens do que Flamínia disse, fala com Pedrolino, e revela-lhe tudo sobre o Capitão, depois vai-se. Pedrolino fica; nisto

FLAMÍNIA   à janela, desesperada pela suposta morte do Capitão. Pedrolino diz que vai lhe pregar uma peça, e desata a chorar. Flamínia pergunta-lhe a razão. Ele: que viu um corpo afogado, parecendo o Capitão. Ela lamuria-se. Pedrolino ensina-lhe o modo de se vingar, fingindo odiar o Capitão e, astutamente, fazer com que Horácio e Flávio conféssem o homicídio, e depois dar queixa deles, que ele o fará. De acordo, ela retira-se chorando. Pedrolino: diz querer meter medo nos amantes, para arrancar dinheiro de suas mãos; nisto

FLÁVIO
HORÁCIO   dizem ter ouvido tudo o que Francisquinha disse a Pedrolino, que se finge apavorado, por ter visto o Capitão afogado no Tibre, que na noite anterior foi jogado numa cloaca. Os amantes mostram-se apavorados, dizendo que isto deve causar desgosto à sua patroa, estando ela enamorada do Capitão, e que de bom grado conversariam com ela; Pedrolino chama-a.

FLAMÍNIA   adulando os amantes, diz que gostaria de saber quem deu cabo do Capitão, para saber a quem ela deve tanto. Horácio, vencido por suas persuasões, revela ter feito aquilo por ciúmes que tinha dele; ela agradece-o; nisto

CAPITÃO   de camisa, todo sujo e molhado por ter saído da cloaca, mostra-se a todos, os quais, tomando-o por um espírito, se apavoram e fogem,

e aqui termina o primeiro ato.

SEGUNDO ATO

HORÁCIO
FLÁVIO   desconfiando do espírito do Capitão, mostram que ainda têm pavor dele; nisto

Jornada XXIV

FRANCISQUINHA ARLEQUIM	amedrontados, vêm gritando que o espírito do Capitão anda pela cidade. Horácio foge pela rua, Flávio ri-se, Arlequim foge; nisto
ISABELLA	à janela, atraída pela balbúrdia. Francisquinha, apavorada, foge para dentro de casa. Isabella pergunta a Flávio por Horácio, o qual, sorrindo, diz que se ela vier para fora, ele vai responder. Isabella sai para fora e Flávio conta-lhe tudo; depois lhe revela o amor que tem por Flamínia, discorrendo sobre os júbilos dos amantes. Isabella conta dos favores que fez a Horácio; nisto
HORÁCIO	que viu e ouviu tudo, lança mão da espada, chamando-os de traidores. Flávio lança mão das armas, querendo, com Isabella, dizer as suas razões para desenganá-lo. Horácio não quer ouvi-lo, e, duelando com Flávio, vão pela rua. Isabella fica, consternada; nisto
PEDROLINO	gritando e dizendo: "Oh, pobre jovem, tu bem que morreste por uma mulher!" e, conversando com Isabella, falam em ambíguo, Pedrolino falando o tempo todo da morte do Capitão, e ela falando e acreditando a morte de Horácio ou de Flávio, e discorre o tempo todo dos dois; depois entra chorando, dizendo que foi a causa da morte de Horácio ou de Flávio; entra. Pedrolino acredita que ela esteja falando do Capitão, e que aquele era o seu espírito, e que Isabella mandou matá-lo; nisto
PANTALONE [GRACIANO]	roga Graciano que o desengane daquelas palavras que lhe dissera. Graciano diz que tem conhecimento de que Pedrolino é tão facínora que, se não tomar cuidado, ele acabará sendo o rufião de sua filha; nisto
PEDROLINO	que estava apartado, desmente Graciano; chegam às vias de fato; Pantalone põe-se no meio e faz os dois se apaziguarem; nisto
ARLEQUIM	apavorado por ter visto de novo o espírito do Capitão seu amo. Pedrolino confirma sobre o espírito; nisto
CAPITÃO	trocado, chega. Todos ficam apavorados; Pedrolino e Arlequim fogem. Capitão pega Pantalone e Graciano pelos braços, fazendo-se reconhecer como vivo. Depois, dirigindo-se a Pantalone, diz que sua filha é uma traidora, que está apaixonada por Flávio, filho de Graciano. Pantalone: que não pode ser verdade, pois ela lhe disse algo que é sinal inequívoco de que ela o ama e, para esclarecer o fato, chama-a.
FLAMÍNIA	quer afagar o Capitão, e ele repreende-a pelo que ela disse a Flávio; ela

O falso tofano

quer se desculpar, e ele, indignado, diz que vai matar Flávio e, enraivecido, sai. Graciano vai avisar Flávio, seu filho; Pantalone ralha com Flamínia; nisto

PEDROLINO   chega, e Pantalone chama-o como testemunha das alegações de Flamínia; depois vão-se para desenganar o Capitão; ela fica, alegre; nisto

HORÁCIO   vem dizendo: "Oh, mulher, oh, amigo traidor!"; nisto

ISABELLA   à janela; Flamínia a vê e finge não vê-la, e, para se vingar no mesmo tom, fala amorosamente com Horácio; e ele, pelo desdém que tem por Isabella, também responde amorosamente, culpando Flávio; nisto

ISABELLA   toda ira e veneno pelo que viu e ouviu, vem para fora, e Flamínia vai logo entrando em casa, com modos lascivos. Horácio ao vê-la quer se ir, mas ela tanto diz, que o induz a ouvi-la e o desengana; depois corre para abraçá-la e ela o rejeita, repreendendo-o por tudo o que discorreu com Flamínia e, chamando-o de traidor, entra em casa. Horácio, magoado, vai encontrar Flávio, sai.

PANTALONE
[CAPITÃO]
[PEDROLINO]
[ARLEQUIM]
    vêm vindo com o Capitão, já desenganado, e, por ser tarde e em sinal do amor que sua filha tem por ele, quer que vá tomar um copo de vinho em sua casa; nisto

GRACIANO   com grande submissão roga o Capitão para que não mate Flávio seu filho. Capitão aplaca-se e promete-lhe paz. Pantalone chama a filha.

FLAMÍNIA   fora, recebe a todos, e com cerimônias entram em casa para comer,

e aqui termina o segundo ato.

TERCEIRO ATO

Noite

ISABELLA   desesperada por Horácio; nisto

FRANCISQUINHA   vê Isabella, repreende-a; e ela: que quer encontrar Flávio e fazer dele seu marido, por raiva de Horácio. Francisquinha apresenta-lhe muitas considerações; por fim, vendo-a obstinada, diz que encontrou remédio

Jornada XXIV

para o seu mal, e que quer que se disfarcem, para fazer o que vai lhe dizer em casa. Isabella entra, ela fica; nisto

ARLEQUIM — chega, Francisquinha finge-se enamorada dele e, com belas palavras, leva-o para dentro de casa.

HORÁCIO
[FLÁVIO] — desculpa-se com Flávio, pedindo a sua ajuda. Flávio, como amigo, perdoa-o; nisto ouvem pessoas chegando, retiram-se.

PANTALONE
[CAPITÃO]
[PEDROLINO]
[GRACIANO] — sai de casa com a comitiva, dizendo querer que se jante em companhia: Graciano contente, e todos mandam Pedrolino encontrar músicos para dançar nos esponsais, e, além disso, que ainda convide Isabella, pois pode vir em segurança, apesar de Tofano seu pai não estar na cidade; vão embora. Pedrolino fica, dizendo que está enamorado de Francisquinha; bate à casa para lhe falar.

ISABELLA — à janela, ouve convite, recusa-se a ir; Pedrolino diz que fará com que Horácio também vá; ela fala mal dele, louvando Flávio, para a dor de Horácio que ouve tudo. Por fim Isabella diz que, se Flávio estiver presente, irá e levará consigo Francisquinha; assim combinados, ela se retira; Flávio se mostra, e combinam que ele vá se vestir de músico. Horácio, apartado, não se mostra. Pedrolino fica; nisto

MARINHEIRO — de lanterna acesa, vai procurando a casa de Tofano. Pedrolino interroga-o. Marinheiro conta-lhe da chegada de Tofano, e que ele ficará para jantar com alguns mercadores que vieram de Nápoles em sua companhia, e que ele o mandou para dar a nova a sua filha Isabella. Pedrolino diz que é o seu criado, e que o dirá à filha. Marinheiro sai. Os amantes revelam-se a Pedrolino, o qual manda Flávio se exibir, dali a pouco, com o instrumento para tocar; sai. Eles ficam, e Flávio pergunta a Horácio se lhe agrada a chegada de Tofano, pai de Isabella. Horácio: que está desesperado, e quer encontrá-lo para lhe pedir a filha em casamento. Flávio: que tinha pensado raptá-la e dá-la ao amigo; e vão-se.

FRANCISQUINHA — em trajes de Arlequim, com lanterna acesa, certifica-se de que ninguém esteja por lá; depois vem para fora.

ISABELLA — nos trajes de Tofano seu pai; nisto

HORÁCIO — chega, ao vê-la toma-a por Tofano (pois ela está de guedelha e barba postiça, parecida com a de seu pai), e pede-lhe Isabella em casamento.

258

O falso tofano

Ela responde que não quer dá-la a ele, mas quer dá-la a Flávio. Horácio diz que vai se matar. E ela: que vá se enforcar, e sai com Francisquinha. Horácio fica, magoado; nisto

PANTALONE E TOFANO [MERCADOR]   ouvem Horácio que, lamuriando-se e mencionando Tofano como ingrato e descortês, diz que vai se matar. Pantalone, à sua voz, reconhece-o por Horácio, revela-o a Tofano. Horácio, descoberto Tofano, ajoelha-se diante dele, dizendo: "Senhor Tofano, por que me nega sua filha? Eu volto mais uma vez a rogar-lhe!". Tofano espanta-se, pois nunca falou com ele, dá-lhe boas esperanças, dizendo que vai acompanhar o mercador e que prestemente vai encontrá-lo, sai. Horácio fica, alegre, junto com Pantalone; nisto

FLÁVIO [PEDROLINO]   disfarçado de músico, tocando, com Pedrolino de lanterna acesa, chegam; Pantalone manda-o para dentro de casa, e Pedrolino diz que Isabella virá sem falta, com Francisquinha. Pantalone consola Horácio; nisto

ISABELLA   de Tofano; Horácio pergunta qual foi a sua decisão; ela diz brevemente que não quer concedê-la a ele, e sai, para não ser reconhecida. Horácio lamuria-se. Pantalone espanta-se; nisto

TOFANO   chega, promete-lhe a palavra, depois diz a Pedrolino que se Isabella ainda não estiver deitada, que venha jantar à casa de Pantalone, onde estará à sua espera; todos entram na casa de Pantalone. Pedrolino fica, e bate à casa de Isabella; nisto

ARLEQUIM   vestido com os trajes de Francisquinha, finge-se mulher; nisto

ISABELLA   de Tofano, chega, dizendo: "Aqui estou, meu filho querido"; nisto

TOFANO   à janela, pergunta a Pedrolino se Isabella virá; ele fica pasmado; nisto, foge para dentro de casa.

GRACIANO   com a lanterna acesa, vê Arlequim, toma-o por Francisquinha. Isabella se mostra a Graciano, que a toma por Tofano; nisto

FRANCISQUINHA   chega, Graciano toma-a por Arlequim; nisto

CAPITÃO   ao ver Francisquinha naqueles trajes, chama Arlequim. Arlequim, vestido de Francisquinha, responde; nisto

Jornada XXIV

FLÁVIO
HORÁCIO
FLAMÍNIA
PEDROLINO
PANTALONE
TOFANO

saem, fazendo gritaria, com Flamínia entre Horácio e Flávio, pois Flávio queria raptá-la. Arlequim e Francisquinha retiram-se; nisto

ISABELLA

ainda vestida de Tofano, junto com o Capitão. Horácio e todos, lançam mão contra Flávio, pois ele quer raptar Flamínia; e ela, vendo isto, manda todos pararem, em seguida tenta convencer Flávio com as suas palavras; ele, por fim, cede-a ao Capitão. Isabella, no final, ajoelha-se diante de Tofano seu pai, pede-lhe perdão pela troca de trajes, confessando ter feito tudo aquilo por amor a Horácio, e pede que Flávio seja seu marido. Flávio, de joelhos, pede pelo amigo Horácio, que a consegue em casamento; nisto

ARLEQUIM
FRANCISQUINHA

chegam, revelam-se, pedem perdão aos seus patrões, e Francisquinha fica sendo mulher de Arlequim,

e aqui termina a comédia.

JORNADA XXV

A CIUMENTA ISABELLA

Comédia

ARGUMENTO

Morava em Roma um mercador veneziano, chamado Pantalone Bisognosi: era homem de espírito alegre, dado à crápula e às conversações. O tal Pantalone tivera de sua mulher dois filhos, nascidos num único parto: um menino, chamado Fabrício, e uma menina, de nome Isabella. O menino foi-lhe levado embora por um irmão, e dele nunca mais teve nova alguma; a menina vivia em sua casa, mas seus hábitos eram muitos diferentes dos do pai.

Enquanto a jovem assim levava a sua vida ociosa, enamorou-se de um jovem, facultoso e muito modesto, de nome Horácio, que da mesma forma vivia suspirando por ela.

Passaram, com seus amores, tormentos infinitos. Por fim, o seu irmão, chamado Fabrício, voltou à pátria. Devido à grande semelhança entre os dois, muitos tomaram-no por ela. Finalmente ele acabou sendo reconhecido pelo pai, e ela unida em casamento com o seu amante.

Jornada XXV

PERSONAGENS DA COMÉDIA   COISAS PARA A COMÉDIA

PANTALONE — veneziano
ISABELLA — filha
FABRÍCIO — filho parecido
PEDROLINO — criado

GRACIANO — Doutor
FLAMÍNIA — filha
FRANCISQUINHA — criada

HORÁCIO e
FLÁVIO — cavalheiros amigos

CAPITÃO SPAVENTO
ARLEQUIM — criado

BURATTINO — taberneiro

Roma, cidade

A ciumenta Isabella

PRIMEIRO ATO

Noite

ISABELLA

à janela, admirando-se pela demora de Horácio, seu amante; nisto

PANTALONE
GRACIANO
[BURATTINO]

saem da taberna de Burattino, dizendo que jantaram muito bem. Burattino: que em outra noite serão servidos melhor ainda, e que encontrará para eles uma cortesã bonita para cada um. Eles aceitam a proposta, e vão à festa de um amigo, saem. Isabella repreende Burattino por querer bancar o rufião do pai dela. E ele: que, se for preciso, o fará para ela também, e entra. Ela fica; nisto

CRIADOS

com tochas acesas, seguidos por

FLÁVIO
[HORÁCIO]
[FLAMÍNIA]
[FRANCISQUINHA]

que vem trazendo Flamínia, ri-se por Horácio ter feito Francisquinha acreditar que está apaixonado por ela. Horácio roga a Francisquinha que lhe dê onde dormir. Ela: que se a patroa concordar, ela o fará; riem novamente. Flamínia despede-se com cerimônias, e entra com Francisquinha, que também faz cerimônias amorosas com Horácio. Horácio faz sinal a Isabella, segundo a ordem dada.

ISABELLA

que esteve na janela o tempo todo, mostra-se, dizendo que ele que vá fazer amor com a sua criada, já que merece antes estar na cozinha do que no quarto e, sem ouvir nada do que ele diz, retira-se. Eles ficam atônitos; nisto

CAPITÃO
ARLEQUIM

com lanterna acesa; nisto

ISABELLA

novamente à janela, diz-lhe que vá ter com a criada, e que não a deixe esperando nem mais um minuto. Capitão pergunta a Isabella o que ela tem; ela diz que foi traída e assassinada. Capitão esbraveja; Horácio e Flávio lançam mão da espada contra ele e, duelando, vão-se pela rua; Isabella à janela; nisto

PEDROLINO

à janela com candeia.

FRANCISQUINHA

o mesmo; Isabella, ao vê-la, diz: "Eis aquela coisa boa que é a causa de tudo isso!". Francisquinha lhe responde. E ela: que não fala com vagabundas, e entra. Francisquinha diz que sabe de onde veio aquilo tudo; vai para dentro; Pedrolino fica à janela.

Jornada XXV

HORÁCIO — volta, queixando-se de Isabella; vê Pedrolino, chama-o, pedindo-lhe que desça com a candeia, pois acredita estar ferido. Pedrolino: que espere; nisto

FRANCISQUINHA — por trás da janela vizinha à de Isabella, fala amorosamente e em voz baixa com Horácio, passando-se por Isabella; nisto

ISABELLA — à janela, fica ouvindo, nisto

PEDROLINO — fora com a candeia; e Isabella diz: "Ah, traidor, agora bem que eu te peguei a conversar com a tua dama!". Francisquinha, rindo, retira-se. Horácio tenta se desculpar com Isabella, a qual, indignada, não quer ouvi-lo, e cerra a janela na cara dele. Horácio fica, magoado, com Pedrolino; nisto

PANTALONE
GRACIANO — com candeia, os dois bêbados; Horácio sai. Pedrolino repreende Pantalone pela vida desregrada que leva, e que uma noite acabará encontrando a filha prenha. Pantalone, rindo, entra. Graciano manda bater em casa; Pedrolino bate.

FLAMÍNIA — repreende o pai pela bebedeira. Graciano abraça-a e leva-a para casa. Pedrolino, rindo, fica; nisto

CAPITÃO
[ARLEQUIM] — esbravejando manda Pedrolino chamar Isabella, à qual quer dizer que, por amor a ela, ele matou muitos de seus enamorados. Pedrolino ri-se; nisto

FLÁVIO — que ouviu as suas bravatas, diz-lhe que está mentindo descaradamente, lança mão das armas contra ele; Capitão foge, Flávio atrás, Arlequim o mesmo. Pedrolino, rindo, volta em casa,

e aqui termina o primeiro ato.

SEGUNDO ATO

Dia

HORÁCIO — que não conseguiu dormir um só minuto à noite, só de pensar na grande injustiça de Isabella; nisto

PANTALONE
[PEDROLINO] — fica sabendo de Pedrolino que Isabella está enamorada de Horácio. Pantalone, falando alto, diz: "A mim parece impossível que minha filha esteja enamorada de Horácio"; nisto

A ciumenta Isabella

FRANCISQUINHA diz a Pantalone que é verdade, e que os viu repetidas vezes falando amorosamente juntos; nisto

FLÁVIO repreende Francisquinha, já que antes ouviu tudo; Francisquinha, enraivecida, diz que ele se arrependerá, e entra. Pantalone diz a Flávio que não repare nas palavras de uma criada, e vai-se com Pedrolino; Flávio fica.

ISABELLA mostra que ouviu tudo pela janela, agradece Flávio pelo serviço prestado, e que não quis responder àquela miserável da Francisquinha; nisto

FLAMÍNIA à janela diz a Isabella que ela não deveria injuriar daquele modo a sua criada. Isabella desculpa-se, Flávio o mesmo. Flamínia diz a Flávio que agora ela sabe, como nunca soube antes, o pouco apreço que ele tem para com o que lhe pertence, e, indignada, entra. Flávio fica, insatisfeito; Isabella consola-o, dizendo que aquele traidor de Horácio é a causa de todo o mal, e entra. Flávio fica.

HORÁCIO que ouviu o que Isabella disse, desespera-se; Flávio consola-o;

PEDROLINO esbaforido, procurando Horácio; ao vê-lo revela que contou a Pantalone que Isabella está apaixonada por ele, e que percebe que foi um erro, pois imaginava favorecer uma coisa e aconteceu outra, isto é que o pai vai tratar de lhe arranjar um marido. Horácio desespera-se, depois todos se vão para encontrar uma solução, saem.

CAPITÃO vêm esbravejando por causa do duelo da noite anterior; nisto
ARLEQUIM

FABRÍCIO irmão de Isabella, e muito parecido com ela, está chegando da Sicília para encontrar o pai. Capitão toma-o por Isabella, Arlequim o mesmo. Capitão roga-a amorosamente. Fabrício, indignado, lança mão das armas. Capitão: que não duela com mulheres, e sai; Arlequim o mesmo, e vai-se. Fabrício vai à taberna e estalagem de Burattino.

BURATTINO fora, recebe-o, perguntando-lhe de onde vem e quem ele é. Fabrício dá-lhe conta de tudo, depois entra. Burattino diz que aquele é Isabella, filha de Pantalone, e que a má vida dos pais amiúde causa a ruína dos filhos, e vai-se para encontrar Horácio.

ISABELLA vestida de homem, diz que encontrou serventia para aquele traje usado

Jornada XXV

numa representação feita entre as donzelas; quer procurar Horácio, para lhe provar que é um traidor; vê seu pai vindo; vai-se.

PANTALONE
[PEDROLINO]

pergunta a Pedrolino o que é que ele estava fazendo com Horácio e Flávio. Pedrolino arranja uma desculpa. Pantalone: que quer casá-la com Graciano. Pedrolino repreende-o. Ele: que quer fazer a seu modo; bate.

GRACIANO

ouve de Pantalone a oferta de Isabella, junto com a herança de tudo o que possui, isto se o seu filho nunca mais aparecer. Conta de Fabrício, nascido no mesmo parto de Isabella, que foi levado embora por um irmão seu, do qual nunca mais teve novas. Graciano concorda; nisto

BURATTINO

que ouviu que o noivo é Graciano, ri-se dele, e entra em casa. Pantalone diz que será bom tocar a mão de Isabella; nisto

BURATTINO

diz, rindo, que há um jovem na taberna, que disse que gostaria de falar com um veneziano. Pantalone: que o mande vir, e manda Pedrolino chamar Isabella. Pedrolino entra, e volta dizendo que Isabella não está em casa. Pantalone desespera-se; nisto

BURATTINO
[FABRÍCIO]

mostra Fabrício, jovenzinho, a Pantalone, o qual, tomando-o por Isabella, ralha com ele; o Doutor faz o mesmo; querem pegá-la; Fabrício grita por socorro; nisto

HORÁCIO

chega, Fabrício diz: "Senhor, livre-me das mãos destes dois!". Horácio lança mão da espada, afugentando a todos. Fabrício agradece Horácio, que, tomando-o por Isabella, pede-lhe perdão pelas ofensas que lhe fez sem querer. Fabrício ri-se, e diz que não o conhece, e entra na taberna. Horácio, desesperado, vai-se embora,

e aqui termina o segundo ato.

TERCEIRO ATO

CAPITÃO
[ISABELLA]

aflige-se com Isabella pela afronta que lhe fez. Isabella diz que nunca o viu, desde que vestiu aqueles trajes. Capitão muda de assunto, depois ouve dela que está naqueles trajes por querer provar a Horácio que é um traidor, e pede que leve a ele o desafio, prometendo-lhe, se viver, ser a sua mulher. Capitão concorda; ela, sai para voltar. Capitão fica.

FLÁVIO

chega; Capitão, ao vê-lo, diz que se tranqüilize, já que é necessário que

A ciumenta Isabella

entre os dois façam um pacto de trégua por alguns dias, até que se ajuste uma diferença; pergunta por Horácio seu amigo. Flávio: que não sabe. Capitão, bufando, sai. Flávio diz estar atormentado, porque Horácio lhe disse que Isabella está em trajes masculinos; nisto

ARLEQUIM — chega, e com modo arrogante pergunta a Flávio por seu patrão. Flávio, diante da malcriação, bate nele; nisto

FRANCISQUINHA — repreende Flávio por bater em Arlequim. Flávio, irado, quer bater nela também. Arlequim levanta-a do chão e leva-a embora; Flávio fica.

PANTALONE — desesperado por sua filha, vê Flávio e queixa-se com ele de Horácio, por ter ajudado a sua filha. Flávio desculpa Horácio e roga-lhe que perdoe Isabella; nisto

ISABELLA — chega, Pantalone imediatamente a vê e, encolerizado, pergunta-lhe o motivo de estar naqueles trajes. Ela, ousadamente, diz que já esteve apaixonada por Horácio, e que, devido a uma injustiça que ele lhe fez, pôs-se naqueles trajes para poder duelar armada contra ele, e sai. Pantalone, chorando, roga Flávio que a siga e que lhe tire aquela idéia da cabeça. Flávio sai. Pantalone fica; nisto

FABRÍCIO — sai da estalagem. Pantalone, não o vendo sair mas vendo-o em seguida, toma-o por Isabella e mais uma vez começa a lhe pedir que não duele. Fabrício ri-se, dizendo que não o conhece; nisto

PEDROLINO — repreende Fabrício, pensando tratar-se de Isabella, e diz que deveria agir conforme o critério de seu pai. Fabrício zomba; nisto

FLAMÍNIA — diz a Fabrício (enganando-se) que, embora tenha motivo para estar encolerizada com ela, sente por vê-la naqueles trajes, já que ela é mulher, e, se não quiser ir à casa de seu pai, que vá à sua casa com ela. Fabrício pergunta ao velho se ele concorda. Pantalone: que sim. E eles, abraçados, entram em casa. Pantalone e Pedrolino vão-se para encontrar Horácio e acertar o assunto.

BURATTINO — que viu tudo, diz que seria engraçado, se aquele fosse mesmo um homem; nisto

FRANCISQUINHA
ARLEQUIM — contrastando, pois que, tendo desfrutado Francisquinha, não quer lhe dar mais do que uma lira; determinam que Burattino seja o juiz; este diz que lhe deixem provar a mercadoria para que em seguida possa estabelecer o preço; nisto

Jornada XXV

Capitão [Horácio] [Flávio]	comunica a Horácio o desafio de Isabella. Horácio encoleriza-se. Flávio põe-se no meio para que as coisas se acertem. (Francisquinha vai em casa, Arlequim sai, e Burattino na taberna) Capitão: que não é possível acertá-las; nisto
Francisquinha	fora, dizendo que Isabella virou homem; nisto
Pantalone Graciano	chegam; Francisquinha diz a Graciano que encontrou um jovenzinho abraçado com Flamínia sua filha. Pantalone diz a Graciano que aquele é Isabella, sua filha, em trajes masculinos. Graciano entra para ver. Pantalone roga Horácio que acalme Isabella, e que vai concordar com o casamento deles. Capitão: que uma coisa daquelas não pode ser; nisto
Fabrício Graciano	saem de casa gritando ao mesmo tempo. Fabrício: que é homem, e filho de Pantalone de' Bisognosi, que foi levado embora quando pequeno por seu tio, cuja morte motivou sua vinda, para ver se o seu pai está vivo. Pantalone com grande alegria o reconhece. Capitão diz que vai à procura de Isabella. Fabrício entra para tocar a mão da esposa, e sai. Pantalone mais uma vez roga Horácio que aplaque Isabella; nisto
Pedrolino	chega, dizendo que o Capitão está trazendo Isabella, decidida a duelar com Horácio. Pantalone desespera-se; nisto
Isabella [Capitão]	assim que chega lança mão da espada contra Horácio, chamando-o de traidor. Horácio joga-se de joelhos no chão, dizendo-lhe que não errou. Ela lembra-lhe as palavras de Francisquinha, e ele diz que as disse para divertir-se zombando da criada. Francisquinha confessa que ela simulou a voz de Isabella à janela, e que fez tudo para despeitá-la. Flávio e todos os outros rogam Isabella que perdoe Horácio, a qual, acaba aceitando as suas desculpas, e concorda em perdoá-lo e se casar com ele. Capitão esbraveja, dizendo que Isabella é sua, de acordo com as suas próprias palavras. Horácio lança mão da espada, dizendo que quem quiser lhe tirar Isabella, antes terá de lhe tirar a vida. Capitão aplaca-se.

Horácio casa-se com Isabella; Arlequim com Francisquinha, por ter desfrutado dela; dizendo que todos vão visitar Fabrício, irmão de Isabella, que regressou à sua pátria; e entram todos na casa de Graciano para os esponsais,

e aqui termina a comédia.

JORNADA XXVI

OS TAPETES ALEXANDRINOS

Comédia

ARGUMENTO

Encontravam-se em Bolonha, para os seus estudos, dois jovens romanos de ótima família, filhos de pais honrados, um chamado Horácio, filho de Pantalone Bisognosi, e o outro, de nome Flávio, filho de Graciano, Doutor. Deu-se que, enquanto os dois gentilíssimos jovens aplicavam-se aos estudos, apaixonaram-se por eles duas donzelas de alta casta, nascidas de famílias nobilíssimas, as quais, com o mesmo ardor, por eles foram recompensadas. E, enquanto de seus amores honestamente desfrutavam, os jovens foram chamados de volta à pátria por seus parentes mais próximos. Diante desta partida, e depois de longa espera, as amadas donzelas acabaram decidindo (uma não sabendo da outra) por abandonar a pátria, parentes e bens e mudar-se para Roma. Ali chegando, depois de muitas atribulações, foram reconhecidas pelos amantes e com eles, com muita satisfação dos próprios parentes, desposadas.

Jornada XXVI

PERSONAGENS DA COMÉDIA   COISAS PARA A COMÉDIA

PANTALONE — veneziano
HORÁCIO — filho
PEDROLINO — criado
OLIVETTA — criada

GRACIANO — Doutor
FLÁVIO — filho

CLÁUDIO — francês
FRANCISQUINHA — criada

FABRÍCIO — isto é, Isabella de homem
ARLEQUIM — criado

LACAIO — do pai de Isabella

FLAMÍNIA — vestida de cigana

BELEGUINS — que falam

Roma, cidade

Um cesto grande, coberto

Dois tapetes alexandrinos

Traje de mercador turco

Traje de escravo para Pantalone

Uma mala grande

Carta escrita por Cláudio

Outra carta escrita

Traje de mensageiro

Os tapetes alexandrinos

PRIMEIRO ATO

PANTALONE [HORÁCIO]
repreende seu filho por estar entregue às meretrizes, ao jogo e outros vícios, depois da sua volta dos estudos em Bolonha; Horácio arranja desculpas; nisto

FLÁVIO
cumprimenta Horácio e, ouvindo parte do que Pantalone diz, rindo diz que ele está errado, e leva Horácio embora. Pantalone lastima-se pelo mau caminho que Horácio tomou; nisto

GRACIANO
pai de Flávio, ouve de Pantalone que Flávio, seu filho, está desencaminhando o seu Horácio. Graciano ri-se, dizendo que a juventude quer traçar o próprio caminho, e que Flávio não o desencaminha. Pantalone quer perguntar quem o desencaminha então; nisto chega

PEDROLINO
ouve a conversa; Graciano, com sinais, diz a Pantalone que Pedrolino é quem o desencaminha, e a Flávio também. Pantalone acredita nele, e que ele é cúmplice nos roubos das coisas de sua casa. Pedrolino desculpa-se dizendo que Horácio é que levou embora aqueles dois tapetes alexandrinos. Pantalone desespera-se e com Graciano vai ter com os mercadores judeus para ver se ele não os vendeu. Pedrolino: que falou aquilo para poder dar os tapetes a Horácio; nisto

CLÁUDIO
francês, vem vindo e lendo uma carta, de um mercador de Lião dizendo que um correspondente de Argel resgatou um irmão seu de nome Giachetto, e que em breve estará em Roma. O mercador o mandará junto com um levantino, ao qual poderá desembolsar o seu resgate, que é de trezentos escudos. Pedrolino nota o teor da carta, e depois se mostra, e, conversando com ele sobre Pantalone, diz perceber que ele está à beira da falência e que, por necessidade, ordenou-lhe que venda os dois tapetes alexandrinos, e induz Cláudio a comprá-los. Vai para dentro de casa buscá-los, vende-os por cinqüenta escudos e recebe a metade do dinheiro, com a promessa de que Cláudio não dirá nada a Pantalone, por sua honra, e que vai lhe dar o restante no decorrer daquele dia. Cláudio manda chamar sua criada Francisquinha.

FRANCISQUINHA
brinca com Pedrolino, recebe os tapetes e leva-os para dentro de casa. Cláudio sai. Pedrolino vai encontrar Horácio e dar-lhe o dinheiro, sai.

ISABELLA [ARLEQUIM]
em trajes masculinos. Ela partiu de Bolonha e chegou em Roma pelo amor que tem por Flávio, tendo-o amado em Bolonha. Está com Arlequim, que carrega uma mala. Quer tratar de encontrar alojamento; nisto

Jornada XXVI

HORÁCIO — lastima-se do pai, e quer ir embora de Roma de desespero. Isabella mostra reconhecer o Horácio de Bolonha, mas se cala; depois, conversando com ele, diz estar a caminho de Nápoles. Horácio pede-lhe que fique em Roma por mais uns dois dias, prometendo acompanhá-lo até Nápoles. Isabella aceita a oferta; Horácio convida-o a ficar em sua casa, sem procurar outra acomodação, e chama Olivetta.

OLIVETTA — criada de Horácio, recebe-os em casa, Isabella diz que se chama Fabrício, e entram com todas as cerimônias de costume, patrões e criados.

FLAMÍNIA — em traje de cigana, vinda de Bolonha, pela paixão por Horácio, calando o seu nome; louva a cidade, diz da força de Amor e da ingratidão de seu amante, sem mencionar o seu nome; nisto

PEDROLINO — que não encontra Horácio. Flamínia aparta-se; nisto

HORÁCIO — chega, ouve de Pedrolino sobre a burla dos tapetes e os vinte e cinco escudos recebidos. Horácio conta-lhe do forasteiro que veio alojar em sua casa, manda-o comprar víveres para as honras da casa e entra; Pedrolino fica; nisto

FLAMÍNIA — mostra-se a Pedrolino, chama-o pelo nome, olha a sua mão; diz que ele é ladrão e fala dos tapetes roubados em casa. Pedrolino espanta-se; nisto

FRANCISQUINHA — aparece e Pedrolino pede-lhe para comprar comida em alguma taberna das redondezas, entrega-lhe dinheiro, mas que seja muita; Francisquinha sai para as compras. Pedrolino volta a conversar com a cigana, a qual lhe diz como ele esteve viajando mundo afora e em Bolonha; nisto

FLÁVIO — pergunta por Horácio. Pedrolino: que está em casa com um forasteiro; Flávio olha a cigana repetidamente, depois entra. Pedrolino pede à cigana que lhe conte a sorte de seu patrão; nisto

FRANCISQUINHA — com um cesto repleto de comida. Pedrolino manda-a entregar tudo na casa de Pantalone e manda a cigana com ela, para que conte a sorte das criaturas que estão naquela casa. Pedrolino fica; nisto ouve a voz de Pantalone; entra em casa.

PANTALONE — chega desesperado por não ter conseguido notícias sobre os tapetes; nisto

FLÁVIO — sai da casa de Pantalone, faz reverência, e sem proferir palavra, vai para a casa de Graciano seu pai; imediatamente

Os tapetes alexandrinos

ISABELLA   sai da casa de Pantalone, faz o mesmo e entra na casa de Graciano; Pantalone também faz reverência a todos sem proferir palavra; imediatamente

PEDROLINO   o mesmo, e retira-se para a rua; e imediatamente

FRANCISQUINHA   com o cesto na cabeça, o mesmo, e entra na casa de Graciano; imediatamente

FLAMÍNIA   faz o mesmo, seguindo Francisquinha, e entra; imediatamente

HORÁCIO   faz o mesmo, e entra na casa de Graciano; imediatamente

ARLEQUIM   faz o mesmo, e entra na casa de Graciano. Pantalone, vendo que ninguém fala, vai-se pela rua sem dizer coisa nenhuma, fazendo reverência ao povo e sai,

e aqui termina o primeiro ato.

SEGUNDO ATO

PANTALONE [PEDROLINO]   lamuria-se com Pedrolino por ter visto tantas pessoas saindo de sua casa; Pedrolino lhe conta que aquele jovem é filho de Cláudio, que vem da França e que quer morar longe de seu pai, e que, querendo comprar móveis para a sua casa, Horácio o havia levado para lhe vender os seus, e que, se ele não chegasse a tempo, Horácio teria vendido tudo, mas, assim que o ouviram, saíram daquela casa assustados e sem falar, e que aquelas outras pessoas tinham entrado pela curiosidade de ver os móveis. Pantalone, encolerizado, vai encontrar Cláudio, sai; Pedrolino fica, rindo; nisto

HORÁCIO [GRACIANO]   vem pedindo a Graciano que lhe empreste um quarto por três ou quatro dias. Pedrolino, enquanto isso, entra em casa. Graciano promete fazer o serviço, embora Pantalone irá se ofender. Ouvem balbúrdia da casa de Graciano; nisto

FLAMÍNIA [PEDROLINO]   fugindo de Pedrolino, o qual queria violá-la, e, chamando-o de traidor, foge. Pedrolino, chamando-a de assassina, vai atrás dela. Horácio e Graciano riem-se; nisto

ISABELLA [FLÁVIO]   fora com Flávio, e ouve que Graciano gentilmente o acomodará num quarto por alguns dias. Ela agradece. Graciano e Flávio vão-se embora; ficam Horácio e Isabella; nisto

Jornada XXVI

PEDROLINO · desesperado por ter perdido o rastro da cigana, pela qual se apaixonou; Horácio consola-o, depois o repreende por estar agindo mal para com Francisquinha e Olivetta, que o amam. Pedrolino: que não liga para nenhuma das duas; nisto

FRANCISQUINHA · que ouviu tudo, com graça vai atrás dele, depois pega-o pela garganta querendo estrangulá-lo. Pedrolino grita, Horácio põe-se no meio, e faz os dois fazerem as pazes. Pedrolino pede perdão de joelhos a Francisquinha, e ela entra em casa. Pedrolino chama Arlequim.

ARLEQUIM · fora; Pedrolino leva-o à casa de Pantalone para pegar as malas de Isabella. Isabella pergunta a Horácio se Flávio estaria apaixonado. Horácio: crê que não, mas que em Bolonha, onde esteve com ele para estudar, dissera que estava cortejando uma donzela nobre, mais para passar o tempo. Isabella pergunta a Horácio se ele amava alguma dama. Horácio diz que sim, e que ainda a ama; nisto

PEDROLINO · com as malas; manda-o para a casa de Graciano. Isabella pede licença
ARLEQUIM · para ir descansar na casa de Graciano, e entra. Horácio diz a Pedrolino que a todo o custo lhe arranje dinheiro, porque quer ir a Nápoles com o forasteiro, e que o arranje sem falta. Pedrolino: que, a não ser que venda o seu pai, não sabe como arranjar dinheiro. Ouvem ele chegando, vão embora.

PANTALONE · desesperado pois não encontra Cláudio; nisto

CLÁUDIO · chega, cumprimenta Pantalone, o qual vai logo lhe dizendo impropérios. Cláudio acredita que seja por causa dos tapetes; fala com ele por metáforas, dizendo-lhe que o medo da falência faz com ele fale grosseiramente. Pantalone fala de seu filho vindo de França, e que ele queria comprar os móveis de sua casa. Cláudio: que não tem filhos, e que comprou dois tapetes alexandrinos, calando de quem. Pantalone, encolerizado, lança mão do punhal contra Cláudio, que foge, e ele atrás, gritando: "Pega o ladrão, pega o ladrão!".

PEDROLINO · procura Pantalone; nisto

PANTALONE · que Cláudio salvou-se numa loja. Pedrolino pergunta-lhe o que ele tem. Pantalone conta-lhe tudo. Pedrolino diz que Cláudio é um espertalhão e que ele deve estar com todas as coisas que Horácio lhe tirou de casa. Pantalone confirma. Pedrolino conta que Cláudio está à espera de um irmão escravo, resgatado da mão dos turcos por um mercador, e que, por isto ter acontecido há muitos anos, Cláudio não

Os tapetes alexandrinos

poderá reconhecê-lo, e que ele ficou sabendo por causa de uma carta que Cláudio estava lendo; exorta Pantalone a se passar pelo escravo, para entrar na casa de Cláudio e pegar de volta todas as suas coisas. Pantalone louva o seu achado e entram para se disfarçarem.

ISABELLA   vem dizendo da pena que padece por se ver tão distante da memória de Flávio; nisto

FLAMÍNIA   vem do outro lado, não vê Isabella, excede-se contra Horácio e contra si mesma, mencionando os nomes. Isabella ouve, e à medida que ela fala vai reconhecendo-a por sua vizinha de Bolonha; mostra-se. Flamínia quer ler a sua sorte, Isabella deixa ela falar, depois, por sua vez, conta-a para a cigana, chamando-a de Flamínia. Por fim revelam-se uma à outra, contam de seus amores, prometendo-se ajuda mútua; nisto

FRANCISQUINHA   que tem ciúmes da cigana devido ao amor por Pedrolino, ralha com ela, dizendo que deixe aquela rua, caso contrário vai enchê-la de pauladas. Mu-lheres ralham com ela; ela, enraivecida, diz impropérios para as duas; nisto

ARLEQUIM   chega, quer tomar o partido de Isabella, sua patroa. Francisquinha se lança para cima dele para estrangulá-lo; nisto

GRACIANO   põe-se no meio, manda Francisquinha em casa, depois, afagando a cigana, leva-a para casa com Isabella; entram.

PEDROLINO [PANTALONE]   vestido de levantino, com Pantalone vestido de escravo; fazem cena sobre falar turco[1], depois batem à casa de Cláudio.

FRANCISQUINHA   que Cláudio não está em casa e que voltem depois; eles ficam; nisto

CLÁUDIO   chega; Pedrolino diz ser o mercador que resgatou Giachetto seu irmão; Cláudio, alegre, abraça o irmão e desembolsa trezentos escudos para o mercador, depois, com alegria leva o irmão para dentro de casa. Pedrolino, rindo, sai,

e aqui termina o segundo ato.

---

1) Evidentemente com efeitos cômicos.

Jornada XXVI

TERCEIRO ATO

PEDROLINO
rindo da burla pregada em Cláudio, vai pensando como poderia tirar Pantalone daquela casa; nisto

ARLEQUIM
chega; Pedrolino manda-o em casa buscar as roupas de Pantalone, prometendo-lhe ajuda no amor pela cigana. Arlequim volta, e ele coloca as roupas de lado, depois chama Cláudio. Arlequim entra em casa de Pantalone.

CLÁUDIO
ouve de Pedrolino que, se quiser lhe dar Francisquinha, vai lhe revelar uma traição que estão lhe fazendo. Cláudio promete Francisquinha. Pedrolino revela-lhe que o escravo não é seu irmão, e sim Pantalone, que se passou por tal para poder assassiná-lo em casa durante a noite. Cláudio encoleriza-se. Pedrolino: que vá imediatamente ao tribunal e que mande apanhá-lo. Cláudio vai-se, e sai. Pedrolino fica; nisto

PANTALONE
com os tapetes encontrados na casa de Cláudio. Pedrolino, completamente esbaforido, diz a Pantalone que na sua casa tem um ladrão, que foi para lá para roubar a mando de seu filho, para roubar por conta dele, e que o trancou dentro da casa; coloca-lhe a roupa por cima da outra e manda-o para o tribunal. Pantalone entrega-lhe os tapetes e sai. Pedrolino fica; nisto

HORÁCIO
chega e ouve de Pedrolino o que ele fez; manda ele lhe entregar os trezentos escudos, depois combinam encontrar cavalos e partirem juntos para Nápoles, sai. Pedrolino coloca os tapetes em casa e fica; nisto

BELEGUINS
a mando de Pantalone para pegar o ladrão que está em sua casa, e ele retira-se.

ARLEQUIM
[BELEGUINS]
é levado para fora como ladrão; queixa-se; por fim escapa de suas mãos, fazendo um grande alvoroço; beleguins atrás; saem. Pedrolino ri-se; nisto

GRACIANO
pergunta que balbúrdia foi aquela; Pedrolino conta-lhe que Pantalone mandou prender o seu filho, culpando-o de, em companhia de Horácio, ter roubado em sua casa. Graciano, encolerizado, vai encontrar os beleguins, sai. Pedrolino ri; nisto

ISABELLA
[FLAMÍNIA]
vem dizendo a Flamínia de que modo podem se revelar aos seus amantes e, não vendo Pedrolino, chamam uma à outra pelo nome. Pedrolino, apartado, reconhece-as, pois esteve em Bolonha com os jovens, depois se mostra para as duas, e elas, acreditando terem sido descobertas, ajoelham-se diante dele, dizendo que, se com sua mediação não puderem desfrutar de seus amantes, preferem morrer. Pedrolino ajoelha-se no meio

Os tapetes alexandrinos

das jovens e, chorando, beija ora uma ora a outra. Por fim promete ajudá-las e manda as duas para a casa de Graciano, para que se vistam de mulher; entram. Pedrolino raciocina muita coisa em voz alta; nisto

HORÁCIO — diz a Pedrolino que encontrou os cavalos e aprontou tudo. Pedrolino, chorando, diz ter ouvido, de uma mulher que vem de Bolonha, que Flamínia, que ele tanto amava, morreu, e que ao morrer chamava muito por ele. Horácio chora de dor. Pedrolino: que vai fazer ele conversar com aquela mulher; chama-a.

FLAMÍNIA — em seus trajes de mulher. Horácio reconhece-a, corre para abraçá-la; ouve tudo o que ela fez por amor a ele, Horácio promete se casar com ela. Flamínia depois revela que Fabrício é Isabella, namorada de Flávio, e pede a Horácio que faça de tudo para que se torne seu marido. Horácio admira-se e promete fazer de tudo; nisto

FLÁVIO — chega. Horácio mostra-lhe Flamínia; Flávio abraça-a como amigo, e ela diz que Isabella o ama e pede que ele vá a Bolonha. Flávio: que por enquanto não pode, por amor a seu pai. Pedrolino: que chegou um mensageiro especialmente para falar com ele; chama-o.

ISABELLA — Em seus trajes de mulher. Flávio, ao vê-la, fica confuso; por fim corre a abraçá-la, prometendo casar-se com ela; nisto

PANTALONE [GRACIANO] — discutindo com Graciano por ter mandado prender o seu filho; nisto

CLÁUDIO [BELEGUINS] — vai logo mandando prender Pantalone. Pedrolino, ao ver isso, ajoelha-se, pedindo perdão pelas trapaças que fez, antes a da venda dos tapetes, depois a de fazer Pantalone se despachar por escravo para dar dinheiro a seu filho, para ir a Nápoles, e também que mandou prender Arlequim para se vingar da cigana, e que foi aquele que tratou de casar Flávio e Horácio, mostrando-lhes as esposas. Velhos: que não concordam; nisto

ARLEQUIM — alegre: do lacaio que veio para falar com Pantalone e Graciano; nisto

LACAIO — do pai de Isabella, ao vê-la, cumprimenta-a, apresenta as cartas nas quais se lê que os pais das jovens perceberam que as filhas foram atrás dos amantes, e que concordam que se proceda ao casamento para confirmar a sua amizade. Todos se alegram; Pedrolino casa-se com Francisquinha,

e aqui termina a comédia.

JORNADA XXVII

A FALTA COM A PALAVRA DADA

Comédia

ARGUMENTO

Já viveu em Veneza um certo Stefanello Bottarga, mercador riquíssimo, o qual, por sua abundância de riquezas, era invejado e, por isso, muito odiado. Deu-se que, partindo ele certa vez para Pádua, foi assaltado por seus inimigos e deixado como morto. Ao ouvir o fato, um criado seu de confiança, a quem estava entregue a administração de suas posses, desconfiou que pudesse lhe acontecer o mesmo. Assim fugiu de Veneza, levando consigo uma moça, filha do referido Stefanello, com muitos bens. Stefanello não morreu, mas, uma vez recuperado, com um filho seu, que consigo estava, depois de muitos anos foi dar em Mântua, onde se radicou. E foi ali que, posteriormente, por vários acontecimentos, reencontrou o criado, a filha e os bens e, ao mesmo tempo, a paz com seus adversários; depois, desposando o filho, voltou à sua pátria de Veneza, onde finalmente passou feliz a sua vida.

A falta com a palavra dada

PERSONAGENS DA COMÉDIA   COISAS PARA A COMÉDIA

PANTALONE — depois, no fim
STEFANELLO BOTTARGA
HORÁCIO — seu filho
BURATTINO — seu criado

FLÁVIO — fidalgo
PEDROLINO — seu amigo
FLAMÍNIA — tida por sua filha

ISABELLA de homem, filha de Cassandro
ARETUSI, bolonhês que não se vê
CRIADO
[CAPITÃO SPAVENTO]
[ARLEQUIM]
[GRACIANO[1]]
UM MENSAGEIRO[2]
FRANCISQUINHA — estalajadeira

Mântua, cidade

---

1) Na lista do original, faltam os nomes desses três personagens: Capitão, Arlequim e Doutor Graciano. Em compensação, o mensageiro não aparece no corpo do texto, mas é mencionado no elenco. Provavelmente trata-se de um erro tipográfico.
2) Que não aparece no cenário

Jornada XXVII

PRIMEIRO ATO

PANTALONE

vem da rua, lendo uma carta de Cassandro Aretusi bolonhês, pela qual toma conhecimento da confirmação do parentado, contraído entre Horácio, seu filho, e Isabella, filha de Cassandro, e que tem de mandar imediatamente o filho para Bolonha, para buscar a mulher; bate em casa.

BURATTINO

à janela, meio adormecido. Pantalone pergunta-lhe se Horácio está em casa. Ele: que não sabe; vai ver no quarto dele. Pantalone novamente olha a carta e vê que foi escrita no dia 20, e já tem dez dias que foi escrita; percebe que a conta não bate; Burattino não volta; diz que sempre teve azar com filhos e criados; entra em casa.

ISABELLA
[CRIADO]

de homem, que fugiu de Bolonha para não ficar com Horácio e para seguir Flávio, seu amante, o qual, pelo acordo que fizeram, tinha de esperá-la em Ferrara. Vem se queixando com o criado por não tê-lo encontrado em Ferrara. Criado diz que, por eles terem demorado mais do que imaginavam para deixar Bolonha, Flávio deve ter vindo na frente até Mântua, para saber o que se diz sobre ela, pois como ela bem sabe, ele tem um tio em Mântua, que poderia informá-lo sobre o assunto; nisto se retiram.

PANTALONE
[HORÁCIO]
[BURATTINO]

repreende Horácio por ele dormir demais, depois lê para ele a carta de Cassandro Aretusi (Isabella e o criado ficam ouvindo, percebendo que aquele é o que tinha de ser seu marido). Horácio, ao ouvir o conteúdo da carta, alegra-se muito, dizendo que quer se aprontar o quanto antes para ir buscar a sua querida mulher. Isabella imagina uma desculpa, dizendo ao criado que coopere com o que ela disser; cumprimenta Pantalone, perguntando-lhe por uma estalagem. Pantalone indica-lhe uma, depois fica sabendo que ela vem de Bolonha; pergunta-lhe se conhece Cassandro Aretusi. Ela: que sim, e que ele tinha contraído matrimônio entre Horácio, filho de Pantalone, e Isabella, sua filha, e que a pobre jovem morreu de morte súbita. Horácio desfalece de dor nos braços de Isabella. Pantalone, triste, manda os criados levarem-no para dentro de casa, depois pergunta ao jovem há quanto tempo Isabella morreu. E ele: que já faz seis dias. Pantalone: que pode ser, pois a carta foi escrita há dez dias; nisto

CRIADO

volta e consola Pantalone. Isabella admira-se; nisto

A falta com a palavra dada

BURATTINO	diz que Horácio recobrou os sentidos, dizendo que quer morrer por sua esposa. Pantalone oferece a casa ao jovem, que agradece. Pantalone em casa com Burattino. Criado pergunta a Isabella porque disse aquelas coisas. Isabella: para perturbar a partida de Horácio e para que não se saiba por todo o lado o erro que ela cometeu; batem à estalagem.
FRANCISQUINHA	estalajadeira, vendo o jovenzinho, afaga-o e leva-o para dentro com o criado para acomodá-lo, e entram.
FLÁVIO [PEDROLINO]	diz a Pedrolino que, não tendo encontrado Isabella em Ferrara, conforme haviam combinado, está desconfiado de que ela tenha vindo a Mântua. Pedrolino: que está aflito por ter deixado Flamínia, sua filha, em casa, ao se ausentar de Bolonha por alguns dias. Flávio: que assim que encontrar Isabella o mandará para Bolonha, e que, em seguida, ele deseja partir para Milão; nisto
PANTALONE	diz querer encontrar alguém que vá a Bolonha, e Flávio lhe conta que ele vem de Bolonha e ainda que conhece Cassandro, e que já faz dez dias que partiu daquela cidade; depois Pantalone desata a chorar, dizendo que está chorando a morte repentina de Isabella, sua nora e filha do mencionado Cassando, há seis dias. Flávio, àquela notícia, vai-se totalmente consternado. Pedrolino, que ficou o tempo todo observando Pantalone, mostra reconhecê-lo, sai; Pantalone vai-se pela rua.
CAP. SPAVENTO ARLEQUIM	vêm de Roma, a caminho de Milão; louva a cidade de Mântua, e diz que vai ficar ali quatro ou seis dias; batem à estalagem.
FRANCISQUINHA	recebe os forasteiros, dizendo que serão bem tratados, e entram.
BURATTINO	vem dizendo que Horácio não faz outra coisa senão chorar, espantando-se que alguém possa se apaixonar por alguém de quem só se ouviu falar; nisto
ISABELLA	fica ouvindo Burattino, que, ao vê-la, conta-lhe as palavras de compaixão que Horácio diz sobre a morte de Isabella, sua mulher. Ela, por não conseguir parar de chorar, vai-se embora, para espanto de Burattino; nisto
PANTALONE	chega; Burattino diz-lhe para ir em casa consolar Horácio. Pantalone, chorando, manda Burattino em casa e fica, chorando; nisto
GRACIANO	pergunta a Pantalone a causa de seu pranto; ele conta, pedindo-lhe

281

Jornada XXVII

conselho sobre isso. Graciano aconselha-o às avessas[3], não conclui sequer uma coisa que preste. Pantalone: que vá para a morte que o carregue; Graciano sai; Pantalone, chorando, entra em casa para consolar Horácio,

e aqui termina o primeiro ato.

SEGUNDO ATO

FLAMÍNIA	de peregrina, vem de Bolonha atrás de Flávio, pelo qual vive apaixonada: teme Pedrolino, seu pai, e narra a força e o poder de Amor; nisto
BURATTINO	chega, e ela pergunta se por acaso conhece um certo Ridolfo Belmonte, tio de um estudante que está em Bolonha, chamado Flávio. Burattino: que não o conhece; amima-a, quer beijá-la, ela lhe diz impropérios; nisto
PANTALONE	chega, ralha com ele e manda-o para dentro de casa. Flamínia agradece e pede-lhe a indicação de um canto onde possa descansar alguns dias, em Mân-tua, preservando a sua honra. Pantalone promete acolhê-la e chama o criado.
BURATTINO	recebe Flamínia, que Pantalone lhe encomenda, e entram. Pantalone: que ficou com pena daquela jovem, que lhe lembrou de sua filha pequenina, que perdera ao ter de deixar Veneza por causa de suas inimizades, e entra.
CAPITÃO [ARLEQUIM]	com Arlequim, para ir observando as maravilhas de Mântua e as suas belíssimas damas, e vai-se com ele pela rua, saem.
FLÁVIO [PEDROLINO]	muito magoado pelas palavras que Pantalone lhe disse a respeito da morte de Isabella, fazem a conta de há quantos dias partiram, e acreditam ser possível que ela tenha morrido, e desespera-se. Pedrolino desespera-se por ter deixado sua filha Flamínia nas mãos de uma criada, revelando-lhe que ela vivia apaixonada por ele. Flávio, ao ouvir isso, diz que se a morte de Isabella for verdadeira, se casará com sua filha, muito embora

---

3) Aqui a tradução é literal; na verdade esta expressão tem uma precisa significação cênica: de fato o *parlar rovescio* é descrito por PERRUCCI 1699: *"Há muitos anos iniciou-se um modo de representar o Doutor que distorce os vocábulos, por exemplo dizendo Tribo escomunal para dizer Tribunal, e expedientes parecidos para arrancar risadas dos vocábulos estropiados... Com o tempo, porém, reconheceu-se que assim se transformava o Doutor num bobalhão, e deixou-se de representá-lo daquele modo, reservando a este personagem a doutrina densa e erudita, acompanhada, no entanto, de balelas e frases de extensão descomunal.*

A falta com a palavra dada

ela seja uma moça pobre. Pedrolino diz que, se ele resolver casar-se com ela, então terá de lhe revelar coisas muito importantes; depois conta a Flávio que aquele velho lhe parece ser um antigo patrão seu, e que, se assim for, estaria correndo um enorme perigo; nisto

HORÁCIO de casa, todo triste e melancólico, cumprimenta os forasteiros, perguntando de onde eles vêm. Flávio: de Bolonha. Horácio chora. Flávio fica sabendo que ele chora a morte de Isabella, filha de Cassandro Aretusi; ele também desata a chorar e sai. Horácio pergunta a Pedrolino a causa do pranto daquele fidalgo, e ele diz que costuma chorar daquele modo sempre que vê alguém chorando; nisto

PANTALONE com uma carta a ser enviada a Bolonha. Pedrolino diz que em uma hora partirá para Bolonha e que pode confiar que a entregará, e recebe-a de Pantalone; depois Pedrolino pergunta ao velho o seu nome, o seu sobrenome, a sua pátria, e sobre os seus filhos. Pantalone fica intrigado por causa de seus inimigos, e com jeito desvia o assunto. Pedrolino sai. Pantalone arrepende-se por ter lhe dado a carta, consola Horácio, e sai. Horácio lamenta-se do Amor e da morte de sua mulher; nisto

ISABELLA fica ouvindo; depois Horácio reconhece-o por aquele que lhe deu a notícia da morte de sua mulher, cumprimenta-o e pergunta-lhe se conhecia Isabella, e o quanto era bonita. Ela vai logo dizendo que ela se parecia com ele, quer pela idade, quer em muitos traços físicos, e então começa a dizer "Meu senhor, o senhor vê estas minhas mãos? faça de conta que são como as dela própria"; Horácio as beija; depois, continuando, diz que seus cabelos são parecidos com os de Isabella, Horácio louva-os, e ela acrescenta sobre os olhos, o rosto e a boca. Então Horácio abraça-a, e, beijando-a, diz: "Céus, por que não posso eu beijar assim a minha querida esposa?". Nisto Isabella chora, chega

BURATTINO repreende Horácio por estar beijando um jovem imberbe; nisto

PEDROLINO chega, reconhece Isabella; nisto

FLÁVIO chega, também a reconhece, mas está em dúvida; Isabella, ao vê-lo, de pronto cobre o rosto com o seu manto e sai, para não ser reconhecida. Flávio e Pedrolino seguem-na; nisto

FLAMÍNIA que ficou à porta e reconheceu Pedrolino seu pai e reconheceu ainda Isabella, pega Horácio pela mão e o leva para dentro de casa; Burattino espanta-se por aquele gesto; entra em casa.

283

Jornada XXVII

CAPITÃO [ARLEQUIM]	louvando Mântua, depois diz que vai partir para Milão no dia seguinte, receando que vá se apaixonar. Arlequim: que ele já está apaixonado pela estalajadeira, e que gostaria de levá-la embora. Capitão: que chame Francisquinha. Arlequim chama-a.
FRANCISQUINHA	fica sabendo do Capitão do amor de Arlequim, dizendo que, se tivesse de amar, amaria o patrão e não o criado, e todos entram, com aflição amorosa de Arlequim.
PEDROLINO	diz ter quase certeza de que aquele veneziano seja o seu antigo patrão, e que Isabella fugiu dele; resolve abrir a carta que Pantalone lhe deu; abre-a e encontra a assinatura que diz "Stefanello Bottarga"; com isto esclarecido, tece diversas considerações; nisto
BURATTINO	diz que está apaixonado pela peregrina, mencionando seu próprio nome. Pedrolino, ouvindo aquele nome de Burattino, reconhece-o, mostra-se e, fingindo-se necromante, chama-o pelo nome; depois lhe pergunta por um certo Pedrolino, dando dele muitas indicações, de modo tal que Burattino realmente o considera um necromante; nisto
PANTALONE	chega, vê o forasteiro, pergunta-lhe porque não partiu com a carta. Pedrolino: que a mandou por um espírito familiar. Pantalone espanta-se. Burattino lhe conta que aquele homem é necromante. Pedrolino chama Pantalone de Stefanello Bottarga, diz que sua filha não está morta e que Isabella também não morreu. Pantalone amima o necromante e tanto pede que o leva para casa a consolar Horácio,

e aqui termina o segundo ato.

TERCEIRO ATO

HORÁCIO	mostrando alegria pelas palavras que ouviu do presumido necromante, e que ele disse que é preciso fazer de tudo para encontrar aquele jovem que lhe deu a notícia e levá-lo em casa, que de imediato fará Isabella aparecer; chama o pai.
PANTALONE [PEDROLINO]	fora, por imposição do necromante vai-se com Horácio à procura daquele jovem para levá-lo em casa, sai. Pedrolino desespera-se por ter visto Flamínia naquela casa; nisto

A falta com a palavra dada

BURATTINO	pede ao necromante que o ajude no amor pela peregrina; Pedrolino promete-lhe ajuda, e entram em casa.
ISABELLA	chega, dizendo que se afastou da visão de Flávio e Pedrolino e, pensando no velho e no novo amor, diz que o amor de Horácio supera e prevalece sobre o de Flávio; nisto
FLÁVIO	que ouviu tudo, revela-se, chamando-a de sem-palavra, cobrando o amor por ele e a sua fé. Ela, mostrando padecer grande dor, vai-se sem proferir palavra, e sai. Flávio, consternado, fica; nisto
PEDROLINO [BURATTINO]	vem dizendo a Burattino: "Minha filha será de Flávio, e Isabella de Horácio". Imediatamente Flávio lança mão da espada; Pedrolino foge, e Flávio atrás dele; Burattino ri-se de Pedrolino, que vinha dizendo não recear nada, sequer os demônios, e que depois fugiu de um homem; nisto
PEDROLINO	volta, completamente esbaforido, dizendo a Burattino que aquele era o grande Demônio em forma de Capitão, que está encolerizado com ele porque ele queria fazer com que desfrutasse a peregrina, mas que, se quer mesmo desfrutá-la, é preciso que fique três dias sem falar, e, se falar naquele período, ficará tomado pelos espíritos. Burattino: que concorda, e vai embora sem falar, só fazendo sinais com a mão para o necromante; e sai. Pedrolino vai à procura de Pantalone. Burattino fica; nisto
FLÁVIO	pergunta-lhe por Pedrolino. Burattino, tomando-o por um diabo, com sinais mostra ter medo dele, e jamais fala; Flávio, irado, bate nele; nisto
ARLEQUIM	repreende Flávio por estar batendo naquele pobre homem; Flávio lança mão das armas contra ele; nisto
CAPITÃO	chega, lança mão da espada contra Flávio, em defesa de Arlequim, que foge; Flávio atrás, Capitão segue-o; Burattino fica, amedrontado, fazendo atos de mudo; nisto
FLÁVIO	volta, e mais uma vez Burattino faz gestos e não fala; nisto
FLAMÍNIA	que viu Flávio pela janela, ajoelha-se diante dele, falando do amor que tem por ele e de tudo o que fez por ele; Flávio fica suspenso; nisto chega

Jornada XXVII

CRIADO — de Isabella, chorando, diz a Flávio que, se quiser ver viva a sua mulher, que vá com ele. Flávio imediatamente diz: "Isabella minha querida, por ti quero morrer" e sai. Criado segue-o. Flamínia, seguindo-o, diz: "Tu morrerás por Isabella, e eu morrerei por ti!". Burattino com sinais diz que todos eles são demônios; nisto

PANTALONE — pergunta pelo Necromante. Burattino faz sinais e não fala. Pantalone, encolerizado, dá-lhe pauladas. Burattino, chorando, diz que o grande Demônio levou embora a peregrina e o necromante, e que ele, ao fazê-lo falar, provocará o seu endemoninhamento, e vai embora já começando a crer que está tomado, e sai. Pantalone fica; nisto

PEDROLINO — em prol de todos resolve revelar tudo; vê Pantalone, ajoelha-se diante dele, chamando-o de Stefanello Bottarga, e seu antigo patrão, revelando-se a ele por Pedrolino, seu antigo criado e feitor, relembrando-lhe as antigas inimizades de Veneza, e que, depois de saber de sua morte, temendo pela própria vida, fugiu-se com Hortênsia, sua filha pequena, levando consigo jóias e dinheiro, e que a criou como sua filha, guardando a sua honra. Pantalone, quase chorando de alegria, manda que se levante, e pergunta onde está a sua filha; nisto

HORÁCIO
[FLÁVIO]
[CAPITÃO]
[CRIADO] — e Flávio duelando, e o Capitão e o criado de Isabella colocando-se no meio. Por fim Flávio, em sua defesa, chama como testemunha o criado de Isabella, e diz que, Isabella estando apaixonada por ele, pediu-lhe que a levasse embora para não ter de se casar com Horácio, e que, também amando-a, foi-se a Ferrara para esperá-la, e que ela veio a Mântua, e que ele não sabe o porquê. Finalmente Capitão, Pantalone e todos exortam os dois a se submeterem à escolha de Isabella, e mandam o seu criado chamá-la. Pedrolino, enquanto isso, revela a Flávio que Flamínia, tida por sua filha, é Hortênsia, filha de Pantalone, cujo verdadeiro nome é Stefanello Bottarga; todos dizem que isso é verdade; nisto

ISABELLA
[CRIADO]
[FLAMÍNIA] — chega, trazendo consigo Flamínia e o criado; depois se ajoelha diante de Flávio, dizendo que ela dirigiu todo o seu amor a Horácio, mas que, por reconhecer que está sendo altamente injusta com ele, concorda fazer de si própria um livre presente para ele, e que em breve verá a sua morte. Dito isto, Flamínia, ajoelhada, diz a Flávio que está em suas mãos dar a vida ou a morte a três pessoas: vida a ela, tomando-a por esposa, e ao mesmo tempo vida para Isabella e Horácio; ou, ao contrário, morte aos três citados. Flávio fica pensativo, então Pantalone, Capitão e todos os outros circunstantes rogam que Flávio peça a mão

A falta com a palavra dada

de Flamínia, sendo ela justa e razoável. Flávio aplaca-se, pega Isabella e como coisa sua concede-a a Horácio, e ele casa-se com Flamínia; e então, mostrando alegria, dizem para escreverem ao pai de Isabella tudo o que se passou com ela; nisto

BURATTINO   chega, dizendo que está tomado pelos espíritos, age como endemoninhado. Pedrolino: que aquela é uma burla. Burattino: que burla ou não, está sentindo um espírito nele, e enraivecido de fome. Pedrolino pega-o pelo pescoço,

e aqui termina a comédia.

JORNADA XXVIII

FLÁVIO FALSO NECROMANTE

Comédia

ARGUMENTO

Vivia em Pésaro um jovem de discreta fortuna, que amava uma jovem, filha de um certo Pantalone, rico mercador, homem que, embora bancasse o astuto e esperto, estava mais para idiota. Percebeu o jovem (que Flávio se chamava) que ter a mencionada jovem por esposa era coisa impossível, sendo ela filha única, e por muitos, devido a suas riquezas, desejada e pedida. Ainda assim, forçando a si próprio e própria sorte, fingindo-se Necromante e fazendo várias e diferentes burlas, adquiriu a referida jovem como mulher, com a benevolência do pai e de todos os seus parentes.

Flávio falso necromante

PERSONAGENS DA COMÉDIA COISAS PARA A COMÉDIA

PANTALONE — veneziano
FLAMÍNIA — filha
PEDROLINO — criado

GRACIANO — Doutor

ISABELLA — filha

BURATTINO
FRANCISQUINHA — mulher

HORÁCIO e
CÍNTIO — amigos

FLÁVIO — sozinho

CAPITÃO SPAVENTO
ARLEQUIM — criado

BELEGUINS — que falam

Pésaro, cidade

Uma barba parecida à de Pantalone

Uma camisa

Calças e meias vermelhas, parecidas com
as de Pantalone

Um traje parecido com o de
Francisquinha

Traje de carregador

Pau para dar pauladas

Traje de Necromante

Jornada XXVIII

PRIMEIRO ATO

PANTALONE GRACIANO	e Graciano, discorrendo sobre a beleza e graça de Francisquinha, mulher de Burattino, descobrem-se rivais, passam das ofensas às vias de fato; nisto
PEDROLINO	coloca-se no meio e, ao ouvir a razão de sua rixa, encoleriza-se, pois também está apaixonado por Francisquinha, e à rixa junta-se o terceiro; nisto
CAPITÃO [ARLEQUIM]	com espada desembainhada, e Arlequim também, fingindo ter duelado, vêm fazendo grande balbúrdia, à qual, os três rivais por Francisquinha, fogem; nisto
FLAMÍNIA	à janela, estando apaixonada pelo Capitão; cumprimenta-o e roga-lhe o seu amor. Capitão: que não a ama e que a vê a contragosto; nisto
ISABELLA	à janela, para atormentar Flamínia e zombar do Capitão, cumprimenta-o, discorrendo com ele amorosamente; no que o Capitão se alegra, por estar apaixonado por Isabella, chega
HORÁCIO	apaixonado por Isabella, vendo o Capitão discorrendo com ela, dá-lhe pauladas. Capitão foge; Arlequim o mesmo; Horácio atrás. Isabella, rindo, diz: "Benditas sejam aquelas mãos". Flamínia responde: "Tomara que engasgue na própria língua", e brigam com palavras; nisto
FRANCISQUINHA	chega, procura fazer com que se reconciliem, tomando o partido de Isabella. Flamínia diz que ela é uma alcoviteira. Francisquinha: que está mentindo; nisto
BURATTINO	marido de Francisquinha, manda-a para casa; depois procura fazer com que se reconciliem, tomando o partido de Isabella. Flamínia, encolerizada, chama-o de corno, dizendo que o seu pai desfruta a sua mulher, e entra. Isabella retira-se. Burattino chora por sua honra; nisto
PEDROLINO	chega, e fica sabendo de Burattino o que Flamínia lhe disse, e que quer se aconselhar com Graciano, o Doutor, a respeito de sua honra. Pedrolino lhe diz que Graciano está apaixonado por ela. Burattino, desesperado, amaldiçoa a hora em que se casou, sai. Pedrolino lastima que Flamínia tenha descoberto que Pantalone ama Francisquinha; nisto

Flávio falso necromante

CÍNTIO	apaixonado por Isabella, encomenda-se a Pedrolino, que lhe promete toda a sua ajuda, mas desde que ele o ajude em seu amor por Francisquinha, pois está apaixonado por ela. Cíntio promete; Pedrolino bate.
ARLEQUIM	incógnito, fica apartado para ouvir tudo; nisto
ISABELLA	à janela para ver; nisto
FLAMÍNIA	à janela, para ver; nisto
FRANCISQUINHA	fora. Cíntio, com belas palavras, diz do amor de Pedrolino por ela, exortando-a a satisfazê-lo; nisto
PANTALONE	apartado fica ouvindo; nisto
BURATTINO	chega, e fica escutando apartado, mas não ouve que Cíntio está falando por Pedrolino. Francisquinha, depois de ouvir tudo, leva a mão à bolsa, e dá uma moeda a Cíntio, dizendo: "Alegro-me que tenha ingressado na escola dos rufiões". Cíntio vai responder, é quando todos o chamam: "Rufião, rufião, dá no rufião"; diante disso ele, enraivecido, vai-se embora, e cada qual volta à sua casa,

e aqui termina o primeiro ato.

SEGUNDO ATO

PANTALONE [PEDROLINO]	encolerizado por Flamínia ter dito a Burattino que ele desfruta sua mulher, pergunta a Pedrolino se ele está apaixonado por ela. Pedrolino, fingindo, diz que não, mas que disse que a amava por amor a Graciano; depois o repreende por estar apaixonado por Francisquinha. Pantalone entra, encolerizado. Pedrolino, ao ver que Burattino vem vindo, levanta o tom de voz dizendo: "Lembro-lhe que não fica bem tirar a honra daquele pobre homem de Burattino"; nisto
BURATTINO [PANTALONE]	chega; ao ouvir as suas palavras, diz que Pedrolino é um grande homem, de bem. Pantalone, indignado, bate em Pedrolino. Burattino põe-se no meio; nisto
FRANCISQUINHA	à balbúrdia, repreende Pantalone, tomando o partido de Pedrolino. Pantalone, enraivecido, chama-a de vagabunda, e sai para a rua.

Jornada XXVIII

Francisquinha, chorando, desfalece nos braços de Pedrolino, depois recobra os sentidos e manda o marido fazer uma queixa contra Pantalone. Burattino encomenda a mulher ao compadre, vai-se. Francisquinha, abraçando Pedrolino, diz estar com dores de mãe. Pedrolino: que vai lhe dar o pai, e entram para se desfrutarem.

CÍNTIO
HORÁCIO

rindo pela burla que Francisquinha lhe fez e do sermão do rufião; depois, discorrendo de seus amores, descobrem-se rivais pelo amor de Isabella; combinam conversar com ela; batem

ISABELLA

ouve os seus amores, depois pergunta quais são as partes dela que fizeram com que eles se apaixonassem. Horácio fundamenta o seu amor na beleza do corpo. Cíntio, agarrando-se à beleza do espírito, conta dos belíssimos dotes daquele, dizendo ser o que o faz arder por ela. Isabella, depois de ouvir que feições causaram o amor deles, diz a Cíntio que goze da beleza de sua alma e que deixe que Horácio, seu marido, goze de seu corpo, e entra. Cíntio entristece. Horácio: que tenha paciência, e sai. Cíntio fica.

FLÁVIO

seu caríssimo amigo, consola-o, promete ajudá-lo, estando ele também apaixonado; manda-o para a sua casa; depois discorre sobre o seu amor por Flamínia, e que ela lhe é cruel; nisto

CAPITÃO
[ARLEQUIM]

armado da cabeça aos pés, e alterado por causa das pauladas que levou de Horácio. Flávio, ouvindo como a coisa se passou, promete fazer com que Horácio não tenha Isabella em casamento, e vão embora.

GRACIANO
[BURATTINO]

repreende Burattino por querer dar queixa de Pantalone. Burattino: que não sabe em quem confiar, e que todos o traem. Graciano, ouvindo isso, diz que Pedrolino lhe mete chifres. Burattino: que ele não diz a verdade, e que Pedrolino é seu amigo fiel; ouvem vozes da casa de Burattino, achegam-se, e ouvem que

FRANCISQUINHA
[PEDROLINO]

e Pedrolino de dentro falam amorosamente um com o outro, Francisquinha perguntando a Pedrolino se, no caso de o seu marido morrer, ele se casaria com ela. Pedrolino responde que sim e outras coisas agradáveis. Burattino vai gritar. Graciano exorta-o a dar queixa contra Pedrolino e leva-o consigo para a justiça, para tirá-lo dali e convencê-lo a não gritar, saem.

FRANCISQUINHA
PEDROLINO

rindo-se da peça pregada em Burattino, despedem-se. Francisquinha em casa, Pedrolino fica; nisto

Flávio falso necromante

FLAMÍNIA da janela, que viu tudo, diz que quer contar isso a Pantalone, seu pai. Pedrolino recomenda-lhe que não, prometendo fazer com que ela tenha o Capitão que ama, se fizer com que o pai o perdoe; nisto

PANTALONE encolerizado com Francisquinha; ouve mencionarem o Capitão; pergunta o que é feito do Capitão. Flamínia astuciosamente diz a seu pai que o Capitão bateu em Pedrolino porque este não quis servir-lhe de rufião, estando apaixonado por ela e, já que ela o repreendia, ele lhe disse impropérios e, chorando, retira-se. Pantalone esbraveja contra o Capitão, mencionando o seu nome, e dizendo a Pedrolino que, se quiser ficar com ele, é preciso que faça duas coisas: primeiro, dar pauladas no Capitão, segundo, fazer com que ele tenha Francisquinha; nisto

FLÁVIO vestido de Necromante, manda o Capitão retirar-se com Arlequim,
[CAPITÃO] depois se apresenta a Pantalone, revelando-lhe a sua arte, prometendo
[ARLEQUIM] que cumprirá a vingança contra o Capitão seu inimigo, e mais, que ele desfrutará de Francisquinha; manda ele se disfarçar de carregador, ordenando-lhe que traga consigo um pau. Pantalone, alegre, sai. Pedrolino pede ao Necromante que não deixe Pantalone desfrutar de Francisquinha; chama-a.

FRANCISQUINHA fica sabendo do Necromante que ele quer que ela desfrute com Pedrolino, seu amante, sem que o marido suspeite de nada; ela agradece. O Necromante manda Pedrolino vestir-se de mulher, e que ela compareça dali a quinze minutos, e que não fale enquanto ele não lhe der permissão; nisto

BURATTINO diz que deu queixa; imediatamente Flávio faz um círculo com a sua varinha, depois abraça Burattino, beija-o, e vai embora sem dizer sequer uma palavra, sai. Pedrolino faz o mesmo; e sai. Arlequim beija Francisquinha e sai; Francisquinha beija e abraça seu marido, vão para dentro de casa,

e aqui termina o segundo ato.

TERCEIRO ATO

ISABELLA discorre sobre o amor e a desconfiança, por não ter visto Horácio.

FLÁVIO de Necromante, diz a Isabella que ele é um mago, que deixou a sua

Jornada XXVIII

terra distante para fazer o bem dela, dizendo-se parente de Horácio, e que foi até ali só para contentar os dois, e que fará com que o seu pai concorde, e que isso acontecerá em meia hora. Isabella agradece e, alegre, vai-se; Flávio fica.

BURATTINO   diz que sua mulher não fala. Necromante lhe diz que ele é traído pela mulher, e que ele quer vingá-lo. Burattino roga-lhe que o faça, e o necromante manda que saia para encontrar pó de ricota, e nos ourives, Burattino sai; Flávio fica.

FRANCISQUINHA   sai de casa sem dizer palavra nenhuma. Necromante manda que se retire; nisto

HORÁCIO   chega; Flávio diz ser Mago, parente de Isabella, vindo desde sua desconhecida residência para remediar a desordem feita por ela ao partir, por amor a ele, da pátria dos parentes, e que quer torná-la sua mulher. Horácio alegra-se. Necromante acrescenta tê-la transformada no semblante de uma vizinha de Horácio, para que ela não seja reconhecida pelos outros parentes, e que vai lhe ensinar o modo de fazê-la voltar ao seu semblante, desde que ele prometa desposá-la. Horácio promete, e ele lhe ordena que, quando a tiver em sua casa, imediatamente lhe beije o olho direito, e manda-o ficar apartado; depois diz a Francisquinha que não fale, porque morreria no ato, e entrega-a para Horácio, que acredita que ela seja Isabella transformada. Flávio faz Horácio lhe entregar sua capa e seu chapéu, antes que ele entre em casa; depois Horácio entra em sua casa, levando consigo Francisquinha; Flávio fica; nisto

FLAMÍNIA   magoada, à janela, por não ver Pedrolino, mediador de seu amor com o Capitão. Flávio conversa com ela, dizendo que é Mago e parente do Capitão, e que falou com Pedrolino e transformou o Capitão nas feições de seu pai, para que não seja reconhecido, e que em quinze minutos o mandará em sua casa. Flamínia agradece e, alegre, retira-se; Flávio fica.

CÍNTIO   chega; Flávio vai logo colocando nele a capa e o chapéu de Horácio; depois bate à casa de Isabella.

ISABELLA   fora, leva Cíntio em casa, acreditando que ele seja Horácio; Flávio fica.

BURATTINO   que não encontra o pó. Necromante manda-o buscar os beleguins, para que ele possa mandar prender aquele que lhe põe os cornos, e que os mande à casa de Horácio. Burattino, alegre, sai. Flávio fica.

Flávio falso necromante

GRACIANO chega, queixando-se que Francisquinha tenha se dado como prenda a um malandro como Pedrolino. Flávio percebe tudo, depois chama-o pelo nome, dizendo que é Necromante, e que vai fazer com que ele desfrute de Francisquinha; manda que se vista com traje de soldado, parecido com o do Capitão Spavento. Graciano, alegre, vai se disfarçar, sai. Flávio: que fez aquilo para que ele não vá em casa; nisto

PANTALONE vestido de carregador, com a vara, mostra-a ao Mago. Flávio finge fazer um feitiço na vara, depois lhe conta a sua virtude, fazendo Pantalone crer que, quando ele bater com a vara um homem, este, de pronto, vai virar mulher e, se bater uma mulher, esta, de pronto, vai se transformar em homem; e que, enquanto ele o tiver na mão, não poderá ser atingido. Pantalone, alegre, sai para tirar a prova e para encontrar o Capitão. Flávio diz que quer se disfarçar para passar-se por Pantalone, sai.

HORÁCIO à janela, para ver o Necromante, já que a mulher não muda de semblante, por mais que ele beije o seu olho direito; nisto

PEDROLINO vestido de mulher, em traje parecido com o de Francisquinha, põe-se à porta de Horácio, o qual, ao vê-lo, acredita ser aquela mulher que estava consigo em casa, chama-a, dizendo que não se vá; nisto

PANTALONE vendo a mulher, para experimentar a vara bate nela, e enquanto está lhe dando pauladas chega

HORÁCIO que se põe no meio. Pantalone continua batendo em Pedrolino. Ele por fim se revela homem. Pantalone ri-se, acreditando ser por virtude do pau enfeitiçado; depois vai dar pauladas em Horácio, dizendo querer transformá-lo em mulher. Horácio: que não quer. Pedrolino foge; nisto

FRANCISQUINHA sai da casa de Horácio. Pantalone dá-lhe pauladas. Horácio reconhece-a por aquela que estava em casa, abraça-a e leva-a novamente para dentro. Pantalone tece louvores ao Necromante, chamando-o de grande virtuoso; nisto

FLÁVIO vestido de Pantalone, com barba parecida. Pantalone, ao vê-lo, pergunta quem ele é. Flávio diz ser o espírito de Pantalone. Este então lhe pergunta onde está o corpo de Pantalone. Necromante: que o deixou num assunto de vingança e amor. Pantalone: para onde ele vai. Ele: que vai fazer companhia a Flamínia sua filha. Pantalone celebra o Necromante; retira-se para ver o que a sua filha fará; Flávio bate.

Jornada XXVIII

FLAMÍNIA fora e, ao vê-lo, acredita ser o seu amante assim transformado e leva-o para dentro de casa. Pantalone ri-se da simplicidade de sua filha; nisto

GRACIANO vestido de Capitão. Pantalone acredita que seja o próprio, dá-lhe pauladas; imediatamente chega

BURATTINO [BELEGUINS] chega; os beleguins, vendo o Capitão levar pauladas, levam Pantalone. Graciano foge. Burattino manda parte dos beleguins à casa de Horácio, os quais o levam para fora

FRANCISQUINHA HORÁCIO fora; dizem estar naquela casa por obra do Necromante, o qual os colocou ali. Beleguins reconhecem Pantalone e ouvem dele que o Necromante o mandou se vestir naqueles trajes; imediatamente sai

PEDROLINO que diz: "Ele mandou eu me disfarçar de mulher para você me dar pauladas"; nisto

ISABELLA [CÍNTIO] discutindo com Cíntio, percebem que foram enganados pelo Necromante. Isabella diz que o Mago tinha prometido lhe dar Horácio; nisto

GRACIANO que o Mago mandou lhe darem pauladas. Pantalone desculpa-se com ele, dizendo que acreditava estar batendo no Capitão; nisto

FLAMÍNIA de casa, gritando que o espírito de seu pai Pantalone violou a sua honra. Todos ficam espantados. Pantalone: que quer matar aquele espírito, chama-o com temor.

FLÁVIO fora, revelando-se, diz ter feito tudo o que fez somente para conseguir Flamínia, pela qual vivia apaixonado, desculpando-se com todos eles. Cada homem louva as suas astúcias; Pantalone concede-lhe Flamínia como esposa, e Cíntio casa-se com Isabella; nisto

CAPITÃO [ARLEQUIM] lança mão da espada contra Horácio; este diz que estava mesmo procurando a morte, já que perdeu Isabella. Flávio os pacifica, e do mesmo modo faz pacificar Burattino e Pedrolino. Este conta a Burattino que ele percebera que ele ouvia à porta, e que dissera aquelas palavras para zombar dele. Burattino acredita, fica com Francisquinha como mulher direita e bela,

e aqui termina a comédia.

JORNADA XXIX

O FIDO AMIGO

Comédia

ARGUMENTO

Moravam em Nápoles dois jovens de alta nobreza, um chamado Horácio e o outro Flávio, ambos apaixonados por uma jovem muito amável, chamada Isabella, filha de um certo Pantalone de' Bisognosi veneziano, homem mais importante da cidade de Nápoles. Era Horácio pela jovem mutuamente retribuído, e enquanto assim estavam as coisas, sem nada saber do amor de Flávio, seu amigo, pensou, confiando nele, raptar a mencionada jovem. Conseguindo seu intento, acomodou-a na casa do citado Flávio, onde também vivia uma irmã sua, certa Flamínia, que, de ardentíssimo amor inflamada, com Horácio, em troca de Isabella, fugiu-se. E Isabella, chegada às mãos de Flávio, é por ele preservada para o amigo Horácio; e finalmente, depois de muitos acontecimentos extravagantes, ficam felizes e contentes, com satisfação das moças e de seus pais.

Jornada XXIX

PERSONAGENS DA COMÉDIA COISAS PARA A COMÉDIA

PANTALONE — veneziano

ISABELLA — filha

PEDROLINO e

ARLEQUIM — criados[1]

GRACIANO — Doutor

FLAMÍNIA e

FLÁVIO — filhos

HORÁCIO — fidalgo, sozinho

CAPITÃO SPAVENTO

MÚSICOS — seus amigos

CAPITÃO — da guarda dos beleguins

BELEGUINS — que falam

CABO — dos beleguins, que fala

FRANCISQUINHA — que aluga quartos na
estalagem

Nápoles, cidade

Muitas lanternas

Sangue e pasta para simular uma ferida

Uma cadeira de espaldar grande

Uma lanterna de beleguim

Muitos panos de linho e faixas para enfaixar
a cabeça de um ferido

---

1) Insólita esta composição dos grupos de personagens: pela primeira vez, Arlequim é criado de Pantalone
e não, como de costume nessa coletânea, do Capitão.

O fido amigo

PRIMEIRO ATO

Noite

PANTALONE · de lanterna acesa, diz ter informado o Regente e o Capitão da guarda sobre a fuga de Isabella sua filha, e que suspeita de Pedrolino, que não aparece; e Arlequim diz suspeitar que Horácio a tenha levado embora. Ouvem gente chegando, entram em casa, e Arlequim imediatamente corre à janela; nisto

HORÁCIO vêm seguindo Pantalone, para ouvir o que ele está fazendo a respeito
PEDROLINO da perda da filha, dizendo a Pedrolino que raptou Isabella e a colocou na casa de Flávio, seu grande amigo. Arlequim logo entra. Pedrolino: que ele não deveria confiar no amigo, porque também é jovem, contando-lhe que Flamínia, irmã de Flávio, está apaixonada por ele. Horácio muda de assunto, manda Pedrolino se retirar, depois faz sinal a Isabella, para conversar com ela.

ISABELLA receosa, sai, dizendo a Horácio que Flávio, seu amigo, ainda não voltou para casa; nisto

FLAMÍNIA à janela, fica ouvindo. Isabella vai logo perguntando a Horácio se ele já amou alguma outra mulher além dela. Horácio, com ardor, diz que não; e ela lhe pede que a tire daquela casa, e o quanto antes. Horácio promete, manda-a para dentro, dizendo: "Entra, pois nesta casa reside tudo o que de bem e de bom eu tenho no mundo". Ela entra, depois, ouvindo que Pantalone está chegando, saem.

PANTALONE ouve de Arlequim o que Horácio disse, e que desconfia que ele a tenha
[ARLEQUIM] colocado na casa de Flávio, seu amigo, e não dizem nada de Pedrolino pois não o reconheceram; vêem Graciano vindo de lanterna acesa; nisto

GRACIANO de lanterna acesa, voltando para casa para jantar. Pantalone, ao vê-lo, convida-se para jantar com ele. Graciano: que não tem nada para ele; depois finge ter perdido um papel pelo caminho, e sai para procurá-lo. Pantalone acaba ficando mais desconfiado ainda. Arlequim oferece-se para entrar naquela casa, pois Olivetta, a criada, é apaixonada por ele, e ele já entrou lá muitas vezes usando uma escada; combinam de ir, entram para se aprontarem.

PEDROLINO que apartado ouviu tudo, vai avisar Horácio, sai.

299

Jornada XXIX

FLAMÍNIA	espantando-se, da janela, que nem seu pai nem o seu irmão chegam em casa; depois discorre do ardentíssimo amor que nutre por Horácio; nisto
ISABELLA	que ocupa o térreo, ouve Flamínia falando, chama-a, que venha para a rua, e assim, conversando, Flamínia diz a Isabella que Horácio a enganou e a trouxe naquela casa para Flávio, seu irmão, e que Horácio está apaixonado por ela, relembrando-lhe as palavras que Horácio lhe disse ao deixá-la naquela casa. Isabella, magoada, chora a traição de Horácio, acreditando nas palavras de Flamínia, à qual encomenda a sua honra, e entra chorando. Flamínia: que achava que o desespero fizesse Isabella querer ir embora, mas que não conseguiu realizar o seu intento; depois roga Amor, que faça com que Horácio não desfrute Isabella, mas que se torne seu, e entra.
CAP. SPAVENTO [MÚSICOS]	vem com os músicos, para fazer uma serenata para Isabella, a qual lhe foi prometida em casamento pelo pai; nisto
GRACIANO	chega, para jantar. Capitão convida-se para jantar com ele. Graciano: que vai jejuar, e entra em casa. Capitão então vai fazer a serenata; nisto
ARLEQUIM	fora, e, reconhecendo o Capitão, pergunta-lhe para quem vai fazer a serenata. Capitão: para Isabella, sua mulher. Arlequim conta que ela fugiu. Capitão esbraveja; Arlequim foge para dentro de casa; nisto
PEDROLINO	à balbúrdia, vem fingindo ter um arcabuz por debaixo da roupa, dando a entender que quer atirar no Capitão, o qual foge com os músicos. Pedrolino ri-se; nisto
PANTALONE	de lanterna acesa, para ver se há alguém ali. Pedrolino esconde-se; nisto
ARLEQUIM	com escada; ao sair apaga a lanterna de Pantalone e, depois de cair repetidas vezes por causa da escuridão, apóia a escada à janela de Graciano, trepa na escada; nisto
PEDROLINO	mudando a voz, dá pauladas em Pantalone; Arlequim, de medo, despenca da escada, e dá no pé. Pedrolino, rindo, vai embora,
	e aqui termina o primeiro ato.

O fido amigo

SEGUNDO ATO

Noite

FLÁVIO
[PEDROLINO]

revela a Pedrolino que não vai para casa pois Isabella está lá, e ele vive ardentissimamente apaixonado por ela, e que não quer ser injusto com Horácio, seu amigo. Pedrolino dissuade-o daquele amor. Ele: que não pode deixar de sentir o que sente; suspirando vai-se embora. Pedrolino espanta-se; nisso

HORÁCIO

chega e ouve de Pedrolino que é preciso tirar Isabella daquela casa o quanto antes; pergunta a razão daquilo. Pedrolino nega-se a contar, e manda que ele se disfarce vestindo-se à espanhola para levá-la embora, sabendo o quanto os espanhóis são temidos em Nápoles. Horácio sai, e deixa com ele a lanterna; nisto

ISABELLA

de desespero, sai da casa de Flávio para fugir. Pedrolino conversa com ela e ouve da traição que Horácio lhe fez, que Flamínia lhe revelou. Pedrolino ri-se, assegurando-a da fé de Horácio, que foi se disfarçar para levá-la embora, e que ela vá na mesma sala térrea para esperá-lo. Ela, alegre, entra; Pedrolino sai.

FLAMÍNIA

da janela, mostra ter ouvido tudo, retira-se dizendo: "Isso é que não vais conseguir".

CAPITÃO

desesperado, bate à casa de Pantalone, para saber melhor sobre o que Arlequim lhe disse; nisto

ARLEQUIM

à janela, dormitando, fala com o Capitão, sempre respondendo às avessas. Capitão: se Pantalone está em casa, dizendo-o em voz alta; nisto

PANTALONE

de dentro, manda Arlequim dizer que não. Capitão, encolerizado, esbraveja; nisto

FLÁVIO

chega, lança mão da espada. Capitão foge; Flávio fica.

ISABELLA

à barafunda, reconhece Flávio, pergunta-lhe porque não vai para casa, onde todos estão à sua espera. Ele: que não foi para casa devido ao amor que tem por uma dama, a qual é cruel com ele. Isabella pergunta-lhe quem é a sua dama. Flávio: que não pode lhe dizer, pelo respeito que lhe deve, depois acrescenta que, para não ser injusto com aquela dama e com um amigo seu, está querendo partir; exorta Isabella a ficar em casa; no que ela quer entrar

301

Jornada XXIX

PEDROLINO   reconhece-a, chama-a pelo nome, em voz alta; nisto

CAPITÃO   sem luz, ouve o nome de Isabella, raciocina em voz baixa e escondendo o rosto. Pedrolino toma-o por Horácio disfarçado à espanhola, segundo a combinação feita, chama-o, depois diz a Isabella que vá com o seu Horácio, que veio disfarçado para levá-la embora. Capitão abraça-a e leva-a embora. Pedrolino atrás, e sai.

FLAMÍNIA   da janela diz ter ouvido tudo, desespera-se pois não pôde efetuar o seu engano. Flávio ouve tudo e compadece-se da irmã e de si próprio; nisto

PEDROLINO   completamente esbaforido e chorando, diz a Flávio que Isabella está nas mãos do Capitão, e como ele a entregou por achar que fosse Horácio. Flávio vai embora para tirá-la dele. Pedrolino atrás. Flamínia alegra-se dizendo querer ir à sala onde Isabella deixou chapéu e manto; nisto

HORÁCIO   disfarçado, diz que já está quase amanhecendo; faz sinal para levar embora Isabella; nisto

FLAMÍNIA   com o manto de Isabella e com o seu chapéu, vem para fora. Horácio toma-a por Isabella, pega-a; nisto, mas imediatamente, chega

CAP. DA GUARDA   com candeias, detém Horácio. Capitão: que Pantalone o informou e,
[BELEGUINS]   acreditando aquela ser Isabella, manda que um cabo a entregue à sua mulher e filhas; depois, dirigindo-se a Horácio, diz que não quer levá-lo preso, impondo-lhe, sob pena de morte, por parte do Vice-rei, que na manhã seguinte se apresente a Sua Excelência, e sai. Horácio fica consternado, e, queixando-se do Amor, da Fortuna, cai em desespero, e lança mão das armas para se matar; nisto

FLÁVIO   chega e o detém, depois o consola, dizendo que já tirou Isabella das mãos do Capitão e que a colocou na casa de Francisquinha. Horácio, de tanta alegria, não consegue responder, e sai. Flávio, desesperado, diz desejar que Horácio um dia reconheça a sua fé e a sua verdadeira amizade, sai.

Amanhecer

PANTALONE   manda Arlequim ir ter com o Capitão do Regente, para ver se ele tem
[ARLEQUIM]   alguma novidade sobre a sua filha, e que lhe conte de sua suspeita contra Horácio e Graciano. Arlequim sai; Pantalone fica.

O fido amigo

GRACIANO — chega, e Pantalone interroga-o sobre as pessoas que estão em sua casa. Graciano fica desconfiado, e não quer lhe contar. Pantalone, encolerizado, ralha com ele, dizendo que ajudou seu filho Flávio a fazer fugir sua filha Isabella. Graciano: que está mentindo descaradamente; chegam às armas e, duelando, vão-se pela rua,

e aqui termina o segundo ato.

TERCEIRO ATO

HORÁCIO [FRANCISQUINHA] [PEDROLINO] — ouve de Francisquinha que Flávio levou Isabella para a sua casa, dizendo-lhe que não havia homem no mundo que a amasse mais do que ele, mas que, devido à amizade que tem por Horácio, antes morrer mil vezes do que ser injusto com ele, e que depois, vertendo lágrimas, deixou-a; e que ela, chorando, foi-se embora da casa para procurá-lo, e que por amor a ele deve estar à sua procura. Horácio encomenda-se a ela, ela vai-se. Horácio lembra-se das palavras que Pedrolino lhe dissera (isto é, que não era bom negócio confiá-la a Flávio, e que Flamínia estava apaixonada por ele). Pedrolino confirma; nisto

ARLEQUIM — chega, Pedrolino quer fugir dele. Arlequim: que não fuja, dizendo a ele e Horácio que Pantalone encontrou um beleguim que lhe disse que sua filha está presa no quarto da mulher do Capitão da guarda; e que Pantalone lhe deu uma gorjeta, e mais, mandou que prendesse Flávio, por ter ferido o Capitão, e Pedrolino, por ter favorecido a fuga, para mandá-lo enforcar. Horácio, amedrontado, foge; Pedrolino segue-o. Arlequim fica; nisto

GRACIANO — chega, dizendo que soube que Flamínia, sua filha, está na prisão, a mando de Pantalone; nisto

PANTALONE — chega, dizendo querer que sua filha morra entre duas paredes. Graciano lamenta-se com Pantalone por ter mandado prender Flamínia, sua filha. Pantalone diz ser a sua Isabella, e não Flamínia. Graciano em casa, depois, voltando, diz que ela não está em casa; novamente contendem. Arlequim põe-se no meio, depois pergunta se ele viu Isabella na prisão. Pantalone: que não, mas que um beleguim lhe disse. Arlequim aconselha-o a tirar a história a limpo, e vão ter com o Capitão da guarda, e saem. Graciano diz desconfiar de Arlequim; nisto

FLÁVIO — ouve que Flamínia, sua irmã, está na prisão, pois foi encontrada com

Jornada XXIX

Horácio, e diz que vai libertá-la para fazê-la morrer em casa, sai. Flávio muito se admira, queixando-se de Horácio; nisto

ISABELLA — depois de ter vagueado pela cidade toda, decide voltar à casa do pai. Flávio pergunta-lhe se Horácio foi vê-la na casa de Francisquinha. Ela diz que, desdenhando ficar na casa de uma mulher daquelas, foi-se embora, e quer voltar à casa do pai. Flávio diz que Horácio levou embora a irmã Flamínia, e que há muito tempo ele está apaixonado por ela, mas que sempre pôde mais a amizade do que o amor; nisto

ARLEQUIM — da rua, fica ouvindo. Isabella sente compaixão pelo estado de Flávio e lamenta-se da falta de Horácio; nisto

CABO [BELEGUINS] — manda Flávio se entregar na prisão, por uma queixa feita pelo Capitão; depois querem levar à prisão Isabella, à força e contra a vontade de Flávio; diante disso ele, vencido pela ira, lança mão da espada e — com a ajuda de Arlequim e de Pedrolino

PEDROLINO — o qual chega à balbúrdia; duela com os beleguins, e Flávio é ferido na cabeça, com uma ferida que verte muito sangue, caindo ao chão; beleguins saem. Isabella, chorando, ata a ferida na cabeça de Flávio, e todos concordam em levá-lo à casa de Pantalone, Pedrolino convence-a. Pedrolino fica para ir buscar um cirurgião-barbeiro; nisto

CAP. SPAVENTO — todo enfaixado e andando de muletas. Pedrolino diz que Flávio está à sua procura com vinte e cinco homens, para matá-lo, e que seria bom tratar de fazer as pazes com ele, oferecendo-se para tratar pessoalmente do assunto. Capitão concorda; nisto

PANTALONE — que esclareceu tudo, e que Graciano tem razão, pois quem está na prisão é Flamínia, e não Isabella; ao ver Pedrolino, quer partir para cima dele, depois se contém ao ver o Capitão, o qual se lhe encomenda para se proteger dos inimigos. Pantalone manda trazer uma cadeira para o Capitão.

ARLEQUIM — traz a cadeira; Pantalone manda o Capitão sentar-se, diz que é cirurgião, e que quer ver se as feridas não são mortais, retira todas as ataduras e não encontra ferida nenhuma. Arlequim com um pau, enche-o de pauladas; Capitão foge. Pedrolino repreende Pantalone por ter desejado conceder a ele Isabella. Pantalone: que estava fazendo aquilo por ele

O fido amigo

ser espanhol[2], sabendo o tamanho da força dos espanhóis em Nápoles; depois lamenta-se de Horácio e Isabella. Pedrolino e Arlequim: que ela está em casa. Pantalone acredita; nisto

GRACIANO
[FLAMÍNIA]
com a filha, pois a libertou, e vem esbravejando com ela na presença de Pantalone, quer que ela conte como se passou o assunto todo. Flamínia: que vai contar, mas que quer de Pantalone a graça do perdão para Isabella sua filha. Pantalone promete. Flamínia revela que está apaixonada por Horácio, que ama Isabella. E que esta foi levada embora por ele e acomodada na casa de Graciano, para depois levá-la para outro lugar; e que ela, acreditando estar se indo com Horácio, foi-se com o Capitão, do qual, depois, o Capitão da guarda a tirou. Roga Pantalone que dê Isabella a Horácio, pois ela decidiu ir para o mosteiro, e que antes gostaria de ver Flávio seu irmão. Pedrolino: que ele está na casa de Pantalone; e com Arlequim entram para trazê-lo; nisto

HORÁCIO
chega, e fica apartado, prestando ouvidos; nisto

ISABELLA
[FLÁVIO]
[PEDROLINO]
[ARLEQUIM]
com a ajuda de Pedrolino e Arlequim, vem trazendo Flávio ferido, com a cabeça enfaixada. Flávio pede perdão a Pantalone por ter entrado em sua casa, depois lhe revela o grande amor que tem por sua filha, e o que fez por ela, depois, de joelhos, roga Pantalone que dê Isabella a Horácio, seu grande amigo, pois que ele quer viver solitário; o mesmo faz Flamínia; pedem a bênção paterna. Todos choram; nisto

HORÁCIO
condoído pelas palavras de Flávio, mostra-se e, em nome da amizade e do amor, cede Isabella a Flávio e ele fica com Flamínia, com a licença dos pais, os quais louvam a alma generosa de Horácio e prometem ajeitar o assunto com o Capitão; e, mostrando alegria, todos entram na casa de Pantalone para celebrar as núpcias,

e aqui termina a comédia.

---

2) O Capitão era habitualmente representado como sendo espanhol. Segundo FERRONE 1993, há documentos que comprovam pelo menos dois registros de morte de atores de *Commedia dell'Arte* no desempenho de seu ofício em praça pública. Ocorreu que, havendo um grupo de espanhóis na platéia, eles manifestassem a própria indignação por verem o seu povo ser representado naquela figura fanfarrona do Capitão. E simplesmente mataram de pancadas o ator que o representava. Talvez o da segurança seja um dos motivos que, com o tempo, levou os atores a procurarem se apresentar em salas fechadas ou em residências.

JORNADA XXX

OS FALSOS CRIADOS

Comédia

ARGUMENTO

Havia, em Gênova, um rico e honorado mercador, chamado Leone Adorni, o qual gozava de vida muito feliz, quer por suas riquezas quer pela alegria de dois filhos que a falecida esposa lhe deixara: um homem, chamado Cíntio, e a outra mulher, que atendia pelo nome de Isabella. Deu-se, naquele tempo, que Isabella se apaixonou por um nobilíssimo jovem forasteiro que, de passagem, hospedava-se na casa do pai. O jovem partiu a negócios, e voltou à sua pátria de Florença. Então Isabella, não podendo mais suportar o tormento do amor, nem a insuportável distância de seu amante, resolveu revelar-se para o seu irmão Cíntio; o qual, mais por curiosidade do que por bom julgamento, aconselhou a irmã que vestisse trajes masculinos e fosse com ele a Florença; e assim foi. E chegados a Florença, consideraram o assunto e, afinal, Isabella pôs-se como criado em casa do amante, e Cíntio foi servir na casa de outro. Ocorreu que a irmã do amante de Isabella, acreditando ser ela homem, acendeu-se de paixão por ela, e Cíntio, apaixonando-se pela referida amante da irmã, com prazeroso engano conseguiu-a e obteve-a. Sabendo-se disto depois, o pai consolou-os, conseguindo para cada um deles o objeto amado.

Os falsos criados

PERSONAGENS DA COMÉDIA   COISAS PARA A COMÉDIA

PANTALONE — veneziano

HORÁCIO e

FLAMÍNIA — filhos

FABRÍCIO criado, isto é Isabella

PEDROLINO — criado

GRACIANO — Doutor

CÍNTIO — criado, irmão de Isabella

HORTÊNSIA — escrava, depois irmã de Flávio

FLÁVIO — sozinho, amigo de Horácio

LEONE ADORNI — genovês, pai de Isabela e
de Cíntio

CRIADOS — que falam

UM CRIADO — de Pantalone, que fala

CAPITÃO SPAVENTO

ARLEQUIM — criado

<BELEGUINS>

<MENSAGEIRO>

Florença, cidade

Uma bacia de prata

Um jarro de prata

Traje de viagem, isto é, manto, chapéu, botas
e esporas

Jornada XXX

PRIMEIRO ATO

PANTALONE
[PEDROLINO]
queixa-se com Pedrolino de sua má sorte, pois esta fez com que Fabrício, seu criado, ficasse em sua casa, e lhe engravidasse Flamínia, sua filha. Pedrolino consola-o, pois sabe que Fabrício é filho de um riquíssimo mercador. Pantalone: que se o criado que ele enviou até o seu pai não voltar imediatamente, ele vai matar os dois com veneno; depois se queixa da má vida que leva Horácio, seu filho. Pedrolino: que assim que ele tiver ajeitado a filha, que arranje uma esposa para Horácio. Pantalone, resmungando, vai-se; Pedrolino fica.

GRACIANO
[HORÁCIO]
vem repreendendo Horácio, por tê-lo encontrado a falar com a sua escrava, e em sua casa. Horácio desculpa-se. Pedrolino coloca-se no meio e toma o partido de Graciano. Horácio, encolerizado, lança mão da espada; nisto

PANTALONE
chega, coloca-se no meio. Horácio, ao ver o pai, imediatamente foge. Pantalone pergunta a Pedrolino o motivo da balbúrdia, e ele diz que Graciano queria matar Horácio seu filho. Pantalone lança mão do punhal, para atingir Graciano; nisto

BELEGUINS
vendo Pantalone de arma desembainhada, aprisionam-no. Pedrolino diz aos beleguins que Pantalone queria tirar à força uma escrava de Graciano, e mais, que queria matá-lo. Não deixam Pantalone argumentar, e o levam à prisão. Pedrolino imediatamente diz a Graciano que fez de propósito para ficar à vontade para roubar na casa com Horácio e, fazendo as pazes com ele, desfrutar e divertir-se na casa dele com a escrava. Graciano concorda, e alegres vão procurar Horácio.

FABRÍCIO
[FLAMÍNIA]
consolando Flamínia com a esperança do pronto retorno do criado enviado a seu pai, em Gênova, repreendendo-a pelo ciúmes que ela tem dele, e manda-a para casa; depois a sós, lamenta o erro cometido ao revelar o seu amor ao irmão Cíntio, e a crueldade de Horácio; resolve pedir licença ao irmão para se revelar a Horácio; nisto

CÍNTIO
irmão de Fabrício, chega, e este revela a gravidez de Flamínia, que ele engravidou de noite, enquanto ela acreditava estar desfrutando com Fabrício, pela facilitação que ele lhe deu; e que ele quer se revelar como Isabella para Horácio, para matar aquela esperança que ele tem, de desfrutar da escrava de Graciano. Cíntio: que antes é preciso esperar o criado com a resposta de Gênova, e consola-a; nisto

Os falsos criados

GRACIANO repreende Cíntio, seu criado, por estar fora de casa. Cíntio diz que estava mandando Fabrício dizer a Horácio seu patrão que não voltasse mais em casa para falar com a escrava, porque vão quebrar a sua cabeça; fingem chegar às vias de fato; Graciano segura Cíntio e o leva dentro de casa; Fabrício fica; rindo

HORÁCIO [FLÁVIO] diz a Flávio que ele não ama a escrava, sabendo que ele vive apaixonado por ela, e que, sendo seu amigo, nunca cometeria uma injustiça daquelas com ele. Flávio agradece e oferece os seus serviços, sai. Horácio lamenta-se por estar sendo injusto com Flávio, embora tenha dito que não a ama. Fabrício repreende Horácio por amar uma escrava, desconhecida, e pela ofensa que ele faz ao amigo. Horácio: que não consegue deixar de sentir o que sente; nisto

PEDROLINO chega, repreende Fabrício por estar falando com Horácio, pois sabe da imposição do patrão; depois diz para lhe entregar a bacia e o jarro de prata, pois que o patrão quer emprestá-lo ao procurador. Fabrício entrega-lhe as chaves, para que vá buscá-los. Pedrolino em casa. Fabrício volta a censurar Horácio, por ele amar uma escrava. Horácio ri-se, e olha para ele muitas vezes; nisto

PEDROLINO volta com a bacia e o jarro de prata, depois manda Fabrício ao correio, para as cartas do patrão. Fabrício sai. Horácio diz a Pedrolino que, se Fabrício fosse mulher, pensaria que estivesse apaixonada por ele. Pedrolino ri-se dizendo: "Então o senhor ainda não sabe quem é Fabrício?", e, desconversando, conta-lhe da prisão de Pantalone e entrega-lhe a prataria para que dê a Graciano em garantia pela escrava; chamam-no.

GRACIANO à janela, responde com gravidade; depois, vendo a prataria, sai, amima Horácio e Pedrolino, depois chama Cíntio.

CÍNTIO fora, recebe a prataria e ao mesmo tempo ordem para honrar Horácio e Pedrolino, e, fazendo entre si cerimônias e muitos elogios, entram todos em casa de Graciano,

e aqui termina o primeiro ato.

Jornada XXX

SEGUNDO ATO

PANTALONE [FABRÍCIO]	ouve que Pedrolino recebeu em seu nome a bacia e o jarro de prata para emprestá-lo ao procurador, e que nada disse de sua prisão. Pantalone, encolerizado, enxota Fabrício, o qual, temeroso, vai embora; nisto
PEDROLINO	chega; Pantalone agarra-o e esbraveja com ele. Pedrolino confessa que mandou prendê-lo, temendo que ele matasse Graciano, e que fez com que lhe dessem a prataria para comprar a escrava da qual Horácio vive apaixonado, e por fim que ele não vai se casar com ela, dizendo já ter conversado com alguém que vai comprá-la dele em seguida, prometendo lhe devolver a prataria ainda no decorrer daquele dia e mais, que vai vender a escrava, para que Horácio não possa tê-la. Pantalone acalma-se, fala mal de Horácio, e que sabe que fez mal em enxotar Fabrício, tendo reconhecido nele um quê de nobre. Pedrolino confirma. Pantalone manda ver se chegaram cartas de Gênova. Pedrolino vai-se; Pantalone em casa.
HORÁCIO [GRACIANO]	diz que à noite quer jantar com ele. Graciano, contente, chama o seu criado Cíntio.
CÍNTIO	fora, Graciano manda-o com Horácio, para que mande entregar alguma comida em casa, e pede a Horácio que mande o quanto antes o dinheiro para completar a quantia de trezentos escudos; assim combinados, Graciano entra. Cíntio, percebendo a oportunidade, repreende Horácio por amar uma escrava, que ama e está grávida de um Capitão, que ela espera a qualquer momento: e que a própria escrava lhe contou. Depois menciona que uma dama belíssima vive apaixonada por ele, e que Fabrício, seu irmão, conhece-a muito bem; vão encontrá-lo para ouvir quem é a dama, saem.
FLÁVIO	que apartado ouviu tudo, diz que sente grande dor pela ofensa e traição do amigo, alegrando-se por ele não ser retribuído em seu amor; nisto
HORTÊNSIA	escrava, à janela; Flávio revela-lhe o seu amor. Hortênsia: que não pode retribuí-lo, estando ela apaixonada por outro amante. Flávio pergunta-lhe quem é o amante; nisto
GRACIANO	chama de dentro; depois vem à janela, repreendendo Flávio, que vai embora, e ele se retira.

Os falsos criados

CAPITÃO
[ARLEQUIM]

de volta de Nápoles, onde ficou uns oito meses, vem para reencontrar Graciano, ao qual deixou uma escrava sua e todas as suas posses. Arlequim pergunta-lhe onde conseguiu a referida escrava. Capitão: que a resgatou ainda menina em Trápani de Sicília, em algumas galeotas bárbaras que haviam levantado bandeira de resgate, e que deve fazer uns oito anos. Arlequim põe-se a chorar, dizendo que há oito anos, justamente, ele foi pego pelos turcos com um patrão seu e uma filha pequena, mas que desconhece o nome deles. Capitão desconversa, e diz que gostaria de encontrar aquele Graciano, seu antigo feitor; nisto

PEDROLINO

que ouviu tudo apartado, é abordado pelo Capitão que lhe pergunta se conhece Graciano. Pedrolino: que sim, dizendo que ele morreu, e que as suas coisas estão na mão da justiça, a seu mando, e que tinha emprenhado a escrava, e que Pantalone, seu pai, a mantém em sua casa por caridade até ela dar à luz. Capitão: que ele é quem a engravidou há oito meses, depois pergunta pela casa do fidalgo. Pedrolino mostra-lhe a casa de Graciano, mas diz que não há ninguém, e que volte em uma hora, que fará com que fale com ele. Capitão com Arlequim, saem. Pedrolino diz que se Horácio não se mexer, não terá a escrava, e que ouviu as palavras que o Capitão disse, isto é, que ele é quem engravidou a escrava, e que pensou como conseguir a prataria de volta; nisto

HORÁCIO
[FABRÍCIO]

vem ouvindo de Fabrício que a dama apaixonada por ele é forasteira; nisto chega Pedrolino. Fabrício muda de assunto, e diz que a escrava ama um Capitão. Pedrolino confirma, dizendo ter falado com ele há pouco; ouvem Pantalone chegando, saem; Fabrício retira-se.

PANTALONE
[FLAMÍNIA]

pergunta a Flamínia a razão de seu corpo estar tão inchado. Ela dá desculpas variadas. Pantalone zomba de Fabrício. Ela se faz de ingênua. Pantalone, encolerizado, diz que sabe de tudo, e, ameaçando-a, vai-se. Ela fica, chorando; nisto

FABRÍCIO

conversa com ela e a consola; nisto

PEDROLINO

chega, eles estremecem; Pedrolino diz que sabe de tudo, e que ele sabe há mais de um mês (Fabrício pergunta: o que é que sabe?). Pedrolino acrescenta que Fabrício engravidou Flamínia. Fabrício sorri, dizendo que Pantalone não sabe nada daquele assunto, calando o resto. Pedrolino: que Pantalone está esperando o mensageiro de Gênova para saber quem é Fabrício, e Cíntio, o seu irmão; depois promete-lhes toda a ajuda; manda Flamínia para casa e manda que Fabrício diga a Graciano, por parte de Horácio, que ele vá à loja dos Três Reis,

Jornada XXX

onde quer encomendar uma roupa para ele e para a escrava; retira-se. Fabrício bate.

GRACIANO fora, ouve tudo, vai com Fabrício à loja do mercador. Pedrolino imediatamente chama a escrava.

HORTÊNSIA escrava, ouve que o Capitão chegou, e que está envergonhado de aparecer à sua frente malvestido, pois foi roubado no caminho de Nápoles, e que lhe mande dinheiro ou alguma coisa para ele se vestir. Ela não sabe o que lhe dar. Pedrolino: que lhe dê a bacia e o jarro de prata. Ela vai buscá-los, volta e entrega-os a Pedrolino, entra bem alegre; Pedrolino fica

PANTALONE chega, vê a prataria, louva Pedrolino como homem de bem, e este diz que à noite fará com que ele tenha a escrava, e que um Capitão vai pagar muito bem por ela. Pantalone manda-o levar de volta a prataria para casa, Pedrolino entra. Pantalone fica; nisto

CAPITÃO vem, para ouvir notícias da escrava; ao ver Pantalone, pergunta-lhe se
[ARLEQUIM] ele é Pantalone: este responde que sim. Capitão acrescenta que ele tem uma mulher sua em casa. Pantalone, imaginando que ele é aquele de quem Pedrolino falou, diz que sim, e que não pode entregá-la até à noite; nisto

FLAMÍNIA de dentro, grita pela dor de parto. Pantalone desespera-se. Capitão pergunta quem é aquela que está gritando. Pantalone: que é uma mulher de sua casa. Capitão crê ser a sua escrava, diz a Pantalone que foi ele a engravidar aquela mulher que grita. Pantalone: que foi Fabrício. Capitão: que foi ele; quer entrar na casa. Pantalone não quer. Capitão lança mão da espada. Pantalone o mesmo, e, fazendo alvoroço, vão-se pela rua,

e aqui termina o segundo ato.

TERCEIRO ATO

CÍNTIO que mandou entregar a comida para o jantar, e que fez uma boa mediação para a irmã; nisto

FABRÍCIO chega, e conta ao irmão que Pedrolino sabe de tudo, mas que nem ele nem Pantalone sabem do seu segredo, isto é, que Cíntio entra em casa

Os falsos criados

à noite, pela janela, e que desfruta Flamínia, enquanto ela acredita sempre estar desfrutando com Fabrício; nisto

PEDROLINO ouvindo tudo, mostra-se para os dois, ameaçando-os. Fabrício e Cíntio ajoelham-se diante de Pedrolino, narrando-lhe toda a sua história (tal como aparece no argumento da comédia), e que se empregaram como criados, e que Flamínia se apaixonou por ela acreditando que ela seja um homem, e Cíntio por Flamínia, e do engano que lhe fizeram, e que ela está grávida de Cíntio, e que isto é o que nem Pantalone nem Pedrolino sabiam, e encomendam-se a Pedrolino. Ele diz que Flamínia pariu um filho homem, depois manda Cíntio se vestir de mulher, e que volte em seguida, depois manda Fabrício ir ter com Flamínia e lhe revelar o engano amoroso. Pedrolino fica; nisto

PANTALONE fica logo sabendo de Pedrolino que Flamínia fez um filho homem. Pantalone desata a chorar. Pedrolino consola-o dizendo que ele não é o primeiro a passar por coisas semelhantes, depois diz que a escrava será útil como governanta para Flamínia e o seu menino, e que não tem de recear por causa de Horácio, o qual, quando ficou sabendo que ela está grávida do Capitão, deixou de amá-la; e mais, promete casar Horácio dando-lhe uma dama importante; nisto

CÍNTIO vestido de mulher, com os trajes de Isabella sua irmã que trouxe consigo. Pedrolino diz a Pantalone que aquela é a escrava, e que a leve ao quarto de Flamínia sua filha. Pantalone leva-a para dentro. Pedrolino ri-se, depois se retira; nisto

CAPITÃO fica rondando a casa de Pantalone; nisto

GRACIANO chega, alegre por ter visto o tecido para os vestidos. Capitão o vê, e, por ter ouvido que ele morreu, toma-o pelo espírito de Graciano; amedronta-se. Graciano: que não morreu. Capitão foge. Graciano atrás. Pedrolino ri; nisto

HORÁCIO completamente alterado pelas palavras que ouviu de Pedrolino e de Fabrício. Pedrolino diz para Horácio que Fabrício tem de lhe dizer uma coisa muito importante, e entra em casa para chamá-lo, e que o espere. Horácio fica, pensando a respeito daquela dama de quem Fabrício lhe falou; nisto

FABRÍCIO fora, e depois de muitos temores revela-se como Isabella, filha de Leone Adorni, genovês; Horácio, bem alegre, abraça-a e acolhe-a; nisto

Jornada XXX

PEDROLINO	conta o resto do caso entre Cíntio e Flamínia sucintamente; manda os dois em casa para verem o cunhado e o anjinho recém-nascido; mas que se retirem num quarto do térreo, por amor ao velho. Fica
CAPITÃO	assustado, ainda acreditando que Graciano seja o espírito; nisto chega
GRACIANO	chega; Pedrolino desculpa-se com o Capitão por ter lhe contado que Graciano estava morto, e que o fez por causa de um plano seu. Capitão afaga Graciano; depois chamam Hortênsia.
HORTÊNSIA	escrava, ao ver o Capitão abraça-o. Arlequim fica olhando a escrava, e ela a ele; por fim se reconhecem e choram a morte do pai. Capitão consola-a e entram alegres na casa de Graciano. Pedrolino fica; nisto
PANTALONE	chega, Pedrolino diz que casou Horácio, e que o casou com Fabrício. Pantalone: que não compreende; nisto
MENSAGEIRO	chegando de Gênova, vê Pantalone e com grande alegria diz para ir com ele ao correio para fazer companhia àquele que veio com ele, pois terá boas novas, e, alegres, vão embora.
FLÁVIO	discorre sozinho sobre a infâmia que a falsa amizade carrega em si, e que está tão desgostoso com Horácio, que quer partir e voltar a Roma, sua pátria, pois perdeu a companhia de Horácio, e que viera de Roma só por amor a ele; nisto
GRACIANO [ARLEQUIM]	dá dinheiro a Arlequim para comprar comida, e ouve dele que criou Hortênsia desde pequena, e que ela era filha de um certo Eugênio Alidori. Flávio, ouvindo o nome de seu pai ser mencionado, conversa com Arlequim, reconhece-o, e revela-se como irmão de Hortênsia, e o mandam em casa reconhecer a irmã.
PANTALONE LEONE ADORNI CRIADOS PEDROLINO	vêem, alegres com a chegada de Leone Adorni, pai de Isabella e de Cíntio. Pedrolino entra em casa para dar a notícia; eles ficam conversando; nisto
CÍNTIO ISABELLA	de joelhos, pedem perdão ao pai e a Pantalone. Velhos perdoam todos os erros cometidos, fazem Horácio se casar com Isabella e Cíntio com Flamínia; nisto

Os falsos criados

FLÁVIO   alegra-se com Horácio, depois conta sobre Hortênsia, sua irmã, mulher
[GRACIANO]   do Capitão; nisto
[HORTÊNSIA]
[CAPITÃO]
[ARLEQUIM]

PEDROLINO   com o menino enrolado em cueiros, todos o beijam,

                   e aqui termina a comédia.

JORNADA XXXI

O PEDANTE[1]

Comédia

ARGUMENTO

Vivia em sua pátria de Veneza um mercador riquíssimo, Pantalone de' Bisognosi era o seu nome. Ele tinha por esposa uma belíssima jovem, que atendia pelo nome de Isabella, e dela teve um filho, chamado Horácio. Para criá-lo com aqueles hábitos honrados que convém a um jovem de semelhante berço, sob os cuidados e a disciplina de um Mestre Cataldo Pedante o mantinham. E pois que o mencionado Pantalone era homem que, de boa vontade, à crápula e as meretrizes se dava, veio mais e mais vezes a discutir com sua mulher, e mais e mais vezes o referido Pedante fez com que ela se reconciliasse e apaziguasse com o marido.

Deu-se um dia (como amiúde acontece) que o bom Pedante sentiu vontade de conhecer o sabor da mulher do citado Pantalone, e, aguardando a oportunidade de nova discórdia e nova rixa entre mulher e marido, revelou-se apaixonado por ela, pedindo-lhe, com palavras eficazes, que o satisfizesse. A mulher, que estimava muito a sua honra, depois de prometer, pôs o marido a par de tudo. Ao Pedante então, e de comum acordo, urdiram um belíssimo engano e um castigo, como exemplo para os outros Pedantes, como no decorrer da fábula ficaremos sabendo.

---

1) Este cenário remete, de imediato, ao *Tartufo*, de Molière. De fato, SALERNO 1996, observa: "Este cenário, do qual Molière parece ter extraído a trama principal para *O Tartufo*, tem uma situação farsesca bastante simples, mas contém, sob forma embrionária, a maioria dos expedientes que Molière utiliza em sua peça". Salerno nota também a semelhança com *As Alegres Comadres de Windsor*, relatando: "O.J. Campbell ["The Italianate Background of *The Merry Wives of Windsor*" In: *Essays and Studies in English and Comparative Literature* VIII, Ann Arbor, 1932, 81-117] sustenta que, em sua peça, Shakespeare reescreveu a já perdida *Jealous Comedy* (1952-93), a qual, por sua vez, baseava-se nas farsas à italiana, inclusive *O Pedante*, de Scala".

O pedante

PERSONAGENS DA COMÉDIA   COISAS PARA A COMÉDIA

PANTALONE — veneziano   Uma gamela de cobre, grande.
ISABELLA — mulher
HORÁCIO — filho   Três facões grandes
PEDROLINO — criado

GRACIANO — Doutor   Três roupas de carniceiro
FLAMÍNIA — filha
FABRÍCIO — filho jovem e imberbe   Uma camisa para Cataldo

BURATTINO — criado   Uma corda comprida
CATALDO — Preceptor[2] de Horácio

CAPITÃO SPAVENTO — forasteiro   Paus para dar pauladas
ARLEQUIM — criado
<CARREGADOR>

Veneza

---

2) *Pedante*, tem dois sentidos: "pedante" e "preceptor". O *canovaccio* inteiro joga com os dois conceitos. Optamos pela primeira tradução, mas é preciso manter em mente o duplo sentido.

Jornada XXXI

PRIMEIRO ATO

PANTALONE [HORÁCIO]	seu filho Horácio repreende-o por ser um homem crapuloso e concubinário, e dar uma vida ruim à sua mãe, Isabella. Pantalone ralha com ele, dizendo que quer viver a seu modo; nisto
CATALDO	Pedante chega, põe-se no meio com palavras agradáveis, pois ele foi mestre de Horácio, e leva Pantalone embora. Horácio: que seu pai não conhece a péssima natureza do Pedante, e que agora fazem um belo par; nisto
ISABELLA [PEDROLINO] [CARREGADOR]	dando pauladas em Pedrolino e no carregador, por tê-los encontrado no porão roubando uma barrica de vinho. Carregador foge. Horácio repreende a mãe. Isabella diz que ele é um facínora tal qual o pai, e que ela vai se vingar, e entra. Horácio vai-se, desolado, e Pedrolino vai encontrar Pantalone; sai.
CAPITÃO [ARLEQUIM]	que vem chegando de Nápoles, e está de passagem, a caminho de Milão; diz que gosta de Veneza, citando suas louváveis maravilhas; nisto
ISABELLA	à janela, vê o Capitão, deixa o seu lenço cair; Capitão pega-o. Isabella fora; Capitão quer lhe devolver o lenço; ela nega querê-lo, oferecendo-lhe outros. Capitão dá-lhe um anel, ela aceita. Capitão pergunta se ela é casada. Isabella, suspirando, diz que sim; nisto chega Pedrolino; ao vê-lo, ela vai para dentro.
PEDROLINO	chega e, apartado, ouve o suspiro, e viu o Capitão dando o anel para Isabella; banca o engraçado com o Capitão, dizendo que aquela mulher, com quem ele falava, é a sua esposa. Capitão pede-lhe que encontre alguma bela jovem para desfrutar consigo, oferecendo-lhe muitas coisas. Pedrolino: que os dois, ele e sua mulher, o servirão. Capitão sai com Arlequim. Pedrolino: quer contar tudo a Pantalone, para se vingar das pauladas; nisto
ISABELLA	que à janela ouviu tudo, chama Pedrolino de marido, e vem à rua imitando-o; depois, aos impropérios, diz que vai revelar todas as suas malandragens para Pantalone, e entra. Pedrolino, desesperado, sai.
HORÁCIO	aflito por seu pai e por Flamínia, pois está apaixonado por ela; nisto
FLAMÍNIA	à janela, conversa com Horácio, fazendo cena de amor recíproco. Flamínia em seguida diz que Fabrício, seu irmão, gostaria que ele lhe

O pedante

fizesse um serviço, e que vai mandá-lo para fora; entra. Horácio fica; nisto

FABRÍCIO pede a Horácio que faça de tudo para que Cataldo, seu mestre, o aceite como aluno. Horácio: que vai fazer isso, mas que como recompensa quer se casar com a sua irmã. Fabrício diz: "Ânimo, o senhor vai fazer com que eu seja aluno de seu mestre, e eu farei com que minha irmã seja sua mulher"; imediatamente chega o seu pai dizendo

GRACIANO imediatamente, dizendo: "Tu não serás aluno de seu mestre, nem tampouco ele terá minha filha em casamento"; imediatamente chega

PEDROLINO que diz: "Fabrício será aluno do Pedante, e Horácio terá a mão de sua filha". Graciano, rindo, diz: "Quem é que vai dá-la a ele?". Pedrolino responde: "Eu vou". Graciano manda Fabrício para casa, depois, rindo de Pedrolino, sai. Pedrolino diz a Horácio que deixe com ele aquele assunto intricado, dizendo que quer lhe dizer não sei o quê sobre a sua mãe; nisto

ISABELLA que ouviu tudo à janela, sai para fora com um pau, e capricha nas pauladas em Pedrolino, e quase se vira contra Horácio também, o qual, sem se defender, vai embora. Isabella, ameaçando Pedrolino, entra; ele fica, chorando; nisto

ARLEQUIM com um prato de macarrão a ser oferecido a Pedrolino, por parte do Capitão; entrega-o a ele. Pedrolino, chorando, aceita, e diz que chora por causa de um mal súbito de sua mulher e, assim chorando, começa a comer. Arlequim também chora e começa a comer chorando[3]; nisto

BURATTINO vê os dois comendo macarrão e chorando, desata a chorar e, chorando, ele também come; terminam o macarrão, Pedrolino, chorando, diz a Arlequim: "Beije de minha parte as mãos ao Capitão", e sai. Burattino diz o mesmo, chorando, e sai. Arlequim, chorando e lambendo o prato, vai embora,

e aqui termina o primeiro ato.

---

3) A cena com o prato de macarrão, ou com comida em geral, é um *lazzo* típico dos criados, especialmente de Arlequim, que vive esfomeado.

Jornada XXXI

SEGUNDO ATO

PANTALONE
[PEDROLINO]

ouve de Pedrolino que sua mulher presenteou um Capitão forasteiro com um lenço, e recebeu dele um anel de presente, e das pauladas que levou. Pantalone admira-se, pois nunca soube de qualquer ato desonesto de sua mulher; nisto

GRACIANO

chega, dizendo a Pantalone que o seu criado quer casar as filhas dos outros a seu modo; depois exorta Pantalone a cuidar de sua casa, repreendendo-o pela vida que leva, pois ele já é um velho: nisto

ARLEQUIM

pergunta a Pedrolino como está a sua mulher, chamando-o de Senhor Alcoviteiro. Pedrolino diz a Pantalone que aquele indivíduo é louco, empurra-o para fora; nisto

CATALDO

Pedante chega, todos o cumprimentam, e Pantalone narra-lhe tudo o que ocorreu entre sua mulher e o Capitão forasteiro, dizendo que Pedrolino lhe relatou tudo; nisto

FABRÍCIO

cumprimenta o Pedante, para desgosto de Graciano seu pai, que considera o Pedante um mau sujeito; como ele percebe que Graciano o considera por aquilo que ele realmente é, o Pedante, para provocá-lo, afaga Fabrício e dá-lhe de presente um livrinho de rimas pedantescas escritas por Fidenzio, mestre de todos os Pedantes. Pantalone pede conselho ao Pedante sobre o que lhe contou. Pedante: que Pedrolino jamais deveria dizer coisas parecidas, e que deixe Isabella por conta dele, que vai tratar de descobrir dela a verdade. Pantalone concorda; nisto

HORÁCIO

chega, cumprimenta o mestre; Pedante repreende-o, pois não cuida dos estudos e das coisas de casa, repreendendo Pantalone pois o subtraiu à sua disciplina muito cedo; depois os consola e manda todos embora; e, ficando só, discorre sobre a sua vida, os seus vícios, e como, sob o manto da simulação e das coisas morais, encobre todas as suas maldades. Bate à casa de Isabella.

ISABELLA

fora, cumprimenta o Pedante, o qual, chorando e simulando, conta-lhe da calúnia de seu marido, sobre o anel recebido pelo Capitão. Isabella confessa ter cometido uma grande falta, e que a causa disso é o seu marido, pois cuida de outras mulheres. O Pedante diz que, se ela tiver de se aliviar de alguma vontade, não deveria recorrer a forasteiros, mas sim a pessoas da casa, e conhecidas, e com destreza de palavras oferece a si próprio para a sua satisfação, prometendo apaziguá-la com o marido.

O pedante

Isabella, alegre, entra para se reconciliar com o marido. Pedante: que percebeu que Isabella sem sombra de dúvida vai satisfazê-lo; alegre, sai.

PEDROLINO

que apartado ouviu tudo, diz que o Pedante é um reles, e que a patroa está disposta a satisfazê-lo; nisto

FLAMÍNIA

da janela, pergunta a Pedrolino por Horácio; nisto

CAPITÃO

vê Flamínia, pergunta a Pedrolino sobre a jovem. Pedrolino: que ela é filha casadoira, e que converse com ela, que ele irá em casa entreter as pessoas de modo que ele possa estar à vontade para lhe falar. Entra, depois vai para a janela, posta-se atrás de Flamínia, e, imitando-lhe a voz, diz ao Capitão para vir vestido de carregador, que o fará entrar em casa sem que ninguém desconfie de nada, e que volte em meia hora. Capitão sai, e ela retira-se.

HORÁCIO

que ouviu tudo, desespera-se; nisto

PEDROLINO

de casa, consola Horácio, dizendo que foi uma burla que ele inventou, prometendo que Flamínia será sua, mas que é preciso que o defenda do Pedante; leva-o embora para lhe contar muitas coisas, sai.

PANTALONE
[GRACIANO]

esperando a resposta do Pedante a respeito do assunto de Isabella e do Capitão. Graciano fala mal do Pedante, e que o considera um homem facínora e adulador. Pantalone defende. Graciano bate à casa.

FABRÍCIO

fora; Graciano pergunta-lhe se viu o Pedante. Ele diz que não; nisto

CATALDO

Pedante chega, todos cumprimentam-no, e ele diz a Pantalone que ele tem como esposa a mais honesta e a mais honrada de todas mulheres do mundo, e quer que faça com ela pazes perpétuas. Pantalone contente; Cataldo chama-a.

ISABELLA

fora e, ante pedidos e persuasões do Pedante, reconcilia-se com o marido; então o bom Pedante despede-se de todos, dizendo: "A paz esteja convosco", e, ao dizer aquelas palavras, beija todos, e por último Isabella, e se vai. Fabrício também faz o mesmo, sai. Graciano faz o mesmo, sai. Isabella abraça o marido e, beijando-o, diz: "A paz esteja conosco", e entram alegres,

e termina o segundo ato.

Jornada XXXI

TERCEIRO ATO

HORÁCIO
[PEDROLINO] encolerizado com o Pedante e com Isabella, pelo que Pedrolino lhe disse, e que nunca pensou que ele fosse tão mau; nisto

FLAMÍNIA
fora, e com Horácio faz cena de elogios. Pedrolino diz que alguém precisa encher de pauladas aquele Capitão; nisto

CAPITÃO
de carregador, chega; eles o maltratam; nisto

FLAMÍNIA
mostra amimá-lo, para levá-lo para casa; depois lhe dá pauladas. Capitão foge; depois Horácio e Flamínia tocam-se as mãos em sinal de matrimônio; nisto

BURATTINO
chega, dizendo que sua vontade é que não se faça coisa alguma; eles aplacam-no; entra em casa com Flamínia. Horácio sai para encontrar o pai. Pedrolino fica, encolerizado com o Pedante; nisto

PANTALONE
[ISABELLA] vem abençoando o Pedante, por tê-los apaziguados. Isabella, sorrindo, conta ao marido tudo o que se passou entre ela e ele, e como deu a entender que oferecia seus préstimos nas necessidades venéreas. Pantalone espanta-se, pois sempre o considerou um grande homem, de bem, e pede à sua mulher que lhe demonstre que ele é um reles. Isabella: que o encontre, e que lhe diga que na noite seguinte não dormirá em casa, pois precisa ficar fora da cidade devido a um assunto muito importante. Pantalone: que o fará. Ela entra, e ele fica; nisto

GRACIANO
que ouviu tudo, cumprimenta Pantalone dizendo ter sonhado que o Pedante fazia dele um corno; nisto

PEDROLINO
chega; Pantalone tacha-o de má-língua e mentiroso. Pedrolino: que disse a verdade, e que ele acabará sabendo. Graciano: que sempre considerou o Pedante um grande reles; nisto

CATALDO
Pedante chega, usando seus volteios de belas palavras e adulando a todos. Pantalone pede-lhe para cuidar de sua casa por três ou quatro dias, que ele precisará ficar fora, e que naquela noite estará fora da cidade. Pedante: que fique certo de sua vigilância e fidelidade, e que ele sabe muito bem como se governam as famílias, tendo, quer por sabedoria quer por bondade, governado muitas famílias, e que vá na paz do Senhor; e sai com muitas cerimônias. Pantalone: que tem que fazer um grande esforço para crer que o Pedante seja um reles como

O pedante

dizem; deixa Pedrolino de guarda, depois se vai com Graciano, para ir a Rialto. Pedrolino retira-se; nisto

CATALDO

Pedante chega, Pedrolino aparta-se, e ele diz ter chegado a oportunidade de desfrutar à vontade de Isabella, e que percebeu nela a vontade de satisfazê-lo, embora não o tenha dito; bate à sua casa.

ISABELLA

vê Cataldo totalmente desolado, pergunta-lhe a razão de seu mal; o bom Pedante então lhe diz que se sente morrer de amor por ela, e que, se ela não o satisfizer, na certa morrerá, e ainda mais que o marido está lhes oferecendo a oportunidade, uma vez que ficará fora à noite. Isabella, para apanhá-lo, com belas palavras manda-o ir ao seu quarto, e que se coloque em sua cama, e que se dispa, que enquanto isso ela quer fazer uma visita a Flamínia, para que ela depois não venha perturbá-la, pois está acostumada a ficar com ela quando o marido não está em casa à noite. Pedante, alegre, entra para se despir. Pedrolino se mostra. Isabella manda avisar o marido e o filho, e que tragam outros amigos e parentes com eles, e ela entra para trancar o Pedante no quarto. Pedrolino fica; nisto

ARLEQUIM

que não encontra o seu patrão, fala com Pedrolino e descobrem que são conterrâneos, citando vários parentes, e amimam-se; nisto

HORÁCIO

ouve de Pedrolino que Arlequim é seu parente, e que o Pedante está em casa trancado no quarto; nisto

FLAMÍNIA

fora; Horácio casa-se com ela na presença dos dois criados; nisto

BURATTINO

fora; Pedrolino chama Arlequim e Burattino, dizendo-lhes que têm de ajudá-lo a fazer justiça; nisto

PANTALONE
GRACIANO

ouvindo das núpcias entre Horácio e Flamínia, ficam contentes. Pedrolino conta que o Pedante está na armadilha; nisto

ISABELLA

rindo-se do Pedante, que está trancado no quarto e está à sua espera; pensam em que castigo devem lhe dar, e, entre os muitos suplícios relatados, resolvem castrá-lo. Entram todos com a chave do quarto; mulheres ficam; nisto

FABRÍCIO

chega; Flamínia lhe diz que logo verá o seu mestre, o seu novo Preceptor, bem arranjado; nisto ouvem gritos; e saem

HORÁCIO

Jornada XXXI

PANTALONE
GRACIANO
PEDROLINO
ARLEQUIM
BURATTINO
[CATALDO]

levam Cataldo Pedante de camisola, amarrado com uma corda grossa, ralhando com ele, e ele se lhes encomenda. Pedrolino, Arlequim e Burattino[4] novamente entram em casa. O Pedante, ajoelhado, pede perdão, confessando a sua malandragem e declarando que Isabella é jovem honesta e honrada; nisto

PEDROLINO
ARLEQUIM
BURATTINO

os três vestidos de açougueiros e de castradores de porcos, com facões enormes na mão e uma gamela de cobre; nisto

CAPITÃO

chega para o espetáculo; Pedante se lhe encomenda. Capitão: que não tem autoridade alguma, e, ao ouvir que querem castrá-lo, exorta todos a lhe darem um castigo menor, como o de chicoteá-lo e enxotá-lo; assim combinados, com três paus capricham nas pauladas, em seguida todos, gritando atrás dele e injuriando-o, enxotam-no como homem abjeto e ínjurioso, para o exemplo de todos os outros Pedantes biltres e malandros como ele; depois dizem que vão aprontar o casamento de Flamínia, convidam o Capitão,

e termina a comédia.

---

4) Essa frase, com os três criados na seqüência, e o jogo fonético proporcionado pela rima de seus nomes, (lembramos que Arlequim é Arlecchino), remete ao famoso volteio fonético do poema de Giorgio Maria Rapparini, de 1718 (in PANDOLFI 1957, v. IV, pp. 240), que se refere aos diversos nomes que a máscara de Arlequim foi assumindo durante os tempos áureos da *Commedia dell'Arte*, e que reproduzimos a seguir: Viva Ei pur con quanti nomi / Per la Terra egli si nomi: / Arlichino, Trvfaldino, / Sia Pasqvino, Tabarrino, / Tortellino, Naccherino, / Gradellino, Mezzettino, / Polpettino, Nespolino, / Bertolino, Fagivolino, / Trappolino, Zaccagnino, / Trivellino, Tracagnino, / Passerino, Bagatino, / Bagolino, Temellino, / Fagottino, Pedrolino, / Frittellino, Tabacchino / Che finir den' tutti in ino / Perroch' Egli è un bel Cosino.

JORNADA XXXII

OS DOIS FALSOS CIGANOS

Comédia

ARGUMENTO

Houve outrora em Roma um mercador, chamado Pantalone de' Bisognosi veneziano, o qual, de legítimo matrimônio, tinha dois filhos, um atendia pelo nome de Horácio, e a outra Isabella se chamava. Apaixonou-se por ela um jovem, chamado Flávio, filho de um Doutor bolonhês, de nome Graciano; e ela da mesma chama pelo referido jovem ardia. Deu-se que o referido Flávio foi mandado por seu pai, devido a negócios de suma importância, a Lião de França, e durante a viagem por mar, foi feito escravo por corsários bárbaros. Ao receber esta notícia Isabella, que tanto o amava, dispôs-se, com um criado seu, a lançar-se à sua procura por diversas partes do mundo; e, para o seu resgate, tiraram do pai e jóias e dinheiro. Vendo-se mais tarde sem dinheiro algum, para salvar a sua honra e para poderem viver, ambos se puseram em trajes de ciganos. Por muito tempo foram errando, e depois de muito vagar, voltaram outra vez a Roma, onde, ao chegar, foram reconhecidos pelo pai; e, depois de muitos acontecimentos, reconheceu o amante e libertou um irmão seu, o qual, por causa de sua fuga, ficara como louco, e obteve o seu amante por marido, como desejava.

Jornada XXXII

PERSONAGENS DA COMÉDIA   COISAS PARA A COMÉDIA

PANTALONE — mercador veneziano   Três vestidos de mulher
HORÁCIO — filho
FRANCISQUINHA — criada   Traje de cigano para Pedrolino

GRACIANO — Doutor   Muitas lanternas acesas
FLAMÍNIA e
FLÁVIO — filhos   Roupas para vestir um louco

ISABELLA — de cigana, depois filha de
    Pantalone
PEDROLINO — seu criado, de cigano

CAPITÃO SPAVENTO
ARLEQUIM — seu criado

Roma, cidade

Os dois falsos ciganos

PRIMEIRO ATO

FLÁVIO
[CAPITÃO]

narra ao Capitão Spavento como, há dez anos, foi mandado por seu pai à França, sendo, durante a viagem, feito escravo pelos turcos, e que há dois anos foi libertado pelas galeras de Malta, e que, ao voltar à pátria, não encontrou a sua namorada e um criado seu, que estava a par de todos os seus segredos; e que desde então nunca mais pôde se sentir feliz. Capitão consola-o com palavras amigas, saem juntos.

FLAMÍNIA
[FRANCISQUINHA]

filha de Graciano, revela a Francisquinha o amor que tem por Horácio, filho de Pantalone, ainda que ele seja louco. Francisquinha chora a lembrança de seu marido Pedrolino e de Isabella sua patroa, perdidos já há muitos anos. Flamínia encomenda-lhe Horácio, e entra. Francisquinha: que se apaixonou por um Capitão, pois acredita que seu marido está morto; nisto

CAPITÃO

as suas bravuras. Francisquinha revela-lhe o seu amor. Capitão burla dela. Francisquinha estimula-o, dizendo que quer que a ame pela força. Discutem; nisso

PANTALONE
GRACIANO

chegam àquela briga, perguntam a razão. Francisquinha: que aquele Capitão queria tirar-lhe a honra pela força. Eles ralham com ele e enxotam-no, e Francisquinha em casa de Pantalone seu patrão. Pantalone ouve de Graciano da tristeza de Flávio seu filho, desde que voltou à pátria. Pantalone conta da perda da filha, do criado, e da loucura de seu filho, que mantém dentro de casa, e que acredita que tenha ficado louco pela perda da irmã; consolam um ao outro; nisto

FRANCISQUINHA

gritando que Horácio faz muitas loucuras. Velhos saem aflitos. Francisquinha fica, dizendo da crueldade do Capitão; nisto

PEDROLINO
[ISABELLA]

vestido de cigano, com Isabella também vestida de cigana, pedindo esmola a Francisquinha, que lhes pede para lerem a sua sorte, perguntando se o seu marido está vivo ou está morto. Pedrolino lhe diz que está morto. Ela mostra ficar sentida; nisto

FLAMÍNIA

manda ler a sua sorte, perguntando se Horácio, o seu amado, ficará curado de sua loucura; nisto

PANTALONE
GRACIANO

chegam. Flamínia em casa, Francisquinha o mesmo. Os ciganos ficam, os velhos dão a sua esmola. Graciano vai embora. Pantalone pergunta

Jornada XXXII

aos ciganos várias coisas, e, por achá-los muito virtuosos, resolve hospedá-los, e entram com cerimônias.

ARLEQUIM   criado do Capitão, está à sua procura; nisto

PEDROLINO   fugindo do louco

HORÁCIO   vestido de louco, coloca-se no meio dos dois, dizendo e cometendo muitas loucuras, depois dá pauladas em Pedrolino e Arlequim, que foge pela rua. Pedrolino em casa, Horácio segue-o

e aqui termina o primeiro ato.

SEGUNDO ATO

FLÁVIO   que dormindo sonhou com algo que o deixou muito contente, e vai falando o seu próprio nome; nisso

PEDROLINO   que apartado ouviu tudo, pede esmola a Flávio. Ele enxota-o. Pedrolino banca o adivinho, chamando-o pelo nome. Flávio, tomando-o por tal, pergunta-lhe por Isabella. Pedrolino diz que ela está morta. Flávio, desesperado, quer se matar. Pedrolino o detém, prometendo mostrar-lhe o seu corpo; assim combinados, Flávio sai, Pedrolino fica,

ISABELLA   fugindo de Pantalone.

PANTALONE   atrás, querendo desfrutá-la. Pedrolino põe-se no meio, ralha com Pantalone, dizendo que depois não adianta se espantar se as filhas fogem de casa e os filhos ficam loucos, porque tudo lhe acontece por conta de seus pecados. Pantalone admira-se, mostrando humildade. Pedrolino finge querer partir com a cigana. Pantalone pede-lhe que fique em sua casa, e depois lhe pergunta sobre a sua filha Isabella. Pedrolino: que ela está viva. Pantalone, alegre, chama a criada da casa.

FRANCISQUINHA recebe de Pantalone a ordem de dar à cigana as chaves de todas as arcas de Isabella, e de honrá-la como patroa. Pedrolino, para recompensá-lo, diz a Pantalone que naquele mesmo dia ele vai lhe dar uma boa notícia; e Pantalone promete que, se a sua filha for encontrada, ele se casará com a cigana, e sai bem alegre. Cigana em casa, Francisquinha pede ajuda ao cigano em seu amor pelo Capitão; ele promete, manda-a para casa, Pedrolino faz diversas conjeturas, e no fim decide mandar a

Os dois falsos ciganos

cigana, isto é, Isabella, vestir-se com os seus próprios vestidos, para conseguir o seu intento, e entra.

CAPITÃO
[GRACIANO]
[ARLEQUIM]

vem pedindo a Graciano a mão de sua filha Flamínia. Graciano: que quer saber da vontade da filha, chama-a

FLAMÍNIA

ao ouvir a vontade do Capitão e do pai, abertamente diz que não o quer por marido, e entra. Capitão esbraveja, sai com Arlequim. Graciano sai.

FRANCISQUINHA
PEDROLINO

de casa, fugindo do louco

HORÁCIO

louco fora, faz cena ridícula com eles, depois pega Francisquinha e leva-a embora pela rua. Pedrolino grita; nisto

ISABELLA

à janela, pergunta a Pedrolino: quando chegará a hora de ver o que ele lhe prometeu. Pedrolino: dali a pouco, e lhe faz sinal pela saúde de Horácio. Ela: que já pensou nisso; nisto se retira.

FLAMÍNIA

encomenda-se ao cigano, Ele: que à noite fará ela desfrutar Horácio, e que lhe dará o tal sinal para isso. Flamínia, alegre, entra. Pedrolino fica; nisto

CAPITÃO

o vê, e recebe dele a ordem de voltar em meia hora naquele mesmo lugar, pois quer deixá-lo sozinho com Flamínia. Capitão alegre; nisto

FLÁVIO

à procura de Pedrolino: vê-o, e este vai logo colocando-lhe a capa na cabeça; mandando que fique reto; depois entra em casa, leva para fora uma cadeira de espaldar, bonita, depois vai buscar Isabella e a leva.

ISABELLA

põe-se a sentar na cadeira, vestida de seus primeiros trajes, fica de olhos fechados fingindo-se morta, depois Pedrolino tira a capa da cabeça de Flávio e retira-se de pronto. Flávio vê o corpo de Isabella, reconhece-a, toma-a por morta, queixa-se, e, lamuriando-se, vai louvando todas as belas partes de seu corpo, e, arrebatado de dor e de paixão, cai ao chão como morto. Isabella abre os olhos e, acreditando que ele realmente esteja morto, lamuria-se sobre o corpo do seu amante e, ao perceber que aos poucos ele se mexe, antes que ele volte a si entra em casa. Flávio sacode-se do adormecimento e, não vendo Isabella, completamente apavorado, vai-se embora, sai.

Jornada XXXII

PEDROLINO   que apartado viu tudo, rindo vai-se pela rua,

e aqui termina o segundo ato.

TERCEIRO ATO

FLÁVIO   ainda apavorado, ronda a casa de Isabella; nisto

PEDROLINO   chega; Flávio cumprimenta-o, e pede que ele lhe mostre mais uma vez o corpo de Isabella. Pedrolino desculpa-se, e dizendo que não pode, se faz de rogado. Pedrolino diz que não quer. Flávio: que vai se matar. Pedrolino concorda em mostrá-lo novamente, para que ele se mate sobre aquele corpo, prometendo que mandará sepultá-los juntos, e que volte em meia hora. Flávio sai. Pedrolino fica.

GRACIANO   ouve de Pedrolino que Francisquinha está apaixonada por ele; manda-o voltar vestido de mulher. Graciano, alegre, sai; Pedrolino fica, dizendo que quer enganar todo o mundo; nisto

CAPITÃO   chega; Pedrolino manda o Capitão dizer belas palavras a Francisquinha,
[ARLEQUIM]   Capitão: que vai fazer isso. Pedrolino chama-a.

FRANCISQUINHA   fora. Capitão diz belas palavras e promete voltar vestido de mulher, às tantas horas da noite, e que deixe a porta aberta, sai. Pedrolino fica.

ISABELLA   diz a Pedrolino que se sente morrer de tanta demora, e ele diz para pacientar só mais um pouco, pois estão próximos do fim de seus tormentos, e entram em casa.

PANTALONE   e Graciano, vêm dizendo, cada um deles, ter motivos para se sentirem
GRACIANO   felizes naqueles dias, falando ambiguamente; nisto

HORÁCIO   faz cena com os dois; nisto

ISABELLA   fora, manda Horácio entrar em casa, e Graciano também, depois,
[PEDROLINO]   dirigindo-se a Pantalone, diz: "Senhor pai, o cigano quer que o senhor encontre a sua filha, e eu quero fazer sarar Horácio seu filho; mas quero que Vossa Senhoria me prometa duas graças". Pantalone promete e dá a sua fé, e entra. Pantalone fica com Pedrolino, que promete levar a cigana, à noite, na sua cama, mas que ele se case com ela conforme prometeu. Pantalone em casa. Pedrolino fica.

330

Os dois falsos ciganos

Noite

FLÁVIO	acha Pedrolino, e diz que veio, como combinaram, para ver mais uma vez o corpo de Isabella. Pedrolino faz ele esperar e ficar apartado, e entra para buscar Isabella.
ISABELLA [PEDROLINO]	Pedrolino leva-a para fora, com os olhos cerrados; manda ela ficar no meio da cena, depois a mostra para Flávio, que diz querer se matar. Pedrolino: que quando for a hora de sua morte, ele vai dizer-lhe; com uma varinha simula um círculo ao redor de Isabella, depois finge marcá-lo com caracteres diabólicos, e faz Isabella mexer uma mão, depois a outra, depois abrir um olho, depois o outro, manda ela andar, cantar, dançar, rir e outras coisas de pessoa viva; por fim Isabella revela estar viva, abraça-o, Flávio o mesmo. Pedrolino manda-os em casa para curar Horácio: e assim que ele fizer tal sinal, que Flávio traga Horácio para a rua. Pedrolino fica.
CAPITÃO [ARLEQUIM]	vestido de mulher. Pedrolino reconhece-o, e no ato manda Arlequim se vestir de mulher, sai; nisto
GRACIANO	vestido de mulher. Pedrolino entrega-lhe o Capitão e entram na casa de Graciano; nisto
FLAMÍNIA	pergunta a Pedrolino onde está o seu bem. Pedrolino: que agorinha mesmo vai tê-lo; nisto Pedrolino faz o sinal para Flávio.
FLÁVIO [HORÁCIO]	leva para fora Horácio adormecido; nisto
FLAMÍNIA	fora; Pedrolino entrega-lhe Horácio, e ela leva-o para casa. Pedrolino fica; nisto
ARLEQUIM	de mulher; Pedrolino coloca-o na casa de Pantalone, dizendo que ali há coisa boa à sua espera. Arlequim entra, Pedrolino despe as suas roupas em cena, e diz que quer dormir com Francisquinha, e entra.
CAPITÃO	fugindo
GRACIANO	atrás com candeia; percebem que foram burlados pelo cigano; nisto
ARLEQUIM	fugindo

Jornada XXXII

PANTALONE   atrás com candeia; percebem que foram burlados pelo cigano; nisto

FLÁVIO   dizendo que o cigano colocou-os juntos; nisto
[ISABELLA]

HORÁCIO   dizendo que o cigano o libertou,
[FLAMÍNIA]

FRANCISQUINHA   fugindo, vai dizendo que o espírito de seu marido Pedrolino está
[PEDROLINO]   querendo deixá-la prenha. Todos tem medo de Pedrolino. Isabella pede
as duas graças de joelhos a Pantalone: a primeira, que Horácio seja
marido de Flamínia, e Isabella, sua filha, mulher de Flávio. Pantalone
diz que não sabe onde ela está. Isabella revela-se ao pai, revela Pedrolino.
Pantalone, feliz, concede as graças; fazem festas,

e aqui termina a comédia.

JORNADA XXXIII

OS QUATRO FALSOS ENDEMONINHADOS

Comédia

ARGUMENTO

Havia em Perúsia, cidade de estudos, dois mercadores, copiosos em bens e fortuna, os quais, com suas famílias, gozavam de enorme tranqüilidade e vida feliz; chamavam-se Pantalone de' Bisognosi o primeiro, Cassandro Aretusi o outro. Cassandro, necessitando partir da cidade a negócios, deixou a filha, que se chamava Isabella, aos cuidados do referido Pantalone seu amigo, e hospedada em sua casa até o retorno. Tinha, o dito Pantalone, um filho, chamado Horácio, o qual, estando com a jovem de manhã à noite, apaixonou-se desmedidamente por ela. Não sabendo como obtê-la por esposa, depois de muitas tribulações, com os enganos e as astúcias de um criado seu, apesar de seu pai, conseguiu-a, e com ela viveu em copiosa felicidade.

333

Jornada XXXIII

PERSONAGENS DA COMÉDIA   COISAS PARA A COMÉDIA

PANTALONE — mercador

ISABELLA — deixada por Cassandro seu pai

HORÁCIO — filho de Pantalone

PEDROLINO — criado

FRANCISQUINHA — criada

GRACIANO — Doutor

FLAMÍNIA — filha

NÉSPOLA — criada

FLÁVIO — fidalgo, sozinho

CAPITÃO SPAVENTO

ARLEQUIM — criado

NICOLLETO — capanga

Perúsia, cidade

Um traje de Necromante

Os quatro falsos endemoninhados

PRIMEIRO ATO

**CAP. SPAVENTO
[ARLEQUIM]** narra do amor que tem por Isabella, filha de Cassandro Aretusi, deixada em custódia a Pantalone de' Bisognosi. Arlequim diz que não conseguirá nada, pois soube de Pedrolino, criado, que Horácio, filho de Pantalone, está apaixonado por ela. Capitão, esbravejando, ameaça grande ruína; nisto

PANTALONE ouve do Capitão que ele quer Isabella como esposa, de qualquer modo. Pantalone: que não pode casá-la sem o consentimento do pai dela. Capitão esbraveja e ameaça Pantalone; nisto

PEDROLINO à barafunda, esbraveja com o Capitão; este diz que aquele é o rufião de Horácio, que está enamorado da jovem, e, esbravejando, vai-se com Arlequim. Pantalone interroga Pedrolino sobre o amor de Horácio. Pedrolino: que não sabe de nada, e que não pode ser; chamam Isabella.

ISABELLA ouve de Pantalone que ele gostaria de lhe dar um marido, e que, para o seu agrado, gostaria de lhe dar Horácio, seu filho, pois à mesa percebeu muitos sinais, como ao beber, ou ao se tocarem os pés. Pedrolino faz sinal a Isabella mais e mais vezes. Isabella, não sabendo o que mais responder, diz que Pedrolino está apaixonado por ela, e que sempre a belisca e aperta a sua mão. Pantalone, encolerizado, diz que vai enxotá-lo de casa na certa. Pedrolino então revela que Isabella está apaixonada por Horácio; nisto e imediatamente

FRANCISQUINHA de casa, diz que Pedrolino está mentindo, mas que é bem verdade que ele está apaixonado por Isabella; chegam às vias de fato. Pantalone põe-se no meio; mulheres em casa; Pantalone enxota Pedrolino de casa e entra. Pedrolino, desesperado, sai.

**HORÁCIO
[FLÁVIO]** narra a Flávio, seu amigo, o amor que tem por Isabella, e que tem receio de que o Capitão acabe conseguindo-a em casamento, pois é grande amigo de Cassandro, o pai dela; e que receia que o seu pai, Pantalone, perceba o seu amor, e pede a Flávio que o ajude, pedindo Isabella em casamento a Pantalone, o qual, na certa, dirá para escrever ao pai dela, em França, e assim ganharão tempo. Flávio promete, e pede ajuda a Horácio no amor que tem por Flamínia, filha de Graciano. Horácio pergunta se ela lhe quer bem. Flávio diz acreditar que ela o ame; nisto

FLAMÍNIA diz a Flávio que ele pode ter certeza do amor que tem por ele, e que tem testemunhas; nisto

Jornada XXXIII

NÉSPOLA   confirma o amor de sua patroa por Flávio, fazem cena amorosa; nisto Horácio vê Graciano chegando.

GRACIANO   chega. Horácio, de pronto, dirige-se a Flávio, repreendendo-o e dizendo-lhe que pode rogar à vontade, pois o pai jamais lhe concederá sua mão. Flávio admira-se àquelas palavras, e, ao ver Graciano, tácito retira-se. Graciano agradece Horácio, e manda as mulheres em casa. Horácio depois revela a Graciano que Flávio está apaixonado por Flamínia, pela qual ele também vive apaixonado, e que nunca quis revelar o seu amor a Flávio, nem a ninguém mais, mas que agora, vendo que o referido Flávio procura se casar com ela, ele, que também almeja tê-la por esposa, pede-lhe a mão. Graciano concorda em dá-la a Horácio, e saem juntos. Flávio, que ouviu tudo, chama Horácio de traidor; nisto

PEDROLINO desmente-o. Flávio lança mão da espada; nisto

PANTALONE põe-se no meio, e Flávio conta que estava gritando com Pedrolino pois ele é o rufião de Horácio e Isabella, que ele ama sumamente; pede-a em casamento para que Horácio não consiga tê-la. Pantalone enxota Pedrolino que se vai, depois diz que concorda, e chama

FRANCISQUINHA ouve de Pantalone que Isabella será mulher de Flávio. Francisquinha repreende-o, dizendo que deveria esperar o seu pai. Pantalone: que quer fazer a seu modo; manda-a chamar.

ISABELLA   ouve que Flávio tem de ser o seu marido, não concorda, não havendo o consenso de Cassandro seu pai. Pantalone: que tem ordem de Cassandro para casá-la a seu modo, e faz com que ela toque a mão de Flávio; nisto

ARLEQUIM   chega, dizendo que aquele matrimônio é inválido, pois Isabella é a mulher de seu patrão. Pantalone ri-se, e entra em casa com as mulheres. Arlequim contende com Flávio, dizendo-lhe que jamais terá Isabella. Flávio encoleriza-se, lança mão das armas contra Arlequim, o qual foge, e Flávio atrás,

e termina o primeiro ato.

SEGUNDO ATO

PANTALONE   manda Francisquinha, sua criada, chamar Nicoletto, seu capanga, por
[FRANCISQUINHA] medo do Capitão. Ela sai. Pantalone fica.

Os quatro falsos endemoninhados

CAPITÃO
[ARLEQUIM]

alegre por ter recebido cartas de Cassandro, pai de Isabella, o qual concorda que ela seja a sua mulher; mostra a carta a Pantalone, para que ele a leia em voz alta, mas antes lhe entrega uma carta de Cassandro, que veio com a sua correspondência. Pantalone a lê e diz que não a case com o Capitão de modo algum; o Capitão esbravejando, e falando mal de Cassandro, ameaçando matar Pantalone, quem ficar com ela, e mais alguns, sai com Arlequim. Pantalone queixa-se por ter Isabella em casa; nisto

GRACIANO

alegre pelas núpcias de sua filha Flamínia, conta o fato a Pantalone, anunciando-lhe que Horácio será marido de sua filha. Pantalone alegra-se; nisto

PEDROLINO

que ouviu tudo apartado, mostra-se a Pantalone, o qual, já desenganado quanto ao amor de Horácio, aceita-o de volta em sua casa, como homem de bem; manda chamar Isabella.

ISABELLA

recebe ordem de preparar a casa, para que se realize o duplo casamento, isto é, o de Isabella com Flávio e o de Horácio com Flamínia, filha de Graciano; todos saem. Isabella lamuria-se pela traição de Horácio; nisto

FRANCISQUINHA

dizendo que o capanga chegará de pronto; vê Isabella chorando, pergunta-lhe o motivo de seu pranto. Ela conta-lhe tudo. Francisquinha consola-a, dizendo acreditar que se trate de um acordo entre Horácio e Flávio, sabendo ela o quanto Horácio a ama; nisto

FLAMÍNIA
NÉSPOLA

fora, cumprimentam-se ao mesmo tempo, depois, conversando, Flamínia diz não estar contente, pois Horácio será o seu marido. Francisquinha pergunta: "por quê?" E ela responde: por estar apaixonada por Flávio. Francisquinha: que nem pense naquilo, pois ele é o marido de Isabella. Isabella confirma. Flamínia então diz: "Flávio será o seu marido?", faz uma bela mesura, depois, ao chegar perto da porta, diz as mesmas palavras, faz-lhe outra reverência e entra. Néspola faz o mesmo que a sua patroa, entra. Isabella lamuria-se de Horácio; nisto

HORÁCIO

chega. Isabella logo desata a chorar, chamando-o de traidor e, enfurecida, entra em casa, sem ouvir as suas palavras. Horácio, confuso, pergunta a Francisquinha o que se passa com Isabella. Francisquinha conta-lhe tudo o que aconteceu e dos matrimônios combinados, isto é, de dar Horácio a Flamínia e Flávio a Isabella, e, ouvindo que estão chamando por ela, entra. Horácio fica, consternado; nisto

337

Jornada XXXIII

GRACIANO	diz a Horácio que seu pai está à sua procura. Horácio responde disparates, fazendo celeuma despropositado; nisto
PEDROLINO	chega, dizendo a Horácio: "Que bom vê-lo, senhor esposo"; este lança mão da espada. Pedrolino foge, todos saem.
PANTALONE [NICOLETTO]	manda Nicoletto, seu capanga, dar umas boas pauladas no Capitão. Ele: que vai fazê-lo, narrando as suas bravuras, e sai.
ARLEQUIM	que ouviu a ordem, sai para encontrar o Capitão. Pantalone fica, para procurar Horácio; nisto
PEDROLINO	apavorado, dá a Pantalone a notícia de que Horácio está endemoninhado, e que desconfia que tenha matado Graciano; ouvem barafunda; nisto
HORÁCIO FLÁVIO	duelando; nisto
FRANCISQUINHA	à janela, vê os jovens duelando, os quais, combatendo, vão-se pela rua, todos saem,

e termina o segundo ato.

TERCEIRO ATO

ISABELLA PEDROLINO	desesperada pelo duelo entre Horácio e Flávio; nisto
HORÁCIO	completamente esbaforido chega e, ao ver Isabella, pede-lhe que ouça seus argumentos. Ela concorda. Horácio conta tudo o que se passou entre Flávio, Graciano e ele, e que inventou aquilo de pedir Flamínia em casamento, para que ele não a tivesse em suas mãos, e lhe dar o troco pelo que ele queria lhe fazer; nisto
FLÁVIO	chega, e, como escutou tudo, roga a Horácio que ouça umas palavrinhas, em seguida acrescenta que tinha desconfiado dele, por causa daquelas palavras que Horácio dissera a Graciano contra ele; pede-lhe perdão, fazem as pazes, chamam Flamínia.
FLAMÍNIA	fora, e aqui todos desfazem os enganos, e cada um deles promete casar-

Os quatro falsos endemoninhados

se com sua mulher, isto é, Horácio com Isabella e Flávio com Flamínia; encomendam-se a Pedrolino; este diz que já pensou num expediente, e que Pantalone acredita que Horácio esteja tomado pelos espíritos; manda que Isabella, ao seu sinal, também finja estar endemoninhada, manda as mulheres para dentro de casa, depois manda Horácio se vestir de Necromante e Horácio com ele, para mais uma vez fingir-se possuído. pelos espíritos, sai. Pedrolino fica.

CAPITÃO
ARLEQUIM

ouve de seu criado que Nicoletto, capanga de Pantalone, tem de matá-lo, e que ele é um grandíssimo capanga. Pedrolino logo se mostra todo esbaforido, diz ao Capitão que estava à sua procura para avisá-lo de que um certo Nicoletto, grandíssimo capanga, está à sua procura; exorta-o a trocar de roupa e ficar incógnito por uns três ou quatro dias. Capitão, amedrontado, concorda, e troca de roupa com Pedrolino, isto é, chapéu e capa. Capitão sai. Arlequim, persuadido pelas palavras de Pedrolino, combina com ele de ajudá-lo em suas necessidades, saem.

PANTALONE

desesperado por Horácio; nisto

PEDROLINO

diz a Pantalone que Horácio seu filho está endemoninhado. Pantalone entristece; nisto

ARLEQUIM

instruído por Pedrolino, chega todo apavorado, dizendo que Horácio está assustando a cidade toda, pois está tomado pelos espíritos; nisto

GRACIANO

apavorado, confirma que Horácio está endemoninhado. Pantalone desespera-se; nisto

FLÁVIO

de Necromante, finge ter visto Horácio, oferece-se a Pantalone para curá-lo, mas que o mande buscar imediatamente. Pantalone manda Pedrolino e Arlequim buscá-lo. Flávio diz a Graciano que, se ele tem filhos, naquele dia correrá grandes perigos. Graciano encomenda-se a ele; nisto

PEDROLINO
ARLEQUIM
[HORÁCIO]

trazem Horácio amarrado, o qual fala em diversas línguas[1], agindo como endemoninhado, dizendo ser um espírito obstinado. Flávio: que aqueles espíritos são espíritos venéreos, e que é preciso haver algumas mulheres presentes na hora do esconjuro. Pantalone chama Isabella, Graciano Flamínia, as criadas; nisto

---

1) Interessante notar o recurso às outras línguas, até de invenção, como recurso cômico.

Jornada XXXIII

ISABELLA	fora
FRANCISQUINHA	fora
FLAMÍNIA	fora
NÉSPOLA	fora

as mulheres todas param para ver. Flávio começa o esconjuro em Horácio, o qual diz ser um espírito amoroso, dizendo que nunca deixará aquele corpo, até aquele corpo unir-se ao de Isabella. Pedrolino faz sinal a Isabella, e ela de pronto começa a fingir-se endemoninhada. Flávio faz o esconjuro nela, e ela diz que é um espírito amoroso, e que não deixará aquele corpo enquanto aquele corpo não se unir ao de Horácio. Pantalone roga ao Necromante que liberte aqueles corpos, e que faça o que eles quiserem. Flávio liberta-os e os faz casar. Isto feito, de pronto Flamínia também se finge tomada por um espírito; Flávio faz o esconjuro. O espírito responde que não deixará aquele corpo enquanto não tiver Flávio, faz diversos gestos de endemoninhado. Graciano encomenda-se ao Necromante, e que concordará com tudo. Flávio liberta-a, e ela diz que Flávio será seu marido, concorda. Pedrolino finge-se possuído pelos espíritos, dizendo que quer Francisquinha; dão-lhe Francisquinha; nisto

NICOLETTO capanga, que está à procura do Capitão para matá-lo, Pantalone ordena-lhe que não o mate, pois já o perdoou. Nicoletto, encolerizado, diz que quer matá-lo de qualquer modo. Necromante: que se não se acalmar, vai mandar um espírito baixar nele. Capanga acalma-se; nisto

CAPITÃO que ouviu tudo, encomenda-se ao Necromante, que o tranqüiliza. Graciano diz que só está faltando Flávio. Necromante: que fará ele aparecer no ato, faz esconjuro, depois, revelando-se diz: "Flávio, que o senhor anda procurando, está aqui". Todos riem-se das burlas feitas a Pantalone e Graciano,

e aqui termina a comédia.

JORNADA XXXIV

O QUE SE PASSOU POR CEGO

Comédia

ARGUMENTO

Havia em Roma um mercador veneziano, chamado Pantalone de' Bisognosi, que mandou um filho seu (certo Horácio) a Nápoles, para os seus negócios. Disseram-lhe depois que o filho fora feito escravo pelos turcos e levado em Argel, e ali fora dado ao Bachá[1] que aquela cidade regia e governava.

Deu-se que, naquela servidão, Horácio encontrou um jovem romano, o qual como escravo, entre os outros escravos vivia; e, travando-se entre os dois bela amizade, tornaram-se quase uma só alma em dois corpos encerrada. Aguardava Horácio, de um dia para o outro, o seu resgate, que afinal apareceu, e, chegado o prazo estabelecido para a sua partida, deixou entender claramente que não tencionava partir de Argel, sem o amigo Flávio. Tal intenção chegou aos ouvidos do Paxá, o qual, conhecendo tão estreita amizade, à palavra de Horácio (que o resgate de Flávio prometia) com ele deixou-o ir.

Os jovens foram à Marselha, e de lá passaram a Lião de França, onde Horácio encontrou um mercador francês que, a mando de seu pai, tinha de lhe entregar algum dinheiro pra que ele pudesse voltar à Itália e a Roma. O citado Horácio, com o amigo Flávio, foi recebido e largamente amimado na casa do tal mercador. Tinha este mercador uma belíssima filha, chamada Isabella, pela qual Horácio, de súbito, ardentíssimamente apaixonou-se. Confidenciando ao amigo este amor, pediu-lhe que não lhe negasse ajuda; Flávio prometeu conversar com a dita; e, enquanto esperava a ocasião própria, percebeu que ele também estava apaixonado por ela, e que a conhecera em sua fuga, quando ela fora feita escrava e libertada, devido a certa convenção que existia naquele tempo entre franceses e turcos. No entanto, valente e certo de que não seria reconhecido pela amante, devido à barba crescida, foi ter com ela e, enquanto falava pelo amigo, foi descoberto e reconhecido por sua Isabella; diante disso ela, vencida pela alegria, de pronto correu para abraçá-lo e, enquanto estava em amoroso enlace, o amigo Horácio, que chegou naquele instante, o viu. Horácio, vencido pela indignação, sem querer ouvir mais nada, determinou que Flávio, em penitência por sua falta, tivesse de andar errando por três anos, sempre de olhos fechados, vivendo somente de esmola; o que Flávio aceitou, e iniciou a sua viagem. Foi o rígido caso ouvido por Isabella, a qual, indignada, impôs que Horácio, em virtude do amor que tinha por ela, deveria encontrar Flávio e, pela promessa a ela feita, em tudo e por tudo o absolvesse e o tornasse livre, e, uma

---

1) Ver Jornada II, nota 1.

341

Jornada XXXIV

vez livre, o levasse à sua presença. Partiu-se Horácio para observar o mando. Vagueou por todo o lugar, e por fim voltou a Roma, onde, depois de muitas tribulações liberta o amigo, encontra a amada, e tudo termina com suma alegria.

PERSONAGENS DA COMÉDIA   COISAS PARA A COMÉDIA

PANTALONE — veneziano

Duas capas e dois chapéus para mulheres, de viagem.

FLAMÍNIA — filha
HORÁCIO — filho

Um banquinho com três pés para o cego.

PEDROLINO — criado
FRANCISQUINHA — criada

Roupa de vilão para o cego

GRACIANO — Doutor

Pão e vinho para dar de esmola

CÍNTIO — filho

Dois trajes de Pantalone

ISABELLA — filha do mercador lionês
CLAUDIONE — seu preceptor
RICCIOLINA[2] — sua criada
ARLEQUIM — criado

FLÁVIO — fidalgo romano

BURATTINO — companheiro

Roma

---

2) *Ricciolina* — literalmente, "encaracoladinha, cachinhos", personagem que aparece pela primeira vez entre os cenários do Scala.

O que se passou por cego

PRIMEIRO ATO

GRACIANO
[ISABELA]
[CLAUDIONE]
[ARLEQUIM]
[RICCIOLINA]

vem acompanhando Isabela, tendo-a recebida em nome de seu pai, seu correspondente e amigo, que o informou que ela vai a Roma por devoção, prometendo-lhe todo o favor e a casa como alojamento com toda a criadagem. Isabela aceita tudo com elogios e cerimônias. Graciano chama o seu filho.

CÍNTIO

por ordem do pai recebe Isabela com benévola acolhida, e, pegando-a pela mão, leva-a em casa com todos os seus. Graciano fica.

PANTALONE

diz a Graciano que gostaria de conversar com Cíntio, seu filho. Graciano: que ele está atarefado por causa de certos forasteiros vindos de França, e entra. Pantalone bate novamente.

CÍNTIO

fora; Pantalone roga-lhe que faça Horácio, seu filho e amigo dele, desistir daquela idéia de querer voltar à França; pois não consegue saber a razão daquilo, e que desde que ele voltou da mão dos turcos, nunca o viu bem disposto. Cíntio: que vai fazê-lo, e sai para providenciar coisas para a chegada dos forasteiros. Pantalone bate à sua casa.

FLAMÍNIA

à janela, chorando. Pantalone acredita que ela esteja chorando porque Horácio quer partir; nisto

PEDROLINO

fora, diz a Pantalone que Flamínia não chora porque o irmão quer partir, mas chora porque ele a repreendeu, por ela ter lhe contado que está enamorada dele. Flamínia: que não está dizendo a verdade; nisto

FRANCISQUINHA

diz a Pantalone que Pedrolino é que se revelou apaixonado por Flamínia. Pedrolino: que está mentindo; nisto

FLAMÍNIA

fora, confirma o que Francisquinha disse, e as duas partem para cima dele. Pantalone no meio. Pedrolino, para se defender das mulheres, carrega Pantalone nos ombros e leva-o embora; mulheres, agastadas, entram em casa.

FLÁVIO
[BURATTINO]

falso cego, vestido de vilão, com Burattino mendigo, o qual, na verdade, acredita que ele seja realmente cego, vão pedindo esmola em todas as portas das casas; nisto

FRANCISQUINHA

dá-lhes esmola de pão e vinho. Francisquinha apraz-se de Burattino, o

Jornada XXXIV

qual banca o lascivo, mandando que apareçam amiúde para a esmola, e entra, e eles, cantando, saem.

CÍNTIO [HORÁCIO]
ouve o motivo de Horácio querer voltar para a França, pois ele narra-lhe a sua história (como aparece com clareza no argumento da comédia), e que, por não ter encontrado o amigo, e pelo amor que ele tem pela mulher, quer voltar a Lião, e, chorando, desmaia nos braços de Cíntio, que chama pessoas.

FRANCISQUINHA vê Horácio desmaiado, chama a irmã.

FLAMÍNIA fora, chora o irmão.

PEDROLINO
chega, chora o seu patrão. Horácio volta a si, depois, dirigindo-se a todos, diz: "Ai de mim, chorem o meu mal, pois estou para morrer!". Todos choram; nisto

PANTALONE
chega, pergunta a Horácio a causa de seu pranto. Ele mostra não poder expressá-la, e vai-se sem falar. Pantalone pergunta a todos, um por um, a causa, como perguntou a Horácio, e todos, um por um, fazem o mesmo que Horácio fez, e entram. Cíntio sai, e Pantalone, chorando, entra em sua casa,

e termina o primeiro ato.

SEGUNDO ATO

PANTALONE [PEDROLINO]
atormentado pela melancolia de Horácio e por desconhecer a causa, manda Pedrolino bater à casa de Graciano, para conversar novamente com Cíntio.

CLAUDIONE
à janela, conversa com eles, fazendo cena ridícula com a língua francesa[3], dizendo-lhes que em casa não há ninguém mais a não ser a sua patroa, e entra. Pantalone espanta-se, manda bater novamente; nisto

ISABELA
à janela, diz que Graciano e o filho estão fora de casa, e que fale o seu nome para poder dizê-lo a Graciano, assim que ele voltar. Pantalone diz o seu nome e sobrenome. Isabela diz ter conhecido na França um certo Horácio Bisognosi. Pantalone diz que aquele é seu filho, e, quase

---

3) Esta é uma indicação de material de repertório, que, mais uma vez, se vale de outra língua para o efeito cômico.

O que se passou por cego

chorando, menciona a melancolia de que ele sofre desde que voltou da mão dos turcos. Isabela pergunta quando foi que Horácio regressou para Roma. Pantalone: há pouco tempo. Pedrolino vai reparando nas palavras de Isabela; nisto

ARLEQUIM fora, faz cerimônias com Pantalone e Pedrolino. Isabela pede a Pantalone que ensine ao seu criado Arlequim onde fica o correio, retira-se. Pantalone leva-o consigo para lhe fazer perguntas, sai. Pedrolino diz suspeitar que o mal de Horácio provenha daquela forasteira, por ela ter perguntado por Horácio, e com palavras muito piedosas; nisto

CÍNTIO pergunta a Pedrolino por Horácio, Pedrolino pergunta se saberia lhe dizer a causa da melancolia de Horácio. Cíntio conta-lhe brevemente que Horácio se apaixonou em Lião de França, e diz que o pai o espera no banco, e que diga a Horácio que vá logo ter com ele, sai. Pedrolino: que gostaria de saber se aquela forasteira é lionesa; nisto

BURATTINO [FLÁVIO] guiando Flávio cego, vão pedindo esmola em casa de Pantalone; nisto

FRANCISQUINHA à janela e, ao ver Burattino, bem alegre diz para ele esperar, depois sai com pão e vinho e outras coisas, e as entrega a Burattino, amimando-o e tocando-o. Pedrolino apartado fica ouvindo; nisto

FLAMÍNIA forá, conversa com o cego, perguntando-lhe há quanto tempo ele perdeu a visão, e qual é a sua pátria. Flávio diz que faz pouco tempo, e que é romano. Francisquinha leva Burattino em casa para lhe dar bebida, e para deixar a patroa conversar com o cego à vontade. Flamínia ouve do cego que ele tem esperança de se curar, e que com os beijos de uma jovem donzela ele recobrará a visão; Flamínia beija-o nos olhos; nisto

PEDROLINO apartado fica observando, sentindo ciúmes de Francisquinha, por ela ter levado Burattino em casa, pois ele está apaixonado por ela; nisto

FRANCISQUINHA leva bebida ao cego. Flamínia dá-lhe de beber de sua mão. Flávio diz aceitar tudo em caridade, e ela novamente o beija. Pedrolino, encolerizado, mostra-se, repreendendo todos; estes partem para cima dele, e o cego com seu bastão. Pedrolino foge, mulheres em casa, pobres saem.

HORÁCIO procurando Pedrolino; nisto

Jornada XXXIV

PEDROLINO completamente alterado. Horácio pergunta-lhe o porquê. Pedrolino imita o cego, e diz que sabe a razão de sua melancolia, e finalmente, para espanto de Horácio, diz que ele se apaixonou em Lião de França, e que a sua mulher está em Roma, e na casa de Cíntio seu amigo. Horácio, que se alegrou, manda bater à casa de Cíntio.

RICCIOLINA à janela, ouve que querem conversar com a patroa; diz que vai chamá-la, retira-se; nisto

ISABELA fora. Horácio, reconhecendo-a, corre para abraçá-la. Ela o enxota, chamando-o de sem-palavra, e acrescenta que, enquanto não encontrar Flávio, não terá uma boa palavra dela, e que veio da França por este motivo, e, irada, entra. Horácio desespera-se; Pedrolino consola-o. Horácio, fora de si, vai-se embora. Pedrolino segue-o.

BURATTINO a pedido de Flávio pega o banquinho e ajuda-o a sentar-se, deixa-o
[FLÁVIO] sozinho, e sai para pedir esmola. Flávio, encontrando-se a sós, queixa-se da Fortuna, do Amor e da crueldade do amigo; nisto

ISABELA à janela, ouve o cego falando, e através de sua voz e de suas palavras, reconhece-o por Flávio, desce para a rua para ouvi-lo, uma ou outra vez chora. Flávio reconhece-a pelo som das palavras, Ela revela-se, rogando que abra os olhos. Flávio nega-se, para não ofender o amigo Horácio. Ela roga novamente, abraça-o para que abra os olhos, e ele, continente, não os abre; nisto

BURATTINO que apartado ouviu que seu companheiro não é cego, chama-o de traidor, dizendo que queria assassiná-lo, enxota-o da arte da mendicidade[4], e vai-se para exercitá-la sozinho. Isabela pede a Flávio que não se vá enquanto ela não voltar. Flávio promete; nisto

ARLEQUIM chega, Isabela leva-o em casa com fúria.

PANTALONE para falar a Graciano; vê o cego que se queixa do Amor, agrada-lhe o discurso e pára a ouvi-lo; nisto

PEDROLINO vê Pantalone a olhar o cego, ri-se; nisto

FRANCISQUINHA que ouviu o cego, desconfiando que Pedrolino conte a Pantalone o que se passou entre Flamínia e o cego, começa a gritar bem alto, para que

---

4) *L'arte della guidoneria*: "arte" na concepção da época, anteriormente abordada.

346

O que se passou por cego

Flamínia a ouça, dizendo: "Senhor, corra, que sua filha está morrendo!". Pantalone e Pedrolino em casa com fúria. Flávio diz que aquela voz é a da criada que lhe deu esmola; nisto

ISABELA · dá Arlequim como guia a Flávio, e entra; no que ela, vestida de Arlequim, vai guiando Flávio, chega

BURATTINO · chega, e mais uma vez injuria o cego, dizendo impropérios a Arlequim também, fazendo uma algazarra atrás dele por estar guiando o cego, e assim todos saem,

e termina o segundo ato.

TERCEIRO ATO

PANTALONE [PEDROLINO] · que gostaria de saber de Pedrolino como se passou aquela história de Flamínia com o cego, dizendo ele que ela está apaixonada. Pedrolino: que fale com Francisquinha que sabe de tudo; chama-a

FRANCISQUINHA · sob as ameaças de Pantalone, confessa que Flamínia está apaixonada pelo cego, e que a viu beijá-lo mais e mais vezes. Pantalone manda-a para casa, depois lastima-se da falta de sorte que tem com os seus filhos; nisto

HORÁCIO · resolvido a peregrinar pelo mundo para encontrar Flávio. Pantalone ouve sua decisão, desespera-se. Horácio diz ao seu pai que, se ele tiver determinação o bastante para conseguir o seu casamento com a forasteira que está em casa de Graciano, ele não partirá. Pantalone alegre; nisto

GRACIANO [CÍNTIO] · chega; Pantalone pede em casamento, para o seu filho Horácio, aquela forasteira que está em sua casa. Cíntio exorta Graciano seu pai a fazê-lo. Ele: que queria dá-la a Cíntio seu filho, confiando na grande amizade que tem com o pai dela, na França, e que concorda que ela seja de Horácio; chamam-na.

ARLEQUIM · nos trajes de Isabela. Graciano espanta-se com a novidade. Arlequim conta que Isabela se foi com Flávio, o cego. Horácio, encolerizado, ameaça Arlequim, faz ele fugir de tanta balbúrdia, depois corre atrás dele feito doido, e todos o seguem.

Jornada XXXIV

FLAMÍNIA
[FRANCISQUINHA]
lamuria-se com Francisquinha, por ela ter revelado ao seu pai o amor pelo cego. Francisquinha desculpa-se, e dissuade-a daquele amor. Flamínia: que quer pedi-lo como marido ao pai; nisto

BURATTINO
chega; Flamínia pergunta-lhe pelo cego. Burattino revela que ele não é cego coisa nenhuma, e que ouviu que ele se passa por cego por amor a certa donzela, e que ele é fidalgo. Flamínia, àquelas palavras, sente-se mais apaixonada ainda. Francisquinha: que pensou numa maneira de encontrá-lo; entram em casa, levando com elas Burattino.

ISABELA
[FLÁVIO]
nos trajes de Arlequim, guiando Flávio, o qual a persuade a voltar à casa de Graciano e se vestir novamente de mulher, e ficar com Horácio por marido. Isabela: que não a ama. Flávio: que sim, mas que está fazendo aquilo por sua honra, e para que ela satisfaça o seu pai; nisto

PEDROLINO
chora, acreditando que Horácio, por desespero, tenha se jogado no Tibre, e diz que o cego é a causa de todo o mal; ao vê-lo, quer bater nele. Isabela defende-o. Pedrolino sai. Flávio, mais uma vez, pede a Isabela que fique com Horácio. Isabela, por fim, diz que quer ficar com ele, guiando-o, naqueles trajes, e que uma vez findos os três anos, então fará Horácio saber que já conheceu o seu amor; nisto

FLAMÍNIA
[FRANCISQUINHA]
vestida como Pantalone, seu pai, e Francisquinha vestida de Burattino. Flamínia, ao ver o cego, corre para abraçá-lo. Isabela coloca-se no meio. Flamínia, tomando-a por um homem, revela-se mulher, e apaixonada pelo cego, e como filha de Pantalone, e que quer se casar com ele, ou então morrer. Isabela, conhecendo-a como irmã de Horácio, fica confusa, e, ao ver Horácio chegando, retiram-se; nisto

HORÁCIO
desesperado pela crueldade de Isabela e a ingratidão de Flávio, decide morrer, dizendo estas últimas palavras: "Isabela, para que você depois não me chame de sem-palavra, eu chamo o Céu por testemunha, e aqui declaro que absolvo Flávio do juramento que lhe impus, de ficar três anos de olhos cerrados, e rogo aos Céus que façam com que estas minhas palavras cheguem aos ouvidos do dito Flávio", e de pronto vai se matar; nisto

FLÁVIO
revela-se, abre os olhos, detém Horácio, e depois, de joelhos, pede a Isabela que seja de Horácio. Isabela não se decide. Flamínia, de joelhos, roga que não desdenhe Horácio, seu irmão, como marido. Isabela, depois de ficar pensativa, dirige-se a Flávio, dizendo que já que ele mostrou a grandeza de sua alma, entregando aos outros o que ele mais

348

O que se passou por cego

amava no mundo, ela também deseja que ele saiba que não fica lhe devendo, pois também dará aquilo que ela tanto amava, e afasta Flávio de si, entregando-o a Flamínia. Acrescenta que, como coisa de Flávio, entrega-se a Horácio, dizendo a Horácio que dê Flamínia, sua irmã, a Flávio, seu caríssimo amigo. Horácio e Flávio concordam com a proposta de Isabela, dão-se a fé, abraçam-se, dizendo que disporão para que os pais concordem; nisto

PANTALONE
CRACIANO
CÍNTIO
PEDROLINO

chegam, e ouvem dos amantes, em breve, o que se passou com eles; concordam com tudo e alegram-se.

FRANCISQUINHA vestida de Burattino com

ARLEQUIM vestido de Isabela, cada um deles ri das mudanças de trajes; nisto

CLAUDIONE
[RICCIOLINA]

ouve de Isabela o seu contentamento, alegra-se; nisto

BURATTINO vestido de Francisquinha, para o riso de todos. Depois Horácio e Flávio tratam de mandar o resgate para o Paxá de Argel, o qual deixara Flávio ir embora sob a promessa de Horácio, e de escrever para o pai de Isabela em Lião, comunicando-lhe o casamento da filha. Fazem três esponsais: Horácio casa-se com Isabela, Flávio com Flamínia, e Pedrolino com Francisquinha,

e termina a comédia.

JORNADA XXXV

AS DESGRAÇAS DE FLÁVIO

Comédia

ARGUMENTO

Vivia em Roma uma viúva belíssima, chamada Isabella, a qual descendia de parentes muito honrados, e, enquanto levava o seu estado de viuvez, muitos cavalheiros amavam-na e desejavam-na. Agradou-se Amor de sujeitá-la, e, conforme o seu desejo, fez com que ela se tornasse amante de um nobilíssimo jovem, denominado Flávio, filho único de um fidalgo veneziano, Pantalone de' Bisognosi chamado. Deu-se depois que, por obra de uma criada sua, ela se indignou com o seu amante. O desdém de Flávio foi tão possante que quase teve a força de fazê-lo se voltar completamente ao amor de outra mulher. Isto chegou aos ouvidos de Isabella, que remediou o mal com belíssimo engano, e aquele finalmente como marido conseguiu.

As desgraças de Flávio

PERSONAGENS DA COMÉDIA	COISAS PARA A COMÉDIA
PANTALONE — nobre veneziano	Um morião de soldado
FLÁVIO — filho	
PEDROLINO — criado	Espada e escudo redondo para Burattino
ISABELLA — nobre e viúva	Um balde com água
FRANCISQUINHA — criada	
HORÁCIO — cavalheiro	Um urinol com vinho branco dentro
FLAMÍNIA — irmã	
BURATTINO — criado	Pau para dar pauladas
CAPITÃO SPAVENTO	Um manto de mulher para Pedrolino
ARLEQUIM — seu criado	

Roma, cidade

Jornada XXXV

PRIMEIRO ATO

PANTALONE
[FLÁVIO]

dando pauladas em Flávio, seu filho, por tê-lo apanhado enquanto tentava abrir o cofre do dinheiro. Flávio nega. Pantalone enxota-o, dizendo que não é mais seu filho, e se nega a entregar-lhe o manto e o chapéu. Flávio quer arrancar-lhe a roupa; Pantalone grita por socorro; nisto

PEDROLINO

com a barra da porta se põe no meio.

BURATTINO

o mesmo; Flávio retira-se perto da casa de Isabella viúva; nisto

FRANCISQUINHA

criada de Isabella, da janela joga uma bacia com a água suja da louça na cabeça de Flávio. Todos em casa. Flávio sai desesperado.

CAP. SPAVENTO
[ARLEQUIM]

declama as suas bravuras, e o amor que tem por Isabella viúva, e que tem ciúmes de Flávio, e que quer falar disso com Horácio; manda bater em sua casa.

BURATTINO

à janela, para desesperar o Capitão, finge não ouvi-lo; nisto o Capitão esbraveja e ameaça matá-lo; nisto

ISABELLA
[FRANCISQUINHA]

dando pauladas em Francisquinha, por ter molhado Flávio. Francisquinha desculpa-se, depois diz que Flávio é um traidor, que burla dela e ama Flamínia, e oferece-se para lhe mostrar. Isabella, irada, entra. Francisquinha: que pensou numa astúcia, pois sabe que Flamínia é apaixonada por Flávio; bate à casa dela.

BURATTINO

armado de morião, espada e escudo, por medo do Capitão, afaga Francisquinha, depois, por ordem dela, chama Flamínia.

FLAMÍNIA

ouve de Francisquinha que Flávio vive apaixonado por ela, e que deseja lhe falar, e que gostaria de ir visitá-la incógnito, para não criar suspeitas na vizinhança e as duas pensam em como fazer. Francisquinha: que lhe empreste uma das roupas de Horácio, que o mandará vir naqueles trajes. Flamínia manda Burattino para dentro de casa buscar uma roupa do seu irmão; nisto

PEDROLINO

apartado ouve tudo; nisto

BURATTINO

traz a roupa; Francisquinha pega-a dizendo a Flamínia que à noite Flávio virá ter com ela. Flamínia, alegre, em casa. Burattino pede um

As desgraças de Flávio

beijo a Francisquinha; ela dá, com muita raiva de Pedrolino. Ela em casa. Pedrolino: que quer fazer uma burla a Francisquinha; nisto

HORÁCIO · · · · · chega, e ouve de Pedrolino que Francisquinha esteve em sua casa, e que lhe roubou uma roupa, e que fez a sua irmã crer que Flávio está apaixonado por ela. Horácio: que bem que gostaria que Flávio amasse a sua irmã, pois cessaria nele a sua suspeita, isto é, que Flávio não ame Isabella, pois ele a ama do fundo de sua alma. Pedrolino manda bater à sua casa para tirar a limpo; nisto

ISABELLA · · · · · à janela; Horácio cumprimenta-a; Pedrolino diz a Isabella que ela deveria amar Horácio, e não Flávio, o qual arde de amor por Flamínia, e que vai se casar com ela. Horácio jura; e ela diz que não acredita que Flávio vá se casar com Flamínia; nisto

CAPITÃO [ARLEQUIM] · · · · · que ouviu tudo, diz a Isabella que acredite nele, pois assim ele quer, a fim de que ninguém mais possa pretender o amor de Isabella. Horácio diz ao Capitão que é indigno de ter Isabella; provocam-se com palavras; levam as mãos às armas; nisto

ISABELLA · · · · · para que não duelem, impõe aos dois amorosamente, que se realmente a amam, se despeçam amigavelmente; por causa disso cumprimentam-se, beijam-se as mãos, fazem mesuras a Isabella, a qual, retribuindo seus cumprimentos, entra rindo; todos saem,

e termina o primeiro ato.

SEGUNDO ATO

FLÁVIO [FRANCISQUINHA] · · · · · trajando as roupas de Horácio, com Francisquinha, a qual o convence a agradecer Flamínia pela roupa. Flávio: que vai imediatamente. Francisquinha entra de pronto para avisar Isabella. Flávio bate à casa de Flamínia.

FLAMÍNIA · · · · · fora, reconhece-o, dizem-se palavras elogiosas; nisto

ISABELLA · · · · · por obra de Francisquinha acredita que, por estar falando com Flamínia, esteja apaixonado por ela, sai da janela, vem para fora, parte para cima de Flávio, dá socos nele, sem sequer lhe deixar dizer uma palavra. Flávio sai; as mulheres atacam-se com palavras, depois chegam às vias de fato por causa de Flávio; nisto

Jornada XXXV

HORÁCIO chega, põe-se no meio, manda a irmã para dentro de casa, repreende Isabella a qual, irada, fala mal de Flamínia e entra em casa. Horácio chama Francisquinha de ladra. Ela: que está mentindo. Horácio torna a dizer que é verdade; nisto

PEDROLINO chega de pronto, dizendo poder testemunhar que ela é uma ladra, pegam-se com palavras e socos; nisto

CAPITÃO [ARLEQUIM] põe-se no meio. Francisquinha agradece-lhe e, zangada, entra em casa. Horácio diz ao Capitão que quer duelar com ele. Capitão pergunta-lhe se ele é fidalgo e cavalheiro. Horácio: que sim. Capitão: que lhe dê um certificado, e que depois duelará com ele, sai. Horácio atrás. Pedrolino diz o mesmo para Arlequim, o qual lhe responde como fez o Capitão, sai. Pedrolino fica, dizendo que quer dar um jeito em Flávio, e bate.

FLAMÍNIA ainda apavorada pela rixa com Isabella, ouve de Pedrolino que Flávio prometeu a Isabella que vai mandar Horácio, seu irmão, dar pauladas nela. Flamínia encoleriza-se com Flávio. Pedrolino exorta-a para que mande dar pauladas em Flávio, dizendo que tem um capanga que fará o serviço. Ela concorda, e entra em casa. Pedrolino diz saber que Pantalone está apaixonado por Flamínia, e quer burlá-lo; nisto

PANTALONE encolerizado com Flávio seu filho. Pedrolino convence-o a fazer um serviço para Flamínia, por quem ele é apaixonado, e leva-o em casa para mandá-lo se disfarçar com as roupas de seu filho, e entram.

FLÁVIO [BURATTINO] ouve de Burattino o que se passou entre Flamínia e Francisquinha, que a fez acreditar que ele estivesse apaixonado por Flamínia; e como, com aquele expediente, lhe tirou uma de suas roupas das mãos[1]. Flávio espanta-se, e diz que quer desenganar Flamínia, pois Isabella, por causa da traição de Francisquinha, está encolerizada com ele. Burattino em casa; Flávio fica; nisto

CAPITÃO com belos modos pergunta a Flávio quem ele ama. Flávio: Isabella. Capitão: que desista daquela façanha. Flávio: que é impossível, multiplicando em palavras; nisto

ISABELLA à janela, cumprimenta amorosamente o Capitão, para deixar Flávio despeitado. Capitão, assoberbado, diz a Flávio que pode sem dúvida

---

1) Aqui o texto entra em contradição com a trama: deveria ser uma das roupas de Horácio.

As desgraças de Flávio

desistir daquela façanha, e, esbravejando e desafiando todo o mundo, vai-se. Flávio todo humilde quer conversar com Isabella, e ela bate-lhe a janela na cara. Flávio queixa-se de sua má sorte; nisto

FLAMÍNIA — instigada por Burattino, pergunta a Flávio o que ele quer lhe dizer. Flávio: que Francisquinha o traiu, e traiu ela também, pois não é verdade que ele está apaixonado por ela, e sim por outra pessoa. Flamínia, encolerizada, diz-lhe impropérios; nisto

PANTALONE [PEDROLINO] — vestido com traje curto[2], fingindo-se um capanga. Pedrolino, incógnito, diz a Flamínia que aquele é o capanga. Flamínia chama-o, pedindo-lhe que dê pauladas em Flávio, mostra-o para ele, e entra. Flávio está apartado, escondendo o rosto. Pantalone olha para ele, para reconhecê-lo; nisto

ISABELLA — que ficou o tempo todo à janela, chama Francisquinha, para ver o que está acontecendo na rua.

FRANCISQUINHA — à janela, fica observando. Pantalone e Flávio se revelam; Flávio repreende o seu pai; no que eles estão gritando um com o outro, vão dar debaixo das janelas de Isabella; nisto

FRANCISQUINHA — esvazia o urinol em cima deles, e todos saem,

e aqui termina o segundo ato.

TERCEIRO ATO

HORÁCIO CAPITÃO — vêm duelando; nisto

ARLEQUIM — com a barra põe-se no meio; nisto

FRANCISQUINHA — fora, ouve que estavam duelando por Isabella; diz para eles pensarem em outra coisa, pois ela está apaixonada por Flávio; nisto

PEDROLINO — chega, confirma o que Francisquinha disse; nisto

ISABELLA — igualmente confirma, pedindo a Horácio que fique com uma irmã sua

---

2) Lembramos que Pantalone, habitualmente, usa calças longas.

Jornada XXXV

casadoira, que está num monastério, bela e graciosa, e ao Capitão que se case com Flamínia, irmã de Horácio, pois que ela está decidida a se casar somente com Flávio; todos concordam e, de acordo, Horácio chama Flamínia.

FLAMÍNIA   fora, reconcilia-se com Isabella e, ouvindo a vontade do irmão e daquele que Isabella convenceu, concorda com tudo. Francisquinha pede perdão pela roupa e por todo o mal que aprontou, que se deveu somente a certas pauladas que sua patroa lhe tinha dado; nisto Horácio e Capitão, saem. Isabella diz suspeitar que Flávio não a ama.

BURATTINO   que ouviu o que se passou, diz que é boa testemunha do amor de Flávio por Isabella. Pedrolino promete esclarecer os podres daquele assunto, manda todas as mulheres em casa de Flamínia, depois manda Francisquinha ficar à janela, e que, assim que vir Flávio, vá chamá-lo por parte de Flamínia; depois manda Burattino vir também chamá-lo por parte da patroa, e combinados entram. Pedrolino fica.

FLÁVIO   vendo-se enxotado e detestado por Isabella, resolve se entregar ao amor de Flamínia; nisto

PEDROLINO   completamente esbaforido, diz a Flávio que estava à sua procura por parte de Isabella. Flávio alegra-se; nisto

FRANCISQUINHA   chama Flávio por parte de Flamínia, Pedrolino mostra discutir com ela, e de se pegar com ela. Flávio põe-se no meio; nisto

BURATTINO   chama Flávio por parte de Flamínia, a qual está em casa chorando pois não quer outro marido senão Flávio. Flávio, alegre, diz que quer Flamínia e que deixará Isabella ao Capitão, já que ela está apaixonada por ele. Pedrolino exorta Flávio a levar Flamínia fora da casa do irmão, e manda-o encontrar um quarto. Flávio leva consigo Burattino, sai. Pedrolino fica; nisto

ISABELLA   queixando-se de Flávio, pelas palavras que Francisquinha lhe disse, e
[FRANCISQUINHA] por sua volubilidade. Pedrolino consola-a, dizendo que quer pregar uma peça em Flávio; deixa Francisquinha vigiando, para que ninguém entre na casa de Flamínia, e entra com Isabella. Francisquinha fica; nisto desata a chorar.

PANTALONE   chega, e pergunta por Pedrolino a Francisquinha. Ela: que o pobrezinho morreu, e que Flamínia mandou matá-lo. Pantalone chora por ele, e sai para se certificar, sai. Francisquinha ri; nisto

As desgraças de Flávio

CAPITÃO HORÁCIO ARLEQUIM	chegam, e perguntam por Flávio. Francisquinha manda que eles se coloquem de lado, que vão ter do que rir; eles se retiram; nisto
BURATTINO	diz a Francisquinha que Flávio encontrou um quarto para colocar Flamínia; nisto
FLÁVIO	chega para levar Flamínia embora, excedendo-se e voltando-se para a janela de Isabella, dizendo: "Oh, Isabella, por tua crueldade estou prestes a levar Flamínia embora"; nisto
ISABELLA	nas roupas de Pedrolino, diz a Flávio que já já vai chegar Flamínia, e que ele a despeito de Isabella irá desfrutá-la. Flávio pede a Pedrolino que não fale mal de Isabella, embora por sua crueldade ela o mereça; nisto
PEDROLINO	vestido das roupas de Flamínia. Flávio corre para abraçá-la. Pedrolino revela-se; nisto
FRANCISQUINHA BURATTINO	zombam dele; Isabella acalma-os, revela-se a Flávio; ele aceita-a, recebendo a zombaria e fazendo fé a Isabella de sempre tê-la amado; nisto
PANTALONE	chega, ouve o assunto e concorda; vê Pedrolino vestido de mulher, Isabella de Pedrolino, desata a rir; nisto
CAPITÃO HORÁCIO [ARLEQUIM]	revelam-se, e entre eles concluem as núpcias, isto é, que Flávio se case com Isabella, Capitão com Flamínia, Horácio com Aurélia, irmã de Isabella, e Pedrolino com Francisquinha,

e termina a comédia.

JORNADA XXXVI

ISABELLA, A ASTRÓLOGA

Comédia

ARGUMENTO

Regia em Nápoles o ofício de Regente do Vicariato[1] um fidalgo de alta estirpe, chamado Lúcio Cortesi, de nacionalidade espanhola; o qual tinha uma nobre filha, que atendia pelo nome de Isabella, pela qual apaixonou-se um cavalheiro, chamado Horácio Gentili. Deu-se que o irmão dela (cujo nome era Flávio), percebendo a corte que este fazia à irmã, motivo pelo qual, vencido e estimulado pela dignidade espanhola e pela honra, cogitou assaltá-lo à noite e matá-lo; por outro lado, o jovem Horácio teve a mesma idéia; e, encontrando-se os dois certa noite, investiram-se. Na contenda Flávio ficou ferido, e foi jogado ao mar como morto; mas por ordem do fado ele se salvou, e por vergonha, perdido, por muitos anos errou mundo afora. O referido Horácio foi apanhado pela justiça e condenado à morte; e, enquanto aguardava a morte, Isabella, filha do citado regente, que por ele vivia apaixonada, com a ajuda do guarda da prisão salvou-o, ordenando-lhe que aprontasse uma fragata, com a qual pretendia fugir com ele. Para lá dirigiu-se o infeliz amante e, tudo aprontado, enquanto na fragata aguardava a chegada da mulher e do guarda, uma imprevista tempestade levou-o ao largo, em alto mar, onde foi feito escravo por corsários bárbaros que o levaram a Argel. Ao receber mais tarde esta notícia, a infeliz amante pôs-se desesperada num navio, que naquele ponto despregava as velas para Alexandria do Egito; onde, ao chegar, empregou-se como criada de um grandíssimo filósofo e astrólogo árabe, que ali morava: por ela ter uma forte inclinação para as coisas especulativas, e já conhecendo alguns dos princípios, em pouco tempo aprendeu grande parte da verdadeira astrologia.

Flávio — enquanto no mar, em que fora jogado pelo inimigo Horácio — apoiando-se a uma tábua, foi levado, por repentina tempestade, da terra ao mar, e, encontrado por corsários, foi feito escravo e também levado a Alexandria. Ali um riquíssimo mercador alexandrino comprou-o dos próprios corsários. Agradou-se de Flávio a filha do referido astrólogo árabe, a qual vivia numa cidade próxima a de seu patrão. E tamanho foi o amor dela que Flávio, em secreta transação, engravidou-a. Ocorreu que o referido mercador teve repentina vontade de partir num navio de Alexandria para ir-se a Nápoles, para um transporte de mercadoria, e resolveu levar consigo Flávio. Assim sendo ele não pôde, como desejava, dizer adeus à jovem Turca. Vendo-se àquela altura abandonada e traída, a jovem foi ter com a citada Isabella, que era sua amiga, e ao ouvi-la dizer que,

---

1) *Vicario* — diz-se de administrador e oficial que tem jurisdição criminal e civil, e o território que está sob sua jurisdição chama-se *Vicariato* ou *Vicheria*.

Isabella, a astróloga

devido à morte de seu patrão queria ir-se à Itália, pediu-lhe que a levasse junto. Assim combinadas, partiram e chegaram na Itália, onde, depois de muito tempo, foram a Nápoles, exercendo Isabella, como perfeita astróloga, a arte da astrologia. Foi dar na mesma cidade (e quase ao mesmo tempo) Horácio, em poder das galeras de Nápoles, enquanto com o seu patrão depredando pelo mar se ia. Ele, por receio da justiça, dizia ser turco, e nem liberdade queria. Finalmente, por muitas reviravoltas da fábula, chega-se a um feliz e abençoado fim.

PERSONAGENS DA COMÉDIA   COISAS PARA A COMÉDIA

O REGENTE — do Vicariato

FLAMÍNIA — filha

PEDROLINO — criado com muitos outros criados

GRACIANO — médico

CÍNTIO — seu filho

MERCADOR — alexandrino turco

MEMMII — seu escravo, depois

FLÁVIO — filho do Senhor Regente

<CRIADOS TURCOS>

ISABELLA — Astróloga, depois filha do Regente, sob o nome de HAUSSÁ, turca

RABBYA — turca, com um menininho em cueiros, companheira

COMITRE — das galeras de Nápoles

AMETT — escravo, no final Horácio

ESCRAVOS — turcos, em número de oito

CHEFE — da galera

ARLEQUIM — rufião sozinho

<BELEGUINS>

Nápoles

Trajes de escravos e correntes de ferro

Barricas de água, oito

Uma cadeira bonita para o Regente

Um belo palácio em perspectiva da cena, com as colunas, e a cadeira de um lado

O papel de Graciano pode ser desempenhado por Pantalone[2].

---

2) Pela primeira vez, temos uma indicação que sugere uma atuação de tipo "curinga" entre as máscaras. Talvez uma adaptação conforme a necessidade da companhia?

Jornada XXXVI

PRIMEIRO ATO

COMITRE
[ESCRAVOS]
[AMETT escravo]

vem com os escravos da galera para tirar água do poço do palácio do Regente, manda os escravos para dentro tirar a água, e fica com Amett sentado sobre dois barris; o Comitre pergunta ao escravo por que motivo está de má vontade e suspira toda a vez que vão àquele palácio buscar água. Amett diz que em Argel tinha um amigo, chamado Horácio, que era escravo por culpa do Amor. O qual mais vezes narrou-lhe a história de seu mal, e relata o acontecimento todo, assim como consta no argumento da fábula, acrescentando que suspira por piedade do amigo. Comitre: que se lembra daquele caso, ocorrido há muitos anos. Amett depois conta como o referido Horácio morreu. Comitre: que será coisa boa dar a notícia ao pai do homem que foi morto por Horácio, pois conseguirão gorjeta; nisto

ESCRAVOS

voltam com os barris cheios de água, e todos juntos, com a escolta do Comitre, vão às galeras, saem.

MERCADOR
ALEXANDRINO
[MEMMII seu escravo]
[CRIADOS TURCOS]

diz a Memmii, seu escravo, que quer partir para Alexandria em dois dias, pois já se abasteceu com tecidos belíssimos de seda e de ouro, e que quer embarcar no navio *raguseo*[3] que está de partida, e que prepare uma lista daquelas prendas de Nápoles, para dar de presente em Alexandria, e sai com os criados. Memmii, ficando sozinho, diz que aquela é a sua pátria, e que não quer se revelar aos seus, pois lhe vetariam a volta a Alexandria, onde deixou a sua amante, ainda que turca; nisto

PEDROLINO
[CRIADOS]

comprador do Regente, com os criados abarrotados de coisas, manda-os ao palácio, depois o escravo lhe pergunta se o pai de um certo Flávio, chamado Lúcio Cortesi, Regente, está vivo, e se ainda vive uma irmã sua chamada Isabella. Pedrolino espanta-se, diz que está vivo, mas que a irmã fugiu de Nápoles, e nunca se conseguiu ter notícias dela. O escravo diz ter conhecido aquele Flávio em Alexandria, e que está vivo; nisto

MERCADOR
[CRIADOS]

chega e, ao ver Pedrolino conversar com o seu escravo, pergunta-lhe qual é a sua profissão. Pedrolino: que é rufião. Mercador: que lhe arranje uma bela cortesã espanhola. Pedrolino promete. Mercador sai com Memmii e criados. Pedrolino fica em dúvida se deve contar ao Regente sobre Flávio; nisto

---

3) Da Dalmácia, hoje Dubrovnik; Ragusa era cidade e porto da Dalmácia, que à época pertencia à República de Veneza, e o adjetivo correspondente era, justamente, *raguseo*.

Isabella, a astróloga

ARLEQUIM rufião público. Pedrolino pede-lhe a cortesã para o mercador. Arlequim menciona uma porção de cortesãs de diferentes nacionalidades, tendo o nome de todas escrito numa lista, e que mais à noite vai lhe dar uma belíssima, e que em troca ele consiga, junto ao Regente, uma licença para ele poder andar à noite sem candeia; assim combinados, Pedrolino ao palácio; Arlequim, louvando a arte da alcovitagem, vai embora.

ISABELLA vestida como síria, exercendo a astrologia, com Rabbya, a Turca, sua
[RABBYA] companheira, e um filho seu em cueiros. Isabella narra à sua companheira como ainda vive nela a memória do pai dela [de Rabbya], astrólogo perfeitíssimo entre os Árabes, de quem ela aprendera a arte da astrologia, e que antes de sua morte lhe fizera uma configuração astronômica, dizendo-lhe que sabia, através do estudo, que ela era aquela que devia voltar à pátria e ser feliz, e que por enquanto ainda não viu o efeito; contando-lhe, ainda, a história de seu mal, tal como está no argumento da fábula, e por último conta-lhe que ela também será feliz um dia, embora nunca lhe tenha contado quem é o pai daquela criança. Rabbya: que um dia ela saberá; nisto

ARLEQUIM procurando novos artigos para o seu comércio, vê as mulheres, quer levá-las para o antro da perdição. Elas: não, que não são daquela espécie. Isabella lhe diz que é astróloga, e, observando-o, por quiromancia e por fisionomia, diz que ele é rufião e que a cadeia e a forca o ameaçam. Arlequim quer levá-las à força em sua casa; nisto

REGENTE sai do palácio, ralha com Arlequim, o qual, apavorado, foge; depois,
[CRIADOS] dirigindo-se às mulheres, pergunta-lhes o que elas fazem. Isabella: que é astróloga e que vem da Síria. Regente, por brincadeira, pergunta-lhe o que é a astrologia. Isabella relata toda a arte astronômica, dividida em muitos gêneros de estudo. Regente admira-se, e mais ainda depois, quando ela o chama pelo nome, dizendo que sabe de todas as suas coisas melhor do que ele, e sai. Regente fica abobalhado, depois ordena aos criados que, enquanto ele estiver no Vicariato, atendendo aos assuntos criminais, que a levem para a sua casa, pois quer conversar novamente com ela; vão embora.

GRACIANO ouve de Cíntio, seu filho, o amor dele por Flamínia, filha do Regente,
[CÍNTIO] e que anela consegui-la por esposa. Graciano repreende-o, e que ele quer ter o mesmo fim que Horácio já teve, há muitos anos. Cíntio: que Flamínia retribui o seu amor. Graciano: que não concorda, e se vai. Cíntio fica desesperado, temendo o que o seu pai lhe disse; nisto

Jornada XXXVI

PEDROLINO   consciente de seu amor, consola-o, dizendo que tem uma boa notícia a lhe dar, mas que só vai fazê-lo na presença de Flamínia; entra no palácio para avisá-la que vá à janela, depois volta; nisto

FLAMÍNIA   à janela, com Pedrolino vigiando, conversa com Cíntio, fazendo cena amorosa; depois Pedrolino conta a notícia ao namorado, dizendo-lhe que vá à presença do Regente, e lhe diga: "Senhor, se eu trouxesse a Vossa Senhoria Ilustríssima a notícia de que Flávio, seu filho, está vivo, o senhor faria a graça de conceder-me sua filha Flamínia por esposa?". E se por sorte o Regente lhe disser que sim, que ele diga, sem receio, que Flávio está vivo. Flamínia, que acredita estar sendo burlada, chorando se recolhe. Cíntio queixa-se de Pedrolino porque o burla, e que é impossível que Flávio esteja vivo, encoleriza-se, e sai. Pedrolino segue-o para desenganá-lo,

e termina o primeiro ato.

SEGUNDO ATO

REGENTE
[CRIADOS]   volta do Vicariato para ir ao palácio, pergunta aos criados se encontraram a Astróloga. Eles: que não; nisto

COMITRE
[AMETT]   cumprimenta o Regente, dando-lhe notícia de que Horácio, que matara o seu filho Flávio, morreu em Argel, como escravo, acorrentado. Amett confirma, e que morreu em seu banco. Regente: que voltem depois do jantar, que lhes dará uma ótima gorjeta, e entra no palácio. Amett, suspirando, promete ao Comitre que fará ele ganhar outras gorjetas, e vão-se embora.

GRACIANO
[CÍNTIO]   ouve de Cíntio o que Pedrolino mandou ele dizer ao Regente. Graciano: que não confie nele, e ele acrescenta que Pedrolino é alcoviteiro de seus amores com Flamínia e que ela não confia em outro a não ser ele; nisto

PEDROLINO   que está à procura da Astróloga, vê Graciano, ao qual diz que Flamínia, sua patroa, está apaixonada por seu filho Cíntio, e que não quer outro marido a não ser ele, e pergunta-lhe se falou com o Regente, e se disse o que ele mandou. Cíntio: que não. Pedrolino novamente o persuade. Cíntio entra no palácio para falar com o Regente. Graciano sai. Pedrolino diz: "Onde diabos vou encontrar esta Astróloga?".

Isabella, a astróloga

ISABELLA — imediatamente diz: "estou aqui". Pedrolino: que o Regente, seu patrão, quer falar de novo com ela, e que quer saber dela se um certo Horácio ainda vive, pois um Comitre e um escravo lhe disseram que ele morreu em Argel. Isabella: que naquele momento não pode ir, mas que em uma hora irá ter com o Regente e lhe dirá tudo. Pedrolino dá-lhe dois escudos, pedindo que lhe conte se um certo Flávio, filho do Regente, está vivo, pois um certo mercador Alexandrino lhe disse que Flávio está vivo. Ela admira-se com a novidade, e promete a Pedrolino que vai saber lhe dizer a verdade. Pedrolino sai. Isabella, ficando sozinha, lamuria-se da Fortuna, pois as coisas verdadeiras da astrologia demonstram-se duvidosas para ela, e que sempre soube pela força das estrelas que Horácio está vivo; decide conversar com o Comitre, com o escravo e o Mercador Alexandrino juntos, para descobrir a verdade sobre o que Pedrolino lhe disse, pois ela o reconheceu muito bem, e sai.

MERCADOR
ALEXANDRINO
[MEMMII escravo]
[CRIADOS] — pergunta ao seu escravo a causa de sua tristeza, e por que motivo não comeu. Escravo diz que não está se sentindo muito bem; nisto

RABBYA, A TURCA — com o seu menininho nos braços. Mercador, ao vê-la vestida à moda turca, faz perguntas a seu respeito. Ela diz ser nativa de Alexandria e filha de um Árabe astrólogo e maometano, chamado Amoratt, e que seu pai, enquanto viveu, mantinha-a em uma casa sua, perto da cidade; o escravo observa-a, e, como que espantado, cai desmaiado ao chão. Mercador admira-se e manda levá-lo de volta ao navio, e vai-se com eles. Rabbya, que reconheceu o seu amante, lamuria-se da traição de que foi vítima; nisto

ISABELLA — ouve da Turca que ela viu aquele traidor que é causa de seu mal e que a desonrou, o pai de seu menino. Isabella pede-lhe que conte mais sobre a história de seu mal. Rabbya: que não faltará tempo para isto, e vai embora para descansar. Isabella espanta-se pela grande constância da turca em manter secreto o seu tormento; depois, voltando ao seu detalhamento, diz que sabe, através de uma nova configuração que levantou, que Horácio está vivo, e através de outra, levantada para Flávio, que ele também está vivo, mas correndo grave perigo de vida; nisto

COMITRE
[AMETT] — com Amett escravo, para ir ao Regente para a gorjeta. Isabella imediatamente se retira; depois diz que é cedo demais, e que quer ir à

Jornada XXXVI

casa de Arlequim, o rufião, para se entreter, e que o espere à porta; nisto

ARLEQUIM | fora, leva o Comitre para dentro de casa. Amett fica à porta à sua espera; nisto

ISABELLA | vem para a frente, e, vendo o escravo, pergunta-lhe de onde ele é. Ele: de Argel. Ela pergunta-lhe se conheceu algum escravo napolitano naquela cidade. Ele: que conheceu um certo Horácio napolitano, o qual morreu em seus braços. Isabella pergunta-lhe se foi ele a dar tal notícia ao Regente. Escravo diz que sim. Ela: que ele está mentindo, e que sabe, pela arte da astrologia, que Horácio está vivo, e que disse aquilo para lucrar, ameaça-o. O escravo então lhe diz: "já que sabes tanto, dize-me a verdade, aquela tua Isabella está viva ou morta?". Ela responde: "Está morta". O escravo faz ela repetir isso mais e mais vezes, por fim, vencido pela dor, diz: "E eu estou vivo? E eu respiro? Eu sou Horácio, eu o homicida!", e, enquanto vai exclamando, Isabella observa-o; nisto

REGENTE [CRIADOS] [CÍNTIO] | chega; Horácio de pronto ajoelha-se, revela a sua pessoa e o seu nome dissimulado sob o de Amett, e de Turco, apanhado pelas galeras de Nápoles, dizendo que, já que soube que a sua Isabella está morta, também decidiu pôr fim à sua vida. Regente admira-se da constância de Horácio e manda que seja levado ao cárcere. Regente fica com Cíntio, discorrendo sobre aquela ação; nisto

CRIADOS [BELEGUINS] | levam com eles muitos beleguins e contam ao Regente que Horácio fez chorar todos os que ouviram o seu caso; nisto

COMITRE [ARLEQUIM] | chega; Regente manda levar à prisão o Comitre. Arlequim quer defendê-lo, os beleguins também levam Arlequim à prisão,

e termina o segundo ato.

TERCEIRO ATO

ISABELLA | queixando-se de si mesma por não ter se revelado a ele, uma vez que tomou conhecimento de que o seu amor e a sua fé ainda estão intactos e puros, e que sofreu por vê-lo conduzido à prisão; vai pensando em vários modos para libertá-lo, ou então para morrer com ele; nisto

Isabella, a astróloga

RABBYA, A TURCA com seu menino, alterada pelo que viu do escravo seu amante, vê Isabella, que novamente pede que ela conte quem foi aquele que a desonrou. Ela: que desconhece o seu nome cristão, dizendo-lhe brevemente que aquele escravo era o escravo de um mercador alexandrino, o qual tinha uma casa próxima à de seu finado pai, e que ele tanto disse e tanto fez, que esteve com ela, sob promessa de se casar com ela, se ela se tornasse cristã, e que ele se foi de Alexandria com o seu patrão, e que nunca mais o viu, nem sabe onde ele está. Isabella consola-a novamente, dizendo que, através de sua arte, viu que ela, em breve, será feliz; nisto

MEMMII escravo do mercador, procurando a Astróloga, por ser companheira de Rabbya, a Turca, sua namorada; ela o vê e, reconhecendo-o perfeitamente, chama-o de traidor, repreendendo-o por tudo que ele lhe fez. Escravo, de joelhos, desculpa-se, dizendo que o seu patrão levou-o embora pelo mar, e que não teve tempo de visitá-la. Ela não aceita suas desculpas. Escravo encomenda-se à astróloga sua companheira, dizendo que Nápoles é a sua pátria, e que, para poder voltar a Alexandria, para ver a amada, ainda não se revelou ao seu pai, que é o Senhor mais importante da cidade. Isabella assegura-se então de que aquele é Flávio seu irmão, e roga à turca que deixe com ela a solução de todas as suas diferenças. Turca concorda. Isabella faz os dois se reconciliarem e abraçarem o seu filhinho, com a promessa, porém, de que ele vai perdoar duas pessoas por qualquer injúria que lhe tenham feito. Escravo concorda. Isabella diz que perdoe Horácio, o qual se encontra em gravíssimo perigo de vida. Escravo reluta bastante, depois, a mando de sua Rabbya, concorda, pega a sua criança no colo, e saem bem alegres.

GRACIANO [CÍNTIO] ouve de Cíntio, seu filho, que Horácio, o que matara Flávio, filho do Regente, foi condenado à pena de morte, e que na manhã seguinte será executado, já tendo sido processado e tudo o mais, e que o Regente lhe prometeu Flamínia, já que ele deu a notícia de que Flávio está vivo; nisto

PEDROLINO desesperado por não ver mais nem o mercador e nem o escravo alexandrino, nem sequer a Astróloga, e que querem matar Horácio; nisto

ISABELLA chega; Pedrolino imediatamente ajoelha-se e roga-lhe que, com sua arte (se puder) livre Horácio da morte, e além disso, que ela prometera lhe dizer se Flávio está vivo ou morto. Ela consola todos, asseverando

Jornada XXXVI

que Flávio está vivo, e que quer conversar demoradamente com o Regente. Cíntio, alegre, diz que a hora da audiência pública está próxima; nisto

REGENTE
[CAPITÃO DA GALERA]
[CRIADOS]

com o Capitão da galera, pergunta o que quer. Capitão diz que quer o seu Comitre, e o seu escravo Amett, que estão presos, sendo que Vossa Senhoria Ilustríssima não tem poder sobre os homens de sua galera, e galera de seu Rei de Espanha. Regente revela-lhe que Amett não é turco, e sim é aquele Horácio que matara seu filho Flávio, que se ocultava sob nome turco para não ser reconhecido, mas que devolverá o Comitre. Capitão concorda; nisto

ISABELLA

apresenta-se diante do Regente, dizendo que compareceu para deixá-lo feliz e consolá-lo, embora, à primeira vista, lhe parecerá o contrário. Regente recebe-a com alegria. Isabella pede ao Regente que mande trazer à sua presença aquele Horácio que matara Flávio seu filho. Regente manda buscar Horácio. Pedrolino e os criados saem para buscá-lo. Isabella, enquanto isso, faz um discurso moral, levando ao conhecimento de todos que todas as atribulações que o céu nos manda são para a maior satisfação dos homens; nisto

MERCADOR
ALEXANDRINO
[MEMMII escravo]
[CRIADOS]

posto a par de tudo por Flávio, seu escravo, faz mesura diante do Regente, dizendo que, quando tiver terminado os seus negócios, deseja lhe falar de algo muito importante; nisto

RABBYA

com o seu menino no colo, faz mesura diante do Regente, dizendo que está diante dele para pedir justiça; nisto

CRIADOS
[PEDROLINO]
[HORÁCIO]
[BELEGUINS]

os quais vêm trazendo Horácio, amarrado, diante do Regente, o qual pede a morte por graça e justiça. Regente: que não quer esperar até a manhã seguinte, mas que quer que ele seja executado naquele mesmo dia. Isabella diz ao Regente que quer lhe provar que Horácio não pode ser executado, pois tem o perdão de seus inimigos, e mostra o perdão, na letra da mão de Flávio. Regente admira-se, pergunta onde está Flávio. Mercador apresenta Memmii, dizendo: "Senhor, este é Flávio seu filho". Regente, com enorme alegria, recebe-o. Isabella apresenta-lhe o neto e a nora, contando-lhe brevemente de sua pessoa, e que está obrigada por fé a se tornar cristã e ficar com Flávio por marido. Regente alegra-se mais ainda. Pedrolino chama Flamínia.

Isabella, a astróloga

FLAMÍNIA   do palácio, abraça o irmão, a cunhada turca e o sobrinho. Isto feito, Isabella faz com que o Regente dê Flamínia a Cíntio, como prometeu, o que logo acontece; depois, dirigindo-se a Flávio, diz: "Está em suas mãos conceder a segunda graça, a de perdoar a segunda pessoa, e além disso de fazer com que o pai a perdoe". Flávio: que está mais do que pronto a fazê-lo; nisto Isabella, de joelhos, se revela, narrando tudo o que fez e o que disse (epilogando tudo o que está escrito no argumento da comédia) e, por fim, pede pela vida de Horácio, ou pela morte de ambos. Regente, chorando, levanta-se, abraça-a, perdoa Horácio, o qual, reconciliado com Flávio, pede-lhe perdão; consegue-o, e também consegue Isabella, sua irmã, por esposa, e mais querida ainda por encontrá-la tão virtuosa e douta na arte da astrologia. O Regente promete ao mercador o resgate de Flávio. Mercador: que não quer coisa nenhuma. Flávio: que lhe dará belíssimos presentes para que os leve ao Paxá de Alexandria de sua parte; mandam libertar o Comitre e Arlequim.

COMITRE   agradecem o Regente,
ARLEQUIM

e termina a comédia de *Isabella, a Astróloga*.

JORNADA XXXVII

A CAÇADA

Comédia

ARGUMENTO

Já viveram em Perúsia quatro pais de família, chamado Pantalone de' Bisognosi o primeiro, o segundo de nome Graciano Forbisone, o terceiro Burattino Canalha denominado, e o quarto Claudião Francês, desta forma conhecido por todos. Tinha Pantalone uma filha, chamada Isabella, Burattino uma filha, Flamínia era o seu nome, e Graciano um filho, por todos chamado Flávio, e Claudião também um filho, por todos conhecido como Horácio. Deu-se que os jovens se apaixonaram pelas jovens e, contra a vontade dos pais das mencionadas jovens (que queriam dá-las a outros jovens); eles foram levados, como médicos, nas casas das referidas filhas, das quais se tornaram finalmente maridos, com satisfação dos próprios pais.

A caçada

PERSONAGENS DA COMÉDIA COISAS PARA A COMÉDIA

PANTALONE — veneziano

Trajes de caçadores para os quatro pais de família

ISABELLA — filha

PEDROLINO — criado

Traje de caçador ridículo para Arlequim

BURATTINO — mercador

FLAMÍNIA — filha

Três cornos para tocar

FRANCISQUINHA — criada

Quatro cães de caça

GRACIANO — doutor

FLÁVIO — filho

Um galo vivo

Um macaco vivo

CLAUDIÃO — francês, mercador

HORÁCIO — filho

Uma gata viva

CAPITÃO SPAVENTO

ARLEQUIM — criado de Graciano

Varas longas de caçadores

Lebres e outros animais mortos na caçada

Perúsia Pau para dar pauladas

Jornada XXXVII

PRIMEIRO ATO

Alvorecer

PANTALONE à janela, tocando um corno para dar sinal aos outros caçadores da próxima caçada; nisto

GRACIANO à janela, tocando o seu corno responde-lhe; nisto

CLAUDIÃO à janela, também toca o seu corno; nisto

BURATTINO à janela, também toca o seu corno; nisto ele diz que está tudo pronto. Todos dizem a mesma coisa, e assim todos, um por um, retiram-se, e Pantalone é o último a retirar-se.

ISABELLA à janela, invoca o sol para que venha dar a luz ao mundo, de modo que possa ver o seu amante Horácio; nisto

FLAMÍNIA à janela, do outro lado do cenário, repreende a Aurora, porque não sai dos braços de seu velho Titano, dizendo: "Ah, facínora, não te envergonhas de me dar tanto tormento? porque não chegas?". Isabella, acreditando que Flamínia esteja falando com ela, retira-se, e Flamínia continua culpando a Aurora; nisto

PEDROLINO à janela de frente à de Flamínia, diz: "Ah, preguiçosa, quero contar tudo ao senhor Burattino". Flamínia acredita que ele esteja falando com ela, retira-se. Pedrolino continua, falando de Francisquinha, que lhe prometera levantar-se cedo para se encontrar com ele antes que os patrões partissem para a caçada, conforme haviam combinado na noite anterior; nisto

FRANCISQUINHA desculpa-se com Pedrolino, dizendo que precisou medicar o patrão. Pedrolino sai de casa e, abraçados, entram para se desfrutarem na casa de Pantalone.

ARLEQUIM vestido de caçador com um cão à coleira, vem tocando o corno e fazendo enorme estrondo; nisto

GRACIANO de caçador, com um galo vivo na mão, feito ave de rapina; nisto

CLAUDIÃO de caçador, com uma gata à coleira; nisto

A caçada

BURATTINO	de caçador, com um macaco à coleira; ouvem balbúrdia na casa de Pantalone; nisto
PANTALONE [PEDROLINO] [FRANCISQUINHA]	dando pauladas em Pedrolino e Francisquinha, por tê-los encontrado no estábulo, desfrutando um ao outro. Pedrolino nega. Burattino pergunta à sua criada o que ela estava fazendo na casa de Pantalone. Francisquinha: que Flamínia a tinha mandado dizer a Isabella se queria ficar com ela em casa até os caçadores voltarem, e que Pantalone queria lhe tirar a sua honra. Pedrolino confirma. Todos burlam Pantalone. Pedrolino e Francisquinha saem, e eles todos, tocando os seus cornos, vão-se para a caçada, saem.
ISABELLA	fora, discorre sobre as palavras que ela disse à janela, admirando-se que Horácio demore tanto para aparecer; nisto
HORÁCIO	à porta, vestindo-se, pois foi acordado pela barafunda dos caçadores, cumprimenta Isabella, fazem cena de amor recíproco; e no que querem entrar para se desfrutarem, chega o
CAP. SPAVENTO	e descaradamente põe-se a conversar com Isabella, não vendo Horácio; nisto
PEDROLINO	com a algibeira, vai em direção ao Capitão para esbravejar com ele. Capitão maltrata-o. Pedrolino bate nele com a bolsa de dinheiro. Capitão lança mão da espada; Horácio lança mão da espada para defendê-lo; nisto
FRANCISQUINHA	sai por causa da balbúrdia, e dá um soco na cara do Capitão, e entra. Isabella em casa, Pedrolino foge pela rua, Capitão atrás; Horácio segue-o, e termina o primeiro ato.

SEGUNDO ATO

PEDROLINO	assustado pelo Capitão, resolve que vai lhe pregar uma peça; nisto
ISABELLA	lamentando a sua má sorte, encomenda-se a Pedrolino, o qual promete levar Horácio até ela; nisto
FLAMÍNIA [FRANCISQUINHA]	manda Francisquinha buscar Flávio. Ela sai; depois, ao ver Isabella, cumprimenta-a, desculpando-se pelas palavras que ela disse à janela, e que estava acusando a Aurora, imitando o que Pedrolino disse sobre

Jornada XXXVII

ela à janela. Pedrolino: que falava de Francisquinha, que estava demorando tanto para encontrá-lo como lhe prometera; riem do engano de palavras, e encomendam-se a Pedrolino; nisto

HORÁCIO   chega pelo lado onde está Flamínia, e, não vendo Isabella, cumprimenta Flamínia e beija-lhe a mão por cortesia. Isabella, alterando-se, fica para ver como termina; nisto

FLÁVIO   do outro lado, não vendo Flamínia, faz mesura a Isabella, a qual diz: "Bom proveito, Senhor Horácio". Ele se vira e, ao vê-la, corre para lhe beijar as mãos. Isabella dá-lhe um bofetão e entra. Flávio vê Flamínia, faz o mesmo que Horácio. Flamínia dá-lhe um bofetão e entra; nisto

FRANCISQUINHA   chega, vê Flávio. Os amantes se queixam de suas mulheres, desconhecendo a causa de tanto desdém. Pedrolino diz que Isabella está errada; nisto

ISABELLA   diz a Pedrolino que está mentindo, e dá-lhe pauladas. Francisquinha: que ela está errada em bater nele sem motivo. Isabella quer bater em Francisquinha, e ela foge. Flávio quer desculpar Horácio. Isabella vira-se para ele com o pau. Flávio: que lhe beija a mão, e sai. Horácio quer argumentar; Isabella não o ouve, e entra. Horácio, desesperado, sai à procura de Flávio.

PEDROLINO   vem dizendo que aquele é o dia das desgraças, mas que quer sem dúvida se vingar do Capitão; nisto

FRANCISQUINHA   chega, combinam pregar uma peça no Capitão, saem juntos; Francisquinha para dar uma carta de Flamínia para Flávio, pois esqueceu de entregá-la, e sai.

ISABELLA   à janela, queixando-se que Horácio está apaixonado por Flamínia; nisto

FLAMÍNIA   à janela, diz a Isabella que ela está errada, depois se reconciliam; nisto chega o Capitão.

CAPITÃO   chega, dizendo que quer matar Pedrolino e os que ficarem do seu lado; mulheres ficam ouvindo; nisto

PEDROLINO   chega, disfarçado de pedinte, com uma tira de pano cobrindo o olho; pede esmola ao Capitão, o qual o repreende. Pedrolino olha fixamente para o seu rosto. Capitão pergunta-lhe por que motivo está olhando para ele tão fixamente. Pedrolino diz que se ele não parar de carregar

A caçada

armas por três dias, corre o perigo de ser enforcado, passando-se por fisionomista e astrólogo. Capitão, apavorado, dá-lhe esmola, sai. Pedrolino revela-se às mulheres, dizendo que, assim que o encontrar desarmado, vai dar pauladas nele; mulheres rindo se retiram; nisto

HORÁCIO   queixando-se de Isabella; nisto

FLÁVIO   chega, lendo a carta de Flamínia, que o chama enquanto o seu pai está na caçada; nisto

PEDROLINO   completamente esbaforido, diz aos amantes que os velhos pais estão voltando da caçada; eles encomendam-se a Pedrolino. Ele promete fazer com que tenham as mulheres amadas; nisto

ISABELLA   à janela, diz a Pedrolino que ele promete demais; nisto

FLAMÍNIA   à janela, diz o mesmo; por fim reconciliam-se por obra de Pedrolino e todos se remetem à sua vontade e à de Francisquinha; nisto

FRANCISQUINHA   chega, dizendo que o Capitão vem vindo sem espada. Pedrolino manda todos se retirarem, exceto Francisquinha; nisto

CAPITÃO   chega sem espada. Pedrolino e Francisquinha burlam-no, por vê-lo sem espada. Capitão, sofrendo, diz que não quer ser enforcado. Pedrolino maltrata-o. Por fim Francisquinha, com belas palavras, pega ele de cavalinho. Pedrolino, com um pau, bate em sua bunda. Francisquinha, pondo-o de volta no chão, faz uma mesura, dizendo: "Bom proveito, Senhor Capitão" e entra. Pedrolino faz o mesmo, e sai; Flávio o mesmo, e vai embora; Horácio o mesmo, sai; Isabella o mesmo; Flamínia o mesmo; Capitão faz reverência ao povo, dizendo: "Bom proveito, meus senhores", e sai,

e termina o segundo ato.

TERCEIRO ATO

PANTALONE
GRACIANO
BURATTINO
CLAUDIÃO
ARLEQUIM
    voltam da caçada com muitos animais selvagens que apanharam, fazendo alegre estardalhaço, tocando os cornos e cada um deles, pedindo licença, entra na própria casa. Pantalone fica, e bate à casa mais e mais vezes.

Jornada XXXVII

PEDROLINO	fora, diz para Pantalone fazer pouco barulho, pois Isabella está passando mal e quer ir se deitar; nisto
ISABELLA	fingindo ter febre. Pantalone e Pedrolino: que vão levá-la à casa de Burattino, em companhia de Flamínia, pois estão acostumadas a ficarem juntas. Ela concorda; chamam
FRANCISQUINHA	chorando, diz que Flamínia está com febre; nisto
BURATTINO	que sua filha está passando mal, e entram todos para visitá-la.
CAPITÃO	que decide sofrer de muitos males, para escapar do mau influxo da forca; nisto
ARLEQUIM	ao vê-lo sem espada, faz barulho atrás dele, tocando o corno em seus ouvidos. Capitão: que não quer ser enforcado, e sai. Arlequim: atrás dele, tocando o corno.
HORÁCIO FLÁVIO	procurando por Pedrolino, para que ele responda às suas necessidades; nisto
PEDROLINO	chega, chorando, e diz aos amantes que Isabella e Flamínia adoeceram de febre muito aguda. Jovens desesperam-se; nisto
ISABELLA	diz que não é verdade, e que façam tudo o que Pedrolino lhes disser; recolhe-se. Pedrolino manda Horácio e Flávio disfarçarem-se de médicos; eles, alegres, saem; nisto
ARLEQUIM	que ouviu tudo, diz que quer fazer uma bela burla, sai. Pedrolino fica.
PANTALONE	solicita que Pedrolino vá buscar os dois médicos, como resolveram em casa. Pedrolino sai; Pantalone fica; nisto
GRACIANO	ouve da enfermidade de suas filhas, dá receitas que só têm serventia para cavalos, e fora de propósito, e todos saem.
PEDROLINO	que os médicos demoram a chegar; nisto
HORÁCIO FLÁVIO	disfarçados de médicos. Pedrolino bate à casa das mulheres, e faz com que cada uma receba o seu amante. Pedrolino fica.
ARLEQUIM	disfarçado de médico, entra em casa de Flamínia. Pedrolino acredita que aquele é o médico enviado por Burattino; nisto

A caçada

CLAUDIÃO   pai de Horácio, ouve de Pedrolino tudo o que ele fez, dos jovens disfarçados de médicos, que agora desfrutam com as suas mulheres, e que deseja que ele faça com que Pantalone os perdoe; nisto

GRACIANO   ouve de Claudião o ocorrido com Horácio e Flávio, promete fazer com que Pantalone perdoe Pedrolino; nisto

PANTALONE
BURATTINO   ouvem de Pedrolino que os médicos estão em casa; depois, dirigindo-se a Burattino, diz que precisa pagar os médicos que estão em sua casa. Pantalone e Burattino entram em suas casas; os outros ficam com Pedrolino. Ouvem balbúrdia; nisto

PANTALONE
[HORÁCIO]
[ISABELLA]   roga ao médico que mostre o seu rosto. Horácio, com sinais, nega. Claudião, seu pai, revela-o como seu filho Horácio, aplaca Pantalone, o qual concorda que Isabella seja a sua mulher; mas que quer mandar Pedrolino para a cadeia e mandar dar pauladas em Francisquinha. Pedrolino foge; nisto

BURATTINO   roga que todos façam pouco barulho, para que o médico possa emprenhar melhor a sua filha Flamínia. Todos riem; Burattino, encolerizado, entra em casa, depois volta com

BURATTINO
[FLÁVIO]
[FLAMÍNIA]   Flávio, o qual não quer descobrir o seu rosto. Graciano manifesta que aquele é Flávio, seu filho, ao qual concedem Flamínia como esposa, e, sabendo que tudo aquilo é uma trama de Pedrolino, combina com Pantalone mandá-lo para o xadrez. Burattino novamente em casa, ouvem barulho; nisto

BURATTINO
[ARLEQUIM]
[FRANCISQUINHA]   vem trazendo o médico, que encontrou em cima de Francisquinha; descobrem-no e dão-lhe Francisquinha como esposa. Em seguida todos pedem por Pedrolino, e conseguem perdão para ele.

PEDROLINO   de joelhos, diz que fez mal em fazer o que fez, e que reconhece o seu erro, e que decidiu assim mesmo perdoar a todos; todos riem disso; nisto

CAPITÃO   chega. Pedrolino diz para ele colocar de volta a sua espada, pois o astrólogo mentiroso era ele, para lhe pregar uma peça,

e termina a comédia.

JORNADA XXXVIII

A LOUCURA DE ISABELLA

Comédia

ARGUMENTO

Horácio, cavalheiro genovês, apaixona-se por uma fidalga em sua pátria, a qual, estando numa vivenda que possuía, a muitas milhas da cidade, mandou dizer ao seu amante que se mudasse para lá. O amante, que nada mais anelava, preparada uma ótima embarcação, pôs-se a caminho daquela vivenda quando, por certos baixéis turcos (escondidos que estavam) foi apanhado, feito escravo[1] e conduzido a Argel. Espalhando-se, depois, por toda a cidade de Gênova esta notícia, motivou a desafortunada amante a retirar-se num mosteiro, com o firme propósito de terminar ali os seus dias. Deu-se que o mencionado Horácio foi vendido a um grande Capitão, o qual tinha por esposa uma turca do serralho, jovem bela e graciosa, a qual assim que viu o escravo, de pronto apaixonou-se perdidamente por ele. Chegando com ele, mais de uma vez, a íntimas e amorosas conversas, concluíram os dois que ela se tornaria cristã, e que depois ele, levando-a à sua pátria, se casaria com ela, decidindo ainda que levariam junto um filho dela, pequenino, de dois anos. Feito tal acordo, com outros escravos cristãos armaram uma fusta, para rumarem à fuga secreta. Ocorreu neste ínterim que o Capitão, marido da referida turca (que estava num lugarejo não distante) mandou dizer à mulher que de pronto fosse ter com ele, motivo pelo qual, com aquela oportunidade e sem suspeição dos outros turcos, partiram-se, e a remos e velas em breve tempo chegaram ao outro mar, para fugirem rumo a Majorca. O citado Capitão ouviu a notícia da fuga no barco armado, e, portanto, o melhor que lhe foi possível arranjar foi uma galé, que ali mantinha para o seu uso pessoal, e com ela pôs-se a seguir o barco fugitivo. Não demorou muito, alcançou aquela fusta, quase nas proximidades dos litorais cristãos; sua mulher, ao ver aquilo, e não vendo mais possibilidade de reparar a sua fuga, forçou um turco a vestir-se com os trajes de Horácio, e, à vista do marido (que a seguia) mandou que fosse lançado ao mar, e mandou esconder o dito Horácio no bojo da fusta armada. Depois, gritando, chamava o Capitão de marido, e que fosse em seu socorro. A fusta armada, sem sequer se defender, foi capturada; o Capitão subiu a bordo, e soube que o escravo Horácio queria levá-la embora, motivo pelo qual ela, com a ajuda de seus turcos, mandara prendê-lo e expô-lo às ondas do mar. O marido aceitou a

---

1) O tema recorrente dos barcos turcos e dos namorados — ou dos velhos, feitos escravos por aqueles — lembra-nos um fato curioso que merece citação. Francesco Andreini, antes de se tornar ator, em sua juventude fora realmente apanhado e feito escravo pelos turcos (ele pertencia à marinha de Veneza). Andreini permaneceu em cativeiro por nada menos do que dez anos (in TAVIANI/SCHINO 1982 p. 339).

A loucura de Isabella

falsa e simulada desculpa da mulher, a qual de pronto lhe colocou o menininho nos braços, depois, mandando que um dos armados lhe entregasse um arcabuz de pederneira, disse que iria atirar naquele traidor do escravo, o qual, ainda nadando, tentava se salvar. Assim, de súbito dirigindo-se ao marido (que tal golpe não esperava), deu-lhe um tiro de arcabuz, com que matou, de um golpe só, marido e filho. Ao saber disto Horácio, que (segundo ordem dada) fora retirado imediatamente do lugar onde estava escondido, tornou-se novamente amo e senhor do baixel, e, enfrentando a galé do Capitão, a pôs em fuga. Depois, prosseguindo em sua viagem, chegaram a Majorca, onde, com solenidade, a turca tornou-se cristã. Pouco depois foram a Gênova onde, vivendo alegremente, aconteceram à mísera turca (cujo novo nome era Isabella) muitos infortúnios, devido aos quais se tornou furiosa e insana; e, voltando depois à sanidade, o marido amado por muito tempo teve e desfrutou.

PERSONAGENS DA COMÉDIA   COISAS PARA A COMÉDIA

PANTALONE — veneziano

HORÁCIO — filho

ISABELLA — tida por esposa

FRANCISQUINHA — criada

BURATTINO — criado

GRACIANO — médico

FLAMÍNIA — fidalga

RICCIOLINA — criada

FLÁVIO — fidalgo

PEDROLINO — criado

ESTALAJADEIRO

CAPITÃO SPAVENTO

ARLEQUIM — seu criado

Gênova

Uma mala grande

Roupa para a louca

Muitos potes de boticário

Um frasquinho de vidro bonito

Bexigas com sangue

Jornada XXXVIII

PRIMEIRO ATO

FLÁVIO
[PEDROLINO]

lamuria-se com Pedrolino, seu criado, pois Flamínia, depois que saiu do mosteiro, não se mostra mais tão bem disposta para com ele, como quando estava encerrada lá dentro, e que não se admira, pois há coisas piores: e então narra toda a história de Horácio com Flamínia e com a Turca que se tornou cristã em Majorca, como está no argumento da comédia, dizendo Pedrolino que não acredita que ele tenha se casado com ela, mas que tentará saber disso de um criado seu conterrâneo, que foi levado de Majorca a Gênova; Flávio pede que o faça, e saem pela rua.

HORÁCIO
ISABELLA
FRANCISQUINHA
BURATTINO

vêm de um jardim onde foram dar um passeio. Isabella pergunta-lhe por que motivo ele sempre está tão melancólico, desde que chegou à sua terra. Horácio: que é a sua natureza. Ela pede que se case com ela, como prometera em Argel. Horácio: que muito em breve cumprirá a sua promessa; manda em casa Isabella, Francisquinha e Burattino, o qual zomba dizendo que Horácio deve estar cheio de Isabella. Horácio fica, suspirando de amor; nisto

FLAMÍNIA

à janela, cumprimenta Horácio dizendo: "O senhor levou sua esposa para um passeio?"; Horácio vai logo respondendo: "eu levei a minha morte para um passeio, e não a minha esposa". Flamínia diz que se ele ainda não se casou com ela, vai se casar por obrigação e por honradez. Horácio olha-a, e quase chorando vai-se, sem proferir palavra. Flamínia: que percebe, por aquelas palavras e por aqueles suspiros, que Horácio ainda se lembra do amor que tinha por ela, e, alegre, entra.

CAP. SPAVENTO
[ARLEQUIM]

o qual vem da ilha de Majorca, onde estava a serviço de seu Rei, para se ir a Milão, e que quer ficar alguns dias em Gênova, para tentar saber daquela Turca que se converteu a cristã em Majorca. Arlequim: se ele se lembra daquele fidalgo que a mandou batizar. Capitão: que se chamava Horácio Bisognosi; procuram uma estalagem, encontram, chamam o estalajadeiro.

ESTALAJADEIRO

fora, recebe Arlequim com as coisas. Capitão: que quer ir ao banco e que enquanto isso chegará a hora da refeição; nisto

RICCIOLINA

criada de Flamínia, vem chegando da cidade. Capitão faz amor com ela; nisto

PEDROLINO

chega e por ciúmes briga com o Capitão. Ricciolina em casa; Capitão esbraveja com Pedrolino e, esbravejando, vai parar debaixo das janelas de Isabella; nisto

A loucura de Isabella

BURATTINO   da janela joga-lhe uma bacia de água morna na cabeça. Capitão, todo molhado, entra na estalagem. Pedrolino retira-se; nisto

PANTALONE   aflito pois Horácio, seu filho, não resolve se casar de uma vez com Isabella, segundo a promessa que lhe fez em Argel; bate à casa.

BURATTINO   fora; Pantalone pergunta se ele sabe a razão pela qual Horácio não se casa com Isabella. Burattino: que não sabe; nisto

PEDROLINO   revela-se, dizendo a Pantalone que, se guardar segredo, ele lhe dirá o motivo. Pantalone promete. Pedrolino diz que Horácio, antes de ser feito escravo, amava Flamínia e que ela o amava e ainda o ama, e que saiu do mosteiro por causa de sua chegada, e que por esta razão Horácio não resolve a se casar de uma vez com Isabella, e que diria ainda mais coisas, mas que por receio se cala; nisto

FLÁVIO   chega, Pedrolino logo se aproxima dele. Pantalone cumprimenta Flávio, e com cerimônias vai-se embora. Flávio ouve de Pedrolino que Pantalone quer que Horácio decida de uma vez a se casar com Isabella, para que deixe de viver em pecado. Flávio alegra-se; nisto

FLAMÍNIA   à janela; Flávio cumprimenta-a, queixando-se com ela da pouca consideração que tem para com ele desde que saiu do mosteiro. Flamínia, com belas palavras, vai se desculpando. Pedrolino zomba dela dizendo que o amor velho espanta o novo. Flamínia se faz de desentendida, e diz que ele é um descarado, e se recolhe. Flávio lamuria-se de Pedrolino, que diz ter posto o dedo na ferida; nisto

FRANCISQUINHA diante da porta, fica ouvindo Pedrolino dizer a Flávio que Flamínia está apaixonada por Horácio e ele por ela, e que Horácio não se casa com a Turca convertida por estar apaixonado por Flamínia. Flávio, agastado com Pedrolino, vai-se, e ele, vendo Francisquinha, cumprimenta-a. Francisquinha pergunta-lhe quem é aquela pessoa que conversava com ele. Pedrolino diz que ele é um rival de seu patrão, apaixonado por Flamínia, que mora naquela casa, mostrando-a para ela, pela qual o seu patrão Horácio também está apaixonado. Francisquinha em casa, Pedrolino vai encontrar Horácio, sai.

PANTALONE   pergunta a Horácio seu filho por que motivo não se casa com Isabella,
[HORÁCIO]   conforme sua promessa. Horácio conta-lhe o motivo, dizendo que está apaixonado por Flamínia, como o era antes ainda de ser feito escravo, e que por isso não consegue se decidir. Pantalone: que a Flamínia não

379

Jornada XXXVIII

faltarão partidos, e que tem de providenciar à satisfação de Isabella, e que ele sabia muito bem qual era o motivo, que um carregador lhe tinha contado; nisto

PEDROLINO — chega; Pantalone diz que aquele é o carregador. Horácio pergunta a Pedrolino quem lhe contou que ele está apaixonado por Flamínia. Pedrolino: que toda a cidade de Gênova sabe, depois repreende Horácio por não se casar com Isabella e não obedecer a seu pai. Horácio encoleriza-se; nisto

FLÁVIO — pergunta o que ele tem a ver com o seu criado. Horácio não lhe dá a resposta. Pedrolino esbraveja. Pantalone tenta fazer os dois se apaziguarem. Flávio encoleriza-se; nisto

ISABELLA — à janela fica ouvindo. Flávio, ao vê-la, dirigindo-se a Horácio diz que ele deveria se casar com Isabella, pois por ele se fez cristã, e observar a fé dada, e não tentar ficar com Flamínia e fazer esta injustiça a Isabella, e que o dele não é comportamento de cavalheiro. Horácio lança mão da espada; Flávio o mesmo e, duelando, vão-se pela rua. Pantalone e Pedrolino atrás deles. Isabella, chorando, recolhe-se,

e aqui termina o primeiro ato.

SEGUNDO ATO

ISABELLA [FRANCISQUINHA] — manda Francisquinha lhe mostrar a casa de Flamínia e depois manda que vá ver o que foi feito de Horácio; depois, ao ficar sozinha, diz que percebeu a traição de Horácio, mas que, devido ao amor que tem por ele, prefere antes morrer do que lhe ser de desgosto; nisto

FLAMÍNIA — à janela; Isabella, ao vê-la, cumprimenta-a dizendo-lhe que, sendo sua vizinha, teria prazer em ser sua amiga. Flamínia agradece e, enquanto usam palavras de lisonjas, chega

BURATTINO — completamente esbaforido por causa do duelo dos dois jovens. Flamínia pergunta se Horácio está ferido. Burattino: que não sabe. Isabella pergunta a Flamínia se ela sentiria se Horácio estivesse ferido. Flamínia responde-lhe dizendo: "Talvez eu sentiria mais do que a senhora"; nisto

CAPITÃO — vê Isabella, reconhece-a por aquela que se tornara cristã em Majorca; cumprimenta-a; ela retribui o seu cumprimento, depois, Isabella

380

A loucura de Isabella

dirigindo-se a Flamínia, diz: "Senhora, não é mais hora de eu estar por aqui; vou-me, e espero com isso consolá-la" e entra com Burattino. Capitão cumprimenta Flamínia, a qual lhe pergunta onde ela conheceu aquela mulher. Capitão: que a conheceu em Majorca, onde foi feita cristã; nisto

ARLEQUIM — com a escova limpa o seu patrão. Capitão banca o galante com Flamínia; nisto

RICCIOLINA — fora, vê o Capitão, reconhece-o por aquele que fez amor com ela, dirige-se a Flamínia dizendo que deixe em paz o seu namorado. Arlequim cumprimenta-a; nisto

HORÁCIO — ao ver o Capitão conversando com Flamínia, encoleriza-se. Flamínia diz a Horácio que não se encolerize com ela, pois aquele é amigo de sua mulher. Horácio, àquelas palavras, lança mão da espada. Capitão foge, Horácio atrás, Arlequim segue-o, mulheres retiram-se em casa.

ISABELLA
BURATTINO — perguntando-se sobre o novo duelo; nisto

PANTALONE
[FLÁVIO]
[PEDROLINO] — vem exortando Flávio a se aplacar com Horácio, o qual diz que nunca fará as pazes com ele, até ele se casar com Isabella, como dita a sua obrigação, e que quer lhe dar a conhecer que é um grandíssimo traidor. Isabella, tendo uma faca ao flanco, aproxima-se dele, dizendo que está mentindo, e golpeia-o duas ou três vezes. Flávio cai ao chão derramando sangue; nisto

HORÁCIO — chega. Isabella, abraçando-o e dizendo-lhe que o vingou, leva-o para casa. Pantalone e Burattino, apavorados, entram. Pedrolino chora o seu patrão ferido, chama à casa de Flamínia.

FLAMÍNIA
[RICCIOLINA] — ouve o acontecido a Flávio, condói-se. Flávio, não consegue se levantar e, vertendo sangue, diz a Flamínia que, por sua crueldade, perde e vida e honra, ao morrer pelas mãos de uma mulher. Flamínia, pesarosa por tais palavras, consola-o, arrependida pelo que fez contra ele; nisto

GRACIANO — físico e cirurgião; Flamínia encomenda-lhe o ferido. Graciano, com Ricciolina e Flamínia, levam-no à casa de Flamínia para medicá-lo.

ISABELLA
[HORÁCIO] — pede a Horácio que lhe diga abertamente se ele está apaixonado por Flamínia e se, antes de ele ser feito escravo, prometera se casar com ela pois, se isto for verdade, procurará contentá-lo. Horácio nega, dizendo

Jornada XXXVIII

que não ama outra mulher senão ela, amimando-a mais do que o costume, e tanto sabe simular que a manda em casa completamente consolada; depois, ficando a sós, diz como em seu peito combatem amor, obrigação e fé; depois vai embora, vendo que algumas pessoas estão chegando, sai.

GRACIANO — diz a Flamínia que é preciso manter alegre o ferido, que fazendo assim espera curá-lo, sai para buscar alguns medicamentos essenciais. Flamínia admira-se de si mesma, de como pôde fazer tamanha injustiça com Flávio, e que quer vingá-lo, senão contra Isabella, pelo menos contra Horácio; nisto

HORÁCIO — chega; cumprimenta-a; ela, com belas palavras, pergunta-lhe quando ele celebrará as núpcias com aquela sua guerreira, que soube ferir Flávio tão bem. Horácio fica como que insensato; nisto

ISABELLA — à janela, fica ouvindo tudo, depois vai até a porta e ouve Horácio dizendo a Flamínia que ele nunca se casará com Isabella, para poder ficar com ela, assim como lhe prometera antes que fosse feito escravo, e que quando ela quiser ser sua, ele tirará Isabella da sua frente com algum engano, e por fim com veneno. Flamínia: que concorda em ficar novamente com ele, confirma a sua fé e, abraçando-o, leva-o em casa. Isabella fica como que insensata, depois, prorrompendo em palavras, excede-se contra Horácio, contra o Amor, contra a Fortuna, contra si própria, e por fim fica louca e furiosa; nisto

RICCIOLINA — gritando: "Oh, pobre jovem, que assassinato é este!", dizendo a Isabella que Horácio foi morto. Isabella, ainda que louca tem algum intervalo de lucidez, e faz ela repetir mais e mais vezes a morte de Horácio; por fim diz que a sua alma quer a daquele traidor, fica completamente louca, rasga todas as suas roupas[2], e como tresloucada corre rua abaixo. Ricciolina, completamente apavorada, foge para dentro de casa,

e termina o segundo ato.

---

2) Ver Jornada VIII, nota 1. Em maio de 1589, em Florença, a companhia dos *Gelosi* alegrou as núpcias do Grão-duque Ferdinando de' Medici com a princesa Cristina de Lorena, representando este *canovaccio* e também *A Cigana* (in TAVIANI/SCHINO 1986). Existe um documento impresso sobre este acontecimento, relevante por descrever a representação de *A Loucura de Isabela*, encenada pelos Cômicos *Gelosi* a 13 de maio de 1589, tendo *Isabella Andreini* por protagonista: "il valor della quale, & la leggiadria nell'esplicare i suoi concetti, non occorre hora esplicarlo, che à già noto, & manifesto, à tutta Italia le sue virtudi". [cujo valor e graça ao expor os seus conceitos, não é necessário explicar, pois suas virtudes já são notórias e manifestas em toda a Itália] In *Diario descritto da Giuseppe Pavoni delle feste celebrate nelle solennissime nozze delli Serenissimi Sposi, il Sig. Don Ferdinando Medici e la Sig. Donna Christina di Loreno Gran Duchi di Toscana*. Bologna: nella Stamperia di Giovanni Rossi, 1589 (apud MAROTTI 1976, II).

A loucura de Isabella

TERCEIRO ATO

HORÁCIO
[FLAMÍNIA]

queixando-se de Flamínia, que sob falsas lisonjas o levou em casa e depois o atacou com armas, para matá-lo. Ela: que sente por não ter conseguido lhe tirar a vida, já que ele é o maior de todos os traidores, e que percebe como estava cega em crer nas palavras de alguém que queria trair aquela que tinha lhe dado a liberdade, as riquezas e a si própria; nisto

RICCIOLINA

gritando que Flávio está tirando as ataduras das feridas. Flamínia imediatamente corre para dentro com Ricciolina. Horácio: que correu um grande perigo, e que, se Flávio estivesse em condições de ajudar Flamínia, ele teria morrido, e ao mesmo tempo percebe o grave erro que cometeu, só em pensar em abandonar Isabella; nisto

PANTALONE

chega, pergunta por Isabella, dizendo que ela não está em casa; nisto

GRACIANO

com muitos potes de boticário para medicar Flávio, diz a Pantalone que teve um trabalhão para se salvar de uma louca, depois diz que se trata da Turca que Horácio, seu filho, trouxe de Argel. Pantalone espanta-se. Horácio fica espantado. Graciano entra na casa de Flamínia. Horácio vai para encontrar Isabella. Pantalone, condoendo-se, chama em casa.

BURATTINO

Pantalone pergunta-lhe há quanto tempo Isabella saiu de casa. Burattino: que não sabe; nisto

GRACIANO
[RICCIOLINA]

diz à criada que observem as medicações como ele mandou. Ricciolina: que vai fazê-lo, e entra. Pantalone encomenda-se ao médico por conta de Isabella. Graciano: que mande pegá-la enquanto o mal estiver no começo, pois ele deseja curá-la com alguns dos seus miráveis segredos. Pantalone chama.

FRANCISQUINHA

fora; Pantalone manda que vá com Burattino procurar Isabella e que, com a ajuda de outras pessoas, a apanhem e a tragam amarrada para casa; depois sai com Graciano pela rua: Francisquinha e Burattino ficam; nisto

ISABELLA

vestida de louca, coloca-se entre Burattino e Francisquinha, dizendo que quer lhes contar coisas deveras importantes. Eles param para ouvi-la, e ela começa dizendo: "Eu lembro do ano e não me lembro, em que um Eufônico conciliou uma Pavana Espanhola com uma Galharda de

Jornada XXXVIII

Santin da Parma, motivo pelo qual depois as lasanhas, o macarrão e a polenta vestiram-se de marrom, não podendo suportar que a gata ladra fosse amiga das belas raparigas de Argel; no entanto, já que agradou ao califa do Egito, foi concluído que amanhã de manhã os dois serão colocados na berlinda", continua a dizer coisas parecidas, de louca. Eles querem pegá-la, e ela foge pela rua, e eles seguem-na.

PEDROLINO para avisar os parentes de Flávio, para que venham tirá-lo da casa de Flamínia, e que Graciano é um grande médico cheio de segredos; nisto

PANTALONE desesperado pois não encontra Isabella. Pedrolino diz entre si que quer burlar Pantalone, ao qual diz que Flávio morreu devido às feridas infligidas por Isabella, e que a justiça a executará, junto com Horácio. Pantalone desespera-se. Pedrolino, chorando, vai-se. Pantalone fica; nisto

HORÁCIO desesperado, que não logra encontrar Isabella. Pantalone lhe diz que ela ficou louca por tê-lo visto entrar em casa de Flamínia, e abraçado com ela, mas que há coisa ainda pior, dizendo-lhe que Flávio morreu, e que a justiça quer pegar Isabella e ele. Horácio desespera-se; nisto

FRANCISQUINHA gritando: "Corram, corram se quiserem ver a louca", e leva todos à rua.

CAPITÃO
[ARLEQUIM] que quer matar aquele Horácio, antes de ir-se a Milão; nisto

ISABELLA de louca, diz ao Capitão que o conhece, cumprimenta-o, e diz tê-lo visto entre as quarenta e oito imagens celestes dançando o Canário com a Lua vestida de verde, e outras coisas, todas disparatadas, depois com seu cajado dá pauladas no Capitão e em Arlequim, os quais fogem, e ela atrás dos dois.

PANTALONE desesperado, temendo que Horácio acabe se matando por desespero; nisto

GRACIANO com um pote de boticário, dentro do qual está um segredo composto com heléboro, com o qual diz que vai curar Isabella num instante, e que o experimentou mais e mais vezes no hospital dos loucos de Milão; nisto

ISABELLA chega bem devagar, coloca-se entre Pantalone e Graciano, dizendo

A loucura de Isabella

que fiquem quietos, e que não façam barulho, pois Júpiter quer espirrar e Saturno quer dar um peido; depois, prosseguindo em seus disparates pergunta se eles não teriam visto Horácio sozinho contra a Toscana toda; nisto

HORÁCIO   chega, dizendo: "Estou aqui, minh'alma ", e ela responde dizendo: "Alma, segundo Aristóteles, é espírito que se difunde pelos tonéis do moscatel de Monte Fiascone, e que por isso foi visto o arco-íris cortejando a Ilha da Inglaterra, que não conseguia mijar", acrescentado mais disparates; nisto

PEDROLINO   todos gritando: "Pega a louca, pega a louca", e todos pulam para cima
BURATTINO   dela, pegam-na e amarram-na. Graciano de pronto pega o seu segredo,
FRANCISQUINHA   com o qual ele unta todos os sentidos, e depois faz ela beber o líquido
CAPITÃO   de um frasquinho; isso feito, ela, aos poucos, ressente-se e volta a si.
[ISABELLA]   Voltando a si, vê Horácio, ao qual lembra o quanto ela fez por ele, com breve volteio de palavras, queixando-se de que ele a tenha traído e abandonado por outra mulher. Horácio confessa o seu erro e a sua falta, pede-lhe perdão, dizendo que quer se casar com ela naquele mesmo instante. Isabella, bem alegre, esquece tudo o que se passou e aceita-o como seu. Pantalone alegra-se; nisto

FLÁVIO   de braço pendurado no pescoço; vê Isabella, a qual, humildemente,
[FLAMÍNIA]   pede-lhe perdão, pondo-o a par de seu casamento por fé com Horácio.
[RICCIOLINA]   Flávio alegra-se e os perdoa; e assim Horácio casa-se com Isabella, Flávio com Flamínia, Pedrolino com Francisquinha, e Burattino com Ricciolina,

e termina a comédia da loucura de Isabella.

JORNADA XXXIX

O RETRATO[1]

Comédia

ARGUMENTO

Uma companhia de cômicos[2] estava representando, em Parma, e, como é de costume, a primeira atriz[3] foi visitada por um cavalheiro da alta nobreza daquela cidade. Ela tirou do pescoço dele uma belíssima jóia em ouro, dentro da qual estava o retrato de uma belíssima dama casada, a qual o dera pessoalmente àquele fidalgo, que atendia pelo nome de Horácio. E, enquanto estavam conversando, a referida comediante, que Vitória se chamava, com habilidade tirou o retrato de onde estava guardado; depois, devolveu a jóia ao cavalheiro e, encerrada a visita, ambos se recolheram, ela em seu quarto e ele em sua casa.

Deu-se, dali a não muitos dias, que o marido da mencionada dama também foi visitar a dita atriz, ao qual, não o conhecendo, ela mostrou o retrato da própria mulher. Ficou atônito o fidalgo, fazendo reiterados pedidos para saber o nome daquele que lhe dera o retrato, que a atriz, por cortesia, explicitou. O marido, que se chamava Pantalone, disfarçou sobre o narrado assunto, despediu-se e, totalmente enfurecido, foi para casa com ânimo de matar a adúltera consorte. Ali chegando, a mulher, com argumentos convincentes, aplacou-o; e com isso, depois, desfruta com o amante e induz o próprio marido, por um estranho acidente, a levar-lhe o amante até sua casa.

---

1) Interessante notar aqui o valor metafórico do título da comédia em relação ao seu argumento. De fato, neste *canovaccio*, traça-se um retrato dos próprios atores da *Commedia dell'Arte* e do seu mundo, delineando-se um desenho dramatúrgico voltado sobre si próprio.
2) O texto refere-se a cômicos, ou seja, os cômicos da Arte.
3) Literalmente: "senhora principal dos atores", ou seja, "primeira atriz".

O retrato

PERSONAGENS DA COMÉDIA COISAS PARA A COMÉDIA

PANTALONE — veneziano

ISABELLA — sua mulher

PEDROLINO — criado da casa

GRACIANO — Doutor

FLAMÍNIA — sua mulher

HORÁCIO — fidalgo de Parma

FLÁVIO — seu amigo

CAPITÃO SPAVENTO

ARLEQUIM — criado

VITÓRIA — atriz

PIOMBINO[4] — ator

UM TRAPACEIRO

HOMENS diferentes com armas em quantidade

<CAPANGAS>

LESBINO[5] pajem, depois SÍLVIA, milanesa

Parma, cidade

Cartas de baralho

Quatro lanternas

Dois paus para dar pauladas

Armas hastadas, muitas

Um retrato de mulher, pequenino

---

4) *Piombino* literalmente significa "chumbinho", e "bueiro" também.

5) Aqui a simbologia do nome parece evidente.

Jornada XXXIX

PRIMEIRO ATO

ISABELLA
[PEDROLINO]

a respeito da barulheira ocorrida entre seu marido e ela, por ter ele visto o retrato dela na mão da comediante, a qual disse que foi presente de Horácio; e, desconfiando que ele esteja apaixonado por aquela, manda Pedrolino ir ter com Horácio para buscar o referido retrato. Pedrolino desculpa-o e consola-a. Ela em casa e Pedrolino vai procurar Horácio, dizendo como ele está errado em trair uma mulher que, por ele, ofende a própria honra e o seu marido, e sai.

CAP. SPAVENTO
[ARLEQUIM]

narra a Arlequim, seu criado, como, indo mais e mais vezes à comédia, apaixonou-se pela Senhora Vitória, atriz, e que não quer deixar Parma para ir a Nápoles antes de desfrutar da referida senhora. Arlequim: que está perdendo o seu tempo, pois tais mulheres não se conseguem do modo que os homens acreditam[6] nisto

LESBINO

pajem, isto é, Sílvia, a milanesa, apaixonada pelo Capitão, vê-o e através de Arlequim, emprega-se com ele como pajem. Capitão ordena que Arlequim fale com Piombino, intérprete da mencionada Senhora Vitória, e sai com o pajem. Arlequim fica; nisto

FLAMÍNIA

à janela, chama Arlequim, que ela não conhece, e pede que lhe faça o grande favor de levar uma carta a um fidalgo chamado Flávio, o qual costuma tratar de negócios na praça, onde passeiam os fidalgos. Arlequim recebe a carta, prometendo entregá-la. Flamínia lhe dá umas duas moedas, retira-se. Arlequim olha atentamente a janela de Flamínia; nisto

GRACIANO

marido de Flamínia, ao ver Arlequim olhando tão fixamente a sua janela e vendo a carta, fica desconfiado e pergunta o que ele quer, e de

---

6) O texto evidencia uma defesa em causa própria, pois mais de uma vez em sua história os cômicos da Arte foram acusados de terem "costumes duvidosos"; ao prosseguirmos na leitura, percebemos não somente essa defesa bem como um comentário bastante irônico (pela boca de Vitória e de Piombino) sobre aquelas críticas. Existiu uma famosa atriz, de nome Vittoria, que era a primeira atriz antes da chegada de Isabella na companhia dos Gelosi; atriz a quem, muito provavelmente, Flaminio Scala presta homenagem nesse canovaccio. Vittoria Piissimi ainda fazia parte daquele contexto histórico em que as primeiras mulheres subiram no palco como *honestae meretrices* (espécie de cortesãs cujo ofício, porém, estava mais ligado ao entretenimento dos homens através de literatura, poesia, música e arte do cortejar do que ao sexo em si). Vittoria foi uma grande rival de Isabella Andreini, que, porém, ao chegar à companhia, acabou modificando radicalmente os papéis femininos e a improvisação no palco, dando grande destaque à erudição e aos papéis dos namorados. Como afirma Ferdinando Taviani (TAVIANI/SCHINO 1986, p. 339): "A face feminina da *Commedia dell'Arte*, hoje a mais esquecida, muito provavelmente representa o fator determinante daquele processo pelo qual o tipo de teatro que as comédias italianas do final do século XVI exprimiam, ainda hoje é lembrado como um gênero a parte, quase como um arquétipo de teatro".

O retrato

quem é aquela carta. Arlequim diz que um certo Flávio lhe deu a carta para que ele a entregue a uma mulher. Graciano arranca dele a carta, bate nele chamando-o de alcoviteiro; nisto

PANTALONE aparta os dois. Arlequim, ao se ir, olhando os velhos, diz: "Faça o que puder, senhor, ou será um corno", e sai. Velhos entreolham-se, dizendo: "Não sei se este homem falou comigo ou com o senhor". Por fim tratam das suspeitas que têm de suas mulheres, Graciano de Flávio e Pantalone de Horácio, por conta de um certo retrato etc.; nisto

FLÁVIO chega. Graciano de pronto e absolutamente irado, dá-lhe a sua carta, ralhando com ele. Flávio recebe-a com grande humildade; velhos saem. Flávio abre a carta e descobre que é de Flamínia, a qual, com ardor, lhe pede que não vá mais à comédia. Ele: que o fará; faz o sinal para Flamínia.

FLAMÍNIA percebendo o sinal, vai à janela; ao vê-lo mostra-se aborrecida; nisto

ISABELLA à janela, fica ouvindo como Flávio se desculpa com Flamínia, depois diz para Flamínia não confiar naquele traidor e que ela tem razão; e as duas se retiram sem deixar ele acrescentar mais nada. Flávio fica espantado e, enquanto diz: "Oh, pobre Flávio!", nisto

ARLEQUIM ao ouvir mencionar o nome de Flávio, pergunta-lhe se é ele aquele Flávio que Flamínia ama. Ele: que sim. Arlequim: que quer lhe devolver todas as pauladas que recebeu por sua causa, e, enquanto levanta o pau para bater nele, Flávio lança mão da espada. Arlequim foge e Flávio atrás.

HORÁCIO desculpa-se por não poder mandar o retrato que Isabella quer, pois o
[PEDROLINO] medalhão está no ourives para o conserto da caixinha. Pedrolino sorri, depois lhe pergunta quando foi a última vez que ele esteve na comédia, perguntando-lhe sobre todos os personagens que estão em cena, e por último sobre a Senhora Vitória. Horácio fica desconfiado; nisto

ISABELLA fora, dissimulando o assunto, pergunta por seu retrato; Horácio desculpa-se; por fim, chamando-o de traidor, diz que sabe perfeitamente que ele ama a comediante, e que lhe deu de presente o seu retrato; lança-lhe no rosto tudo o que fez por ele e diz que, por sua causa e por causa daquele retrato, o marido quis matá-la; e brava, chamando Pedrolino, entra em casa sem lhe dar ouvidos. Pedrolino, dirigindo-se a Horácio, diz-lhe que, se fez o mal, o dano será seu, e entra. Horácio

389

Jornada XXXIX

condói-se de si próprio e da chegada daquela companhia de comediantes, falando mal deles todos, e, por fim, amaldiçoa aquela Vitória, que veio àquela cidade para a sua danação; nisto

CAPITÃO [ARLEQUIM]
ouvindo falar tão mal dos cômicos e de Vitória, defende-os, dizendo que a comédia é um entretenimento nobre e que aquela Dona Vitória é mulher honrada. Horácio, enraivecido, diz que está mentindo; lançam mão das armas, depois o Capitão pergunta a Horácio se quer ser morto por ele. Horácio: que sim. Capitão diz que quer ir escrever a paz e a remissão que quer lhe preparar, pois, necessitando que ele o mate, não quer que a justiça possa proceder contra ele, e que ele, da mesma forma, vá fazer o mesmo, para que, ao matá-lo, a justiça não o perturbe, e sai. Arlequim: que o Capitão quer é viver muito; segue-o; Horácio o mesmo e sai,

e aqui termina o primeiro ato.

SEGUNDO ATO

VITÓRIA
atriz, vestida ricamente, com correntes de ouro, pulseiras de pérolas, diamantes e rubis ao dedo, acompanhada por Piombino, louvando a cidade de Parma, o Duque e toda a sua corte, mencionando as infinitas cortesias que recebe diariamente daqueles cavalheiros de Parma; nisto

PEDROLINO
de casa, cumprimenta-a, e ela pergunta-lhe por Pantalone, seu patrão. Pedrolino: que não está em casa, exortando-a a amá-lo, por ser homem que merece; nisto

ISABELLA
à janela, fica olhando. Pedrolino, ao percebê-lo, prossegue louvando a experiência de Pantalone e novamente recomenda-o a ela. Vitória pergunta pela casa de Graciano. Pedrolino mostra-a para ela, louvando-o como homem merecedor, rico, esplêndido e liberal com as mulheres; nisto

PANTALONE
chega, e ao ver Isabella à janela, se contém e não cumprimenta Vitória, a qual, indo-se, pede a Pedrolino que cumprimente Pantalone e Graciano em seu nome, e sai. Isabella deixa a janela. Pedrolino transmite o recado da cômica, fazendo-lhe crer que está apaixonada por ele. Pantalone: da suspeita que tem de sua mulher, por conta de seu retrato. Pedrolino desengana-o, dizendo que não faltam pessoas que carregam retratos desta e daquela, sem procurar nada além disso,

O retrato

gostando apenas de ter o retrato de uma bela mulher. Pantalone alivia-se da sua suspeita, depois diz que quer enviar um presente à Senhora Vitória comediante, e saem juntos.

HORÁCIO [FLÁVIO]   queixa-se com Flávio pelo episódio do retrato de Isabella na mão de Vitória cômica, como consta no argumento da fábula. Flávio promete falar com Isabella por ele, e Horácio, da mesma forma, promete falar por ele com Flamínia; nisto

ARLEQUIM   com uma carta, ao ver Horácio, diz que aquela é a paz e a remissão que o Capitão lhe envia. Horácio, encolerizado, dá-lhe uns socos e manda-o embora. Flávio bate à casa de Isabella.

ISABELLA   fora, onde Flávio lhe roga que ouça as razões de Horácio. Ela, por fim, ouve e, enquanto Horácio vai começar a falar, chega

ARLEQUIM   o qual imediatamente diz a Horácio que, se ele não deixar de amar Vitória a comediante, o Capitão vai matá-lo sem falta, e sai. Isabella de pronto chama-o de traidor, dizendo que não pode negar que está apaixonado por aquela puta errante e, enraivecida, entra em casa sem ouvi-lo. Horácio, desesperado, diz que quer matar o Capitão e depois matar si mesmo; Flávio consola-o; nisto

PEDROLINO   chega, e Horácio lhe conta tudo o que aconteceu com Isabella, e se encomenda a ele. Pedrolino: que deixe com ele, que ajeitará tudo, e bate.

ISABELLA   fora; Pedrolino pede-lhe que se reconcilie com Horácio. Ela mostra-se esquiva. Pedrolino diz que todos parem para o seu melhor contento, depois bate à casa de Flamínia.

FLAMÍNIA   fora, e também se mostra esquiva. Pedrolino diz aos jovens que argumentem. Horácio tanto diz que aplaca Isabella e fazem as pazes; Flávio faz o mesmo com Flamínia, e eles também fazem as pazes. Pedrolino revela que os velhos maridos estão apaixonados pela cômica e que, com isso, terão como se desfrutarem à vontade. Isabella: que nunca agradará a Horácio, se antes não conseguir de volta o seu retrato da comediante, e que não quer que ele vá pessoalmente tratar da devolução. Pedrolino, ouvindo a vontade de Isabella, promete ir pessoalmente tratar com ela para que o devolva. Isabella em casa; jovens saem. Flamínia encomenda-se a Pedrolino; nisto vê que Graciano vem vindo.

391

Jornada XXXIX

GRACIANO — chega; Pedrolino de pronto começa a discutir com Flamínia, dizendo: "Que sei eu se o seu marido vai à comédia ou sabe-se lá em que lugar!". Flamínia entende a idéia de Pedrolino, mostra ter ciúmes de seu marido, dizendo-lhe impropérios, e entra. Graciano, que ficou ouvindo, mostra-se a Pedrolino: este lhe diz que Vitória cômica foi à sua casa e perguntou por ele, e que por isso sua mulher estava esbravejando com ele, e que a cômica está apaixonada por ele; nisto

PIOMBINO — chega, cumprimenta Graciano em nome da Senhora Vitória, pedindo, ainda em seu nome, que faça a gentileza de lhe emprestar uma gamela com jarro de prata, para uma peça que vai representar. Graciano: que mandará através de Pedrolino. Piombino em seguida diz a Graciano que a Senhora Vitória está apaixonada por ele, e que só por causa dele despreza tantos fidalgos que a cortejam, em casa e em cena. Graciano alegra-se e promete uma boa gorjeta para Piombino, e entra em casa. Pedrolino e Piombino combinam juntos de arrancar dinheiro das mãos dos velhos e repartirem entre si; vão embora.

CAPITÃO [LESBINO] — diz que não vai ter paz até a hora da comédia, devido ao grande amor que tem por Vitória, atriz. Lesbino procura dissuadi-lo daquele amor, dizendo que não está à altura de sua honra e reputação amar uma comediante vagabunda, cuja profissão não passa de ter este ou aquele em suas mãos. Isto posto, pergunta-lhe se nunca sentiu outro amor. Capitão: que sim, e que em Milão amava uma belíssima jovem, na qual não podia repor esperanças, pois o pai queria casá-la com outra pessoa; nisto

ARLEQUIM — diz ao Capitão que a Senhora Vitória está no ateliê de um ourives, e que, se desejar vê-la, vá com ele. Capitão alegra-se e diz a Lesbino que a respeito daquela sua dama de Milão teria muitas coisas a lhe dizer, mas que novo amor impele-o a outro lugar, e sai. Lesbino diz a Arlequim se ele ofenderia alguém que tentasse matar o seu patrão. Arlequim, encolerizado, diz que o mataria sem falta. Lesbino narra toda a história do amor de Sílvia, e que a referida Sílvia mandou-o ali propositalmente para matá-lo, e que ele, conhecendo o Capitão como indigno de morte, não quer matá-lo, e que, se ele é mesmo aquele criado fiel do Capitão, como diz, tem de matá-lo, e com razão, pois viera para matar o seu patrão. Arlequim: que não quer matá-lo, mas que nunca mais vai deixá-lo ver o Capitão, excedendo-se em vociferações; nisto

ISABELLA — à janela, de um lado

O retrato

FLAMÍNIA à janela, do outro lado, ficam ouvindo como Arlequim o insulta e maltrata; depois sai. Lesbino condói-se de sua má sorte e que o Capitão não preza o seu amor, sendo ela mulher que tanto o ama, por causa do novo amor por aquela comediante. Desesperada quer se dar a morte com a sua espada; nisto

ARLEQUIM volta atrás querendo matar Lesbino. Mulheres detém Arlequim, enxotam-no e, tirando a arma das mãos de Sílvia, como mulher levam-na à casa de Flamínia,

e termina o segundo ato.

TERCEIRO ATO

VITÓRIA dizem que, tendo estado na casa de um fidalgo apaixonado por ela,
PIOMBINO receberam ótimos donativos, mencionando, sobre este detalhe dos dons aos comediantes, muitas das principais cidades da Itália[7], nas quais ela foi favorecida com muitos presentes, e finalmente o quanto ela se burla e ri daqueles amantes que não fazem dons. Piombino exorta-a a não se apaixonar por ninguém, mas a tratar de juntar coisas para a sua velhice; nisto

PEDROLINO chega; Vitória e Piombino amimam-no, dizendo-lhe que querem fazer dele um comediante. Pedrolino: que não tem vontade; nisto

PANTALONE chega; Vitória agradece-lhe o belíssimo presente, e que à noite apareça em cena, antes que a comédia comece, pois quer lhe dizer alguma coisa, que ele muito vai prezar. Pantalone: que irá; retira-se; nisto

FLÁVIO cumprimenta Vitória e ela Flávio, o qual gostaria de se ir para não ser visto por Flamínia; Vitória o retém com palavras amorosas; nisto

FLAMÍNIA que da janela viu a comediante falando com Flávio, enfurecida sai à rua e dá um tabefe em Flávio, e foge para dentro. Flávio, colocando a mão no rosto, vai-se sem dizer mais nada. Vitória ri-se; nisto

PANTALONE volta, censurando o descaramento de Flamínia e dizendo que tem uma mulher que é só modéstia e boa educação. Nisto vê Vitória; de novo cumprimenta-a, trocam elogios; nisto

---

7) Neste ponto a intenção de auto apologia parece explícita; os dois atores lembram o favor econômico que obtinham junto à nobreza e à alta burguesia.

Jornada XXXIX

ISABELLA
repreende o marido por bancar o lascivo com todas as mulheres, e que às vezes fica cinco ou seis meses sem dormir com a esposa, enumerando, além disso, todos os seus defeitos, e que não a merece; parte para cima dele enfurecida. Pantalone foge. Isabella, dirigindo-se depois a Vitória, diz-lhe que, se lhe fosse honroso ter a ver com uma comediante da sua espécie, lhe ensinaria como se portar, e entra. Vitória ri-se, dizendo que, onde chegam companhias de comediantes, as mulheres casadas, na maioria das vezes, ficam a ver navios; nisto

PEDROLINO
que ouviu tudo, ri-se; nisto

GRACIANO
chega. Pedrolino diz a Vitória: "Eis aqui o outro pombinho a ser depenado". Vitória queixa-se por Graciano não ter aparecido, e que ela despreza todos os outros amantes só por causa dele; finge chorar. Piombino diz a Graciano que Pantalone lhe mandou de presente um colar de pérolas belíssimas, e que ela não o quis aceitar para não ser incorreta com ele, e disse que o seu senhor Graciano iria lhe comprar um colar de pérolas mais bonitas e mais valiosas. Graciano, alegre, promete fazer grandes coisas por Vitória, e Piombino lembra-lhe da gamela e do jarro de prata para a peça que vai ser representada à noite. Graciano manda Pedrolino ir com ele, que vai lhe mandar as coisas, e com palavras lascivas vai-se, levando Pedrolino consigo, sai. Vitória e Piombino riem-se de sua estupidez; nisto

HORÁCIO
cumprimenta Vitória, pedindo-lhe o seu retrato de volta. Ela ri-se, e diz que não sabe do que está falando, e sai. Horácio fica consternado; nisto

ISABELLA
que da janela o viu falando com Vitória, mais uma vez o repreende. Horácio desculpa-se; nisto

ARLEQUIM
diz a Horácio que Isabella se mostra apaixonada por ele, e afinal ela está apaixonada por um pajem de seu patrão, e que tanto ela quanto Flamínia o desfrutam. Isabella confirma para magoá-lo, depois chama Flamínia, dizendo que mande o seu novo amante vir à janela.

FLAMÍNIA
compreendendo o palavreado de Isabella para causar tormento em Horácio, chama Lesbino.

LESBINO
à janela, dizendo: "O que manda, minha senhora?". Horácio, ao vê-la, fica enfurecido, queixa-se de Isabella e de Flamínia; nisto

PANTALONE
chega (Horácio sai, e Arlequim também), e pergunta a causa daquela

394

O retrato

barulheira. Isabella diz que Horácio, à força, queria lhe tirar aquele pajem. Pantalone encoleriza-se por causa daquele jovenzinho, dizendo o que quer fazer com ele. Isabella conta-lhe que aquele é uma jovem, chamada Sílvia, milanesa, a qual, apaixonada por um certo Capitão, pôs-se naqueles trajes para segui-lo, e que o encontrou ali em Parma, apaixonado por uma comediante, e que talvez esta seja a sua diva. Pantalone envergonha-se. E como a pobrezinha, por desespero, queria se matar, e que Flamínia e ela ficaram com a jovem, e que por favor encontre aquele Capitão que sempre vai à comédia, e que trate de apaziguá-los. Pantalone: que irá à noite à comédia e que fará aquele serviço; diz que enquanto isso cuidem da jovem. Mulheres entram. Pantalone: que aquela é uma boa ocasião para ir à comédia sem as suspeitas das mulheres, sai.

PEDROLINO   que está com a gamela e o jarro de prata, e que os quer para si, e que ele é mais esperto do que ela; nisto

ISABELLA   fora, diz a Pedrolino o que se passou com Horácio, depois conta-lhe do caso amoroso de Lesbino, aliás Sílvia, apaixonada pelo Capitão; roga-lhe que faça com que ela se torne a sua mulher. Pedrolino manda-a chamar.

FLAMÍNIA   fora, condói-se pelo tapa que deu em Flávio por culpa daquela
[LESBINO]   comediante. Pedrolino: que dará um jeito em tudo; nisto

ARLEQUIM   chega; Pedrolino torna-se seu amigo, revela-lhe sobre Sílvia, enamorada de seu patrão. Ele cumprimenta-a e combinam de enganar o Capitão para fazer Sílvia feliz; nisto

HORÁCIO   chega e, vendo Lesbino, seu sucessor, lança mão da espada para matá-lo. Mulheres riem, depois burlam-no por ter lançado mãos das armas contra uma mulher. Horácio depois de ouvir tudo sobre Sílvia, aplaca-se, pede perdão; nisto

FLÁVIO   lamuria-se com Flamínia pelo tabefe que levou; ela dele. Pedrolino faz os dois ficarem de bem, dizendo que podem ficar na cama desfrutando-se até que a comédia termine, e que irá até as seis horas da tarde, e que farão o que outras mulheres fazem, enquanto os seus maridos patetas estão rindo na comédia; manda-os todos à casa de Isabella, à qual manda colocar Lesbino despido na sala térrea. Assim combinados, todos entram. Arlequim e Pedrolino ficam; nisto

Jornada XXXIX

CAPITÃO — chega; Arlequim retira-se; Pedrolino diz ao patrão deste que tem como deixá-lo desfrutando à vontade de Vitória, a cômica, dizendo que ela está na casa de Pantalone, e que ela estará à sua espera até às quatro horas, sem que a mulher dele sequer desconfie. Pega-o pela mão, leva-o em casa, deixando Arlequim

PEDROLINO — que acomodou o Capitão onde era necessário, dizendo a Arlequim o que devem dizer se os velhos, por azar, chegarem, e sentam-se no chão; nisto

TRAPACEIRO — com lanterna, vê os dois criados, começa a chorar, fingindo ter perdido muito dinheiro no carteado, mas que ainda lhe sobraram dez escudos. Os criados convidam-no a jogar e, jogando, o trapaceiro ganha o dinheiro e as roupas de Pedrolino e Arlequim, deixando-os de camisa, e sai. Criados desesperam-se, e ouvem enorme barafunda de armas da sala das comédias, nisto

PANTALONE
GRACIANO
[PIOMBINO]
[VITÓRIA] — fugindo do grande duelo que ocorreu na sala da comédia, e, no meio deles, seguram Vitória, a qual encomenda-se, pois teme que alguém possa feri-la, pois o duelo começou por sua causa; nisto

FIDALGOS
E CAPANGAS — saem com as espadas desembainhadas, procurando Vitória; vêem-na entre Pantalone e Graciano, enchem-nos de pancadas, tiram-lhe Vitória e levam-na embora. Piombino, desesperado, segue-os, e sai. Pantalone e Graciano vêem os criados em camisa, que dizem terem sido assaltados por pessoas que saiam da comédia, e aqui discorrem das comédias, que são certamente um motivo de diversão e entretenimento, mas que, por causa delas, surgem muitos escândalos. Batem à casa de Pantalone, para dizer às mulheres que não encontraram o Capitão para tratar daquele Lesbino, isto é, daquela Sílvia, a milanesa, enamorada do Capitão.

ISABELLA — pergunta se a comédia terminou. Pantalone: que um duelo a perturbou, e que em nenhum momento viu o tal Capitão. Isabella diz que o Capitão está em casa com Sílvia, e que o enganaram, fazendo-lhe acreditar, através de Pedrolino, que a comediante estava nas salas térreas à espera de Pantalone e, visto que desconfiavam que o Capitão, ao se ver enganado, não quisesse lhe causar algum mal, pediram ao senhor Horácio e o senhor Flávio o incômodo de ficarem um pouco em casa com elas, a jogar cartas. Pantalone: que foi uma coisa sábia. Ouvem discutir de dentro; nisto

O retrato

CAPITÃO
[HORÁCIO]
[FLÁVIO]
de dentro, diz que foi traído; Horácio e Flávio procuram acalmá-lo; ele não quer, e todos saem. Pantalone e Graciano também pedem ao Capitão, o qual se aplaca, dizendo que Sílvia é filha de um rico mercador milanês, e que a amou, mas que aquela comediante o enfeitiçara, e que por isso já não se lembrava dela; concorda em se casar com ela. Isabella e Flamínia exortam os seus maridos a deixar para lá as comédias e a tomarem conta de suas casas e cuidar de suas mulheres. Eles: que o farão. Chamam Sílvia.

LESBINO
isto é, Sílvia, é casada com o Capitão. Pantalone e Graciano: que farão o banquete na casa de Pantalone. Assim todos entram para a ceia,

e termina a comédia.

JORNADA XL

O JUSTO CASTIGO

Comédia

ARGUMENTO

Viveu em Roma um cavalheiro o qual, enamorado de uma jovem, chamada Flamínia, de nação veneziana, pediu-a em casamento a um tio seu, que a tinha em custódia. O referido tio, com licença do pai da moça, seu irmão, que morava em Veneza, concedeu-a, com enorme satisfação da jovem, a qual amava ardentemente o mencionado jovem. Ao mesmo tempo estava em Roma um certo Horácio Cortesi, cavalheiro de Rímini, o qual, mostrando amar uma dama viúva, cujo nome era Isabella, ardia, por Flamínia, de indistinguível fogo de amor. Estava ainda apaixonado pela referida Isabella um jovem estudante, chamado Flamínio, que vivia sob o nome de Cíntio, e servia como criado o mencionado Horácio, pelo qual era muito amado. Horácio tinha uma relação comercial estreita com o tio de Flamínia, e por isso sempre o via. Este fato provocou tanto ciúmes no peito de Flávio, que ele, vencido pela paixão, viu-se obrigado a partir de Roma, e foi-se à guerra da Hungria.

Ao saber disso a jovem resolveu e jurou que nunca ficaria com outro homem, e ainda mais quando chegou notícia certíssima de sua morte por aqueles lados, devido à qual o tio de Flamínia passou desta para outra vida (a tal notícia foi invenção de Flávio). Apesar disso Horácio sempre estimulava Flamínia e, com muitos enganos, estava próximo a se tornar marido dela, quando foi alcançado pelo marido que acreditavam morto. Este o pune por seu erro, por sentença de Isabella, a qual o salva da morte. Depois Flamínia e Flávio e Isabella e o incógnito amante se casaram, vivendo posteriormente vida feliz.

O justo castigo

PERSONAGENS DA COMÉDIA COISAS PARA A COMÉDIA

PANTALONE — veneziano

FLAMÍNIA — sua filha

PEDROLINO — criado da casa

ISABELLA — dama viúva

FRANCISQUINHA — criada

HORÁCIO — cavalheiro

CÍNTIO — seu criado, depois, no fim,

FLAMÍNIO, fidalgo

CAPITÃO SPAVENTO

FLÁVIO — seu amigo em trajes de escravo

ARLEQUIM — criado

CARREGADORES — da alfândega

Roma

Traje de escravo

Dois baús

Um punhal

Quatro lanternas

Jornada XL

PRIMEIRO ATO

ISABELLA
[FLAMÍNIA]
[FRANCISQUINHA]
ouve de Flamínia, saindo de sua casa, que ela não ama Horácio, como lhe deu a entender, e que ama Flávio, seu marido, ainda que esteja morto, e que disto fique certa. Isabella da mesma forma diz que, depois da morte de seu marido, nunca mais amou ninguém senão Horácio, o qual prometera se casar com ela, mas que depois de saber da morte de Flávio, tem se mostrado muito frio e muito contido em tal assunto. Flamínia novamente a tranqüiliza, e entra em casa; mulheres ficam; nisto

FLÁVIO
de escravo, com a corrente ao pé, pergunta-lhes pela casa de certa Flamínia, dama veneziana; mulheres mostram, depois perguntam quem ele é. Flávio: que é escravo de um certo Capitão, o qual vem da guerra da Hungria, amigo íntimo de um certo Flávio romano, o qual, morrendo em seus braços, deixou-lhe algumas coisas para entregar a esta tal de Flamínia. Isabella e Francisquinha entram em casa. Flávio fica, discorrendo sobre quanto mal causa o ciúmes; nisto

PANTALONE
PEDROLINO
vêm de Veneza para Roma, perguntam ao escravo pela Taberna dell'Orso, e de quem ele é escravo. Flávio: de um Capitão, que vem da guerra da Hungria. Pantalone: se não teria conhecido um genro seu, chamado Flávio, o romano, o qual, indo-se àquela guerra há oito anos, foi morto, e por causa desta morte também morreu de dor um irmão seu, ali em Roma, o qual era o tutor de Flamínia, sua filha. Escravo põe-se a chorar e, sem falar, vai-se. Pantalone admira-se por aquele pranto, e diz que será bom encontrar aquele Capitão, de quem poderia ouvir alguma notícia de Flávio seu genro; nisto

HORÁCIO
chega e, vendo Pantalone e conversando com ele, descobre que é irmão de Tofano Bisognosi, e diz que era grandíssimo amigo de seu finado irmão. Pantalone afaga-o, perguntando-lhe pela casa de Flamínia sua filha. Horácio pergunta-lhe se ele já recebeu cartas dele e de sua filha, que lhe perguntavam se ele concordava com que ela fosse a sua mulher. Pantalone: que não, e que concorda que seja sua mulher. Horácio diz que ela está no mosteiro, aguardando o seu sim, e convida-o em sua casa, e enquanto isso mandará avisar sua filha de sua chegada. Pantalone aceita a gentileza, e entram na casa de Horácio.

FRANCISQUINHA
vai ter com Flamínia para saber que notícias o escravo lhe trouxe; nisto

400

O justo castigo

CÍNTIO criado de Horácio, vê Francisquinha, a qual vive apaixonada por ele, conversam, afagam-se, depois ela diz que vai ter com Flamínia para saber alguma novidade de Flávio, seu falecido marido, morto na Hungria; nisto

PEDROLINO vai para buscar as coisas de seu patrão na alfândega. Cíntio quer saber porque está vindo da casa de seu patrão. Pedrolino: que são forasteiros recém chegados, vindos de Veneza. Cíntio entra para ver. Pedrolino pergunta a Francisquinha de quem ela é criada. Ela diz de uma viúva, chamada Isabella. Pedrolino: que ele também deve ir ao serviço de uma viúva, a qual está no mosteiro, mas que vai sair de lá para se casar. Francisquinha, para interrogá-lo direito, vai com ele para indicar-lhe a alfândega, saem.

HORÁCIO diz a Cíntio que fez aquele sinal para que o velho pai de Flamínia não
[CÍNTIO] o visse, pondo ele a par de tudo o que contou a Pantalone, e que quer que se passe por um serviçal das freiras, para levar ao velho uma carta por parte de Flamínia, dizendo que à filha não se pode falar sem ordem e licença dos Superiores, e que não vá para casa. Cíntio lembra-lhe o amor de Isabella. Horácio ri-se e entra. Cíntio narra que vive apaixonado por Isabella, já faz muitos anos, que é nobre e que vive naquela servidão por amor a ela, e que quer avisá-la da traição que Horácio quer lhe fazer, e bate.

ISABELLA vai logo perguntando por seu Horácio. Cíntio: que ele já não é dela, pois vai se casar, calando o nome da esposa. Isabella diz que está certa de que Flamínia não ficará com ele, e que ele é má língua, conforme Horácio, seu patrão. Cíntio acrescenta que o que ele diz e faz, é só por compaixão por ela e por um cavalheiro, que há muitos anos está apaixonado por ela, e que por amor a ela, aquele tal fidalgo serve de criado a um grande inimigo seu. Ela, por fim, diz que nunca será mulher de ninguém, senão de Horácio Cortesi; nisto

PEDROLINO ouvindo aquela palavra, diz: "Senhora, Vossa Senhoria perceba que
[CARREGADORES] Horácio Cortesi vai se casar com a filha de meu patrão, que está no mosteiro", e entra com os carregadores em casa. Ela fica atônita com tais palavras. Cíntio: que tudo o que disse Pedrolino é verdade; nisto

FRANCISQUINHA traz a Isabella a notícia de que o pai de Flamínia chegou, e que Horácio se casará com ela, e que ela está no mosteiro. Isabella enfurecida, Cíntio quer consolá-la; ela pede que ele saia de sua frente, e ele, humildemente, sai. Isabella queixa-se do Amor e da traição de Horácio, e entra.

Jornada XL

CAPITÃO [FLÁVIO] [ARLEQUIM]	a quem Flávio pede que o mantenha em segredo, até ele tirar uma suspeita a limpo; Flávio manda Arlequim bater, depois se retira.
FLAMÍNIA	ouve do Capitão que ele era um grandíssimo amigo de seu falecido marido, o qual morreu junto dele, e, antes de morrer, deu-lhe algumas coisas dentro de uma caixinha e uma carta escrita de sua pena, para que em seu nome as apresentasse a Flamínia; mostra-lhe tudo. Flamínia reconhece as suas coisas, lê a carta em voz alta, que diz que ele, pelo ciúmes que tinha de Horácio etc. Flamínia chora e chorando diz que o seu marido vivia em grande engano, agradece o Capitão e entra. Flávio, chorando, abraça o Capitão, o qual, consolando-o, leva-o embora. Arlequim repara onde Flamínia entrou, depois sai,

e aqui termina o primeiro ato.

SEGUNDO ATO

HORÁCIO	bem alegre, esperando conseguir Flamínia em casamento, e que gostaria de encontrar Cíntio para lhe entregar a carta falsa; nisto
CÍNTIO	completamente perturbado por culpa de Isabella, recebe a carta, com ordem de dizer a Pantalone que ele é serviçal das monjas. Cíntio: que vai fazê-lo, depois lhe conta que esteve na casa de um cavalheiro, seu antigo patrão, e que o encontrou à beira da morte, por ter ouvido que Horácio se casaria com Isabella, pela qual está ardentemente apaixonado. Horácio mostra dor pelo cavalheiro, oferecendo-se, desde que saiba o seu nome, para escrever uma renúncia a Isabella, de seu próprio punho, para tirá-lo do perigo de vida. Cíntio diz que ele se chama Flamínio Adorni, genovês. Assim combinados, Horácio sai para escrevê-la. Cíntio roga o Amor que o favoreça naquela empreitada; nisto
FRANCISQUINHA	mais uma vez lembra a Cíntio o seu amor. Cíntio diz belas palavras, e manda dizer à sua patroa que ele irá vê-la para lhe dar grandes notícias. Francisquinha, alegre, entra em casa. Cíntio fica; nisto chega
HORÁCIO	com a renúncia a Isabella para Flamínio Adorni, escrita por seu próprio punho; entrega para ele; Cíntio considera que ele terá de observar o quanto prometeu àquele cavalheiro. Horácio: que quer falar com Flamínia, bate.

O justo castigo

FLAMÍNIA   ao vê-lo, fica perturbada. Horácio diz que recebeu cartas de seu pai, o qual concorda que ela seja a sua mulher. Flamínia, irada, diz que nunca será sua mulher, e que deveria cuidar de Isabella, e novamente diz que nunca será sua mulher, que nunca vai mudar de idéia, e que ela soube que o seu falecido marido só foi para a Hungria devido à grande desconfiança que tinha a respeito dele. Horácio, obstinado, diz que não quer outra mulher senão ela. Flamínia, encolerizada, repreende-o ralhando desmedidamente; nisto

ARLEQUIM   reconhece-a e ouvindo a discussão, diz a Horácio que deixe em paz aquela mulher, a qual é casada, e esbraveja. Flamínia em casa. Horácio dá uns socos em Arlequim, o qual, ameaçando-o, se vai. Horácio fica; nisto

PEDROLINO   que gostaria de encontrar aquela criada; Horácio o vê e manda chamar Pantalone. Pedrolino entra para chamá-lo e volta em seguida com ele.

PANTALONE   que gostaria de conversar com sua filha. Horácio: que não vai faltar
[PEDROLINO]   tempo, e que encontrará pessoas que farão fé que ele é o seu pai, já que há tanto tempo ela não o vê; nisto

CÍNTIO   bastante disfarçado, fingindo-se serviçal das monjas. Horácio diz que aquele é o pai da senhora Flamínia, que está no monastério. Ele: que tem uma carta de sua filha, e entrega-a para ele. A carta diz que seu pai tem de preparar de imediato o instrumento do dote e pedir licença aos Superiores para que ela saia do monastério, para que assim possa desfrutar ao mesmo tempo a presença de seu pai e de Horácio, seu marido. Pantalone: que diga à filha que tudo será feito e que a cumprimente em seu nome, e sai com Horácio. Pedrolino olha para Cíntio, reconhece-o e, enquanto ele sai, diz saber que aquele serviçal é um trapaceiro. Pedrolino fica; nisto

FRANCISQUINHA   que a sua patroa está desesperada, e que mandou procurar por Cíntio. Pedrolino convida-a ao casamento da filha de seu patrão; nisto ouvem barulho de gente chegando; vão-se juntos, saem.

CAPITÃO   com Flávio e Arlequim, o qual conta tudo o que se passou entre Horácio
[FLÁVIO]   e Flamínia. Flávio pede ao Capitão que vá ter com Flamínia e lhe
[ARLEQUIM]   pergunte se quer mandar algo para a Hungria, e que deixe com ele depois a vingança contra o seu inimigo, e se retira. Arlequim bate.

FLAMÍNIA   cumprimenta o Capitão, que lhe diz estar de partida rumo à Hungria,

Jornada XL

e pergunta se quer mandar alguma coisa. Flamínia: que quer matar Horácio com suas próprias mãos, e depois ir-se com ele à Hungria, para morrer junto aos ossos de seu falecido marido, e pede que deixe Arlequim por perto da casa, para ir avisá-lo do que terá feito. Capitão sai com Flávio. Arlequim retira-se para espionar; nisto Flamínia fica e chega

ISABELLA   vê Flamínia, admira-se, dizendo que haviam dito que ela estava no mosteiro, e que, com o consentimento de seu pai, ela se casaria com Horácio. Flamínia: que Horácio é um traidor, e que em breve pagará o preço de todas as suas traições; nisto

FRANCISQUINHA   chega, dando notícia a Isabella que Horácio está vindo com o pai de Flamínia, e que já fizeram o instrumento do dote, e que ela será sua mulher. Flamínia diz que Francisquinha é louca e que seu pai está em Veneza, e entra. Isabella fica, fora de si, com Francisquinha; nisto

PANTALONE   alegre, com Horácio, já tendo feito o contrato, dizendo que hoje vai ver
[HORÁCIO]   a sua filha, e que será mulher de Horácio. Horácio, ao ver Isabella,
[PEDROLINO]   puxa Pantalone de um lado, dizendo que não ouça aquela mulher, pois ela é louca. Isabella, ao ouvi-lo, chama-o de traidor, dizendo que trai ao mesmo tempo ela, Flamínia, o pai dela, e a sua honra, e, completamente enraivecida, revela a Pantalone que Flamínia sua filha não está no mosteiro, e que Horácio tenta ter sua filha desde da notícia da morte de Flávio, e que antes era seu namorado; manda chamar Flamínia; Francisquinha bate.

FLAMÍNIA   fora; Isabella diz que aquele é o seu pai, vindo de Veneza. Ela abraça-o e leva-o em casa. Pedrolino pega Francisquinha no colo e leva-a em casa. Isabella em seguida dirige-se a Horácio, dizendo-lhe muitos impropérios. Ele procura amansá-la; nisto

CÍNTIO   chega e fica ouvindo. Horácio tanto se empenha e tanto sabe dizer, que Isabella, aplacada, está para levá-lo em casa. Cíntio então se revela, lembrando a Horácio a promessa feita. Horácio não liga. Cíntio chama-o de traidor, lança mão da espada. Isabella foge para casa, Horácio arremessa-se contra Cíntio e, duelando, saem à rua,

e termina o segundo ato.

404

O justo castigo

TERCEIRO ATO

FLAMÍNIA
[PANTALONE]

pede a seu pai que finja estar querendo voltar a Veneza e que fique retirado por alguns dias, até ela ter vingado o seu falecido marido, contra Horácio, e que ele foi a causa de sua morte; mas que antes o encontre, dizendo-lhe que ela quer lhe falar, e finja concordar com o que ela estabelecer. Pantalone concorda; nisto

PEDROLINO

pede perdão por ter levado Francisquinha para casa, pedindo-lhe que fique com ela como criada, pois ela se envergonha de voltar à casa de sua patroa; mandam-na chamar.

FRANCISQUINHA

toda envergonhada, ouve de Flamínia que ela tem de ir à casa de Isabella e pedir a sua licença, e que, voltando, lhe dará Pedrolino por marido. Pantalone com Pedrolino vão encontrar Horácio. Flamínia em casa; nisto

ISABELLA

consternada pelo duelo entre Horácio e Cíntio, pede a Francisquinha que vá buscar notícias. Ela sai. Isabella fica, admirada com a audácia de Cíntio; nisto

CÍNTIO

chega, Isabella ralha com ele. Cíntio: que fez tudo por amor a ela e pela traição que Horácio lhe faz, e então, com palavras submissas, mostra-lhe a renúncia a ela em favor de Flamínio Adorni, cavalheiro genovês. Ela lê com enorme ira, depois pergunta quem é aquele Flamínio. Cíntio, de joelhos, revela a sua pessoa, e que há muitos meses ele vive naquela servidão e incógnito. Isabella manda-o levantar, depois pede que lhe dê o tempo suficiente para que ela possa pensar sobre tudo aquilo. Cíntio sai, e ela, enfurecida, entra em casa.

HORÁCIO

desesperado pelo que lhe aconteceu; nisto

PANTALONE
[PEDROLINO]

vê Horácio, o qual, de joelhos, pede perdão pelo engano que fez, culpando o grande amor que ele tem por Flamínia sua filha, rogando que queira lhe conceder a sua mão em casamento. Pantalone manda-o levantar, dizendo concordar, e que trate de falar com a sua filha e fazê-la concordar, e que, já sendo tarde, vá imediatamente falar com ela; manda Pedrolino ficar com Horácio, e sai. Pedrolino bate.

FLAMÍNIA

ouve de Pedrolino que, por ordem de seu pai, ela tem de satisfazer Horácio. Pedrolino sai. Horácio roga a Flamínia que o aceite por marido, e que tire de sua alma qualquer pensamento de que ele alguma vez tenha amado Isabella; nisto

Jornada XL

ISABELLA — a janela, ouve tudo. Flamínia, simulando, diz querer ser sua, ainda mais que na questão entrou o consentimento de seu pai. Horácio pede a graça de voltar à sua casa durante a noite. Ela concorda. Horácio: que na manhã seguinte se casará com ela solenemente, e sai. Flamínia invoca a alma de seu falecido marido para socorrê-la. Isabella, desesperada, retira-se. Flamínia fica; nisto

CAPITÃO
[FLÁVIO]
[ARLEQUIM] — para ouvir sobre o ocorrido. Flamínia diz que chegou a hora de fazer conhecer ao seu falecido marido a sua inocência, e que ela quer matar Horácio com suas próprias mãos, e depois ir com ele à Hungria, a morrer junto aos ossos de seu marido; pede que lhe deixe Arlequim. Capitão: que vai lhe deixar pessoa melhor, e dá-lhe o escravo; no que ela quer entrar em casa com o escravo chega

FRANCISQUINHA — chega, Flamínia leva-a para casa junto com o escravo. Capitão e Arlequim ficam de guarda, e anoitece.

Noite

ISABELLA — vestida de homem, decidida a matar Horácio, quando ele for à casa de Flamínia; nisto

CÍNTIO — com a lanterna, reconhece-a, exorta-a a fugir do perigo que ela corre ao cometer homicídio; nisto

HORÁCIO — para ir à casa de Flamínia, bate; nisto

FRANCISQUINHA — à janela, diz que Flamínia está à sua espera na cama. Horácio espanta-se por ver Francisquinha naquela casa; nisto Isabella assalta Horácio, lançando mão da espada. Horácio foge na casa de Flamínia e se salva. Isabella desespera-se por seu golpe não ter tido efeito; nisto

PANTALONE
[PEDROLINO] — com lanterna, para ver o que Flamínia fez. Isabella o vê, o insulta, dizendo ainda que sua filha é uma traidora; ouvem balbúrdia na casa de Flamínia; nisto

HORÁCIO
[FLAMÍNIA]
[FLÁVIO]
[FRANCISQUINHA] — fugindo de casa, seguido por Flamínia que quer matá-lo. Flávio lança-se para cima de Horácio, retendo-o, e diz que aquela vingança cabe a ele, e não a ela, dizendo que é Flávio, o romano, marido de Flamínia; nisto

O justo castigo

CAPITÃO
[ARLEQUIM]

com lanterna, coloca-se entre os dois. Flamínia abraça Flávio seu marido, depois pede que a deixe se vingar contra Horácio. Ele recusa. Horácio, genuflexo, pede por sua vida. Isabella pede-o de presente a Flávio, pois ela é a mais ofendida de todos. Flamínia roga Flávio seu marido que o conceda. Todos pedem por Horácio, exceto Cíntio. Por fim Flávio o concede a Isabella, a qual faz o mencionado Horácio confessar todas as suas traições, mostrando-lhe a renúncia que ele fizera dela a favor de Flamínio Adorni, genovês. Horácio confessa a traição. Por fim Isabella, indignada, faz ele jurar que vai ter de observar o que ela lhe impuser. Horácio jura, e ela de pronto lhe impõe que saia imediatamente da frente de todos os presentes, e que vá desde já levar vida solitária, sendo indigno do convívio dos homens, dizendo ainda que ela quer observar o que ele prometeu com o engano, isto é, de ficar com Cíntio por marido, o qual é o verdadeiro Flamínio Adorni genovês, e fica com ele. Horácio, como que petrificado, diz por fim que observará o juramento feito, e sai; e assim Flávio casa-se com Flamínia, Cíntio com Isabella, e Pedrolino com Francisquinha,

e termina a comédia.

BIBLIOGRAFIA

ANDREINI, F. *Dedicatória em poesia para Flaminio Scala*, in SCALA, F. *Il teatro delle favole rappresentative*. Venezia: 1611 (reeditado in MAROTTI, F. (org.). *Archivio del teatro italiano*, n. 7. Milano: Il Polifilo, 1976).

_____. *Cortesi Lettori*, in SCALA, F. *Il teatro delle favole rappresentative*. Venezia: 1611. (reeditado in MAROTTI, F. (org.). *Archivio del teatro italiano*, n.7. Milano: Il Polifilo, 1976).

ANDREINI, G.B. *La Ferza, Ragionamento Secondo Contra L'Accuse Date Alla Commedia (1625)*, in FALAVOLTI, L. *Attore — Alle origini di un mestiere*. Roma: Edizioni Lavoro, 1988.

APOLLONIO, M. *Storia della* Commedia dell'Arte. Roma/Milano: Augustea, 1930.

_____. *Storia del teatro italiano*. Firenze: Sansoni, 1938 (reedição de 1946).

BARATTO, M. *Introduzione*, in MARITI, L. (org) *Alle Origini del teatro moderno — La Commedia dell'arte — Atti del convegno di studi di Pontedera*. Roma: Bulzoni, 1980.

BETTOLI, P. "La commedia dell'arte", in *La Lettura* (revista mensal do *Corriere della Sera*, ano 6/ n. 1). Milano: jan. 1906.

BONINO, G.M. *Riccoboni a Parigi: l'utopia di un teatro d'arte*. In "Viaggi Teatrali dall'Italia a Parigi tra Cinque e Seicento — Atti del Convegno Internazionale, Torino, 6/8 abr. 1987. Centro Regionale Universitario per il Teatro del Piemonte". Genova: Costa & Nolan, 1989.

CRAIG, E.G. "The Characters of the *Commedia dell'Arte*", in *The Mask*. IV, 1912.

_____. "The *Commedia dell'Arte* Ascending", in *The Mask*. IV, 1912.

CROCE, B. "*La Commedia dell'Arte*", in *La Fiera Letteraria*, s. 1. 31 mar. 1929.

_____. "Intorno alla commedia dell'arte", in *Poesia popolare e poesia d'arte*. Bari: Laterza, 1933 (reimpressão, Napoli: Bibliopolis, 1991).

_____. "Prefazione", in DEL CERRO. *Nel regno delle maschere*. Napoli: Perella, 1914.

D'AMICO, S. "*La Commedia dell'Arte*", in *Enciclopedia dello Spettacolo*. Roma: Unedi, 1975.

_____. "*La Commedia dell'Arte* e Goldoni", in *La Tribuna*, 16 jun. 1927.

_____. *Storia del teatro italiano* (La Commedia dell'Arte). Milano: Bompiani, 1936.

_____. *Storia del teatro drammatico* (v. II, L'Europa dal Rinascimento al Romantismo). Milano: Garzanti, 1958 (4. ed. rivista e ampliada).

DEL CERRO, E. *Nel regno delle maschere*. Napoli: Perrella, 1914.

DELL'ARCO, F. *La festa Barocca*. Roma: De Luca, 1997.

DE SANCTIS, F. *Storia della letteratura italiana*. Milano: Feltrinelli, 1956 (edição dirigida por Luigi Russo, 2 v.).

DUCHARTRE, P.L. *La Comédie Italienne*. Paris: Librarie de France, 1925.

FALAVOLTI, L. *Attore — Alle origini di un mestiere*. Roma: Edizioni Lavoro, 1988.

FERRONE, S. *Attori Mercanti Corsari — La Commedia dell'Arte in Europa tra cinque e seicento*. Torino: Einaudi, 1993.

GADAMER. *Verità e metodo*, Gianni Vattimo (trad.). Milano: Bompiani, 1970.

GLEIJESES, V. *Il teatro e le maschere*. Napoli: Guida Editori, 1972.

GUARDENTI, R. *Gli italiani a Parigi. La Comédie Italienne (1660-1697). Storia, Pratica Scenica, Iconografia*. Roma: Bulzoni, 1990.

MARAZZINI, C. "Il volgare nel secondo cinquecento e seicento. La prosa; il mistilinguismo della commedia", in *Storia della lingua italiana — Il secondo Cinquecento e il Seicento*. Bologna: Il Mulino, 1993.

MARITI, L. "Le collocazioni del teatro nella società barocca: dilettanti e professionisti", in MARITI,

L. (org). *Alle Origini del teatro moderno — La Commedia dell'arte — Atti del convegno di studi di Pontedera.* Roma: Bulzoni, 1980.

MARITI/MAROTTI/ZORZI/TESSARI/TAVIANI. "Interventi", in MARITI, L. (org). *Alle Origini del teatro moderno — La Commedia dell'arte — Atti del convegno di studi di Pontedera.* Roma: Bulzoni, 1980.

MAROTTI, F. "Introduzione", in SCALA, F. *Il teatro delle favole rappresentative.* In MAROTTI, F. (org.). *Archivio del Teatro Italiano,* n. 7. Milano: Il Polifilo, 1976.

_____. "La figura di Flaminio Scala", in MARITI, L. (org). *Alle Origini del teatro moderno — La Commedia dell'arte — Atti del convegno di studi di Pontedera.* Roma: Bulzoni, 1980.

MAROTTI/ROMEI. *La Commedia dell'Arte e la Società Barocca. La Professione del Teatro.* Roma: Bulzoni, 1991.

MASTROPASQUA, F. "Pantalone ridicola apparenza — Arlecchino comica presenza", in MARITI, L. (org). *Alle Origini del teatro moderno — La Commedia dell'arte — Atti del convegno di studi di Pontedera.* Roma: Bulzoni, 1980.

MIKLASVEVSKIJ, K. (MIC). *La Commedia dell'Arte.* Venezia: Marsilio Editori, 1981 (tradução italiana da primeira edição em russo, Petrogrado, 1914-17).

NICOLINI, F. *Vita di Arlecchino.* Milano-Napoli: Ricciardi, 1958.

NICOLL, A. *Il mondo di Arlecchino — Studio critico sulla commedia dell'arte.* Milano: Bompiani, 1965 (*The world of Harlequin, A Critical Strudy of Commedia dell'Arte.* Cambridge: Cambridge University Press, 1963).

PANDOLFI, V. La commedia dell'Arte — *storia e testi.* Firenze: Sansoni, 1957-1961. (6 v.)

PAVONI, G. *DIARIO DESCRITTO DA GIUSEPPE PAVONI delle feste celebrate nelle solennissime nozze delli Serenissimi Sposi, il Sig. Don Ferdinando Medici e la Sig. Donna Christina di Loreno Gran Duchi di Toscana.* Bologna: Stamperia Giovanni Rossi, 1589 (reeditado in MAROTTI, F. (org.). *Archivio del teatro italiano,* n. 7. Milano: Il Polifilo, 1976.

PERRUCCI, A. *Dall'arte rappresentativa premeditata et all'improvviso. Parti due. Giovevoli non solo a chi si diletta di rappresentare, ma a predicatori, oratori, accademici e curiosi.* Napoli: M.L. Mutro, 1699.

RASI, L. *I comici italiani. Biografia, bibliografia, iconografia.* 3 v. Firenze: Lumachi, 1897-1905.

RICCOBONI, L. *Discorso sulla commedia all'improvviso e scenari inediti.* 1723-1748 (reeditado in MAMCZARZ, I. (org.). *Archivio del Teatro Italiano,* n. 5. Milano: Il Polifilo, 1973).

_____. *Histoire du Théâtre Italien.* Paris: André Cailleau, 1730.

SAND, M. *Masques et bouffons.* Paris: 1860.

SANESI, I. *"La Commedia dell'Arte"*, in *Storia dei generi letterari Italiani,* v. II. Milano: 1911-1932 (reeditado in SANESI. I. *La commedia.* Milano: Vallardi, 1935, cap.VI: *La commedia dell'arte*).

SCALA, F. *Il teatro delle Favole Rappresentative,* in MAROTTI, F. (org). *Archivio del Teatro Italiano,* n. 7. Milano: Il Polifilo, 1976.

_____. "L'Autore a' Cortesi lettori", In SCALA, F. *Il Teatro delle Favole Rappresentative.* Venezia: 1611 (reeditado in MAROTTI, F. (org.). *Archivio del teatro italiano,* n.7. Milano: Il Polifilo, 1976.

_____. *Prologo della comedia del Finto Marito.* Venezia: Andrea Baba, 1618, in MAROTTI, F./ROMEI, G. *La Commedia dell'Arte e la Società Barocca. La Professione del Teatro.* Roma: Bulzoni, 1991.

_____. *Prologo per recitare, 1618 .* Venezia: Andrea Baba, 1619, in MAROTTI, F./ROMEI, G. *La Commedia dell'Arte e la Società Barocca. La Professione del Teatro.* Roma: Bulzoni, 1991.

SCALA, F./SALERNO, H.F. *Scenarios of the* Commedia dell'Arte: *Flaminio Scala's Il Teatro delle Favole Rappresentative.* New York: Limelight Editions, 1996.

SPEZZANI, P. *L'Arte rappresentativa di Andrea Perrucci e la lingua della Commedia dell'Arte,* in VANOSSI et all, "Lingua e Strutture del Teatro Italiano del Rinascimento", in *Quaderni del Circolo filologico-linguistico padovano,* n. 2. Padova: Liviana Editrice, 1970.

TAVIANI, F. La Commedia dell'Arte *e la società barocca. La Fascinazione del teatro*. Roma: Bulzoni, 1969.

TAVIANI/SCHINO, M. *Il segreto della Commedia dell'Arte*. Firenze: La casa Usher, 2. ed., 1992.

TESSARI, R. Commedia dell'Arte: *la Maschera e l'Ombra*, in "Problemi di Storia dello Spettacolo", v. 10. Milano: Mursia, 1981.

_____. *O Diva, o "Estable à tous chevaux". L'ultimo viaggio di Isabella Andreini*, in *Viaggi Teatrali dall'Italia a Parigi tra Cinque e Seicento — Atti del Convegno Internazionale*, Torino, n. 6/8 abr. 1987 Centro Regionale Universitario per il Teatro del Piemonte. Genova: Costa & Nolan, 1989.

_____. *La Commedia dell'Arte nel Seicento — "Industria" e "Arte giocosa" della civiltà barrocca*, in Biblioteca di "Lettere Italiane", VIII. Firenze: Leo S. Olschki Editore, 1969.

ZORZI, L. *La raccolta degli scenari italiani della Commedia dell'Arte*, in MARITI, L. (org.). *Alle Origini del teatro moderno — La Commedia dell'arte — Atti del convegno di studi di Pontedera*. Roma: Bulzoni, 1980.

OUTROS TÍTULOS DESTA EDITORA

AFINADO DESCONCERTO
Florbela Espanca

BORGES EM / E / SOBRE CINEMA
Edgardo Cozarinsky

CENTÚRIA
Giorgio Manganelli

CIMBELINE, REI DA BRITÂNIA
William Shakespeare

CONTOS DE FADAS
Irmãos Grimm

O CORPO IMPOSSÍVEL
Eliane Robert Moraes

DEFESAS DA POESIA
Sir Philip Sidney & Percy Bysshe Shelley

DIÁLOGO ENTRE UM PADRE E UM MORIBUNDO
Marquês de Sade

EROS, TECELÃO DE MITOS
Joaquim Brasil Fontes

EXILADOS
James Joyce

A FILOSOFIA NA ALCOVA
Marquês de Sade

FRAGMENTOS PARA A HISTÓRIA DA FILOSOFIA
Arthur Schopenhauer

O GÊNIO ROMÂNTICO
Márcio Suzuki

GUERRAS CULTURAIS
Teixeira Coelho

IMAGEM
Lucia Santaella e Winfried Nöth

LAOCOONTE
G.E. Lessing

MATRIZES DA LINGUAGEM E PENSAMENTO SONORA VISUAL VERBAL
Lucia Santaella

MÚSICA DE CÂMARA
James Joyce

NOVEMBRO
Gustave Flaubert

OCEANO MAR
Alessandro Baricco

PALAVRA DESORDEM
Arnaldo Antunes

PASSAGEM DE WALTER BENJAMIN
Pierre Missac

PRIMEIRO FAUSTO
Fernando Pessoa

UM RETRATO DE GIACOMETTI
James Lord

SEMPRE SEU, OSCAR
Oscar Wilde

OS SETE LOUCOS E OS LANÇA-CHAMAS
Roberto Arlt

SOMOS PEDRAS QUE SE CONSOMEM
Raimundo Carrero

O TALMUD
Moacir Amâncio (org.)

TEATRO COMPLETO
Qorpo-Santo

TEOGONIA
Hesíodo

TRILHA ESTREITA AO CONFIM
Matsuo Basho

VANGUARDAS LATINO-AMERICANAS
Jorge Schwartz

VARIEDADES
Paul Valéry

VILLA
Luis Gusmán

WINTERVERNO
Paulo Leminski e João Suplicy

Este livro terminou
de ser impresso no dia
27 de julho de 2003
nas oficinas da
Associação Palas Athena,
em São Paulo, São Paulo.